MIGHTY ORIGIN LITERATURE

停云

完结篇

刘狗花 著

廣東旅游出版社
GUANGDONG TRAVEL & TOURISM PRESS
悦读书·悦旅行·悦享人生

中国·广州

图书在版编目（CIP）数据

停云．完结篇 / 刘狗花著．— 广州：广东旅游出版社，2023.6

ISBN 978-7-5570-2979-1

Ⅰ．①停… Ⅱ．①刘… Ⅲ．①长篇小说－中国－当代 Ⅳ．① I247.5

中国国家版本馆 CIP 数据核字 (2023) 第 040455 号

停 云．完结篇

TING YUN.WAN JIE PIAN

出 版 人：刘志松

责任编辑：陈　吉

责任校对：李瑞苑

责任技编：冼志良

广东旅游出版社出版发行

地址：广东省广州市荔湾区沙面北街 71 号首、二层

邮编：510130

电话：020-87347732（总编室） 020-87348887（销售热线）

投稿邮箱：2026542779@qq.com

印刷：北京君达艺彩科技发展有限公司

地址：北京市北京经济技术开发区（通州）东石东一路 2 号院 3 号楼 8 层 806

开本：787 毫米 × 1092 毫米　1/16

字数：311 千

印张：18

版次：2023 年 6 月第 1 版

印次：2023 年 6 月第 1 次印刷

定价：49.80 元

策马扬鞭，矢志笃行。

目录

第一章 坦诚

江随舟踏进霍无咎房中时，正看见霍无咎坐在床榻上看书。

他进了房门，孟潜山便颇有眼色地替他接过了大氅，退了出去。

江随舟径直走向霍无咎，在霍无咎的床榻边坐了下来。霍无咎刚放下手中的书，便见江随舟正坐在那儿打量他。

“怎么？”霍无咎问道。

江随舟皱了皱眉，说道：“总觉得他们治了这么些时日，你脸色仍旧不大好。”

霍无咎停顿了一下，轻描淡写地收回目光，绕过了这个话题。

“江舜恒召你进的宫？”霍无咎问道。

江随舟闻言笑了笑，拿过霍无咎手边的书随便翻了翻。

“嗯。”江随舟笑着说道，“这些日子，进王府的太医便没断过。近日我的身体恢复了一些，他自然要亲眼看看我死了没有。”

说着，江随舟低头看着书，不由自主地轻轻叹了口气。若不是为了给霍无咎寻医，他何苦把自己的身体糟蹋成这副病秧子的样子。如今他虽然拼尽全力想改变被当今陛下忌惮、诛杀的命运，却也知道，自己不过是在夹缝中苟延残喘罢了，至于还有多长时间的活头，谁又知道呢。

忽然，江随舟听见了霍无咎的声音。

“我必不会让你有事。”霍无咎说。

江随舟抬眼，便见霍无咎神色颇为认真地看着他。江随舟“扑哧”一声笑出了声：“这是自然。有霍将军庇护本王，想他江舜恒即便与阎王爷是故交旧友，也说不动其取我性命。”江随舟只当霍无咎开了个玩笑，接话接得也轻快——毕竟，人不被杀死容易，可若想不病死，就没这么轻松了。不过江随舟向来心宽，只想着走一步看一步。

而他面前，霍无咎的嘴唇微不可察地动了动，似乎是想说些什么，又生生咽了下去。

江随舟并没注意到霍无咎的异样，玩笑完了，便接着道：“不过，今日本王倒是见着庞绍了。”

霍无咎闻言，抬眼静静地看着他，等着他的下文。

便听江随舟说道：“今日本王出宫，正好遇见他。看旁边有个小太监一路跟着劝，想必皇上还不愿见他，是他自己要来的。”

霍无咎点头：“说话了吗？”

江随舟笑道：“说了。本王自是一副全然不知情的模样，讥讽了他几句，做足了小人得志的样子。”

霍无咎“嗯”了一声，没说话，可抬眼看向江随舟时，唇角却微微扬了起来。霍无咎这人等闲不笑，但每每笑时，只一点笑模样，便如光辉普照一般，尤其耀眼。

江随舟一时有些愣了。再开口时，他险些有点结巴。

“怎么了？”江随舟喉头微滞，问道。

霍无咎说道：“没什么，就是想起那天宫宴，你在庞绍面前演得就挺好。”

江随舟一时语塞，竟泛起几分赧意。霍无咎即便没直说，他们二人也心知肚明。那天迫不得已，他在庞绍面前，可是演了个十成十的变态。他却没想到，霍无咎有一天竟会拿这件事来开玩笑。赧意退下，他竟也觉出了几分有趣。他清了清嗓子，拿眼略一横霍无咎，便是一副居高临下的姿态。

“霍将军，”江随舟拿着腔调道，“本王不喜恃宠而骄的人。”

霍无咎知道他是在玩笑，也知道，自己此时应跟着笑一笑的。可是，霍无咎让这人拿眼一横，单看一眼他这骄矜的姿态，竟反倒跟着心底一紧。

江随舟却没注意到霍无咎的异样。他笑了几声，便正色了接着道：“不过，本王今日从宫中回来的路上，却在想一件事。”

霍无咎强压住心神，问道：“什么？”

江随舟轻声道：“江舜恒与庞绍生嫌隙，已成定局，但是，他们又是否会有和好的一日呢。”

霍无咎沉默片刻，道："必然的。"

江随舟点了点头："本王也是这么想。一来，江舜恒头脑简单，又从小被庞绍与庞太后娇惯，对他们信任至极。二来，庞绍出的这几次事，虽然蒙蔽了江舜恒，却没有侵害到他皇位的事。假以时日，庞绍便能重新讨好他。"

霍无咎应了一声。

"那你怎么想呢？"霍无咎问道。

江随舟说："冰冻三尺非一日之寒，想要一蹴而就，自是不可能。这些时日，给我们以喘息之机，顺便扩张势力、打压庞党，已经足够了。再之后……便需见招拆招了。"

霍无咎"嗯"了一声："你只管拿主意。"

江随舟沉吟着点了点头。而缓缓地收回目光的霍无咎，神色却有两分复杂。江随舟所言没错，庞绍重新获得江舜恒信任只是时间问题。而庞绍获得信任最好的办法……

霍无咎抬眼看向江随舟。

便是对这位最不受待见的靖王下手。

果真，这些日子以来，庞绍使尽了浑身解数。各色的奇珍异宝流水似的进贡到宫里，各地得来的美人，也变着花样地往宫里送。

江随舟在礼部听着动静，果真听说江舜恒一点点地松了口。渐渐地，便不会将前去求见的庞绍拒之门外了，五次中总见他一两次，再之后，只要庞绍进宫，他便一定会见，这些时日，竟开始主动传召庞绍了。

朝中众人皆道，大司徒当真最得圣心，即便犯了这么大的错误，皇上也不忍心真的苛责于他。只要皇上在一日，便再没什么人能动摇大司徒的地位。

江随舟也将这一切看在眼里。他知道，早晚会有这么一日。江舜恒自幼养在深宫里，一直被宠着、捧着，如今虽然已过而立之年，却仍不过是个只图眼前高兴的小孩儿罢了。

不过，这些时日，庞党还是受了不小的重创。且不提庞绍出事时，江舜恒将不少颇为核心的庞党官员换成了齐旻举荐的寒门举子，光说如今还在朝中的庞党，也是人人自危，不敢如以往一般张扬放肆。毕竟，人人都看见了，大司徒虽然自己显赫，什么风雨都动摇不了他，但一旦出事，他们这些底下的官员，却是说杀就杀、说换就换，没人庇护的。他们在庞绍手下讨好处，也要给自己想后路。出了事庞绍护不住他们，那他们只能想新的法子自保。一时间，整个朝堂竟像换了血一般，显出几分风清气正的态势。

齐旻似乎也知道，这一切与江随舟有关。江随舟休养归来后第一次上朝，齐旻便在散朝后找到了他，说要请他到府上小酌一番，聊表谢意。

江随舟却知道，自己去不得。此前齐旻不得江舜恒待见，上次因祸得福，如今也受了几分倚重。越是这样，自己便越不能与他亲近，毕竟一旦沾染了自己，江舜恒对齐旻的这几分信任，想必也会土崩瓦解。

“本王倒是不知，齐大人要谢本王什么。”江随舟轻笑着看着齐旻，语气虽轻，说话却一点都不客气。接着，他拔高了几分声音，教周遭官员都听了个真切。

“齐大人做好自己分内的事就行，井水不犯河水，也别招惹本王。”说完，他拂袖而去。

果真，没多久，这件事便传进了江舜恒的耳朵里。江舜恒没说什么，但此后却对齐旻又倚重了几分。

而朝堂之上，对靖王轻狂无礼的言论却甚嚣尘上。也有不少人将抱怨的话说到了齐旻的耳边。

齐旻听到，皆不予理会，唯独有一日独自在书房中处理公事的间隙，长叹了一声：“靖王若早生若干载，想必老夫有生之年，便能有机会再看一看邺城的城墙了。”

齐旻私下怎么想，江随舟自是不知道。他也并没注意这些，而是一门心思静等着朝中的动向。

果真没多久，庞绍有了大动作。他自己贴补了许多金银，大兴土木，将原本一两年之后才能建成的围场修好了。江舜恒向来喜欢打猎，邺城外多山，出城百里还有草原，最合适不过。自打迁都临安之后，庞绍便花了大功夫，终于在天平山寻到了好去处。但迁都之后，修皇宫、养军队，样样都要花银子，南边又匪患不断，这修围场的事，便一拖再拖。但是，不到一个月，庞绍忽然花钱，将围场修好了，还在其中豢养了不少飞禽走兽。

这日一早朝，庞绍便将此事告知了江舜恒。江舜恒闻言果然大喜过望，说眼看着便要入夏，定然要在天热之前去打一场猎。他与庞绍商量一番，便将日子定在了半个月后。

江随舟知道他为什么这么急。因为两三天前，捷报传来，说娄钺将军平定了南方匪患，扫清残余之后，便会班师回朝。若说齐旻只是招庞绍厌烦，给他添麻烦的话，那娄钺，便是庞绍真正的眼中钉、肉中刺。南景缺将才，娄钺便是南景堪称第一的将军。他性子差，总和庞绍公然作对，但庞绍又要用他，故而一直无法对他怎么样。这个人对庞绍来说，才是最难对付的。所以庞绍一定要赶在娄钺回朝之前哄好江舜恒，才能安下心来，应付娄钺。

这日江随舟下朝回府，径直去了霍无咎房中，一直沉思着，许久都没讲话。

“在想什么？”霍无咎问道。

江随舟在霍无咎的床榻边坐下，道：“本王在想，去天平山围猎，带谁去。”

说着，他便自顾自地分析道：“君王游猎，臣子随从，我怕行程中会有变故，需带人从旁保护。本王与顾长筠和徐渡商量着，他们二人都怕不安全，便说让徐渡随行。徐渡虽看着文弱，却会些功夫……可是，京中还需人盯着，徐渡走了，本王又怕顾长筠管不好他手下的人。”

江随舟叹了口气：“本王早该多纳两个幕僚回来，也不至于人手不够。”

却没注意到，床榻上的霍无咎目光沉了沉。接着，他听见了霍无咎的声音。

“我同你去。”霍无咎说。

江随舟闻言一愣：“什么？”

便听霍无咎说道：“不是要去游猎吗？我跟你一起去。”

江随舟一听便知，霍无咎所说的并不可行。那二人建议他带徐渡，就是想让徐渡近身保护他，以免庞绍想要在游猎的时候对他动手。霍无咎毕竟站都站不起来，带上霍无咎去，若有什么意外，保护霍无咎还来不及呢。但奇怪的是，他张了张口，竟说不出拒绝的话来，甚至一时间有两分动心。就好像是，这人在他身边陪着他久了，即便什么都做不了，却只要霍无咎在那儿，就有种莫名的安全感。

江随舟沉默了片刻，才将这番不理智的想法压了下去。他开口道：“可是，你行动毕竟不方便。临安距天平山有数百里之远，舟车劳顿……”

霍无咎却说道：“都没问题。”

江随舟看向霍无咎，便见霍无咎抬眼，神色平静地道：“许久未见，江舜恒怕是也想看看我而今的惨状。”

江随舟张了张口。他是想反驳的。但方才说出的那句话，已经与他心中隐隐的期待相悖了。这会儿被霍无咎一打断，便再也张不开口了。片刻之后，他轻声道：“那你路上，定要注意安全。”

这日之后，江随舟便忙碌了起来。

渐渐入夏，江舜恒的服制都要更换。制衣之事是内务府的职责，而江舜恒春、冬的旧衣，则要经礼部之手，登记入档后妥善保管。礼部这些时日忙碌，这件事便落到了江随舟的头上。

江随舟自然知道，龙袍的事不能有半点轻慢，万一从他手中流出去，便是大罪。因着庞绍，他怀了一百二十分的小心，事事亲力亲为，不敢让庞绍拿住半点把柄。故而，也接连好几日没到霍无咎这里来。

江随舟不来，魏楷便找到了机会在这里久留，给他汇报京中和北梁的各路消息。

这日，魏楷从这儿知道了霍无咎要随同去游猎的消息。魏楷大喜，道："将军说不急着走，原是因着这个！咱们跟着他们出宫，便不必自己躲京城守卫。他们的仪仗定然冗余，等出了城，最好找机会金蝉脱壳！"

却见霍无咎淡淡地道："不逃。你准备一番，回头假扮作小厮，给我推轮椅。"

魏楷一愣："将军？"

霍无咎抬眼看魏楷，便听魏楷问道："您不逃，是打算去做什么呢？"

霍无咎淡淡地道："不是去围猎吗？去打猎啊。"

魏楷忙道："将军可别唬我了！您既不想借此逃跑，还去……"

便听霍无咎打断了他："只是因为，我有个猜测。需要自己跟着一起去，才能放心。若是我猜得不错的话，事发之时，你自会知道。"

魏楷闻言，只得讪讪地闭上了嘴。

便听霍无咎问道："靖王这些时日在忙什么？"

魏楷道："在替狗皇帝归置龙袍。瞧着他这几日早出晚归的，都在忙这个，似乎是怕有人动手脚。"

"那有人动手脚吗？"霍无咎问道。

魏楷说："倒是有一个。庞家的，人在礼部，不是什么大官，是庞绍的一个庶侄。不过靖王早提防了他，到现在他都没找到下手的机会。"

霍无咎放下手中的书，沉吟了片刻："他想动手，无非想让靖王出些大不敬的岔子。"

魏楷闻言连连点头："那是！属下听说，狗皇帝奢靡，旧衣穿过一季便不会再穿了。所以，这些龙袍归档收起来后，等闲也没人清点。您说，要是少个一两件，出现在靖王府，那靖王殿下，不就有人头落地的由头了吗？”魏楷全然一副事不关己的目光，正径自说得来劲，并没注意到他家将军沉吟着摸了摸下巴。

魏楷的话音一落，便听将军开口问道：“以你们的身手，弄出一件龙袍来，困难吗？”

魏楷一愣：“将军，您要借他之手，杀靖王？”

霍无咎静静地看向魏楷。魏楷直被看得后背发冷，讷讷地闭了嘴：“属下失言，还请将军示下。”

便见他家将军收回目光，缓缓地开了口：“以彼之道，还施彼身。”

庞绍的庶侄在江随舟手下做事，江随舟一直都知道。

不过，庞绍这个庶侄本就是他兄长的一个不受宠的庶子。他们庞家家大业大，子孙也繁多，他光嫡出的侄子便两只手都数不过来，自然也不会怎么将这种庶出的侄儿放在心上了。

这个庶侄究竟得不得庞绍的心，江随舟无从得知。但是，这人在他的手下，没出差错，他也没有将这人赶走的权力，故而只得小心着这人的一举一动，免生事端。但是，没过几日，这人居然自己出事了。

这天，江随舟一直在礼部处理后续事宜，一直忙到深夜，才堪堪回府。

刚进安隐堂，便见霍无咎房中还点着灯。江随舟在门口忖度片刻，还是敲响了霍无咎的房门。

这些时日以来，出事了便去寻霍无咎，竟已渐渐成了他的习惯。

霍无咎还没睡。

“怎么了？”见江随舟在自己面前坐下，霍无咎开口问道。

便见江随舟抬起头来，定定地看了霍无咎一会儿，轻声道：“本王的一个手下死了。”

霍无咎眉头一跳：“谁？”

江随舟说：“礼部的一个小官，叫庞枞，是……庞绍的一个侄儿。”

霍无咎立刻便明白了是怎么一回事。魏楷做事向来利索，想必是今日得了手。

霍无咎不动声色地问：“看你这样子，莫不是在替庞绍难过？”

江随舟摇了摇头：“不是。本王只是觉得太离奇了些，像做梦。”

说着，江随舟看向霍无咎，道：“你可知道他是怎么死的？”

霍无咎当然知道。毕竟弄死那个人，还是他的主意，是他的命令。不过，他却颇为捧场，问道：“怎么死的？”

江随舟说：“在去大司徒府的半路上，他所坐的马车惊了马，他被从车里甩出来，摔死的。”

霍无咎不动声色：“哦，原来是意外啊。”

江随舟忙道：“但是，他的马车里，却掉出来一件他私藏的龙袍。青天白日，多少百姓都瞧见了，如今京里闹得沸沸扬扬，都说庞绍有不臣之心，想取江姓而代之。”

霍无咎笑了几声。魏楷办事果然令人放心，前后做得不留半点痕迹，全是按着他的命令来的。

“然后呢？”霍无咎问道。

江随舟道：“皇上自然震怒，立刻将庞绍叫去对质。庞绍虽然辩解，皇上却听不进去。最后，庞绍只好将责任甩出去，只说自己对此事半点不知情，或许是他这个不受宠的侄儿自己生了异心，不知要做什么。为了打消皇上的疑虑，他还主动提出，要严惩庞枞那一支庞家旁系。”

江随舟缓缓地深吸了一口气：“今日，庞枞一家，连带着父兄，已经一并下了狱，想必即便还留有性命，也要统统被罢官革职，发配边疆了。”

霍无咎不动声色地勾了勾唇角，对这个结果颇为满意。他问道：“那岂不是好事？”

江随舟点头：“是好事，但是我总觉得……怪得很。”他皱起眉头，若有所思地说道。

霍无咎不动声色地抬了抬眉毛，对他的反应很意外。

“哪里怪？”霍无咎问道。

“这些时日，庞绍接连出了意外，但你我都知，那些意外都是人为，是我在背后做的。但今日之事，我半点都没有动手。”

霍无咎道：“也许是巧合呢？”

江随舟不假思索地摇头：“绝不会是。所以我在想……背后之人是谁？竟这般厉害。”

霍无咎没有说话，静静地听着他说。

便听江随舟道："此人倒是消息灵通，心思奇巧，手段也利落狠辣。如今，庞枞身死，死无对证，唯独留下了个公之于众的证据，自是使得庞绍百口莫辩。既设下这样的局，又利落地灭了口，想必这人是个狠角色。"

霍无咎停顿了一下，顺着他的话点了点头。

便听江随舟皱着眉接着说："更奇怪的是，他竟半点没有牵扯到本王。"

霍无咎心道：那不是废话。

江随舟兀自道："他马车中出现的那件龙袍，恰好是他经手过的，礼部记录在案，与本王没有半点关系。此人既手段毒辣地攻击了庞绍，又恰好避开我，你说……这个人，我是不是认识？"

霍无咎眉心一跳。或许不只是认识。他心下腹诽。面上，他却不动声色，面色一片沉静淡定："或许是。你可有什么猜测？"

江随舟沉吟起来："本王想了一整个下午，也百思不得其解。如今朝中，能有本事与庞绍抗衡的人不多。娄将军人不在临安，想必手也伸不了那么长。齐旻有心，却不是会下杀手的人……这样算下来，本王倒不知是谁了。"他一派凝重地盯着桌上跳跃的烛火，思虑得认真，眉头拧得紧，让霍无咎一时间都生出了几分似是戏弄了他的愧疚。许是江南多雨，四下里潮湿，时日久了，把人的心都泡得容易软了。

霍无咎心下叹了口气，张口正要说话。

却见江随舟抬眼看向霍无咎，眼睛里染上了两分笑意："也许是本王没想到的，不管是谁，总归是个颇为厉害的好人。"江随舟说着，抬手隔着被子，轻轻拍了拍霍无咎。

"他既如此，想必对本王也心存善意。你放心，他日若知道这人是谁，本王定然会尽力托付他，让他袒护庇佑你的。"

霍无咎停顿了一下，到嘴边的话，尽数咽了回去。

"如此甚好。"片刻之后，霍无咎缓缓地说道。

江随舟这日回府虽晚，却赶不上庞绍。

庞府的下人们胆战心惊地候在府中，一直到打过四更，天际微微泛白，才有门房处的下人来报，说老爷从宫中回来了。周遭伺候的，从没见过庞绍这般阴沉着脸的时候。一时间，众人大气都不敢出，眼看着庞绍一路到了正堂，将门一关，径直去见那几位在庞府候到天明的大臣了。

门外的下人，听见庞绍在房中发了好大的脾气。而房中的官员们，也个个大气都不敢出。

他们都知道庞枞的心思，他巴结讨好庞绍，投其所好，也不是一日两日了。但是，谁也没想到，这人竟然这般大胆，还就这么巧地，在来庞府的路上出了事。庞枞的父亲是庞绍的一个庶兄，虽然官位不及庞绍高，却是庞绍极为得力的左右手。今日庞绍为了洗脱自己的嫌疑，将庞绍全家推了出去，对庞绍来说，并非壁虎断尾，而是自断一臂。

庞绍自然怒极。但他岁数渐大了，在宫中熬了大半宿，也没什么发脾气的力气了，不过砸了个茶盏，将面前的几人训斥了几句，便坐在太师椅上，兀自喘起了气来。

“只当他是条活不了几年的病犬，却没想到这般尖牙利爪，倒是我一向看轻他了。”庞绍咬牙切齿地道。

旁边官员忙问道：“大司徒，莫非此事是有人蓄意而为？”

庞绍冷笑：“不然，是他恰好想拿龙袍栽赃靖王，来找我邀功，正好被惊了马，又正好摔死，还正好，让龙袍从他的马车里飞出来？若不是，那便是天上诸位神仙要我庞绍的命了。”

旁人忙道：“庞大人所言甚是，此事的确蹊跷！可是……大人如何得知，此事是谁做的？”

庞绍抬眼看向他：“满朝上下，还有谁需要做这件事？又有谁，有这个本事做这件事？”

“这……”一时间，众人面面相觑。

庞绍冷笑了一声：“正好，皇上爱打猎，过些日子围猎场上，我便送他个大礼，将功折罪。”

庞枞一死，就连江随舟在礼部的差事都顺利了不少。没几日，他便忙完了手头的事。

眼看着就要入夏，离江舜恒动身去天平山的日子也渐渐近了。江随舟略休息了几日，便开始准备着伴驾出猎之事了。

这对他来说，的确挺麻烦。他本就不大会骑马，小时候最多是全副武装地在平整的马场里兜兜圈。长大之后，他出行不是坐轿就是坐马车，基本没骑过马。届时到了围场上，想方设法地躲懒，想必还要下一番功夫。

而顾长筠和徐渡，也对江随舟的决定颇为不放心，前来劝了他好几次。他们不放心，无外乎是对霍无咎不信任。霍无咎毕竟身残，路都走不得，若有什么危险，自然指望不上了。

江随舟倒是颇为放心："青天白日，皇家围场，想必不会出太大的乱子。更何况，霍无咎一个战俘，本王又'厌恶'他，自然要对他多加看管。这样的话，什么进山打猎的事，就可以躲开了。"听江随舟这么一说，二人也觉得有些道理。再加上他们实在劝不动江随舟，便只好作罢。

四月末，江舜恒的仪仗出了临安。

数百车骑，在御林军的护卫下浩浩荡荡地出了城，一路往北而去。天平山在临安西北的两百多里外，在苏州府的境内。此处原本是一片风景秀丽的山水，以山峰奇绝、悬崖险峻著称，而且漫山枫树，一入秋来红枫映溪，甚是好看。

景都南迁之前，此处颇为热闹，常有游人往来，山上还有一处道观。不过迁都的第二年，庞绍便看上了这处地界，便派人将此处一围，围成了天家的地方，就连山上的道观，也推平了，改建成了宫殿。

这也是江随舟第一次出临安城。他一早便带着霍无咎入宫，上了靖王府的马车。

江舜恒这些时日都不大顺心，一早也板着一张脸，直到看见霍无咎，才难得露出了个笑模样，狠狠地讥讽了他几句。江舜恒的心情这才算短暂地转了晴，却也没忘记多派了二三成的兵力，围在了靖王府的马车周围。

江随舟一上车，便注意到了。他打起帘子看了两眼，对霍无咎笑道："你看看，这样大的阵仗，也就是皇上身边才有了。"

霍无咎透过马车车窗的缝隙，淡淡地往外看了一眼，意味不明地笑了一声。

"抬举我了。"霍无咎说。

不知怎么，江随舟只觉得这笑声满是轻蔑，就好像……就好像他的腿是好的，根本不屑被这些人看管似的。江随舟被自己这个想法吓了一跳，勾了勾嘴唇，只当自己是盼霍无咎康复心切，盼得看什么都像了。

天际发白，仪仗便缓缓地起行了。

江舜恒虽然说是出去打猎，但实则就是找个由头去游山玩水。车队周遭尽是随侍的宫女、太监，再加上披甲执旗的仪仗，队伍走起来便慢极了。出了临安，便沿着官道一路往北行。行了半日，也像没走多远似的。

“可知要走多久？”临近中午，江随舟打起马车的锦帘，问外头的孟潜山道。

孟潜山忙道：“回王爷，按着这会儿的脚程，想必到天平山也要入夜了。不过方才前头的侍卫传话，说今日一整日都不停下歇息了，不然便要在半路上过夜，明日才能到了。”

江随舟抬眼看了看高悬在天的日头，应了一声，放下了车帘。缩回马车里，他叹了口气：“真够折腾的。”

霍无咎看向他：“怎么？”

江随舟往后一靠。亲王的马车自然舒适奢华，连霍无咎的轮椅放在里头也绰绰有余。他所坐的座椅也颇为宽敞舒适，旁边小桌上还有茶盏和点心。但他这副身体却偏有富贵病。

“坐得久了，浑身都不大舒服。”江随舟挪了挪身后的软枕，叹道。

“还得有大半日。”霍无咎说。

“可不是。”江随舟道，“今日起得也早，这马车晃得人头疼。”

霍无咎抬眼看向江随舟。锦衣华服的男子，眉目如琢，歪坐在一片柔软的锦绣之中，皱着眉又嫌身上酸，又嫌头疼的，当真娇贵得很。

对霍无咎来说，骑马连日奔袭都是再正常不过的，若遇上情势严峻，马都没的骑，带伤在雨雪风沙里前行也是常有的事，哪儿有嫌这嫌那的工夫。要是搁在一年前，有人在霍无咎面前说这样的话，早被他单手提着丢出车外去了。可这会儿，他却心道：的确。行了两三个时辰了，就这么颠着，不给人半点喘息的机会，当真不近人情。

霍无咎抬手，抽出了自己旁边的两个软枕，往江随舟身边一塞，道：“时间还早，你先睡会儿。”

江随舟往软枕上一靠，倒是不大困，反倒同霍无咎说起话来：“说实话，你这日日在轮椅上坐着，也真够累的。”

霍无咎不知道坐着能有什么可累的，不过他既说了，霍无咎便顺着他的话道：“还好。”

便听江随舟接着说道：“这些日子给你治病的大夫，本事也就那样。你放心，这些日子顾长筠也在一直替你物色着，虽说暂时没什么成果，但一年半载的，总找得到能治好你的人。”

霍无咎倒是有些好奇了：“你何以这般笃定？”

江随舟道："什么？"

"治好我。"霍无咎停顿了一下，接着轻声道，"那日，是江舜恒亲眼盯着给我上的刑，直到太医和行刑之人都说我这腿算永远废了，他才让停的手。"

霍无咎又接着问道："你怎么就确定能治好？"

江随舟竟一时有些哽住了。知道这件事是一回事，听霍无咎给他描述，又是另一回事。

分明是这般鲜血淋漓的惨痛往事，霍无咎竟能这般轻描淡写，就像那日忍受这般刑罚的不是他、如今坐在轮椅上的也不是他一般。

江随舟一时间没有说出话来。就在霍无咎将探询的目光落在他身上时，江随舟抬眼看着窗外，淡淡地开口："本王说了，能治好你，那便是能治好你。"

江随舟的脸上没什么表情，霍无咎却能从他的眼里看到一种坚定。并不是志在必得的坚定，而是笃定了要做一件事，即便付出再多代价，也在所不惜的坚定。

霍无咎放在膝头的手，不由得握紧了。

便听江随舟接着道："天下那么多的大夫，不全在太医院，也不是所有医治的法子，他们都会。更何况，他江舜恒恶事做尽，必不会什么事都能顺他心意。"

霍无咎看着江随舟。他想告诉江随舟，其实江随舟努力想要做到的事，早就已经做到了。要不是江随舟自毁身体，借由替自己寻医，李长宁和魏楷也不会这么早地寻来，他也不会这么早地治好双腿，没有落得半点残疾。

但是，他一时却又说不出口。当时的自己，只当这些都与江随舟无关，二人没有任何瓜葛，故而没必要坦诚。但是现在，他想告诉对方，却又因着当日一时的念头，开始担心起那一番不坦诚，会归于欺骗的范畴。

霍无咎向来杀伐果决，可现在，一句简单的话，都被唇舌压在齿关里，来回犹豫着，说不出口。片刻，只剩下淡淡的一声"嗯"，稍纵即逝，被辘辘的车轮声掩盖住了。

江随舟与霍无咎有一搭没一搭地说着话，渐渐地，竟然睡了过去。他的座椅柔软，车厢壁却是坚硬异常。他靠在车厢上，随着马车的颠簸，多少有点不大舒服。不过许是因着睡得太熟，渐渐地，这点不舒服竟然消失了。他这一睡，便一直睡到被孟潜山叫醒。

"王爷，王爷醒醒，咱们到啦。"孟潜山在他面前唤道。

江随舟迷迷糊糊地睁眼，便见车窗外四下灯火通明，竟然已经进了一处院落。下人们已经在车外候着了，霍无咎也坐在马车边，由后头的魏楷推着。

还是那天李长宁煎药时，说他不便随行，但江随舟和霍无咎日日都需有人煎药，便请江随舟将他徒弟带上。江随舟不想声张，也怕出岔子，便干脆让魏楷顶了孙远的位置，将孙远留在了府中。

江随舟只觉自己睡迷糊了，眼前都晕乎乎的，片刻之后才渐渐找回了意识。

“睡得太死了，竟然没发现已经到了。”江随舟的声音有些哑，说道。

江随舟由孟潜山扶着下了马车，便见自己已经到了山上的宫苑中。天平山这一带海拔虽不高，却山峰绵延，这儿是其中的一座，是前两年推平的那处道观的旧址。

这儿属实风光好，夜色里也隐约能看见群山青翠，山下树木密布，河水潺潺。庞绍花了大功夫，这片山上的宫苑虽然面积不算极大，却处处精巧别致，远远一看，宛如山中的阆苑仙府。

院中的正房是一进五间的房屋，两侧有两排厢房。孟潜山麻利地将下人们安顿好，又将江随舟和霍无咎请进了正房中。东西两间恰有两张床榻，便也省下了不少麻烦。

江随舟虽说睡了一路，但车上颠簸，总归浑身酸痛、疲乏。待进了房中，他由孟潜山伺候着收拾好，便在床榻上躺了下来。

“本王倒是觉得，身体似乎好了不少。”江随舟说。

孟潜山闻言，一边替他拉被子，一边问道：“王爷此话怎讲？”

江随舟说：“今日上午，本王坐在车上还觉得浑身酸痛，原想着坚持不了一路，却没料到一直坐到现在，似乎也没有想象中那么累。”

孟潜山闻言，“扑哧”笑了一声。

“怎么？”江随舟面露疑惑。

便见孟潜山连连摇头。

“没什么，没什么。”孟潜山笑道，“奴才这是为王爷高兴呢。”

江随舟面露疑惑，不由得多看了孟潜山两眼，却也没再问。

孟潜山说着话，便替江随舟放下床帐，笑着退了出去。

孟潜山退出江随舟的卧房后，嘿嘿笑了两声。他总不能告诉王爷，您今日舟车劳顿却不觉得累，并不是身子硬朗了的缘故吧？

孟潜山又想起了自己今日白天里看到的情景。他今日打起车帘，本来要给王爷回话，却见王爷正睡着。他并非靠在车厢上，而是靠在原本给霍无咎准备的软垫上。

听着王爷方才那话，想必是霍将军照顾着王爷一路了。王爷向来独来独往，孟潜山何时见过王爷这般自然地与旁人亲近？王爷身侧得此挚友，他自是替王爷高兴。

山上的别苑地方不大，两侧的厢房也没几间屋子。因着带来的下人多，便要挤着住，即便是孟潜山，也要与旁人同住一间屋子。

第二日或许便要随皇上进山，事情多得很，孟潜山便差了旁人在江随舟房外守夜，自己先回房中歇下了。他住的屋子要清静些，房中只两张床榻，他进房时，另一张床上已经有人了。

见孟潜山进来，那人规规矩矩地站起来，躬身道："孟公公。"这人恰是扮作小厮跟来的、李长宁大夫的徒弟。

孟潜山连连摆手，道："别拘礼，你只管歇着。"这小子是他特意安排在这儿的。他随侍在霍将军身边，又要给两位主子煎药，旁的屋子人多眼杂的，不如孟潜山这儿清静。

见这小子瞧上去又木讷又乖巧，听了自己的话，便在床榻上坐了回去。孟潜山坐在床上，一边脱靴子，一边开口与他闲聊了起来："你师父也在王爷身边伺候了一阵子了，这霍将军的腿，究竟有没有起色啊？"

坐在旁边装傻充愣的魏楷听到这话，立刻绷紧了神经。来试探了。他在心下说道。他斟酌着词句，小心地开口道："回公公，如今也不过能减少将军几分痛苦，使得他雨天不必再那么疼了。但是师父也说，将军腿上的筋脉断得彻底，恐怕……也只能到这个程度了。"

听到这话，孟潜山不由得叹了口气。

"减少两分疼痛，也是好的。"孟潜山说。

魏楷打量着他的神色，连连应是。

孟潜山见着这小子老实，不由得开口提点了他两句："你和你师父，只管好好地伺候着。霍将军的腿但凡恢复上一两分，都少不了你们两个后半辈子的荣华富贵。"

听到这话，魏楷装出的呆愣里，也多了几分真。他难道看出了自己的身份？不然，怎么会说这样的话？

便见孟潜山将靴子往地上一搁，抬眼瞥了他一眼，笑道："王爷看重霍将军。"

魏楷停顿了一下，迟疑地问道："这……是为什么？"

孟潜山闻言笑了两声，收回目光。

“你不懂。”孟潜山慢悠悠地说，“过上几年，自然就知道了。”

第二日一早，便有人来传旨，让江随舟准备一番，一会儿要同皇上下山打猎。

江随舟昨日里舟车劳顿了一整天，此时一动都不想动。他原想着差孟潜山去回了，只说自己累病了，那传旨的下人却硬等在那儿，说皇上有旨，今日靖王必须要去。

江随舟当然知道江舜恒没安好心。别无他法，江随舟只得认命地从床上翻身坐起来，让孟潜山给他换骑装。

却在这时，霍无咎坐着轮椅行了过来。

“何事？”江随舟忙抬头问道。

霍无咎往外看了一眼。院中虽说都是江随舟府中的人，但四下里尽是宫中的守卫，将院子的每个出口都把守住了。

“你走之前，和我起一场冲突。”霍无咎道，“动静要闹得大一些，只说对我不放心，将我锁在主屋里。”

霍无咎停顿了一下，接着道：“只由魏楷一人在房中便好。”

江随舟听愣了：“这是为什么？”

霍无咎张口正要解释，抬眼却见窗外似乎有人想从远处往这里看。他低下头，言简意赅地道：“权作自保。”

江随舟一想，也是这个道理。他带着人走了，独留霍无咎在这里，若是江舜恒派人过来，当如何是好？江随舟飞快且幅度极小地点了点头，示意自己知道了。

于是，江舜恒派来的近侍在院中等了小半个时辰，便见靖王殿下脸色不好，一身骑装自房中走出来。周遭的下人们也像被斥责了一般，低着头自房中鱼贯而出。

近侍见状，连忙走上前去。便见靖王正冷着脸吩咐周遭的下人们锁门。

“钥匙交给本王，本王若没回来，他即便死在里面，也不许开门。”江随舟站在门口，居高临下地冷声说道。

“哎哟，王爷您这是……”那内侍连忙上前问道。

“怎么？”江随舟侧过头来，冷着脸道，“本王的私事，你也要管？”

那公公一时犹豫，眼睛却机灵，滴溜溜地顺着关门的缝隙，看见了里头冷脸端坐着的霍无咎，身后只剩下一个推轮椅的小厮。

内侍“哎哟”了一声：“王爷，您何苦把霍将军锁在房里呢……”

“他骑马都不能，去了丢本王的人吗？”江随舟道。

“这……”那内侍正欲再说话，便见孟潜山苦着脸走上前来，将他拉到一边去了。

“公公，您就别劝了！”孟潜山道，“里头那位的事，千万别管！”

说到这儿，孟潜山压低了声音，神秘兮兮地说道：“里头那个是个俘虏，您也不是不知道……王爷锁了他，是既不想带他，又不让他出门乱走，才借口怕他跑了，将他关起来的。”

这内侍了然地应了一声，对孟潜山道了一声多谢。

江随舟早跟孟潜山说过，这个内侍听去的话，必然会告诉皇上。因此，他将该说的话说完，便抄着手站远了些，眼看着厚重的锁头将房门锁了个严实，连窗子都一扇一扇地关死了。

靖王这才领着人，浩浩荡荡地离了别苑。

院中渐渐静了下来。

“将军？”一直听到外头没了动静，旁边的魏楷才匆匆上前。他也是被今日突如其来的场面吓到了，一时间有些没回过神来。

却见轮椅上的将军站起了身，利索地宽起衣带来。

“换衣服。”霍无咎命令魏楷道。

魏楷直发愣，却也不敢违抗将军的命令，跟着脱起了衣袍。

“接下来的话，听清楚了。”霍无咎说。

魏楷连忙应是。

“今日早上的事，是我刻意所为。”霍无咎说，“一会儿我要出去一趟，你只管坐在轮椅上等我回来。只要切记不发出声音，门窗锁着，没人会进来。”

“是。”魏楷道，“可是将军，您这是要去做什么？”

霍无咎已经脱下了外袍，将魏楷放在桌上的短打往身上一披，利索地穿好了。他将长发在脑后一扎，看向魏楷。

“那天，我是不是跟你说过，要带走一个人？”霍无咎问道。

魏楷点头。便见霍无咎扎好了头发，垂下手时，抬手在他肩上拍了拍。

“那人就是靖王。”霍无咎说，“野外不安全，我去保护他。”

果如江随舟所料，待他骑着马赶到山下，他刚才院中发生的事，已经尽人皆知了。

他来时，江舜恒还阴阳怪气地笑道："五弟，可谓朕之股肱，忧朕之忧，思朕之思，真是太让人欣慰了！"

周遭众人皆跟着赔笑。

江舜恒今天心情不错，江随舟多少也有听说。毕竟，庞绍最懂得如何投其所好，既让他的新欢在左右侍奉，又千方百计给他寻来宝马良驹。旁边小太监手里牵着的猎犬也高大又威武，据说猎场里还圈着不少珍禽异兽，只只都极合江舜恒的心意。

见着江随舟跨马而来，江舜恒懒洋洋地一甩手里的鞭子，催着马走到了江随舟的面前。

"来啦，五弟？"他笑着问道。

"臣弟身体不济，来迟了，还请皇兄责罚。"江随舟低头道。

江舜恒笑了几声，上下打量了一番。江随舟今日穿了一身黑色的骑装，干净利落，却难掩苍白的脸色。

"不妨事。"江舜恒轻飘飘地说道，便催马往前走去。众人便一路跟着他，往猎场去了。

山脚下围起了大片的山川丛林，一眼望不到边际。

江南不似北方，难见大片平整的草场。但既要纵马打猎，丛林便有些不方便。山脚下，庞绍特意着人将一片地势平整处的树林除了个干净，硬是种出了一片草场。

众人到时，草场上已经四下散落了不少骑马的侍卫，正将圈在山中的动物从林中赶出来，赶到了草场之上，供江舜恒猎杀。

江舜恒的眼睛都亮了起来："既来了，众位爱卿便自便吧，今日猎得头筹者，朕有重赏！"

这般说着，他便一把抽出了背上的弓箭，马鞭一扬，朝着眼前的一头山羊冲了过去。

他身后众人虽听他说了"自便"，却也知皇上骑术、射术都颇为一般，他们若真顺着皇上的话"自便"了，反倒要扫了皇上的面子、败皇上的兴。一时间，众人呼啦啦地散开，却大多远远地跟在江舜恒后头。

江随舟不想凑这个热闹，骑在马上小跑着跟在一边。幸而这日天气阴沉，日头并不算晒，江随舟权当出来散步，倒也颇为惬意。他远远地看着江舜恒打猎。

江舜恒的确箭法很差。那山羊是被从山中赶出来的，早有些筋疲力尽，又有一群侍卫追逐着断它的后路。即便如此，江舜恒几箭过去，也只有一箭射中那只山羊的屁股，反倒疼得它横冲直撞起来。

不过，江舜恒无论什么样的箭法，都是有人夸的。因此，江舜恒反倒颇为自信，箭一支一支地射出去，却即便射中了，也射不到要害。那只山羊一直挨了江舜恒四五箭，才终于哀鸣着摔倒在地，被扑上去的侍卫团团围住了。

“皇上箭法精湛，竟然这么快便猎得了一只大物！”身后有官员大声赞道。

江舜恒累得满头是汗，单手握着弓直喘气。他回过头去，便见散落在猎场上的大臣们，皆两手空空，有那么一两个打到猎物的，也不过是兔子、野鸡。

江舜恒露出了满意的神色，命人将那只山羊抬下去，今晚要将它做成菜肴，分给众人。一时间，周遭众人纷纷谢恩。

江舜恒四下打量了一番，问道：“嗯？怎么不见了五弟？”

见到皇上在找靖王，众人皆跟着四下寻找起来。片刻之后，江随舟骑着马，小跑着行到了他身边。

“皇兄跑得太快，臣弟一时没有跟上。”江随舟轻笑着解释道。

江舜恒瞥了一眼他不大康健的脸色，勾唇笑了笑：“五弟也别光看着啊。今日怎么说，也得猎些什么。”

江随舟在马上抱拳道：“是。”

便见江舜恒回头，看了庞绍一眼，继而对江随舟说道：“跟好了啊，今日跟朕一起打猎。”

江随舟心下只觉得烦，面上却不敢显露，应声道：“是。”他心下合计着，反正江舜恒一见着猎物，便什么都顾不得了。自己反正身体不好，也不会武功，到时候跟不上，也情有可原。

却在这时，远处响起了一阵惊呼。

众人看去，竟是一只高大、漂亮的雄鹿被人从林中赶了出来。

这只雄鹿不似方才那只山羊，健壮而漂亮，跑得快极了。虽然有数个侍卫骑马驱赶它，它却半点不见疲态，甚至有人拦在它面前时，它还会低头以角攻击。

“皇上！”旁边立刻有臣子喊道。

江舜恒的眼睛紧盯着那只鹿，马鞭一扬，道：“且看朕去将它猎来！”说着，便往那只鹿的方向冲了过去。

江随舟心下认命地叹了口气，扬鞭跟上。便见江舜恒又是一个劲地朝那只鹿射箭，接连几箭都是空的。渐渐地，江舜恒也有些急了，直从身后摸箭。终于，一箭射在了那只雄鹿的后腿上。便见那只雄鹿哀鸣一声，竟然发起狂来。它一头将最近的侍卫顶下马，竟径直朝着不远处的森林冲了过去。

周遭众人都慌了手脚，急忙要去追。但这又是皇上的猎物，皇上不发话，他们谁也不敢动手猎杀它。便见江舜恒四下一寻，竟一转马头，朝着江随舟去了。

“五弟，还不去帮朕把那头鹿追回来！”江舜恒高声道。

江随舟一愣。他去追？可是，不等他拒绝，江舜恒已经冲到了他身边。他拽着缰绳要躲，却见江舜恒竟扬起马鞭，狠狠地一鞭子，甩在了他的马上。马嘶鸣一声，朝着那只鹿的方向便冲了过去。

江随舟大惊，连忙拽起缰绳想将马停住。可就在这时，身后隐有一道破空之声，极快的一下，便听见他的马又长嘶了一声。这一回，这匹马像是疯了一般，直往前飞奔而去。

江随舟的瞳孔骤缩。分明是暗器！可他顾不得其他，只拼命在马上稳住身形，防止被从马背上甩下来。眼看着前头便是茂密的丛林，再往前去，便是隐没在丛林中的群山了。要想办法让它停下来！

可这马分明中了暗器，已经发了疯，此时只顾着往前冲。旁边似乎有侍卫想要上前阻拦，却听到身后传来了江舜恒的声音。

“都让开！”江舜恒道，“靖王急着要去给朕追猎物，你们挡什么路！”

江随舟心下一寒。剧烈的颠簸和狂风之中，他隐约想起了方才江舜恒的神色。满脸的不怀好意，还频频与庞绍对视，原来，庞绍给江舜恒准备的这么多大礼中，自己才是最精彩的那个。

鹿冲进林中，飞快地便跑不见了。紧接着，江随舟的马也冲进了林中。

林中枝叶繁茂，总算绊住了几分这马的速度，让江随舟隐约能看清周围的情况。但这马仍旧是在飞跑着，甚至隐约有几分踉跄。江随舟连忙试着去拉缰绳，即便拽不住它，也要控制住它的方向。可江随舟本就骑术不佳，身体又弱，此时已经耗空了浑身的力气，非但控制不住马，自己也渐渐握不住缰绳，要被从马背上摔下去了。

江随舟紧咬着齿关，嘴唇都抿白了。他知道，这马本就高大，在这样的速度之下，摔下去非死即残。林中又多枝杈，比起平地里，更是危险。他逼迫自己尽量冷静下来，去想此时的对策。这马跑得快极了，眨眼之间，他已经没入了一片深不可测的森林中。他知道，天平山地势险峻，前方不但群山连绵，而且多峡谷深渊。若这般跑下去，他即便不摔下马，也必死无疑。可见这些时日之后，庞绍有多恨他。

就在这时，江随舟看见，不远处的左前方，有一棵朽断了的大树，横亘在林中。那树高大，又有旁边的树木撑着，正横在半空中。这里！

江随舟咬紧了牙，用尽最后一点力气，扯着缰绳，将座下的马扯向了那个方向。一声巨响，马匹一头撞在了巨大的树干上。那马嘶鸣一声，便摔倒在地。借着它骤然慢下来的速度，江随舟躬下身子，同它一并摔倒在了地上。

马摔倒在地，江随舟也摔在地上，只觉得浑身都摔散架了一般。在这样摔倒的痛里，他的足踝发出了一阵极其尖锐的刺痛。那是方才他摔在地上时，脚下撑了一下，应当是扭到了。

江随舟痛得吸了一口气，深深地喘息了起来。还好。他心道。总算是大难不死，停下来了。可是，还不等他松一口气，随着他摔躺在地的视角，他看见了周遭茂密的树冠之上，有几道黑影。

有人！紧跟着，熟悉的破空之声迎面而来。一支锐利的箭映入了他的瞳孔，箭尖向着他，破空飞来。原来是螳螂捕蝉，黄雀在后。

江随舟早已累得筋疲力尽，更何况这箭的速度极快，不过眨眼之间。他知道自己是躲不开的。他迎着那支箭，闭紧了眼睛。却在这时，一阵劲风袭来。在他前方，清脆的“当”的一声，竟有什么东西，将那支箭拦下来了。

江随舟不可置信地睁开眼睛。可不等看清面前的情况，他便被人握住了胳膊。极强的一股力道，将他一把从地上提了起来。他顺着惯性，径直撞到了一个高大挺拔的人。下一刻，他被这人紧紧护在了身边。电光石火之间，他腰侧的佩剑被一把抽出。江随舟眼前银光一闪，便见那人揽着他，单手将那把剑舞得滴水不漏，十几声清脆的锐响，便有被砍断了的箭镞，簌簌掉在了他周围。

江随舟愣愣地抬起头，便见棱角利如剑刃的侧脸，映入了他的眼帘。长长的睫毛之下，是一双锐利如鹰的黑眼睛。

霍无咎？

江随舟愣在原地，一时间只觉得是自己出现了幻觉。不过下一刻，他便被拉回了现实里。只听“嗖嗖”几道风声，伴着树杈和枝叶簌簌的声响，几道黑影转瞬间便将他们二人团团围住。不等江随舟反应，他只觉身体让人一带，便被那人紧紧护在了身前。

“小心。”他听见旁边那人短促地低声说道。那群人围拢上前，便如黑夜里捕食的狼群一般，从四下里密不透风地冲上前来。以少敌多，而且他们被团团围住，分明如死局一般。

但是，一柄在他那里不过装饰的长剑，却在霍无咎手中成了见血封喉的利器。那剑锋不见半点花哨的架势，却让周遭数个刺客根本无法近身，只十数个来回，扑上前来的黑衣人便一个一个地倒了下去。

一阵凌乱的枝叶声响过后，周遭恢复了平静。唯独霍无咎足下横了七八具尸体，鲜血将褐色的泥土都染成了深色。

江随舟定定地抬头，便见霍无咎单手握剑，垂眼看着地上一动不动的尸体。霍无咎手上的剑锋上还淌着血。

“霍无咎？”江随舟愣愣地开口道。是他疯了还是幻觉？为什么霍无咎会在这个时候出现？还好端端地站在他的面前，双腿像是根本没受过伤一般。

可不等霍无咎回应他，便有一道细微的破空声响起。一枚银光熠熠的暗器冲破黑压压的树枝，直冲江随舟的面门而来。立刻，他便被霍无咎带着朝旁边一闪，那枚银色的暗器将将擦过他的脸颊，削断了他的一缕头发。与此同时，有一人径直从树冠上跃下，不过眨眼之间已到眼前，一柄短匕直取霍无咎的咽喉。此人竟是这群杀手的首领，以暗器吸引走霍无咎的目光，再趁他分神时偷袭。

霍无咎因着方才那一躲，此时已迎着那刀锋而去了。他虽已不及阻挡，却半点不慌，手下的剑花沉着一挽，下一刻，那人温热的血已经溅上了他半边身体。不过，那把匕首也径直插进了他的肩窝。

江随舟离霍无咎极近，电光石火之间，他连那二人的招式都未曾看清，只在短促的几个来回之后，听见了一声微不可察的闷哼。是从贴着自己后肩的那个胸膛中发出来的。他瞳孔骤缩，回头看向霍无咎。却见霍无咎的双眼四下巡睃，继而缓缓地松手，当啷一声，将剑丢在了地上。

“可有受伤？”江随舟听见霍无咎沉声问他。而霍无咎自己，则颇为淡然地抬手，拔出了自己肩上的匕首。鲜血漫出，和杀手的血混在了一起。不知怎么，江随舟的眼眶，顿时泛起了一阵热意。

“你受伤了。”他说。

江舜恒眼看着那匹发了疯的马将江随舟带进了林中。围场前那片森林，是天平山原就有的，里头地形复杂，枝杈茂密，且幽深。

周遭的侍卫和大臣们皆大惊失色，唯独江舜恒昂首挺胸地坐在马上，颇像一个得胜归来的将军。

“谁也不许进去。”江舜恒盯着那片吞人野兽一般的森林，道，“朕要看看，朕这个五弟，究竟有没有本事，替朕猎回那头鹿。”

朝堂上下谁不知道，那位靖王殿下因着身子弱，从小没习过一天武。他自然没有猎鹿的本事，只有在丛林深处摔断脖子的本事。但是谁也不敢说，因为这是皇上的家事。

皇上要他去猎鹿，他就得去猎；皇上要他死，那他也不得不死。所有人脸上的神情都是讳莫如深的，唯独江舜恒，缓缓地抬头，看向那片森林后的远方。那是被密不透风的树木遮盖住的崇山峻岭。

他的眼中全是笑意。他自然是想杀了江随舟，这早不是稀罕事了。但同时，祖宗礼法在上，他又不能轻易杀江随舟。不过这一次，他舅父答应他了。他舅父保证，这一回，谁都不必动手，靖王不会活着回来的。

江舜恒远远看着后头的山岭，片刻之后像是方才什么都没发生一般，鞭子一甩，便引着马匹掉转方向，朝着前头几只分散在草场上的猎物小步跑去。

“都愣着干什么？”他道。

众人这才回过神来一般，各怀鬼胎地装出一副若无其事的模样，继续跟着江舜恒围猎。

江随舟独自坐在一根横亘在地的树干上。

这山中地势险峻，不远处便有一道峡谷。霍无咎来去几趟，颇为利落地将地上横七竖八的尸体处理了个干净。

片刻之后，踏空声传来，江随舟抬头，便见霍无咎落在了自己面前。他半点都不掩饰自己的双腿，在江随舟的面前席地坐下，从自己身上扯下了一条衣摆。江随舟只盯着他的肩膀。

沉默片刻，霍无咎低声笑道：“想问什么就问吧。盯着我看，能看出什么来？”

却听江随舟停顿了一下，声音有些飘忽不定地说道：“我替你包扎一下吧？”

霍无咎将扯下的布条放在江随舟的膝上，一边利落地解开自己的衣袍，一边说道："不用，你又不会。"说话之间，他已经扯开了半边衣襟，露出了肌肉紧实的半边肩膀。单是他露出的这片皮肤上，便有好几道旧伤，都已经结了浅色的疤。最深的那道，横亘过他的锁骨，狰狞之中，竟将那流畅硬朗的锁骨衬出几分俊逸。

而在他的肩窝中，有一处还在流血的新伤。那匕首扎得并不太深，却也撕裂了皮肉，看上去颇为骇人。便见霍无咎单手将那布条覆在伤口上，咬住其中一端，缠了几个来回，便以一种粗暴的方式将伤口裹了起来。

沉默片刻，他咬着布条，目光落在自己的肩上，对江随舟道："你不问问，我的腿是什么时候好的？"只有霍无咎自己知道，他低垂的睫毛下，还是掩藏了几分忐忑的。他自江随舟房屋的后窗跳窗而出，绕过了周遭守卫，这才进了山。他前一日上山时看准了方位，径直便往那处猎场去了。

果真，围场之上，庞绍对江随舟动了手。落在江随舟马上的那一鞭子，是江舜恒抽的，但霍无咎清楚地知道，让那匹马发狂的，是落在马身上的那枚暗器。这个时候坠马，定然会有生命危险。霍无咎一时间顾不上找出使暗器的那人，潜入林中去追那匹马，却恰在追上之时，看见江随舟落入了早埋伏好的包围中。果然，螳螂捕蝉，黄雀在后。一环一环的，庞绍早就安排好，就没打算让江随舟有半分活的可能。

霍无咎已经顾不上其他，只得立刻现身。他知道唯有这样，才能保全江随舟的性命，但他也知道，这样的话，他的双腿就暴露了。但是他也不后悔。他垂着眼，貌似认真地包扎伤口，手下的力道却不由得重了几分，甚至将伤口勒得有些微微渗血。

却听江随舟开了口："不必问。李长宁之前是骗我的，对吧？"

霍无咎手下停顿了一下。

"嗯。"他应了一声。

"所以说，他就是你的人了。"江随舟说，"他身边跟着的那个徒弟，我第一眼见他便觉得像行伍中人，他见你时，表情也不大对。不过，当时我正病着，没什么精力，李长宁说他是个农夫，我便也就信了。"江随舟的声音平静极了。

但霍无咎只觉像有一条极细的丝线，勒在了他的心脏上，一点点地收紧了。他原本在给伤口打结的手停在原地，也有些不大能动了。

果真。霍无咎心道。他向来是聪明的，只要让他看见，便不必多解释。霍无咎却觉得嘴里有些苦。

霍无咎像是个等着判刑的犯人，终日被悬着，此时终于尘埃落定了，他却一点都高兴不起来："是的。所以……"所以，我并不是个坦诚的合作对象，你大可以对我失望，不过我之前答应的事，还是会做到的。他喉头哽住，有些说不出来了。

却听江随舟开了口："所以，你的伤口不能这么包扎。"

他俯下身，对霍无咎说道："虽然我不懂，却也知道不可硬捂着。即便这里没有伤药，你也得先将伤口清洗一番吧？我听隐约有水声，这附近是不是有溪流？"

霍无咎停顿了一下："往西半里，有一条。"

"走，我们先到溪边去。"江随舟说着，站起身来。他坐久了，方才又一直被霍无咎揽着，已经忘了自己的脚扭伤了。他乍一起身，便痛得吸了一口凉气，险些摔倒在地。

霍无咎一抬手，将他扶住了。

"脚怎么了？"霍无咎问道。

江随舟撑在他的胳膊上。那条胳膊肌肉紧实，摸起来石头似的硬，撑着他时四平八稳的，颇有安全感。

"方才落马时，扭了一下。"江随舟说。

霍无咎停顿了一下，片刻后似是无奈，咬牙"啧"了一声："这都能忘？"

江随舟有些尴尬。实在是方才霍无咎受伤时的情形太过触目惊心，他一直只顾着看霍无咎，竟把自己扭伤的事忘了。

霍无咎垂眼，便看见江随舟这副表情，立刻明白了他的想法。

霍无咎对面前这人，实在一点办法都没有。霍无咎沉默片刻，又低声说道："刚才说了，李长宁没跟你说实话。他听命于我，所以是我……"

却听江随舟开了口："所以，是好事啊！我一直头疼你的腿伤，却没想到会有你的人找来，给你治好了。"

霍无咎停顿了一下，低头看向江随舟。便见江随舟也在抬头看他。那双眼中亮晶晶的满是喜悦，半点不似作伪。

"所以，还不赶紧到溪边去？"江随舟道，"伤口再不清理一下，腿好了，胳膊可就要废了。"

这儿虽然依稀能听见潺潺的水声，但离那处小溪多少还是有段距离的。

江随舟本想让霍无咎扶他到水边去，但霍无咎却俯下身去，在他的脚腕子上捏了捏。江随舟疼得直抽气，条件反射地要往后躲。

霍无咎直起身来，道："你扭伤了，此时走不了路。"

“可是……”江随舟还没说话，便身上一轻，脚下已经悬空了。他被霍无咎扛了起来。

“哎！”江随舟吓了一跳，下意识地便要挣扎。但霍无咎已然抬脚径直往那水边走去。

“别乱动。”霍无咎说道。

“你快先放我下来！”江随舟急道。

“马上就到了。”霍无咎神情平静，声音淡然。“再乱动，当心掉下去。”

江随舟像是被他这副模样唬住了一般，讷讷地“哦”了一声，僵硬着身体不再挣动，唯独头埋得更低了。

江随舟不在，江舜恒这日倒是收获颇丰。他们一早便到了围场上，到了傍晚时分，江舜恒已经猎了好几只大大小小的猎物。

场上的官员们也有不少武将，真论起打猎来，猎上些许猛兽并不是难事。但是众人都知道，皇上喜欢打猎，同时猎术也并不算好，更不敢去追逐猎杀狼虎。

皇上却爱面子，这个时候，自然不能同他抢风头。因此，到了清点时，唯有江舜恒猎得的数量最多。江舜恒装模作样地训了场上的几个武官几句，说他们武艺生疏，须得勤加训练。众人自然应是。谁都看见了，皇上看上去是在训人，实则脸上的神情，得意着呢。

果然，皇上训完了他们，便大手一挥，让侍卫将自己今日猎得的动物拖下去，着御膳房制成菜肴，今晚大宴群臣。半句不提靖王进了山、到现在都没回来的事。众人面上皆是一派喜气洋洋，纷纷跪下谢恩。

却在这时，一阵嗒嗒的马蹄由远处传来。众人抬眼看去，便见一匹高大的黑马，驮着个大块头，一路朝着这边飞奔过来。那人跑得近了，众人便都看清了他的脸。一张四方宽正的黑脸，上头一双铜铃大眼，又高又大的，穿着官服，便像个地府中的鬼差一般，丑得人心惊。

是纪泓承。

江舜恒皱起眉，看着纪泓承满脸的喜气，总觉得没什么好事。

便见纪泓承一路跑到他面前，翻身下马，在他面前跪下来，朗声笑道：“皇上！”

“什么事？”江舜恒对纪泓承遇见了什么好事并不关心。

便听纪泓承道：“臣方才猎得一只大虫，想献给皇上！”

江舜恒喉头一哽，周遭的官员们听见这话，一时间面面相觑，脸上的喜气都僵住了。这纪泓承脑子一根筋便算了，哪儿有陪皇上出猎，还抢皇上风头的道理？

江舜恒一时没说话，抬头往他来的方向看去，便见有几个侍卫骑着马，费劲地拖着小山一般的大物，朝着这边来了。纪泓承不仅猎到了一只虎，还是一只健硕、高大的成年猛虎。

江舜恒再看向自己那一堆零零碎碎的山羊、麋鹿，心下一阵厌烦。这姓纪的，当真令人扫兴极了。

“这般，爱卿可算猎得头筹，朕该好好赏一赏你了。”

纪泓承半点不谦虚，大声道：“臣多谢皇上！”

江舜恒咬牙切齿的，恨不得赐死他：“既然如此，朕便赏你个差事吧。”他坐在马上，垂眼俯视着纪泓承，语气轻飘飘的，牙齿却是紧咬着的。

“方才靖王去林中追鹿，到这会儿都没回来。朕担心他，便由你去将他寻回来，朕必有重赏。”江舜恒抬头看了一眼渐渐沉下山去的日头，说道。

一整日过去了，看这天色，想必也该到了给他那位五弟收尸的时候了。这晦气事，就让纪泓承去做，到时候顺便安他一个保护靖王不力、致使靖王身死的罪名，将这个不知趣的傻大个，一并处死了去。

江随舟坐在溪边的石头上，眼看着霍无咎坐在水边，将肩上的伤口清洗干净，重新包扎了起来。这还是江随舟逼的。他到了水边，便硬要先替江随舟看脚踝。江随舟不肯，硬要他先处理好伤口。霍无咎自是拗不过江随舟。

霍无咎站起身，将垂落在手肘上的衣袍朝肩上一拉，便回身走到了江随舟面前，有些不赞同地瞪了他一眼。

“此时不会乱动了吧？”霍无咎道。

江随舟笑了两声，便由着霍无咎在他面前单膝跪下，又将他扭伤的那只脚搁在了腿上。

“你有什么打算？”江随舟问道。

便见霍无咎一边低着头替他脱鞋，一边说道：“江舜恒既要你死，那么必然不会立刻让人来寻你。我在这里候着，等到他们的人寻来，我再先行回去。到时候，你就说自己摔下马扭伤了脚踝，自己找到这处水边的。那几个杀手是庞绍的人，他私下养杀手的事，江舜恒绝不会知道，所以，他也不会起疑心的。”

江随舟“嗯”了一声：“我也是这么想的。”

霍无咎将他的鞋袜放到旁边，便握在了他的足弓上。江随舟本就生得白，双足平日里更是不见日光，此时在阳光下白得像能发光，青色的血脉隐现，更显得他白得通透。霍无咎手下略微动了动，便查看起他的伤势来。

“忍着些。”霍无咎说。不等江随舟应声，他便猝不及防地手下一拗。江随舟猛地一抽气，便听见了轻微的骨骼声响。

“好了。”他听霍无咎说道，“只是还会有红肿，养上几日便能消下去。”说着，霍无咎扯下了自己的一条衣摆，替江随舟将脚踝缠住，重新穿上了靴子，直起身，在江随舟身边坐了下来。

“那以后呢？”江随舟问道，“再之后，你可有什么打算？”这是他自刚才以来，一直想问的话。

若不是江随舟千方百计地想给霍无咎寻医，他手下的人也无法借着这个机会找到霍无咎。想到因着自己的筹划，竟意外地与霍无咎的势力契合在一处，并因此帮了他，江随舟便觉得颇为奇妙，甚至有种莫名的喜悦，压都压不住。

霍无咎侧目看向江随舟，便见他双眼亮晶晶的，正盯着自己瞧。

霍无咎自然知道江随舟问的是什么。江随舟非但没有生气，还打心底为自己高兴，霍无咎竟一时不知道，自己该不该因此松一口气了。他应该为此高兴的，但之前的担忧全是杞人忧天，他竟又有些隐隐的失落。他停顿了一下，道：“接下来，便打算给你弄些吃的去。”他像是没听懂江随舟问的是什么一般，站起身来，神色自若，一本正经。

“不是，我是说……”江随舟连忙开口道。

“我知道你要说的是什么。”霍无咎说道，“不过，你不是也说了，要我护你周全吗？”

江随舟有些不解其中有什么关联，只应声道：“是啊。”

霍无咎俯身拿起了江随舟的剑，低下头时，便见江随舟面露不解地看向他。他的目光中流露两分无奈，抬手在江随舟头顶上拍了一下。

“我此时想走，自然随时都能走。”霍无咎说，“但是，江舜恒找不找你算账？”

自然是要找的。江随舟唯唯诺诺地不说话了。

“所以，我没什么打算。”霍无咎说，“我留在这里，见招拆招，总能等到机会，寻出他们的弱点。届时里应外合，既能让他们措手不及，也能让他们看看，什么叫引狼入室。”

江随舟听到这话，“扑哧”一声笑了：“‘引狼入室’对你来说，可不是什么好词。”

“我也没想当什么好人。”霍无咎将那把剑在河中洗了洗，便对江随舟道，“原地等我，我一会儿就回来。”

江随舟点头应下，便见霍无咎单手握着剑，往林中去了。他的笑容渐渐消失了，目光却落在霍无咎的后背上，一直到霍无咎的背影消失在林中，也没有挪开。他心里清楚得很，霍无咎虽说得轻松，说自己要里应外合，说要让江舜恒引狼入室，但江随舟知道，对霍无咎来说，最容易、最简单的办法，就是回到北梁。他是个战无不胜的将军，他的军队就是他的手足、他手中的利刃。但是现在，竟然是自己，将他的手足束缚住了。他不走，仅是因为答应过自己。

江随舟说不清自己现在的感觉。血亲挚友在危难临头时也难以顾全对方，更何况对霍无咎而言，他不过是个毫无血缘的陌生人而已。

虽然他看上去富贵泼天，实则根本就是行走在钢丝之上。那么多人对他虎视眈眈，又有那么多人需要依傍他，他没得选择。但是现在……

有一个人，愿意缚住手脚，丢掉剑刃，忍辱负重地活在敌人的手中，就是因为答应过他，要保护他。他似乎不再是一个人了。

第二章 危机

霍无咎果真很快就回来了。他单手握着剑，剑上头还淌着血。他抱着些干燥的枯枝，另一只手上提着一只雪白的兔子，兔子已经没了气息。他回到江随舟所在的河边，蹲下身去，便在水边利索地剥起兔子皮来。

霍无咎手上拿着的分明是一把三尺长的利剑，却半点不嫌碍事，动作利索得很。江随舟坐在旁边好奇地看，便见他没一会儿便将一只兔子收拾得干干净净，放在了他身边干净的石头上。做完这些，他便又收拾起那堆枯枝来。

江随舟不由得开口道："你怎么什么都会？"

霍无咎抬眼看向江随舟，便见江随舟颇为乖巧地坐在旁边的石头上。身上分明穿着利落的箭袖骑装，但根本遮掩不住那副富贵公子特有的气质。这儿荒山野岭的，周围半点人烟都无，他坐在这儿，便像块掉落在野外的美玉一般。那双终日囚在富贵乡中的眼睛，真是看什么都新鲜。

霍无咎与江随舟不同，他自小就野。阳关荒凉，没什么可玩的地方，他少时跟人出去玩，都是去骑马打猎，捉兔子、射大雁。抓来的动物，他们便就地烤了来吃，除此之外，也没什么别的可玩了。再后来，他连年跟着父亲行军打仗，条件自然比阳关还要艰难。行军途中，向来有什么吃什么，打来的猎物烤来吃，是再寻常不过的了。他如今不过杀只兔子的本事，在这位王爷眼里，竟成了"什么都会"了。他的脸上不由得露出了两分笑，垂下眼去，拿出火石来以剑一削，便溅起火花来，丢到枯枝堆上，便点燃了。

看着霍无咎笑，江随舟也有些不好意思起来了。说起来，还是自己这个连鸡都没杀过的人没见识。

霍无咎将剥干净的兔子穿好了，便架到了火上。片刻之后，便有肉香味弥漫开来，兔肉的油脂被火烤了出来，在表皮上发出了吱吱的声响。

江随舟的目光不由得从架上的肉上，转到了霍无咎的脸上。这会儿日头正好，亮堂堂地照在霍无咎身上。今日之前，江随舟没见过霍无咎站起身的样子，更没见过他这般随意又潇洒地席地而坐的模样。他此时的模样，像是甩开了压在身上的重枷，重新焕发出属于他的光芒了一般。这才是霍无咎本该有的样子。

没一会儿，江随舟的目光就被霍无咎察觉到了。霍无咎抬眼看向江随舟，道："怎么了？"

江随舟慌忙错开了目光。

"没什么。"江随舟匆匆随口找了个借口，"就是在想，你今日之后，是不是还要装作腿没好的样子？"

霍无咎"嗯"了一声："在做好准备动手之前，不能让他们察觉。"

江随舟点了点头："那你如今，可有什么想法？"

霍无咎沉吟片刻："你可知娄钺？"

江随舟当然知道。南景难得的名将，曾是霍老侯爷的至交好友。但是当年，他父皇意在铲除霍家，霍家才起兵造反，自此从景朝的名将世家变成了推翻旧朝的反贼。而娄钺因着与此事无关，当时又南下清扫倭寇，远在千里之外，故而留在了南景。他父皇和江舜恒二人都知娄钺与霍老侯爷的交情，因此不敢用娄钺。

想到这儿，江随舟停顿了一下。他知道，娄钺有个独生女儿，名叫娄婉君，颇有将门虎女的风姿。并且，据说早年曾因娄钺的关系，娄婉君与霍无咎定过娃娃亲。

江随舟一时出神，直到听见霍无咎的声音，才回过神来。

"怎么了？"他听见霍无咎问道。

江随舟忙笑了笑："自然是知道的。"

霍无咎面露疑惑："你们二人有过节？"

江随舟摇了摇头："没有。"

霍无咎皱眉看了看他，又抬眼看了看天："脸色这么难看，中暑了？"

江随舟也不知道自己为什么脸色不好看，甚至并没觉察到。他只是忽然觉得不大舒服，或许是顾长筠给的药药效还没过，时而还会发作。他道："没什么，你接着说。"

霍无咎看了江随舟几眼，接着道："也没什么可说的，不过是我早年阴差阳错救过他一命，这会儿打算挟恩求报。"霍无咎说得坦荡极了，像是挟恩求报这件事很上得台面一般。

江随舟强压下心头的不舒服，接着问道："你能肯定他愿意帮你吗？"

霍无咎看着噼啪作响的火焰，说道："他虽忠心，却也不是傻瓜。江舜恒是什么人，他该清楚。更何况，如今我们与景朝，早是你死我活的了，他也该想清楚，站明白立场。"

说到这儿，霍无咎轻飘飘地道："他就算自己不想活，也得想想他女儿。"

江随舟一顿。听霍无咎这样说……他与娄婉君应当没有私情吧？

忽然，一阵热气扑面而来。

江随舟抬头，便见霍无咎单手握着枯枝，将那只烤得外皮酥脆、油汪汪的兔子递到他面前。

"是让太阳晒傻了，还是李长宁给你开的药有什么问题？"霍无咎说，"怎么净发愣，赶紧吃东西。"

霍无咎的手艺的确好得很。野外没有调料，他单用火烤，便能将这兔子烤得外酥里嫩、汁水四溢的。不过，江随舟胃口并不大，肠胃又娇嫩，不过吃了一条兔腿，就吃不下了。

剩下的大半只兔子，便全落进了霍无咎的肚子里。待江随舟吃完，霍无咎便利落地将周围收拾了个干净，一时间，半点烤火的痕迹都没有了。

日头渐渐落了下去。江随舟坐在河边，百无聊赖地抬头看着逐渐西沉的日光。山里的景致好看得很，风又干净和软，江随舟从来没有这么悠闲过。不过，他还是不由得道："皇上也太狠心了点，大半日了，还不派人来给我收尸。"

坐在旁边的霍无咎笑了一声："他也怕前功尽弃。"

江随舟忽然想到了什么，连忙问道："对了，你出来这么久，不会被发现吧？"

霍无咎道："不会，他们都在围场上，不会回营地，更何况，我今日不是已经让你把我反锁在房中了吗？"

江随舟看向霍无咎："你早在那时候就知道会出事？"

霍无咎心道：早在知道你要随同去围猎的时候，我就知道了。不过今日之前，那些猜测不过是担心而已，作不得数。霍无咎没有反驳，权作默认了。

这么想着，江随舟便有点不放心了："不如，你还是回去吧？万一被发现，你岂不就危险了？我现在只需在这里等人便可，不必你守在这里了。”

霍无咎抬眼看向他：“山里有狼。”

江随舟停顿了一下，发不出声音了。

“他们要兴建猎场，还在此处豢养了几只猛虎。”霍无咎接着说。

江随舟讪讪地不出声了。看他这副模样，霍无咎的唇角不由自主地扬起来，恶劣的性子也开始作祟。

“不怕？”霍无咎说着，便作势站起了身，“那我走了？”

江随舟一慌，连忙伸手去拉住了霍无咎的衣摆：“别！”

霍无咎面上没什么表情，眼睛里却闪着光，低头看江随舟。他逆着光，江随舟没看到他眼中戏谑的神情，更忘了这个打小在军营中摸爬滚打出来的，不管再怎么正派，骨子里也带着两分恶劣的痞性。

江随舟只当自己不说话，真让霍无咎觉得他不怕了。他抬头看着霍无咎，有些别扭地开口道：“都在这儿待了一整日了，也不差这一会儿了。”嘴虽然有些硬，但那心有余悸的神情却是真的。

迎着夕阳，霍无咎自然看清了江随舟的神情。这看上去精明得很的靖王，当真没看出自己在逗他。瞧着在朝堂上运筹帷幄的，跟庞绍过招也不见落下风，怎么在自己这儿，就这么好骗了？单那双干净的眼睛，就像是此时初夏时节山中微凉的晚风，吹到了心坎里一般。

握着霍无咎衣角的手分明没什么劲儿，他却顺着那股力道，坐了下来。

“逗你的。”霍无咎的声音里满是妥协。

夜色沉沉地落了下来。山中不比靖王府，天色一暗便会四下掌灯，将周遭照得亮堂一片。天色一黑，四下里便也跟着黑了下去，草中渐渐响起了虫鸣，漫天的星子也浮上了天幕。

不过，林中的马蹄声也响起来了。

江随舟自然没有霍无咎那般出色的耳力，只觉四下一片静谧，唯独剩下潺潺的水声和草丛的虫声。

江随舟同霍无咎有一搭没一搭地说着话。都是些无关紧要的闲话，却让江随舟的唇角不由自主地一直扬着，像是这种并不怎么有意思的等待，对他来说都是一件有趣的事一般。他心道，可能因着，这是他从不敢想的事。

那位妇孺皆知的大英雄，此时坐在身边，讲些类似于他父亲霍老侯爷当年如何倚重身边博学广识的军师，自己却字都认不全、看两眼书便要打瞌睡之类的闲事。

江随舟缓缓地抬起了眼睛。在和软的夜风之中，漫天的星辰映在了他的眼睛里。好看极了。他想要侧过头去看霍无咎，却不知怎么，忽然产生了一种近乡情怯的畏惧。分明是看了那么多次、早就映在脑海中的人，这会儿却让他不敢直视对方了。就好像多看一眼，就会说出些不该说的话、做些不理智的事一般。

江随舟便抬眼静静地看着天上的星子，听霍无咎在旁边懒洋洋的声音。不过，却在这时，霍无咎止住了话头，不出声了。江随舟后知后觉地侧过头，便看见了夜色之中，霍无咎逐渐严肃起来的侧脸。

江随舟忙问道："怎么了？"

便见霍无咎站起身来，低声道："来人了。"

说着，霍无咎四下打量一番，确定周遭再没有第二人的痕迹，便低声对江随舟嘱咐道："只按我今日告诉你的话说，不会露馅的。"

江随舟连忙应声。霍无咎抬眼看去，果然，在极远的地方，渐渐亮起了星星点点的火光，应当是前来寻人的大内侍卫。

"他们人多，大庭广众之下，不会对你怎么样。"霍无咎说。

江随舟道："那你……"

"我回去等你。"霍无咎低声说道。

江随舟紧张地看着霍无咎，点了点头。便见霍无咎又将他的剑从原地拿起，递给他道："这个放好，我走了。"

江随舟"嗯"了一声，手里握着剑，却没动，一双眼睛似乎想挪开，却并没有成功，只抬头看着霍无咎。

霍无咎那双惯使轻功的腿，也似乎有些沉重了。他停顿了一下，俯下身来，手覆在了江随舟的肩上，轻轻拍了拍。

"别怕。"霍无咎说。

接着，不等江随舟点头，他抬眼往林中看了一眼，足下一点，只几个纵身，便化作一道黑影，朝着另一个方向消失不见了。

江随舟看着那个方向愣了片刻，才回过神来。霍无咎做事向来利落又小心。此时在他周遭，半点痕迹都没有，根本不会有人相信，这里原本还有另外一个人。要不是肩膀上还残留着霍无咎手心的温度，甚至连江随舟都会有这种错觉。他也不知道自己心里怎么会有种怅然若失的感觉，莫名其妙的，分明两人要不了多久，就又会再见面。可是……

江随舟抬眼看向漫天的星河。今夜无月，星子便尤其闪亮。但也不过是星星罢了，一千年两千年都是一样的，没什么看头。江随舟兴致缺缺地收回了目光，抬眼看向林中逐渐近了的火光。

纪泓承承认，自己是极讨厌靖王的。他追随娄将军，早年常与娄将军一同到阳关去，与霍老侯爷的交情可谓深得很。老侯爷为人仗义直爽，独子霍无咎又是个天纵英才，对霍家，他不可谓感情不深。但是，他与娄将军一样，霍家谋反，他们不过是局外人而已。论情，他们与霍氏是至交好友，但与朝廷的恩怨，却是他们霍家的家事。论理，他们是景朝的臣子，身为臣属，尤其是武将，不忠君主乃是最大的忌讳。所以，霍家起事，他与娄将军都没有参与，但心中多少是有些别扭的。

尤其是这些年来，朝廷日渐昏庸，尤其庞绍掌权的这几年，明眼人全都看在眼里。北梁气势凛然如朝阳初升，而他们南景，整个朝廷都坏进骨子里了。而这些，都是纪泓承能忍的。但是，霍老侯爷留下的唯一的儿子居然战败被俘，皇上荒唐，不杀他，居然将他关押在那个毒辣又变态的靖王府上。荒唐又耻辱，让纪泓承感觉如坐针毡。

也正因如此，他厌恶靖王，尤其恨靖王那副折辱霍无咎时扬扬得意的嘴脸。所以，他前几个月还曾明目张胆地往靖王府递信，信上要紧话没几句，却全是在咒骂靖王的。不过……

要说有多恨靖王，似乎也没有。或许是因为那日宫宴上，霍无咎居然得了机会回给他消息，让他觉察到那信竟真送到了霍无咎手上，让他对靖王的反感或多或少地少了几分。自然，也不大希望他死了。

但是，听说了靖王失踪的前因后果，纪泓承心里没了底。就靖王那副风一吹就倒的皮子，让疯马带到了森林里，一整日都没出来，想必能留个全尸，都算是万幸了。

纪泓承的心情多少有些沉重，不过命令下到了他的头上，那自然活要见人、死要见尸，即便靖王没活头了，也要把他的尸体找回来。但是，他却没想到……

这靖王，居然这般命大。他带着人从黄昏一直搜到了深夜，居然在森林中的一条溪边找到了靖王。靖王扭伤了脚，坐在那儿动弹不得，见着他们来便黑着脸，问他们怎么来得这般晚。

纪泓承却只顾得上惊讶了。这靖王竟是……只受了些轻伤？纪泓承将靖王上下打量了一番，骑马傻站在那儿，直勾勾地盯着江随舟。

江随舟都有些无话可说了。他方才还有些紧张，直到看见纪泓承，才放下心来。这人不是庞党的人，即便恨透了自己，也绝做不出就地将自己杀死、抛尸荒野的事。也可见江舜恒和庞绍已经认定了，自己今日定会命丧于此。

不过，这纪泓承人虽然不错，却实在憨了些。纪泓承愣愣地盯着江随舟看，让他演出的一副奸佞模样都要绷不住了。这人目瞪口呆的，“您怎么会没死”几乎写在了他那张又黑又丑、钟馗画像一般的脸上。

江随舟暗地里叹了口气。

“纪大人，”江随舟冷眼看着纪泓承，提醒道，“本王没死，你很失望？”

纪泓承这才回过神来。他没承认，却也没否认。毕竟他虽然的确不想让江随舟死，却也着实没多喜欢这人。

“靖王殿下说笑。”纪泓承在马上略一拱手，神情倨傲得厉害，“臣奉旨请王爷回营。来人，还不将王爷扶上马？”

江随舟这才由周遭的大内侍卫扶着，坐到了马上，被一路缓缓地驮了回去。

而此时山中的行宫宫苑里，却是一片喜气洋洋的热闹。没眼色的纪泓承被弄去给靖王收尸了，那么夺得头筹的还是皇上。谁也没提纪泓承只言片语，权当没他这个人，此时席上满是珍馐，觥筹交错的，都在庆祝皇上今日喜获丰收。

而江舜恒和庞绍，以及那些个知情的人，却也知道这欢乐之后，还存着另一番意思。皇上的眼中钉，终于被拔除了。

于是，江舜恒高兴，连带着庞绍也高兴，不免多喝了几杯。酒酣饭饱，江舜恒靠在美人怀里，醉眼蒙眬地看向殿外的夜色，面上浮起了几分笑容。父皇那么喜欢那妖妃，便让那妖妃去下头陪他；他们一家人总不能不团圆，所以自己今日，再把他们最宠爱的孩子，也送下去陪他。

江舜恒笑着，醉眼惺忪地又饮了一杯。却在这时，他看见了逐渐出现在夜色中的人群。

渐渐地，热闹的大殿安静了下来。众人皆往门外看去。

便见靖王跛着脚，由旁边的下人扶着，缓缓地走上了长阶，跟在他身后的纪泓承，那张极黑的脸上满是等着领赏的喜气。

众人眼看着靖王走了进来，身上衣袍破损，而且沾了尘土，看上去狼狈极了，但人却是精神的。他停在殿中，朝着江舜恒躬身行了一礼。

“臣弟来迟，还请皇兄恕罪。”江随舟说道。

庞绍面色大变，江舜恒手中的金杯，当啷一声落在了地上。

庞绍顾不得其他，道了句“更衣”，便起身出了大殿。殿外，他随侍的下人战战兢兢地站在阴影之中，等着他来问话。

“怎会如此！”庞绍压低了声音，怒目圆睁，厉声问道。

那人忙道：“主子，奴才也不晓得啊！靖王确实朝着那个方向去了，奴才为防万一，还多派了几人，连带着唐癸也派去了！可是……”

“可是什么？”庞绍咬牙切齿地说，“可是，靖王却毫发无损地回来了？”

那人哆哆嗦嗦地小声开口道：“而且……咱们派去的人，连带着唐癸……都没有回来。”

一阵骇人的沉默。

“唐癸也没有回来？”庞绍的声音渐渐平静下来，却越发让人毛骨悚然起来。

那人不敢说话了。这些年，主子须得排除异己，多少有些事不能明面上做。主子花了那么多年的精力，银子流水一般地砸进去，才养出来这么些个杀手。其中，唐癸是最为出色、最得力的那个。但如今，就连唐癸也……

“好。”他听见了庞绍咬牙切齿的声音。这人忙抬眼看去，便见自己主子站在殿外的阴影之中，面色沉得能滴出水来。

“是他江随舟有本事。”庞绍道，“速速派人，立刻去。一批派去林中，务必找出痕迹和尸体来；另一批……”

庞绍抬眼，往殿内看去，便见那灯光明亮温暖，金碧辉煌恍如神仙宫苑。靖王正端正地站在那里，背影修长，虽然衣着狼狈，通身气度却宛若神人。

庞绍冷笑了一声：“趁他人在这里，立刻派人随我到他的院中，我今日，定然要从他那里，搜出缘由来。”

江随舟笔直地站在江舜恒的阶前，面上虽然没什么表情，心里却颇带着几分好整以暇。想杀我？不好意思，想必您还不知道，您的脖颈上悬了怎样一把屠刀。那人不仅能救我，还能杀你呢。这么想着，江随舟竟难得心情很好地直直打量着江舜恒的神色。

这死胖子虽然毒，但是蠢，心情全都是写在脸上的，这会儿脸色已经难看得不得了了。他咬牙切齿的，半天说不出话来，紧紧地盯着江随舟。

江随舟却恍然未觉一般，恰到好处地露出了些许的疑惑，道：“皇兄？”

便听得江舜恒咬着牙开了口：“五弟总算是回来了，可是让皇兄好生担心。”

江随舟露出了个有些不好意思的笑容来，落在江舜恒的眼里，刺目极了。

“多谢皇兄挂怀。”江随舟道，“也是臣弟没本事，竟控制不住一匹马。”

江舜恒的眼神凶狠，看上去像是恨不得一剑将他杀死在殿中一般，口中却道：“五弟今日在林中，究竟是发生了什么事？”

江随舟装模作样地叹了口气：“那马不知怎么，跑到半路上，居然发了狂。臣弟拉不住它，便由得它一直跑，压根儿停不下来。”

江舜恒死死盯着他：“那后来又是怎么停下来的呢？”

江随舟像是看不出他眼中的恶意一般，笑了笑，轻声道：“途中撞上了一棵横亘的枯树，撞断了那马的脖子，臣弟才得以停下。只是落马时一时不察，扭伤了脚，故而只能等在原地，也幸而皇兄及时派了人救我。”

说到这儿，江随舟淡淡地笑了笑，不经意地感慨道：“化险为夷，实是上苍垂怜。”

“上苍垂怜”几个字，落在江舜恒的耳朵里，便是千百分的讽刺。让他心生希望，到头来人却没死，真是丢了一个天大的面子，更是让他有种得而复失的窝火。而究其原因，就是上天垂怜这个病秧子？

江舜恒气得气息都不匀了，坐在龙椅上直喘气，握着酒杯，恨不得将桌上的东西统统扫落在地。庞绍，是庞绍！舅父之前口口声声地答应过他，这一次，绝不会给靖王留半点活路的！舅父说打点好了一切，布下了天罗地网，定然会让靖王“意外”死在森林里。他什么都不用担心，只需要将靖王唤到身边，再给靖王的马来一鞭子。

可是人根本没死！江舜恒气得说不出话来，一时眼前发花，总算找到了个由头，便四下里去寻庞绍。他总得要庞绍给他个解释才行。可是，他的目光四下巡睃，庞绍的座位却是空空荡荡，连旁边伺候的下人，都不知道上哪儿去了。

“舅父呢？”江舜恒再不搭理江随舟，面色阴沉如水，问道，“方才说去更衣，怎么许久不回来？”

四下里无人应答。江舜恒只当庞绍是畏罪躲开了。他自幼信任他的舅父，同样的，他的舅父一直以来的所作所为，也极值得他的信任。但是这段时日以来，不知是舅父年岁渐长，还是什么其他原因，竟越发地令人失望了。舅父竟会背地里贪自己修宗祠的银子、会派人暗害朝中老臣，甚至他的亲眷，竟会背着自己，往他的府上送龙袍。

银子、老臣，还有区区一件衣服，江舜恒都不放在心上，但他接受不了的是，一直对他一腔赤诚的舅父，居然会骗他、利用他，在他面前、身后存了两副面孔。这让他觉得羞辱，同时觉得不安。而今日，自己这般相信他，他竟然……

一时间，四下里一片安静，谁也不敢出声，只都偷偷觑着座上那位面色难看的皇帝。

却在这时，有个小厮一路跑了进来，跪在了江舜恒阶前。

“皇上！”那人跪伏在地道，“小的是大司徒身边的奴才，大司徒方才有急事出去了，让小的前来禀报皇上！”

江舜恒冷着脸：“急事？他还有什么急事？”

便听那人跪地说道：“回陛下，大司徒说，靖王殿下院中有异，他要带人，亲自去探查一番！”

大队提着灯的侍卫一路往山上去，将狭窄精巧的山道点亮了。那片亮光，喧喧嚷嚷地涌进了靖王所居的别苑。

孟潜山本来坐在院子里打盹。王爷下山没有带人，又不知怎么将霍将军锁在了房里，只留了那个扮作小厮跟来的药童。他没事干，又没地方去，只得在廊下等王爷回来。

这一等，便等到了天色黑沉，等得他都起了困劲儿。

就在这时，孟潜山听见了一阵极大的阵仗。他迷迷糊糊地睁开眼，便见自山路上涌来了一大片亮光，像是王爷的仪仗。他连忙起身迎上去，却见那群人破门而入，为首的，居然是当朝大司徒庞绍。

孟潜山一惊，连忙上前行礼：“竟是大司徒！小的孟潜山，是靖王殿下随侍的太监，不知您深夜前来，是为了……”

不等他话说完，便有个侍卫上前，一把将他搡到了一边。这群侍卫训练有素，气势汹汹，不过眨眼之间，便将院子四下把守得密不透风、滴水不漏。

“搜。”庞绍沉声命令道。他早在来的路上，便命令过手下的人了。他心里清楚，能让他派去的杀手全都折在林中的，要么是大队精锐，要么就是绝顶高手。他们的仪仗一路到天平山，因着霍无咎在，他手下的侍卫和探子，可是一刻不差地盯着靖王一行人的。全是王府家奴，底细都干净得很。

靖王的人，定然不在随侍的队伍中，那么定然是跟在队伍之外的。既然如此，他们便定然会有命令往来。只要有往来，就会有痕迹，书信、信物，甚至能够传递消息的器具，都会存有蛛丝马迹。立刻，随着他的命令，众人涌进了房中，开始在周遭的各个房间中翻箱倒柜起来。

而前往主屋中去的那群人，却被拦在了廊下。

“怎么？”庞绍皱眉问道。

便见廊下的侍卫折返回来，报告道：“回大人，主屋的门……锁住了。”

庞绍眉眼一凛，大步往主屋的方向走去。

旁边的孟潜山见状，连忙爬起来跟上前，赔着笑急道：“大人，实在不巧，这主屋的门是王爷锁的，他说了，他回来之前，任何人都不能开这门……”

庞绍理都没理他，抬手便要人将他架走。

孟潜山身形灵活，弓着腰往前一躲，几步便扑到了门上，将那扇门挡住了。霍将军是谁啊？北梁的战俘，面前这人，可是南景的大司徒。今日无论这位究竟是不是真来办正事的，只要见了霍将军，都不会让霍将军好过。王爷若在，还能护着些，可王爷不在……便只得让自己这做奴才的，能拖多久是多久了。

而庞绍听见他这话，眉头顿时皱了起来。江随舟锁的门？那便更可疑了。

庞绍冷笑道：“你们王爷锁这个门干什么？”

孟潜山忙道：“大人有所不知，王爷身边带着霍将军，对他可是忌惮有加！今早王爷怕这荒山野岭的，将霍将军放跑了，便让人将霍将军牢牢地锁在房里，除了他之外，谁来都不许开门呢！”倒是合情合理，但是庞绍知道，自己不能放过半点机会。

“来人，把他拉开。”庞绍冷声道。

孟潜山也没想到面前是位油盐不进的主儿，扒着门便闹了起来，带着哭腔嚷道：“大人救命啊！王爷下了死命令，奴才若守不住这道门，王爷回来可是要拿奴才的脑袋的！”不过，他自是双拳难敌四手，不过片刻，便被拉到了一边，牢牢地架在了原地。

几个侍卫使劲往门上撞去，连续几声巨响，便将门骤然撞开了。众人涌进了房中，庞绍也跟着踏了进去。便见房里一片安静，四下里烛火熠熠，一个高大的身影坐在轮椅上，抬着眼睛静静地看他。

霍无咎。目光一落在霍无咎的身上，庞绍心里便涌起了一种莫名的直觉。靖王身边的小厮，的确个个都是身家清白、没什么功夫的，但是，他可是把这一位忘了。靖王的后宅，虽然也有几个他的眼线，但靖王谨慎，并没能让他将人塞进靖王住的院子里。故而，自从霍无咎被靖王关在了身边，他便断了霍无咎的消息。

既然如此……有没有可能，江随舟将霍无咎养在身边，今日救下江随舟的，是霍无咎呢？虽说庞绍觉得可能性不大，但若是霍无咎，一切便都有了解释。毕竟整个天下，能与他手下唐癸为敌的便寥寥无几，若说江随舟能有本事养出这样的人，他是绝不会信的。

庞绍紧紧地盯着霍无咎，像是要从霍无咎身上看出什么端倪。

霍无咎静静地抬头直视着庞绍。

“有事？”霍无咎轻声道。

便见庞绍盯着他良久，片刻之后，缓缓地露出了一个笑容：“也没什么。只是在想，真真儿可惜，霍将军这双腿，若是还能站起来的话，想必，也是一个以一敌十的高手了。”

“以一敌十”几个字，庞绍放缓了语速，说得意味深长。

霍无咎淡淡地看了庞绍一眼，便垂下眼去，并没有回应庞绍。

只一个眼神，便针一般，扎得庞绍浑身难受。庞绍感到了一种被居高临下地蔑视的羞辱感。

“我今日有个疑惑，还需要您来解惑。”庞绍缓缓地开口。也幸而他早有准备，来时领了个太医跟随。此时听见他这话，那太医连忙上前，待命在侧。

却没察觉，垂着眼的霍无咎神色微微一凝，像是听见了什么声音。他停顿了一下，还是低着头，眼向上抬，看向庞绍。

霍无咎勾起一侧嘴角，发出了一声极具轻蔑的哂笑：“你也配？”

四下里密密麻麻的侍卫，都将这三个字听到了耳中。

庞绍只觉脑中轰然一声，一整晚，计谋失败的惊诧、痛损爱将的愤怒，以及对皇上反应的忐忑、对靖王的恼羞成怒，像堆在一处的干柴上掉了一颗火星，燃烧了起来。

庞绍心下冷笑。他要在靖王面前装模作样，要在皇上眼前伏低做小，如今，还要受这败军之将的蔑视吗？他挥退了专门带来的太医，亲自走上前去，抬腿便往霍无咎的轮椅上踹去。

“我不过是想看看，你这腿，到底是不是真的断了。”

庞绍毕竟年岁不小，再加上是个肩不能挑、手不能提的文官，力气便更是小一些。他一脚踹在轮椅上，轮椅晃了晃，却是纹丝未动。周遭顿时静了下来，便显得轮椅上发出的那声嗤笑尤其明显。

庞绍低头看去，便见坐在轮椅上的霍无咎，垂着头抬眼，懒洋洋地看了他一眼。那声笑，是霍无咎发出来的。

庞绍少见地怒目圆睁，怒意全都显露在了脸上。周围的侍卫不敢再看戏，连忙冲上前来，将霍无咎从轮椅上扯起来，一把掼倒在了地上。沉闷的肉体摔落在地的声响，终于让庞绍的气顺了两分。

而众人也都看见了。霍无咎那双腿，根本动弹不得，更别说用力了。他顺着那个侍卫的力道被扔在地上，双腿甚至在轮椅上重重地卡了一下，将轮椅都带翻了。谁都能看出，这双腿根本用不了了。

按说，庞绍查出霍无咎没有异样，便该继续去四下搜查。可方才霍无咎轻描淡写的一个声音、一个眼神，便将庞绍积攒了一夜的怒火，全都点燃了。一时间，他失了几分理智。他垂眼看着重重地摔在地上的霍无咎，心下泛起几分爽快的同时，也不满于霍无咎的不声不响。

分明该低入尘埃里的人，不该还有这么硬的脊梁骨。

庞绍缓步上前，抬脚踩在了霍无咎的腿上。他寻的角度刁钻极了，正是霍无咎当日受刑、被斩断筋脉的地方。虽然几个月过去，但那患处好不了那么快，一时间，众人甚至隐约闻到了血腥气。

被侍卫压制在旁边的魏楷眼眶通红，双拳紧握。他想要挣扎，却也知道，绝不能在这个时候暴露自己。

不过，踩在霍无咎腿上的庞绍，却没工夫注意魏楷。庞绍紧盯着地上的霍无咎，看着霍无咎的脸色变白，脖颈上的青筋绷起，额头上也渗出了冷汗。他感觉得到，脚下的肌肉像是失了活性一般，即便踩上去重重地踱，也感觉不到绷紧的力气。这腿分明是废了，不过，这也并不是他此时所在意的。他想看见的，是霍无咎痛呼的样子。

但是，霍无咎即便肩膀都发起抖来，却连头都没抬，更是没有发出半点声音。这让庞绍感到不满。他脚下不断地发力，甚至踩在霍无咎的腿上重重地踱。但那人仍旧没有发出声音来。

庞绍感到了一股火被捂在了心口里，火焰不断地跳跃着，却越发闷得他心烦。忽然之间，他猛地一抬脚，便重新往霍无咎的伤处踏去。

却在这时，庞绍听见身后传来了江舜恒的声音："庞卿，你在做什么？"这是江舜恒头一遭这么疏离地称呼他，声音之中满是不悦。

江舜恒这么说，自然不是因为他在欺辱霍无咎。而是因为，此时跟在他身后的，是方才宴上的文武百官。方才那个下人一说那番话，众人都听见了庞绍要干什么。面面相觑之间，便见那靖王急了，只说自己被污了清白，要去找庞绍对质。

对质便罢了，他还硬要文武百官前去一同看看，瞧瞧庞绍究竟会搜出什么污他清白的东西。他这番玉石俱焚的态度，反而让江舜恒没法拒绝，只得带着百官，硬着头皮来了。

众目睽睽之下，便看见了这一幕。

庞绍要是翻检东西也便罢了，但众人却眼看着他踩在霍无咎的断腿上，面色狰狞，朝着霍无咎发泄怒火。实在是丢人极了。

江舜恒死死地盯着庞绍，而那边，庞绍踏到一半的脚，也匆匆收回去，连忙转过身，看向江舜恒："皇上圣裁！臣不过是怀疑霍无咎那双腿并没有完全断，所以才……才……"

"所以，庞大人探查出什么来了吗？"还没等江舜恒说话，旁边的江随舟忽然站了出来。

一时间，四下乌泱泱的众人的眼睛，都落在了江随舟的身上。便见江随舟神色冰冷，直看向庞绍。

"他的腿，动没动？"江随舟一字一顿地问道。

庞绍一时间说不出话来。

江随舟也没想给他说话的机会："既要探查，你身后带了太医，为何不用？更何况，这腿是皇兄亲眼看着人打断的，也早有太医诊治过，早回天乏术了。你如今忽然到此，是怀疑皇兄放给这废物一线生机了，还是本王寻到了神仙，存了什么心思，竟把这人给治好了？"他的声音冷冽，回荡在一片安静的室内。或许是因着说得急，到了后来，竟然气息都喘不匀了，话没说完，便先咳嗽了起来。

被侍卫押住的孟潜山连忙挣扎起来，可那两双钳制住他的胳膊，像铁钳一般，根本挣扎不动。便见他的主子神色冰冷，止住了咳嗽，眼神凶狠地看向庞绍，道："这个废物本王本就多看一眼都恶心，你要杀他，大可带走去杀，别拿他来污蔑本王。"

庞绍匆匆看向江舜恒。便见江舜恒皱着眉，脸上全是不耐和烦躁，并没有看他。

江舜恒此时烦得很。靖王没死也就罢了，留着也能戏耍、玩弄，更何况他那越发不中用的身体，也没几年活头。这对他来说，不过是有些失望罢了，但庞绍此举，却是让他觉得颜面扫地。做出这么一场闹剧来，还让这么多日日要见的朝臣瞧见了，显得他庞绍又暴躁又无能。这样的话，连带着自己日后任用他，也会显得自己无能了。江舜恒感到自己出游的兴致被极大地败坏，让他觉得烦。

“皇上……”庞绍匆匆开口。

便见江舜恒兴致缺缺地瞥了他一眼，衣袖一拂，转身走了。庞绍连忙跟着众臣一起，匆匆跟了上去。

江随舟站在原处没有动，眼看着满房满院的高官和侍卫，跟在江舜恒的身边，呼呼啦啦地走了。

院门被重新关上。江随舟这才转过头去，看向霍无咎。

霍无咎眼看着这群人散去，直到走远了，才确定此处恢复了安全。他抬头看向江随舟，不等他说话，便见江随舟也低下头来，正看向他。他看见，方才神色冷冽、眼神如刀的靖王殿下，一双眼睛似乎因为咳嗽，此时正有些发红，泛着水光。

霍无咎的喉结动了动，正要开口告诉江随舟自己没事。

却见江随舟深吸了一口气，转头看向扑到他身边来的孟潜山，强行让声音平静下来，缓缓地道：“都出去，把门关上。”

霍无咎知道，是因为院中人多眼杂。

孟潜山担心地看着江随舟，却不敢违拗他的意思，连忙将一步三回头的魏楷拽走了。

房门关上的那一刻，霍无咎看见江随舟快步走到他面前，蹲下身来，一把握住了他的胳膊。

“可还好？”霍无咎听见江随舟的声音带着细微的颤抖，一双眼睛带着水光，紧紧地盯着他，“你的腿刚好，可有再伤到？还能不能站起来？”

霍无咎一时间有些不知道该先回答他哪个问题了。

“我没事，别怕。”霍无咎停顿了一下，抬起手，拍了拍江随舟的肩膀。

“可是我闻到你身上有血腥味。”听到江随舟这样说，霍无咎连忙伸手，拉着江随舟一同站了起来。

霍无咎低声缓缓地安抚道：“没事，不过是肩上的伤口裂开了而已。李长宁给我用的是内服的药，筋脉已经好了，轻易不会出事。我的腿好好的，没事了。”

江随舟连忙看向霍无咎的肩膀。便见那处衣袍，早就被血洇透了，此时能看见一片晕开的深色。是方才霍无咎被掼倒在地，扯开了伤口。

霍无咎自倒地起，便伏在地上，将这处伤口掩饰得极好。再加上庞绍暴怒，众人的目光又只落在他腿上，故而并没有人察觉。不过这对霍无咎来说，也算不得什么。

庞绍有备而来，不仅带了兵，还带了太医。霍无咎的双腿已好，再让太医来看，定然会露馅，再加上他听见了院外渐近的人声，听上去有很多人，故而他才选择了激怒庞绍，让庞绍盛怒之下对他动手，避免了让太医替他切脉看伤。对他来说，不过是撕裂一处不大的伤口罢了，划算得很。

但霍无咎面前的江随舟显然并不这么认为。江随舟抬起手来，本是想碰，却又怕再碰伤了他一般，手悬在原地，不敢再向前了。

江随舟只觉得鼻尖发酸。他知道，这处伤是霍无咎为了救他的命才落下的，而方才庞绍这般虐待霍无咎，也不是因为霍无咎是敌国的人，而是因为他江随舟没有死成。都是因为他。不知怎么，这个认知让江随舟感到尤其难受。霍无咎已经好了，他本来可以走，如今却因着自己，平白多出这么多的祸端。他心口闷得厉害，且一阵阵地发疼，甚至到了让人难以忍耐的地步。

“怪我。”片刻之后，江随舟小声道。

这回，霍无咎听见了江随舟声音里的哽咽。

霍无咎顿时慌了手脚。不是没什么大事吗？怎么就委屈上了？他忙道：“不怪你，真没事。不是什么大伤，不要命。再说，就算庞绍方才不动我，夜里睡觉不小心也会撕裂的，不妨事。”

却见江随舟抬起头，眼中的泪水眼看着便含不住了：“这里的太医都靠不住，这儿没别的大夫，不可再久留。”他声音中的哽咽更厉害了。他深吸了一口气，似是想忍住，让自己的语气显得平静，但效果并不好。

“明日我们就回家。”江随舟说。

霍无咎只觉心头的某根弦，被狠狠地拨了一下，又酸又涨的，分明是担心眼前这人，担心得手忙脚乱的，却莫名觉得心口被什么填满了，又热又紧实的，像有什么东西，终于有了落处一般。

霍无咎正要说话，却见江随舟眼睛一眨，一滴泪水不可控地顺着他的脸颊滑落，带得他睫毛一颤。

霍无咎再忍不住了。他抬起没受伤的那侧胳膊，手放在江随舟的肩膀上。

“好。”霍无咎低声说，“明天就回家。”

第三章 同游

第二天一早，江随舟就告了病，想要提前回京。或许是因着昨天夜里闹得厉害，江舜恒的心情不好，也没什么兴致，听见有人来报，说靖王殿下生了病，手一挥，便准了。

江随舟也的确生了病。这天夜里他睡下后，便暗自打算了起来。明日就得回府，他既然要提前离开，就不得不找到借口。那么最好的借口，便是出在他的身上。

这么想着，江随舟没多犹豫，也没有同霍无咎商量。他在夜里偷偷地开了窗，挪走了被子，就这么躺了一夜。许是因为冷，他一直到后半夜才睡着。他清醒了大半夜，脑袋便清醒得很，开始天南海北地想起事情来。他将庞绍的事翻来覆去地盘算了一遍，又去想日后的打算，想着想着，思绪便飘到了霍无咎的身上。

在山中夜里的冷风里，一直到了后半夜，他才堪堪睡了过去。

这一回，江随舟在睡梦中晕了过去，被孟潜山摇醒的时候，已经发了高烧。他迷迷糊糊地睁开眼，便见孟潜山一脸紧张地趴在床榻边。江随舟开口，正要说话，便是一连串沙哑的咳嗽。

孟潜山连忙将他扶着坐起来，慌里慌张地说道：“王爷恕罪！奴才也不知昨夜怎么就忘了替王爷关窗，竟然将您冻病了！太医马上就到……”

却见江随舟靠坐起来，摆了摆手。

“窗子是本王开的。”江随舟中气不足，说话带喘，先抬手摸了摸自己的额头。不错，他此时头晕目眩，喉咙发痒，手心和额头都很热，定是发烧了。果真，他这副身体别的不行，装病可是一装一个准。江随舟面上浮起了笑容。

孟潜山见江随舟这般说，竟还在笑，慌张地唤道："王爷……"

江随舟抬手打断了他，道："无事，本王自有打算。你派人去转告皇上，说本王发了高热，须得回府养病。"

孟潜山连连应是，便见江随舟摆手道："快些去。"他知道，从这儿回临安还有好一段路要走，再耽搁下去，怕是回去就要半夜了。也不知他这病体支离的，耐不耐得住舟车劳顿。

孟潜山连忙应声跑开。支走了孟潜山，江随舟扶着床榻，使不上劲地咳嗽起来。便见一杯冒着热气的水递到了他面前。江随舟顺着往上看去，便看见了霍无咎神色凝重的脸。

江随舟面上得意的神色都僵住了，甚至莫名多了两分心虚。不等他开口，霍无咎便探身过来，一边顺着他的气息，一边将水递到江随舟的唇边，一言不发地等着他喝水。让霍无咎伺候，他哪儿敢？但江随舟此时半点反抗的力气都没有，只得顺着霍无咎的动作喝了两口水。

烫嘴。小小地喝了两口，江随舟便躲着不愿再喝了。霍无咎的手便停在原地，分毫不妥协。

江随舟只得小声道："烫。"他因为病着，声音便比平日里软些，气息也不足。

霍无咎停顿了一下，将茶杯收了回来，放在了旁边的桌案上。

"这就是你说的回家的法子？"霍无咎沉声问道。他语气很平静，江随舟却听出了两分兴师问罪的意味。

江随舟停顿了一下，心虚地小声道："是啊。"

接着，他匆匆解释道："这法子毕竟直接些！你的伤需要包扎上药，不能再拖。我也总病，没什么的……"话没说完，他便忍不住剧烈地咳嗽了起来。

江随舟咳得头晕目眩，满耳朵都是自己沙哑的咳嗽声，却不知怎么，竟迷迷糊糊地听到了一声叹气的声音。接着，便有一只手，妥协一般落在了他的后背上，缓缓地替他拍着。

不过，在这之后，江随舟便再没听霍无咎说过一句话。

霍无咎沉默着坐在旁边，眼看着太医替他看了病，又静等着孟潜山派的人带着圣旨回来，收拾好行装和马车。一直到江随舟被扶着换好衣袍上了车，坐在霍无咎的身边，都没再见霍无咎说话。

江随舟总有些忐忑。孟潜山给他抱来了皮毛做的毯子替他盖着，他缩在马车的座位上，病恹恹地靠在角落里。山路颠簸，马车也算不得稳当，他一路靠在车厢上晃着撞着，一双眼却总往霍无咎的身上瞄，心里不住地想着，霍无咎是不是生气了？

他总看霍无咎，几次下来，便被霍无咎抓了个正着。江随舟正病得迷迷糊糊的，骤然撞上那双深不见底的黑眼睛，顿时被吓了一跳。

霍无咎静静地看着他，片刻问道："怎么了？"

江随舟咽了咽唾沫，小声道："你别生气啊。"便见霍无咎的身形微不可察地停顿了一下。接着，他从轮椅上站起身来，行到了江随舟身边坐了下来。

"我没生气。"霍无咎说。

"那你……"

"但是下一次，做这样的决定，是不是要先同我说？"霍无咎道。

江随舟被噎了一下，一时间说不出话。片刻后，他小声嘀咕道："还说没生气呢……"

霍无咎耳聪目明，自然是听见了。他有些无奈地叹了口气，伸手试了试江随舟的额头，道："办法多得很，用不着你作践自己的身体。"

江随舟嘴硬："我病习惯了……"这倒是实话。他性命都难保，哪儿顾得上生不生病啊。反而他这副病弱的身体，有时可以做掩护，有时可以做武器，利用自己又没什么心理和道德上的负担，情况紧急时，他自然是不含糊的。

但是，霍无咎却打断了他。

"生病挺舒服是吧？"霍无咎问道。

江随舟讪讪地闭上嘴，不说话了。

便听霍无咎道："既不舒服，还这么做干什么？你直言告诉我，总有其他的办法。"

江随舟理亏，知道是自己考虑不周，也自作主张习惯了，从没想过跟霍无咎商量。他低着头，闷闷地"嗯"了一声。他自然不知自己这副认错的模样有多委屈，看在霍无咎眼里竟有几分气人。像只做错事了的小动物，刚训他几句，他就装起了可怜，一副委屈巴巴的模样，反而像是受了欺负似的。

霍无咎最见不得他这样。再开口时，霍无咎的声音已经极其尽力地放轻了。因着从不会柔声跟人说话，这份轻声细语便显得有些别扭，带着点儿笨拙。

“我这伤即便不管，也没什么问题。伤口不深，刃上也没有毒，没伤及要害，即便不管，它也能好。”

江随舟闻言，正要开口，便被霍无咎打断了。

“别顶嘴。”霍无咎毫不留情地说，“这种事，我比你清楚多了。”

这倒是。霍无咎虽然年轻，却是在战场上滚大的。而江随舟根本没见过什么血腥场面，一时没出息了些，再加上关心则乱，是有些小题大做了。

江随舟讪讪地闭了嘴。

便听霍无咎停了一会儿，像是在组织语言一般，片刻之后才接着开了口：“昨日我受伤，你便难受，是不是？”

江随舟唯唯诺诺地点头。

便听霍无咎接着说道：“你替我难受，我感觉得到，你为了我这点小伤硬要冻病自己，又何尝知道我会不会不舒服？”他的语气虽然有些别扭，但这话，却实打实地惊到江随舟了。

江随舟愣愣地抬头看向霍无咎。便见霍无咎端坐在那儿，垂着眼，神色冷淡平静，并没有看他。

江随舟病中看人都有虚影，再让马车一晃，更看不真切了。因此他并没瞧见，霍无咎的身形有些僵硬，盯着马车角落的冷淡目光，也一动不动的，满是紧张。这副模样，分明是在别扭地掩饰着什么。

片刻，霍无咎看向江随舟：“你只管照顾好自己，不必为我自损。”

江随舟张了张嘴，正要说话。但在这个时候，马车终于下了山。那段路没有修整，前些日子又下了雨，让江舜恒恢宏的仪仗一轧，地面便崎岖不平。马车骤然一颠，江随舟重重磕在马车的车厢上，接着顺着惯性往旁边一倒，直往另一边摔去。江随舟只觉自己病成一团的脑袋都被晃成了糨糊。却在这时，他一头撞到了一个有两分熟悉的臂膀上。

江随舟撑着身体想要站起来。但是，一只胳膊在这时抬了起来，将他按回原处。随后，他听见了霍无咎的声音：“好了，闭眼，睡一觉就到了。”

江随舟还没病得动不了，却没再挣扎了。他愣了片刻，竟不知怎么就顺着霍无咎的话，闭上了眼睛。一时间，眼前黑了下来，晃动的马车中，像倦鸟归林。

因着没与江舜恒的仪仗同行，他们返程的速度便要快多了。入夜时分，马车便停在了王府门口。

江随舟已经睡得昏天黑地。他本来就病着，再加上马车晃得厉害，一路晕乎乎地回了府，已经分不清东西南北了。

故而车一停下，孟潜山便急忙一路小跑进去让人去请大夫；霍无咎坐在轮椅上，看着周遭的小厮们将江随舟从车中扶了下来，送上了步辇。

霍无咎竟感觉有些空落落的。他坐在原地没动，直到魏楷上前来替他推起了轮椅，才略回过神。

便听得前头孟潜山的声音："王爷？"

霍无咎立刻看向那个方向。便见步辇上的江随舟不知说了些什么，孟潜山便一连往霍无咎这边看。接着，霍无咎便听孟潜山说道："王爷放心，霍将军在呢。"

霍无咎握在轮椅上的那只手紧了紧。当真是个傻瓜。

一行人匆匆将江随舟送回了安隐堂，魏楷推着霍无咎也随后进了院子。

安隐堂此时已经是一片灯火通明，院里的丫鬟们匆匆地来来往往，皆是往正屋中去的。

"李长宁已经去了，将军放心。"魏楷看见霍无咎一直在往那边看，在他身后低声安慰道。

却听霍无咎说："过去看看。"魏楷自然知道他要过哪里去，闻言也没有反驳，只听话地推着霍无咎的轮椅，到正屋中去了。

房中众人都在忙碌着，因着王爷总生病，丫鬟、小厮们皆有了经验，此时也算有条不紊。

霍无咎抬手挥退了魏楷，自行摇着轮椅，行到了江随舟的卧房里。下人们顾不上招呼他，他也不添乱，只静静地停在床榻附近一处不碍事的角落里，看着李长宁替江随舟诊治。

房中灯火通明，比马车上要亮堂多了。故而，霍无咎也清楚地看见，江随舟的脸已经烧得通红了。

不知怎么，霍无咎忽然想起了自己刚来靖王府的那日。那时他满身是伤，牢房中无人给他看伤，他只能在潮湿、阴冷的监牢中吊住自己的一口气。他被送来了靖王府，原因他清楚，也做好了准备，来此再受一番辱。但他预料中的事，全都没有等到，却等到了他因着受伤高烧不退时在灯下守着他的靖王。

当真傻乎乎的。他从没有让江随舟为自己做任何的付出，即便他们二人站在敌对的阵营里，他也向来是人不犯我、我不犯人，不会真将与江舜恒的仇怨转嫁到一个反抗不了江舜恒旨意的闲散王爷身上。但是，这人却一定要把什么都给他，却又偏偏单纯得很。

霍无咎静静地看了江随舟片刻。不过，这种感情，也并不是真的不该有。毕竟他此时看着这个人，只觉得整个人都在难受。

直到李长宁直起身，飞快地瞥了一眼角落里的他，继而又像没瞧见似的，转身看向了孟潜山。

孟潜山连忙上前道："李大夫，王爷如何了？"

李长宁叹道："公公放心。王爷不过是受了风寒，拖得久了些，才会昏睡不醒的。待老夫为王爷开一服药，休养几日，便可大好了。"

孟潜山长出了一口气，连连念佛。接着，他便请李长宁到旁边开药了。一室的下人，替江随舟安顿好了，便也渐渐退了出去。

霍无咎缓缓地移到了床边，伸出手，拿手背碰了碰江随舟的脸。仍旧是烫的，烫得厉害，可怜得很。

霍无咎一时间没有说话，倒是旁边的孟潜山眼尖，凑上前来。

"霍将军，"孟潜山道，"您放心，王爷没什么大碍。"

霍无咎应了一声。

孟潜山打量他片刻，便也感觉到他要干什么了。霍将军这副守在床边的架势，可是想要守到王爷醒啊？

孟潜山虽然替王爷高兴，却也不敢真劳动这位主子。他忙道："那边王爷的药眼看便要熬上了，将军不必担心。倒是王爷一早儿吩咐过，说回来之后要请李大夫给您看看。这夜也深了，将军先回房去等会儿吧，这儿有奴才呢。"

霍无咎沉默着看了江随舟一会儿。按他平日里五头牛都拉不回来的倔劲儿，自然是不会理会孟潜山的。但是，他这会儿却不得不听话了。全因为面前这个人。这人把自己弄病，就是为了他肩上的那点小伤。正屋里人多眼杂，要让旁人看见他身上受伤，必会起疑，所以他若不回去，便没有包扎的机会，待明日他醒了……必然要不高兴。

霍无咎那没人拗得过的倔劲儿，竟然在这点猜测之中，无声无息地消弭了。片刻后，就在孟潜山的心提到了嗓子眼，想着再劝时，他听见了霍无咎的声音。

"走吧。"霍无咎说。语气中竟带着两分不易察觉的妥协。

这日之后，魏楷恍然明白了自家将军对靖王究竟是什么态度，是生死之交的挚友。魏楷只觉大受震惊，但自围场回到临安之后，却又提不起反感靖王的想法了。

毕竟那靖王对将军也极好。那日将军受庞绍那般折辱，是这靖王及时将他救下，遮掩了他双腿已好这件事；之后，这靖王会突然生病，他们将军碰巧能跟着一起回临安医治，他也知道绝不会是巧合。靖王虽是那狗皇帝的亲弟弟，但是他魏楷也知，当知恩图报。

不过这几日，他眼看着将军自打回王府，盼星星盼月亮的，每日冷脸坐在房里不说话，但那位靖王殿下，却都没来看他一眼。

按说，也不该看。毕竟都回王府了，他和李长宁自然不会放任将军伤着。但是，如今却不是他们将军要不要人照顾的事，而是他们将军……见不见得上人的事。但靖王迟迟不来，唯独靖王手下那个太监来过一次，看将军没事，便要退出去了。

他们将军终于开口说了话。

“你们王爷可还好？”将军问道。

那个太监忙回道：“好着呢！李大夫医术高明，几服药下去，王爷便好得差不多了！如今只是底子还有些虚，却已经能够行动自如了！”

霍无咎停了片刻。

“那就好。”霍无咎一字一顿，缓缓地说道。

魏楷急得都要跳起来了。他家将军就差把“那他为什么不来看我”几个字写在脸上了。但是，那太监却似乎有事要忙，并没注意到他们将军的神色，笑着躬身行了礼，便退出去了。

门关上那一刻，阴影落在了将军脸上，魏楷的心也凉了。他连忙凑上前去。但不等他说话，他便见自家将军坐在那儿，沉默半晌后，皱起眉来，揉了揉眉心。

“魏楷。”霍无咎开口道。

魏楷连忙应声：“将军？”

便听他家将军停顿了一下，有些迟疑地开口说道：“你帮我想想，我是哪里惹他生气了吗？”那语气中，竟是两分疑惑、三分小心，听得魏楷只觉自家将军让人夺了舍。

魏楷再忍不住了：“将军，您要是实在想见他，不如主动去找他。”

江随舟的确存了几分躲着霍无咎的心思。

霍无咎于他而言，本不过是互相合作利用的棋子，如今他却平白生出几分真心实意，只觉得心虚，让他有点慌。他一时间不知道该怎么面对霍无咎，便干脆装了一回鸵鸟，将门一关，几天都没见他。逃避虽没用，但总归能拖延着，让他暂且能够不直面问题。

眼看着便入了五月。而这几天，他不去，果然霍无咎也没来找他。平日里一向如此。霍无咎性子冷淡，腿脚又“不方便”，便整日在房中待着，都是自己主动去找他。如今自己也躲着他了，两人便真见不上面了。

江随舟庆幸之中，感觉有点不大舒服。故而这几天，江随舟也恹恹的，不必去衙门，便关在房中睡觉。五月初五端午节算得上个大日子，不过他病着，府中便十分冷清，城中渐浓的节日气息，也飘不到靖王府里来。

一直到了这日。他的病好了个七七八八，午睡起来，便靠坐在床头看书。房中的下人都退了出去，一时间清静又安宁，只听得见院中树木沙沙的声响。渐渐地，日头便斜了下去。就在这时，他听见了房门打开的声音。他只当是孟潜山，手下翻了一页书，头都没抬。

“什么事？”江随舟懒洋洋地问道。

却听见了霍无咎的声音：“是我。”

江随舟僵在原地，更不敢抬头了。江随舟低着头，床榻上光线又暗，霍无咎并没看出他在躲着自己。

门关上，房中便只剩下他们两个人了。霍无咎单手撑着轮椅，便径直站了起来，走向了江随舟的床边。

“我听孟潜山说，你好得差不多了。”霍无咎停顿了一下，貌似不经意地开口道，“怎么不见你出门？”

江随舟慢了半拍才开口道：“懒得动。”

就听霍无咎问道：“今天也不出门？”

江随舟听霍无咎这么问，不由得抬起头来看向霍无咎，疑惑道：“今天是什么日子？”

霍无咎垂眼看他：“不知道？”

江随舟这才注意到，霍无咎今日穿了一身并不起眼的粗布衣袍，看上去有些像李长宁那个徒弟的衣服。他手里还拿着一件衣袍，天青色的，看上去也颇为粗糙，像是平民百姓的衣服。

不等江随舟开口说话，那套衣服就落在了他的身上。凉凉的，带着一股干净的皂角味。

“那就换上。”霍无咎说。

“什么？”江随舟直发愣。

便见霍无咎似有些无奈，看了他片刻，抬手在他肩上按了按。

“五月初五。”霍无咎说，“换上，一会儿带你出去看看。”说完，他便像是根本不在意江随舟是否答应一般，径直走到了外间，一副就等着他换衣服的霸道态度。

待江随舟回过神来，霍无咎已经在外间坐下了，隔着屏风，只能看见一道模糊的身影。那样一个人，即便穿着粗布衣衫，看上去也那般风姿卓绝。他刚才说什么？江随舟拿着手里的衣服，人都傻了。

五月初五，是端午节。霍无咎说……要这个时候带他出去看看？那不是胡闹吗！王府本来就戒备森严，加上霍无咎在此，周遭更有不少江舜恒的眼线和侍卫。王府被守得像一只铁桶，要想不光明正大地从正门出去，简直就是天方夜谭。更何况……

江随舟抬头往外看，屏风外的霍无咎已经自顾自地倒了一杯茶开始喝了。

自己这时候的心境，是不该跟霍无咎见面的。

而外间的霍无咎，并不如他表现出来的那么自如。向来都是江随舟主动来寻他，今日他属实好生做了一番准备。毕竟对他来说，从来都没有他主动去找别人的先例。而他找的这个见江随舟的借口，他心里也没底。

无故寻人，总该找个由头。霍无咎又不想跟江随舟谈论那些什么庞绍、江舜恒的公事，找来找去，便找到了这么个带他出去玩的缘由。也是因着他从小便总逃出侯府去玩攒下的经验，却不知道这位皇城里长大的贵公子，吃不吃这一套。

方才他那副淡定自若的模样，分明就是只纸老虎。这会儿，他定定地坐在原处，手里的茶根本喝不出味道来，两眼盯着墙上挂的那幅名家真迹。

片刻之后，屏风后传来了脚步声。

“霍无咎，你这是要带我去哪儿？”是江随舟的声音，“王府戒备森严，是断不可私下出入的。若无要事，还是不要冒这个险……”

霍无咎抬头看去，却见江随舟别扭地站在屏风边，神色僵硬，身体也是一副抗拒、犹豫的姿态。但是……

那身天青色的衣袍还真是适合他。他总被厚重的黑金色亲王服制掩去身上清润干净的气质。此时穿上这身衣服，再将长发束起，便全然像个寻常人家读书的公子一般。

霍无咎露出了笑容来，站起身，大步走到江随舟面前，不等他躲避，便伸手握住了他的手腕。

“走吧。”霍无咎说道。

江随舟便后退着要躲。但是霍无咎的手劲大，这会儿又没打算给他躲闪的机会，他便被霍无咎拉着，径直往后间的窗边走去。

“放心。”霍无咎说。

“可是，若有人发现了我们不在……”江随舟还在做最后的挣扎。

便听霍无咎轻声道：“没事。刚才我进来的时候，已经跟孟潜山说过了。我找你有事，让他别让人进来打扰。”

不等江随舟回过神来，霍无咎的手已经搭在了他的身侧。立刻，他手下力道一收，江随舟便被他紧紧箍在身边，紧接着，江随舟的脚下便空了。迎面一阵风吹来，夕阳也毫不吝惜地将他笼罩住了。他们已经顺着窗子，从屋子中跳了出去。

几息之间，霍无咎足尖点地，已经带着他飞身出了院子，上了王府的屋顶。这是第一次，王府的景色尽收江随舟眼底。

江随舟看见了府中来往的下人，以及四下里巡逻的侍卫。但是霍无咎行进的轨迹颇为刁钻，全都在他们视线的盲区之中。江随舟只能感到自己衣袍猎猎飘扬，像被一只盘旋的鹰挟住了，从王府飞跃了出去。待他脚下终于踏实地踩在地面上，被霍无咎放开时，他已经落在了王府附近一条街巷的死角中。是个小巷的拐弯处，周遭一片安静，一个人都没有。

江随舟有些蒙，抬头看向霍无咎，便对上了霍无咎的笑容。很淡的一个笑容，却带着让人难以忽视的光。像是飞出了囚笼的鸟，又像是一只将他叼到了领地中的野兽。带着几分坏劲儿，打量着他。

“你……”

江随舟正要开口，便听霍无咎说道：“这不是出来了吗？”

说着，霍无咎将江随舟一拉，坦然地往巷外走去。

“既然病好了，就别闷着。”霍无咎边走边说。

江随舟在霍无咎身后嘀咕：“有这个本事，怎么不直接回北梁去？”

便见霍无咎回了头："你想去吗？想的话，现在就能出城。"

江随舟一惊，抬头看他。便见走在自己半步之前的霍无咎回过身，神色正经，半点不像开玩笑。

江随舟一时脑子都空了："可是……"

便见下一刻，霍无咎笑了起来："逗你的。"霍无咎的声音竟不知不觉地软了两分，带着和煦的笑意，和初夏黄昏温软的风融在了一起，吹到了江随舟的耳边。

这还是江随舟第二次到临安的市集上。上一次，是他因着季攸的事，只身到这里来买醉。不过他本就不是这里的人，即便看上去混进了人潮之中，也与周遭众人有着明显的区别。故而那日之后，江随舟也从没起过"出去看看"的心思。

但是这次……却似乎不大一样。可能是因为今天尤其热闹。端午在临安算得上个大节，因着今日过节，城中便没了宵禁。此时街上熙熙攘攘，颇有人潮汹涌之势。街上还没上灯，但街边的摊贩已经热热闹闹地搭起了摊子。卖灯和小玩意儿的摊位五颜六色的，卖吃食的摊位上冉冉飘起了炊烟。远处隐约可见街口处卖艺的街头艺人，时不时惊起一片叫好声。

而因着人多，江随舟的手腕是握在霍无咎的手里的。隔着衣袍，有清晰的力道和温度传来。不知怎么，江随舟也被四下的热闹感染了似的，扬起了嘴角。

"还真是热闹。"江随舟说，"在府中半点感觉不出来。"周围热闹，也没人注意到他们。他的话一出口，便融进了周围的人声里。

不过，霍无咎听见了。他轻轻笑了一声，低头对江随舟说道："说了该出来转转，没骗你吧？"

江随舟也跟着笑了起来。虽然理智告诉他，应当离霍无咎远一些，但他不得不承认，这会儿跟霍无咎这般并肩而行，实在是一件让他极其愉快的事情。

"好了，走，先去吃饭。"江随舟听霍无咎说道。

江随舟对此自然是不熟悉，便任由霍无咎拉着，来到了一间不大的酒楼里，一同在二楼的窗边坐了下来。这家酒楼并不大，桌椅也极粗糙。桌上的杯盏瓷质粗糙得很，倒出来的茶也带有极普通的绿茶渣子。但此处视野好得很，一低头便能看见熙熙攘攘的街道。

江随舟面上虽不动声色，眼睛却四下看。待霍无咎点好了菜，让店小二退下去，江随舟才问道："你怎么寻得到这个地方？"

便见霍无咎一边很自然地给他倒茶，一边说："魏楷说的。他们进城之后，在这儿住下，说这里的北方菜正宗得很，和阳关的很像。”

那日在山中，江随舟便已经听霍无咎跟他说了。他手下的兵并没有全军覆没，尚剩下一些。以魏楷为首，如今皆分散在临安城里。

江随舟正点头，便见霍无咎说着话，抬眼看向了他：“如今还没有机会，只能在这里待着，带你尝一尝那里的菜。以后，我一定带你回一次阳关，去那里看一看。”

江随舟的心脏不受控制地疯狂跳动起来。他感觉得到霍无咎对阳关有着何等的怀念与眷恋，此时眼睛里都闪着光。但江随舟有一种极其真实的错觉，就好像霍无咎这么说，并不只是想回阳关而已，而是坚定地想要带着自己，融入他的过往和未来。

江随舟一时说不出话，只愣愣地看着霍无咎。

便见霍无咎也愣了一下，接着笑道：“怎么？是不是北方菜吃不惯？要是吃不惯，我们换个地方。”

江随舟这才回过神来。失态了，失态了。他匆匆在手心里掐了自己一下，直骂自己没出息。他连忙将方才的情绪掩饰起来，换了个话题。

“不是。”江随舟清了清嗓子，说道，“本王……我只是想起，这身衣服上没有荷包。我身上没银子，你那儿有没有？”

霍无咎停顿了一下，继而像是才意识到这件事情一般，面无表情地开口道：“忘了。”

霍无咎的神色十分严肃，半点不似作伪。江随舟原本只是想随便找个话题，看见他这个反应，也愣住了。还能这样的吗？他定定地看着霍无咎，便见霍无咎坦然地看着他，眨了眨眼睛，面上竟流露出几分无辜。那就是真没带银子啊！

江随舟这辈子都没遇见过这样的事，立刻慌了手脚。他连忙往身上摸去，可他换衣服时，早把自己身上的玉佩等饰物全都摘了下来，此时浑身上下只有干干净净的一套衣服，材质还极其粗糙。

江随舟一时间脑中都有点空。方才菜已经点了，若拿不出个抵银子的东西来，难不成还要回府去取？他们又是偷偷溜出来的，自然不能记账了……

江随舟正着急着，忽然听见对面传来了一个笑声。低沉，带着气音，颇有几分难掩的愉悦。下一刻，当啷一声，一只沉甸甸的荷包被人轻轻抛在了桌上，正落在江随舟的面前。

江随舟抬眼看去，便见对面的霍无咎好整以暇地看着他。在他面前，是个纹样普通的荷包，装着满满当当的银子。

“怎么什么话都信？”霍无咎眉峰一挑，单手撑在腮边，面上带着两分笑，懒洋洋地打量他。

江随舟这才反应过来，方才霍无咎是在逗他。这人还真是……刚到靖王府时，话都不与人说一句，偶尔抬眼看他时，那目光又狠又冷。如今倒是渐渐露出了狐狸尾巴，显出几分原本张扬恶劣的模样。

江随舟抿了抿嘴唇，讪讪道：“谁知道你是真的假的。更何况，你哪来的银子？”

霍无咎丝毫不以为意。

“魏楷的。”霍无咎说。

江随舟一愣：“什么？”

便见霍无咎拿起面前的粗瓷杯子喝了口茶，豪放不羁的模样，再加上那副理所当然的冷淡神情，颇像个占山为王的叛贼首领。

“他这些时日存下的，再加上王府的赏钱。”霍无咎道，“他不出门，留着没用，就给我了。”

江随舟一时说不出话来。谁想得到，战无不胜、顶天立地的霍大将军，出门吃顿饭，还要抢属下的银子呢？

虽说心中怀着几分对魏楷的内疚，江随舟还是同霍无咎吃完了这顿饭。当真，这个店家据说是随着景朝南迁才到临安来的，一手西北菜做得颇具风味。江随舟即便胃口不大，也因着这口感不错多吃了几口，待到吃完了饭时，外头已经彻底黑了下去。

街市上点起了灯，亮亮堂堂的，照出了一片喜气洋洋的节庆气氛。江随舟将那袋银子塞还给了霍无咎，由他付了账，便和他一同出了酒楼，汇入了人潮涌动的街道中。

江随舟自然是看什么都新奇。景朝民俗他也有过涉猎，但书本上描述的跟亲眼所见自然不同。他们出门不方便带东西回去，却也不妨碍他看。他边走边四下里瞧着，双眼都在放光似的。霍无咎倒是对这些玩意儿没什么兴趣，即便此处与阳关不同，却也大同小异，早看腻了。

不过，他身边的江随舟在他的眼里，却是有趣的。这个皇城里长大的帝王家少爷，看上去高傲矜贵，实则没见过什么世面。那些再寻常不过的民间玩意儿，在他眼里像是多有趣一般。他竟像个对什么都好奇的孩子，那双干净的眼睛，竟多出了几分难得的灵动。

人来人往，没人注意到他们二人，更没人注意到，他那双眼睛，一直落在身边的江随舟身上，沉默却又笃定，带着几分他自己都没觉察到的深意。

他们二人随着人流，缓缓地走到了街口。那儿此时围拢了不少人，圈在中间的空地周围。空地上站着几个江湖艺人，打着赤膊，正在那儿表演。其中一个男子手里拿着个火把，不知口中含了什么，朝着那火把上一吹，便径直喷出火来，激起周围一阵惊呼和叫好。

江随舟的脚步也停了下来。这样的江湖艺人在他眼中总有种不得了的神秘色彩。他停在这儿，便再不走了，眼看着那几人表演完了喷火，又原地吞起剑来。

周遭几个小徒弟脸上画着脸谱的纹样，热热闹闹地翻跟头。叫好声此起彼伏，江随舟也渐渐让这气氛带动了，面上露出几分惊叹的笑来。霍无咎侧过脸来看江随舟，唇角也不由自主地扬了起来。

众人都怕靖王，世人也知道靖王是个坏到骨子里的奸佞。但唯独他霍无咎看见了，靖王这貌似拒人于千里之外的模样之下，是怎样一副真诚的模样。这是谁都没发现的，唯独他看到了这赤子之心。

恰在这时，那群人又表演完了一出节目。几个敲锣的小孩儿将锣翻过来，笑着开始朝周遭的看客要赏钱。铜板噼里啪啦地落了一地。不少人便散了开来，将他们二人拥到了前排。

江随舟正看那几个小孩儿捡钱看得起劲，忽然一只修长坚硬、指腹粗糙的手蹭到了他手边，将一个凉凉的东西塞到了他手里。他一低头，便见是一块银子。他抬头看去，便见霍无咎正低头看他。见他面露疑惑，霍无咎便道："扔过去。"原来是让他丢赏钱。

江随舟方才看得着实有趣，又碍于手里没银子，拿不出赏钱，才暂且作罢的。此时银子塞进了他手里，他顿时手痒了起来。他朝着霍无咎一笑，继而手一扬，那块银光闪闪的银子便落到了一个小孩儿的脚边。那个捡铜板的小孩儿一阵惊喜，连忙上前捡起了银子，直朝着江随舟的方向作揖。

江随舟只看着那小孩儿一副欢喜的模样，并没注意到他方才冲着霍无咎笑时，霍无咎悄悄上下滚动了一下的喉结。接着，他便感觉手心里又是一凉。他诧异地看向霍无咎，便见霍无咎看着他，下巴往那几个江湖艺人的方向一扬，示意他继续。

江随舟停顿了一下，又将手里的银子抛了出去。紧跟着，便又有银子塞到了他手里。接二连三的，银光在地上当当啷啷地四下掉，那几个耍杂技的都看到这儿有个有钱大方的主儿，一时间竟有些沸腾起来。惊喜又感激的目光落到他身上，反而让江随舟有点不好意思起来。

这一回，霍无咎再给他塞银子，他往回推了推。

“够了够了。”江随舟小声说。

但那块银子却被强硬地塞进了他手里。

“没事，多着呢。”霍无咎说。

江随舟有些迟疑：“但是……”虽说看着那几个江湖艺人朝着他笑，他也高兴，但这样未免也太张扬了些。

“刚才看得开心吗？”霍无咎问道。

江随舟点头。

“那就继续。”霍无咎说。

江随舟看了看他，又看了看那几个满脸欣喜的江湖艺人。几个人身上的衣物都颇为粗糙、破旧，瞧上去也瘦得很。脸上画着脸谱的小孩儿流的汗将油彩都染花了，捧着银子还一个劲儿地蹦跶。江随舟手中的银子又抛了出去。

霍无咎低头看着他，见状立刻又拿出一块银子来，放进了江随舟的手里。什么银子不银子的，在霍无咎眼里根本算不得个东西。霍无咎现在满心满眼，都只觉江随舟笑得好看。

江随舟片刻之后才从那儿离开。他硬要霍无咎将荷包拿给自己看看，霍无咎便坦然地将空了大半的荷包放在他眼前晃了晃。

“都跟你说了，还多呢。”霍无咎满不在乎地道。

江随舟不由得咬了咬牙，低声道：“可是，也太张扬了！万一让什么人瞧见，那可如何是好？”

霍无咎笃定地道：“不会。”

江随舟不解：“为什么？”

霍无咎的下巴朝着南边点了点，道：“这会儿，临安有头有脸的，都在西湖上看景儿呢。”

说到这儿，霍无咎凑近了江随舟，道：“放花灯、游船，还有赛龙舟，再晚些还有人在湖边放孔明灯，想不想看？”

江随舟也不知霍无咎上哪儿打听到的这么多花样，但他知道，临安的湖连着太湖，湖畔有座富丽堂皇的观景楼，想来今日佳节，不少权贵都在那里。

江随舟自然不敢去到他们的眼前晃悠。他连忙往后退，却被霍无咎一把握住了手腕。

“想去就走吧。”霍无咎带着两分坏笑瞥了江随舟一眼，便强行拉着他走了。

江随舟连忙道：“我不想！那儿此时既然人多，想必不少人都认得我们，还是不要去冒这个险……”

但霍无咎似乎偏是个爱冒险的：“没事。有我在，不会让他们看到我们。”

江随舟还是不放心。可他又拗不过霍无咎。霍无咎劲大，武功又是常人所不能及的，霍无咎真要做什么，当然是谁也拦不住。

江随舟便让霍无咎拽着直走了半条街，眼看着太湖便在眼前了。

远远看去，便见湖面波光粼粼，倒映着亮堂堂的灯盏，将那儿照得亮如白昼。湖边有精巧别致的画舫和龙舟，隐有鼓声传来。

而在湖畔，一栋五层高的恢宏的楼阁立在那儿，琉璃瓦反射着明亮的灯光，赫然便是临安著名的鸣凤楼。此时，楼中灯火辉煌，隐约能见衣香鬓影。

江随舟浑身都紧张了起来。霍无咎脚步却不停，直往那边去。眼看着便要到了。

江随舟连忙将他往后一拉：“等一下！”

霍无咎回过头来：“怎么了？”他正要让江随舟别担心，便见江随舟拉着他往旁边去了。边上是个卖小玩意儿的小摊，五颜六色的，尽是端午驱邪避祟的东西。

江随舟从霍无咎身上拿出一块银子来，紧接着，便从摊上取下挂着的某物，往霍无咎头上一戴。

“这下行了。”江随舟松了口气。

灯光下，是一张容色狰狞的凶兽面具，将霍无咎的脸严严实实地挡住了。

第四章　波澜

霍无咎不由得低低地笑了一声。他若是真让人瞧见了，那么即便用面具挡住了脸，也自会有人通过身形认出他来。他既带着江随舟跑了出来，便就没打算让任何朝中人看见他。

但是……

霍无咎抬手碰了碰脸上的面具，还是颇为受用的。怎么说，这都是江随舟塞给他的东西。

霍无咎隔着面具，闷闷地笑了一声，便将江随舟拽走了。

“放心了就走吧。”霍无咎道。

江随舟应了一声，连忙跟上。不过，他与霍无咎的确没有让人认出来的机会。走到了街道的尽头，霍无咎便又将他拽到了一处深巷中，接着带着他一道踩着屋顶，腾空往鸣凤楼的方向跃去。此时，街道与湖面上皆是一派亮堂堂的景象，他们落入黑沉沉一片的夜空，如同在夜色中潜行的鸟，并没引起任何一人的注意。

江随舟只当他要带自己去湖边，却未承想竟又是这般。便见霍无咎几个腾跃，竟带着他径直跃上了鸣凤楼的屋顶。江随舟只觉一片晕眩。

在他面前，是尽收眼底的太湖夜色。湖上星星点点的花灯如夜空里闪烁的星子，映照着漂在湖面上的龙舟和画舫。再远处，便是灯火通明的临安城了。

而在他脚下，便是贵宾云集的鸣凤楼。此处的酒楼向来层数越高，价格越高，这样的佳节盛会，不用想便知，他们脚下的厅中，八成就是庞绍一家。

就在这时，一个声音隔着屋顶，闷闷地传来：“下官敬庞大人一杯！”

竟然是庞绍在这儿宴请同党官员。江随舟顿时惊在原地，却听见旁边传来霍无咎低沉的一声笑。

“还真是巧。”霍无咎轻描淡写地说。

“你……”江随舟被霍无咎此番行为惊住了，他的心脏扑通扑通地快要跳出胸腔，抬眼愣愣地看向霍无咎。这人是何等胆大包天？庞党众人怕是做梦也没想到，霍无咎的腿不仅好了，还敢在端午节时，跑到他们宴饮的楼阁顶上去看龙舟。便见霍无咎满不在乎地冲着他笑，拉他在琉璃屋脊上坐了下来。鸣凤楼的楼顶宽阔极了，四角坠着一人多高的硕大花灯，将琉璃瓦照得反光。而他们二人恰好坐在屋顶的暗处，脚下踩着满临安的辉煌灯火。

江随舟不由得凑近了霍无咎，压低声音道：“你未免太大胆了些！”

霍无咎单手取下面具，拿在手里把玩着：“这就算胆大了？”他这话轻飘飘的，一看便知，这位正气凛然的大将军，年少时也是个让人头痛的混不吝。

江随舟渐渐回过了神，看了看霍无咎，又看向他身后直铺到天际的满城灯火。他向来循规蹈矩惯了，却从来不知，这令人心惊的冒险举动，在刺激之余……竟也是很有意思的。

江随舟听着脚下觥筹交错的声音，偶尔竟还听得见一两声官员高声称赞庞绍的马屁。他们只当自己正处佳节之中，在临安城最奢华的所在、坐在视野最好的厅堂中，宴请全天下最炙手可热的权臣，却不知道，他们头顶的屋脊上，坐着最令他们胆寒的大梁战神。而那位战神，此时正闲适地屈起腿，眉目舒展，坐在满天星辰之下、满城灯火之上。实在颇为奇妙。

江随舟停顿了一下，不由得轻笑出声。

霍无咎听见他笑，立刻侧过头来看他。

“好看吧？”霍无咎道，“没骗你。”

江随舟却笑着问道：“你在阳关，也总是这般闹的？”

霍无咎眉毛一扬，似有些不服：“这怎么算得上闹？”接着，不等江随舟说话，霍无咎便略向江随舟的方向倾过身来，拿肩膀轻轻地撞了撞他。

“是你太不会给自己找乐子，才觉得爬个屋顶就算吓人了。”霍无咎说。

江随舟不由得赞许地点头。他的确不会。他打小安静，又总是很听话、省心，即便找乐子，也不过是自己去找些书看，哪儿像霍无咎这般，爬高下低的。如今他们身在临安，上有江舜恒和庞绍压着，霍无咎都能有这么大的胆子，想必当年在阳关时，定然要将阳关城都翻将过来，搅得老侯爷头疼。这么想着，他不由得笑了起来，只觉有趣。

而他旁边的霍无咎，却见他不反驳，反而抿着嘴笑，一副又乖又安静，甚至教人有点担忧他的模样。霍无咎竟不由自主地说道：“日后好玩儿的多着呢，你只管等着。”那语气，信誓旦旦得竟有点幼稚，像个拍胸脯保证的毛头小子似的。

江随舟看向霍无咎，动了动嘴唇，正不知该说什么，便听得远处的湖上响起了激昂的鼓声。他抬眼看去，便见龙舟赛已经开始了。

湖上四下都是花灯，岸上也满是灯火，将龙舟照得亮堂极了。一时间，百姓们都围到了湖边，热热闹闹地欢呼着。就连他们身下厅堂中的众人，也纷纷围拢到了露台上。

江随舟紧张地闭上了嘴。霍无咎看出了他的担忧。实则没什么好担心的，鸣凤楼盖得恢宏，尤其是屋顶，比下头的屋舍高出许多来，而且叠了两层。他们在暗处，也只影影绰绰看得到露台上的人影，而露台上那些人，即便回过头来，也什么都看不到。

不过，霍无咎没出言提醒，面上反倒漾起了兴味盎然的笑意。实是江随舟这人在他眼里，怎么看怎么有意思，总能勾起些他的恶劣性子来。他没看龙舟，反而直到龙舟赛结束，他都只看着江随舟。这人紧张得不得了，又实是看比赛看得有趣，神情虽是紧张的，眼睛却总在楼下众人和龙舟上盘旋，有意思得紧。直到比赛结束，露台上的众人纷纷回了酒楼里，才见他终于稍稍松了口气。

江随舟借着湖边百姓欢呼的空当，凑到了霍无咎耳边，低声问道：“你刚才押的哪只船？”

霍无咎竟没出声。江随舟见他正看着下头，只当他正一门心思警醒着底下庞绍众人的动静，并没工夫去看赛龙舟。

江随舟便接着跟霍无咎描述道：“我方才见第四只势头不错，却没想到后半程后继无力，让旁边第三号的那只超过了，只得了个第二。第三号倒是一直稳当，想必真是好好训练过，船上众人也默契些……”

却听见霍无咎抬手：“嘘。”

江随舟连忙住了口，顺着霍无咎的目光往下看去。便见回到酒楼里的庞党众人，竟然又重新回到了露台上。这一回，人群之中，居然有庞绍的身影。

江随舟浑身一抖，连忙坐定了，连呼吸都轻了下去，定定地看着楼下的众人。

他却没看见，他旁边的霍无咎，偷偷松了口气。

庞绍是让同党的官员们推着一同出来放灯的。他们自然不信这些，不过是这群人借机阿谀奉承，为他图个好意头。庞绍也没有推拒，笑着同众人一起出了厅。

此时龙舟赛已经结束了，湖边的百姓们便陆陆续续放起灯来。淡黄色的灯光映照在白灯笼里，缓缓升空，飘了漫天，实在漂亮得很。

庞绍在宽敞的露台之上站定，也接过了下人递过来的孔明灯。

“我倒是没什么愿望。”庞绍淡淡地笑道，“只望国泰民安，陛下身体康健罢了。”

旁边的官员皆拱手夸赞起来。便见庞绍亲手写下了愿望，点燃了灯火，放到了天上。

立刻，又有个官员捧着写好了的灯走上前来。

“大司徒心系家国，下官实在佩服！”那官员说着，将自己的灯递了上去，“属下便祝大司徒心想事成，福寿万年吧！”

庞绍见状，颇为满意地笑了笑，看着那官员将满灯的阿谀之言，放到了天上。

两盏灯飘飘摇摇的，升到空中，汇入漫天的灯火里。

众人看了一会儿，便又拥着庞绍，一同说笑着回去喝酒了。

屋顶上的江随舟这才松了口气，只觉背上都要冒出冷汗了。他侧目看向霍无咎，却见霍无咎正抬着头，看向满天的灯。江随舟也跟着他的目光看去，便见夜空之中，飘摇着千百盏孔明灯，当真是好看极了。

江随舟不由得放下了满心的紧张，跟着往天上看去。

“实在是好看。”江随舟说。

却听他身边的霍无咎开口了：“可惜了，刚才粗心，忘了给你带一盏灯。”

江随舟不由得笑起来，道：“幸好你没带。哪儿有灯从屋顶上飘起来的？在这儿放灯，你是怕没人发现我们吧？”

却见霍无咎摇了摇头：“那也得替你许个愿望。”

不等江随舟说话，他又改口道：“一个不够，还是两个吧。”

江随舟觉得有趣，笑了起来。他正要问霍无咎，自己哪儿来的两个愿望时，却听得一声脆响，将他吓了一跳。他连忙看去，竟见是霍无咎徒手从鸣凤楼的楼顶，掰下了半块琉璃瓦。

接着，霍无咎将那半块琉璃瓦握在手里，双手一用力，又掰成了两块。

“抬头。”霍无咎说。

江随舟不解，方抬起头来，便听得一道细微却锐利的破空之声，直往空中去。一只缓缓地飞在空中的孔明灯应声而落，里头的灯火瞬间将灯笼烧去，接着便熄灭成了一把灰烬，扑簌簌地落下了。

“这是江舜恒的国泰民安。”江随舟听见了霍无咎的声音。

下一刻，又是一道锐利的破空之声。又一盏孔明灯熄灭，坠落下来。

“这是庞绍的福寿万年。”

两盏明亮的孔明灯，瞬息之间融入了夜色里，在漫天升空的灯火中，无声无息地坠落下来。竟然正是方才庞党众人在露台上放起的那两盏灯。

江随舟愣愣地侧过头去，便见霍无咎双手搭在膝上，正歪过头来，对他露出了个放肆的笑。江随舟的心跳都似乎停住了。这哪儿是在为他许愿啊？这分明是天上居高临下的神明，从众生成千上万的愿望中，硬寻出了他的，拿到眼前告诉他：你想要的，我全都给你。

这日霍无咎带着江随舟回来时，已经夜深了。

霍无咎仍从后窗走，将江随舟送回了他房里，等江随舟换好了衣服，便又光明正大地从江随舟的房里出去了。

守在门口的孟潜山看着轮椅上的霍将军一副容光焕发的模样，一时间欲言又止。而霍无咎看都没看孟潜山，膝上搁着个什么东西，摇着轮椅，飞快地走了。

孟潜山不由得看向霍将军的背影。这当将军的还就跟寻常人不太一样。分明腿都断了，坐在轮椅上却偏给人一种健步如飞的感觉。孟潜山看了一会儿，摇了摇头，进屋伺候主子去了。

而霍无咎房里，魏楷正如热锅上的蚂蚁，急得直打转。旁人不知道那两位干什么去了，他可是知道的。正因为知道，他才清楚他们将军走这一遭有多凶险，不亚于在南景统治者的眼皮底下晃悠。故而，天色越晚，他便越慌。

幸而二更天时，门开了，轮椅声从门口传了进来。魏楷松了口气，只觉自己从鬼门关里走了一遭，着实刺激得很。

“将军，如何？”待门关上，魏楷连忙问道。

便见霍无咎一扬手，将一个轻飘飘的荷包扔到了魏楷手里。荷包空了大半，只剩下几块碎银子压在荷包底，拿在手里哗啦一声，发出一阵空荡荡的声响。

魏楷将眼中的心疼全藏了起来。算了算了……虽说这里头的银子，是他打从一穷二白流落到南景开始，辛苦攒下的，但他们将军打小没缺过银子，对手头的闲钱更没数，花光便花光了……

不过，魏楷还是不由得问道："您可买什么了吗？"问着，他抬头往霍无咎的方向看去。

便见霍无咎从轮椅上起了身，走到旁边坐下了。手里摆弄着一个玩意儿，挺大的，像个面具。

他的主子正将那玩意儿凑到灯下，垂着眼打量。灯光将他眼中的笑意照得熠熠生辉，向来向下的嘴角也挑起了一边。分明是个淡得几乎看不出来的笑，落在霍无咎那张脸上，却显得分外耀眼。

"买了啊。"霍无咎随口答道，说着，还将手里的东西拿起来些，在魏楷面前扬了扬。

"靖王送的，好看吗？"

魏楷咽了口唾沫，一时说不出话。好看什么啊好看？那么一大堆银子，就换来了这？不过一个做工粗糙的面具，上头画的还是张着血盆大口的凶兽。那凶兽名为梼杌，乃是《神异经》里有名的恶兽，是只冥顽不灵、嚣张狠戾、祸乱天道纲常的怪物，这面具乃是百姓们拿来以毒攻毒地辟邪的。他们将军得了这么个玩意儿，怎么还乐呢！

魏楷盯着那个面具，一时说不出话来，反倒让霍无咎不满了。

霍无咎皱了皱眉，开口时并不客气："聋了？"

魏楷看向他们将军明显露出不善之色的目光，一时有些认命。算了，他虽然没读过书，指鹿为马还是知道的。如今暴君在前，即便这位爷许是被那冥顽的凶兽传染成了个棒槌，他也得顺着这位爷的话来开口。

"怪好看的。"魏楷口不对心，在强权的威压下勉强开口道。

不过幸好，魏楷并没有吃什么大亏。这日之后，他便得到了来自靖王那边以各种名目派下的赏银，数额比他亏在霍无咎那儿的高出几倍不止。虽说魏楷怎么也是个不为五斗米折腰的汉子，可手里拿着靖王归还的银两，再看着那位将破面具珍而重之收起来的将军，魏楷还是不由自主地觉得，靖王要比将军靠谱一些。

而这日之后，江随舟也结束了他的病假。他的身体早就好了，在府中等了两日，一直拖到了大朝会的日子。他知道自己即便想躲懒，也不能在这个节骨眼上放松，毕竟那日在围场之上，他是实打实地给了庞绍极其沉重的一击。

果真，这一天，朝堂上的气氛凝重极了。江舜恒向来不是藏得住心思的人，这日将对庞绍的冷落和厌弃表露得明明白白。如今朝堂之上大半都是庞绍的党羽，庞绍失意，这些人便跟着胆战心惊，一上午下来，朝中竟因此而隐约多了几分正常朝堂的气氛。不过江随舟也看出，江舜恒这副模样，不过是在同庞绍闹情绪罢了。

江随舟知道江舜恒和他父皇的关系极不亲厚。父皇偏宠他母妃，而江舜恒的母亲、如今的庞太后，则是他父皇冷落已久的发妻。江舜恒幼时几乎没见过景灵帝，一直长到四五岁，他都不认得谁是父亲。而此后，庞绍为了哄住江舜恒，自是对他无比地亲近宠溺。

故而，即便他们二人都没觉察，江随舟也清楚地知道，庞绍填补了江舜恒父亲这一身份的空缺。故而，即便闹出这么大的乱子，在江舜恒心中，庞绍仍然是割舍不下的。即便要罚他，也绝没有杀他的可能。

因着心中早有准备，江随舟这日在朝中只是奔着听一听近日有什么大事来的，关于江舜恒和庞绍，只当看戏了。果真，他没有白来。

朝中有官员奏报，说娄将军凯旋，还有数日便要抵达临安了。到那时，迎接娄将军的礼制仪仗，还需要有人操持。谁都知道，这不是个好差事。娄将军娄钺，性子又臭又硬，出了名的软硬不吃，这差事拿到手里，不光讨不得好，八成还要惹事上身。朝臣都知道这个道理，江舜恒也心知肚明。他兴致缺缺地四下望了一圈，终于给自己找到了今日里第一件值得高兴的事。

江舜恒抬手一指："五弟，迎接娄将军的差事，便全权交托于你吧。"

有些事，向来旁观者比当局者看得清楚多了。

这日下朝，庞绍直到坐上马车，脸色都是难看的。今日朝堂之上，在群臣面前，他被皇上多次下了面子。朝臣不是聋的、瞎的，自然全都看在眼里，他也不是木头做的人，当然也感觉到了。他说话，皇位上那小子便装没听见。他提出个建议，那小子便反着他的意思，板着一张脸同他唱反调。这种羞恼的感觉太过陌生，从先帝死后，便再没有过。

庞绍脸色阴沉，一直到回到府上，都一句话也没说。

他承认，他打从过了年关，这几个月都流年不利。分明一个随时要死的病秧子靖王，却接二连三地让他栽跟头，拿到手中的差事，也都办得不顺利，甚至弄塌了宫中新建的宗祠。

这些都是实事，他承认，虽然恼怒，却也知不过几次坎坷罢了，他还坐在大司徒的位置上，便算不得输。可是……

他在自己的堂中坐下，缓缓地喝起了茶。可是，他虽姑且称皇帝为一声“皇上”，但在他眼中，那也不过是个三十来岁都未成人的黄口小儿罢了。他将江舜恒推到如今的位置上，全是因为江舜恒与自己有血缘关系，又让自己的长姐养得愚蠢、笨拙，最是好拿捏的。他不断地送去糖衣炮弹，让那个自小就笨的孩子信任他、爱重他，就是为了在他坐上皇位那日，自己握住天下大权。但如今看来……

庞绍放下茶杯，垂眼看着杯中漾开的圈圈涟漪，面上泛起了一个冰冷的笑容。如今看来，人与猫狗一样，都是养不熟的。你待他好，反成了他得寸进尺的理由，若稍有些不好，从前的恩情，他仍是不记得的。也怪他，急功近利，把那东西惯坏了。让江舜恒觉得自己对他有多百依百顺，让江舜恒真觉得自己就是皇上，敢踩在他的头上了。

殊不知，他庞绍从不在意龙椅上坐着的是谁，他只在意那人好不好控制，以及大景的权柄，在不在他庞绍的手上。而所谓的皇帝，他昨日能拱卫上去，他日就能换个年岁更小、更好控制的，将不听话的替下来。不过多费些事情罢了。许久之后，庞绍冷冷地笑了一声。

“来人。”庞绍道。

庞绍手下的心腹连忙上前，在他面前跪下，静静地等着他的命令。

便听庞绍慢悠悠地开了口：“陛下的长子，如今是不是已经快三岁了？”

那心腹拱手应声。

庞绍笑了笑：“我记得，他的生母出身不好，不过是个宫女。去禀明太后，把那个孩子弄到她膝下抚养，让她只管养，旁的话，不要说，也别多问。”

因着迎接娄钺的差事落到了头上，江随舟这些日子便不得已地忙碌了起来。礼仪之事本就烦冗复杂，再加上庞绍手下的官员总给他使绊子，便让他的工作比往日要辛苦得多。不过他知道，这不过都是常态而已。如今这些小麻烦，不过是因着庞绍还没寻到一举扳倒他的理由罢了，故而他颇为谨慎，又着人暗中盯着庞绍的动静。

但庞绍这些日子竟出奇地安静，一直到娄钺回城的这一日，都没有任何动作。

而这一天，天朗气清，万里无云。江随舟一早动身，便随着仪仗一同出了城，在临安的南城门外，等着迎接娄钺的大军。

也正是在这个清晨，一枝柳条被带进了靖王府，送到了霍无咎的手里。

“将军，这是什么意思？”魏楷手里拿着那枝柳条。

已经过了春日，夏季的柳条粗壮而且带着韧劲。折柳这人的手劲也大得很，竟折了一整枝粗壮的柳条，看上去像是催马的鞭子。霍无咎的目光在那柳枝上停顿了一下，想起当日自己递给纪泓承的纸条，面上流露出了两分嫌弃，转开了目光。

“靖王一早走了？”霍无咎问道。

魏楷点头。

便见霍无咎缓缓地开了口：“那便是娄钺回来了。”

日头渐高。

江随舟知晓行军缓慢，便在马车中坐着等。幸而临安傍水，城外又多乔木，即便艳阳高照，也不至于太热。

一直到临近正午，才有士兵远远骑着快马来报，说娄将军眼看着便要到了。

江随舟连忙下了马车，行至道中站定。

因着娄钺班师回京，军队需停在南城门外，故而整个南城门都被戒严了起来。此时四下里仪仗森严，列着以江随舟为首的礼部官员，远远瞧去，庄严肃穆极了。

一会儿，便隐约听得马蹄声响。江随舟极目往路的尽头看去，便看见了从极远处泱泱而来的大军。为首的是一个骑在高头大马上的将军，瞧上去身量很高，肩背宽厚如山。他身披银甲，身后猩红的披风猎猎而起，一看便知，这就是娄钺娄将军了。

江随舟感到有些紧张，手里握了一把薄汗。

江随舟深吸了一口气，静等着娄钺行到了他面前数尺的位置。见娄钺勒住了马，江随舟微微一笑，躬身朝他行礼道：“本王恭迎娄将军，祝贺娄将军凯旋，扬我大景国威！”

便见娄钺朗声一笑，翻身从马上跃了下来，朝着江随舟抱拳一躬：“末将多谢王爷！”

江随舟见此情状，便也猜出他还不知道霍无咎的事。江随舟多少松了口气。他面上的笑容不由得真挚了几分，几步上前，扶住了娄钺的手臂。

在这个当口，江随舟的目光飞快地打量了娄钺一番。娄钺此时四十来岁，正值壮年，身形高大，虽说常年的风霜雨雪使得他脸上的褶皱深些，却并不显老，反而平添几分刚毅。

“将军无须多礼。”江随舟收回目光，笑道，“舟车劳顿，将军辛苦了吧？”

娄钺见他神色温和，讲话也不似旁的文官一般夹枪带棒，便也跟着笑起来，同他寒暄道：“算不得辛苦！末将平日在马背上待惯了，此番回京又没急着赶路，故而轻松得很。”

江随舟便顺着同他寒暄了几句，不轻不重地夸赞了他一番。

“本王今日来，便是迎将军入城的。”寒暄过后，江随舟道，“皇上已在宫中设宴，等着犒劳将军呢。只待将军在此打点好三军，我们便可入城了。”

娄钺连连点头，又问道：“只是不知，皇上可有说过，我手下的兵此后怎么办？这么多人马，停在城外，也不是办法。”

江随舟停顿了一下。按他对江舜恒的了解，这次回京之后，娄钺便会被一步一步地削了兵权，他手里的兵马，在兵部过了一遍之后，全汇入庞党之手。而江舜恒此番让娄钺带着手下士卒回京受赏，估计也是早做了这么一番打算的。

江随舟沉默片刻，含糊地道：“皇上说，需先由兵部清点一番过后，再论功行赏。”此时他半点证据都无，更何况，他与娄钺头遭见面，立刻交心，反而惹对方猜疑。这么想着，他笑着对娄钺点了点头，继而放眼往娄钺身后望去。

大军行得慢，方才是娄钺心急，先行而来的。此时，大军才浩浩荡荡地行到了临安城边。娄钺手下的部卒有五万之众，虽算不得极多，此时看来，却仍有气势恢宏之感。

就在这时，一匹白马轻盈地往他们的方向行来。马上之人并没行在队伍之中，只一路策马扬尘，宛如侠士。但那人分明是穿着盔甲的，行近了便依稀可见，那人身形修长窈窕，像个女子。

女子？江随舟的手指微微动了动，眉心也不由得拧起了两分。若说跟在这支军队里的女子的话……不会有旁人了。

也正在这时，江随舟听到了身边娄钺的笑叹：“王爷见笑，这是末将小女，闺名婉君。”

江随舟在心中轻轻叹了口气。果然是她。但不知怎么，他叹出的这口气非但没让他放松几分，反而有种莫名的闷沉和不舒服，让他的呼吸都有些迟钝。

许是因为……听到那个名字，他便立刻想起了霍无咎。对霍无咎来说，他是江舜恒羞辱过他的证据、是人生中无法忽视的污点，但是娄婉君……却与霍无咎是难得般配的神仙眷侣。

江随舟的眼睛不由得落在了娄婉君身上。毫不偏颇地说，这位姑娘是真漂亮。她应当生得随母亲，不像娄钺这般五大三粗的，反倒眉眼俊秀又英气，带着几分女子特有的精致。许是没有养在闺阁之中，她皮肤算不得白，是在日头下晒出的浅麦色。这反倒使她的漂亮显出了健康的灵性，多出了几分韧劲儿。尤其是在她身上，特有着一种战场上养出的肆意和潇洒。这种气度竟和霍无咎有两分像，想必这二人站在一处，定然会极其惹眼夺目。

江随舟费劲地转开了目光。

片刻后，江随舟轻笑着道："果然虎父无犬子，娄将军的女儿，也是个难得的女中豪杰。"

娄钺粗心，并没感觉到江随舟的不对劲，一摆手，"嗐"了一声，说道："什么女中豪杰，都是因为末将夫人去得早，这丫头便在军营里养野了。如今眼看着十七八了，却连人家都说不到！末将此番回京也是想着，将这丫头在临安好好拘一拘，学些什么女红刺绣、琴棋书画的，好歹有个姑娘样子。"

说着，娄钺嘿嘿一笑，道："还请王爷帮忙留心留心。京中的王侯公子、青年才俊，若是有未婚的，我也不大挑剔……"

江随舟露出了个勉强的笑。他想告诉娄钺不必担忧，缘分在此，不必旁人牵线搭桥。他张了张口，却发不出声音来，反倒是旁边的孟潜山看出不妥，连忙上前将他扶住了。

"王爷？"

江随舟低头笑了笑，任由孟潜山扶着，顺水推舟道："本王身体不好，将军见笑。"

娄钺连连摆手："没事没事！这点兵还要好一会儿呢，王爷若身体不舒服，可快些去歇着！"

江随舟轻笑着点了点头，让孟潜山扶走了。

而那边，清亮的骏马嘶鸣声，身穿盔甲的女子翻身下马，拍了拍手，将缰绳递到了旁边的侍卫手里。她边往娄钺这边走，边疑惑地问道："嗯？父亲，方才那个公子怎么走了？"

说着，她还往江随舟马车的方向打量了几眼："长得倒是好看，怎么，看着不大高兴的样子，莫不是父亲您在朝中树的敌？"

娄钺咬牙切齿，抬手在她额上戳了一指头。

“说什么呢！人家就是身体不舒服，回去歇着了！”说着，他不忘警告道，“你可别打他的主意啊，他名声不好。”

娄婉君笑道：“什么打主意，长得就是好看，还不许我夸？”

“夸什么夸，没个姑娘样子！”娄钺恨铁不成钢，“你可小心说话！京城不比军营，哪由得你想什么说什么！讲话这么不检点，以后可怎么……”

“怎么找夫婿？”娄婉君开口打断了他，将他之后要说的话一口气说了出来，“知道了知道了，耳朵都要起茧子。”

娄钺气得直瞪眼：“不要把爹的话当开玩笑！”

娄婉君扑哧笑了一声，抬手颇为随意地拍了拍娄钺的肩胛，敷衍道：“知道知道，没当你开玩笑。”娄婉君慢悠悠的，带着不以为意的笑，尾音轻飘飘地上挑，如同划过大漠天空的雁羽。

“好了，快点兵，别让那位身娇体弱的小公子等久了。”

作为出城迎接娄钺的官员，江随舟须得将他一路迎回宫中，一同面见皇上之后，再同娄钺一起参加宫中举办的接风宴会。待到娄钺点完兵，天色已经渐晚了。一众官员坐着马车，连带着骑马入城的娄钺父女，并几位军中的将领，浩浩荡荡地打开阳门入了宫。

江随舟虽说官位不高，却是当今圣上唯一一位尚且在世的兄弟，更是唯一的亲王。因此由他出城迎接，倒是阴错阳差地给了娄钺极大的脸面，官员们一时间猜不出皇上的心思，待娄钺便多了几分小心。

不过，江舜恒自然没有他们那么多的心思，他不过就是想让自己讨厌的人去迎接自己讨厌的人，最好让他们二人掐一架，闹得越僵越好。故而，朝中百官在小心翼翼地揣测上意时，江舜恒却只兴致缺缺地夸赞了娄钺几句，便让他父女二人入了席。

不过，这晚席间，却多出了些让江舜恒不喜欢的画面。

娄钺向来是个谁都不爱搭理的狂妄性子，从前即便是庞绍，他也不会给半分情面。不过今日瞧着那位身体不好的靖王殿下顶着太阳在城外迎他，待他的态度又不似寻常文官那般阴阳怪气的，娄钺便惦记了两分，宴会进行到一半，竟径自起身，给江随舟敬了一杯酒。除了皇上，可没见娄钺主动给谁敬酒过。

一时间，众人面面相觑，看向江随舟的眼神都变了。而龙椅上的江舜恒，一时间脸色也阴沉了下来。谁都知道娄钺手握重兵，就是因着在朝中人缘不好、处处受人排挤，江舜恒才能够放心用他。但是如今……

江随舟也感觉到了周围的气氛骤然凝重。他抬眼看向娄钺，便见对方一脸坦然的神色，一看便知，是因着今日相识，才起身同他喝这杯酒的。但是，周遭的众人都只在意他与娄钺忽然亲近的关系，不会去深究今日城外究竟发生过什么事情。

江随舟只觉有些难办。见到娄钺端着酒行来，他便先行起了身，赶在娄钺之前开口轻笑道："怎能劳动娄将军来给本王敬酒，当本王敬您。本王这身子不中用，今日在城外失了礼，还请将军莫要怪罪……"话没说完，他便气力不支一般，单手端着杯子咳嗽起来，呛得杯中的酒都洒到了外头。

娄钺见状吓了一跳。他常年在军中，所见的都是力能扛鼎的大老爷们，哪见过这种脸色煞白的病秧子？他连忙道："这有什么好怪罪的？王爷身体不好，该多歇歇。"

江随舟费劲地止住了咳嗽，轻笑着同他碰了杯。他的心里松了口气。这下，便能对众人心中的疑惑做出些解释了。

却在这时，一个声音从上首慢悠悠地传来："娄将军是该给靖王殿下好好地敬一杯。"是庞绍。

娄钺闻言面露不解，转头看向庞绍，便见庞绍微微一笑，四平八稳地缓缓地开口："娄将军还不知道，靖王府里有一位贵客呢。"

听见这话，江随舟心里咯噔一下，喝到一半的酒也呛进了嗓子里，顿时，假咳嗽变成了真咳嗽。他自然知道，庞绍所说的"贵客"是哪位。

毕竟娄将军还不知道，他昔年好友的独子，被关到了靖王府中受辱了。

江随舟咳得厉害，吓得孟潜山连忙上前来给他顺气。江随舟却顾不得这些，心已经提到了嗓子眼。听到这事，娄钺定然震怒，不知会做出什么事来。但不管什么事，这怒火，都一定是冲着他来的。他勉强止住了咳嗽，深吸一口气，只等着迎接暴风骤雨。

娄钺却是一脸的不解："什么贵客？"

庞绍看了看江随舟，又看了看娄钺，意味不明地笑了两声，不说话了。上首的江舜恒，也难得多云转晴，收起了方才的疑虑和不悦，满意地看了庞绍一眼。

便有庞党的官员笑着接话道："娄将军不知吧？当年定北侯的独子霍无咎霍将军，如今可住在靖王府中呢。"

一时间，席上发出了一阵笑声。

娄钺大惊，愣了许久，才回过神来。这靖王是什么人？年初霍无咎兵败，他在岭南有所耳闻，却没想到……竟被折辱至此！

娄钺不敢置信地看向江随舟。便见那位靖王此时白着一张脸，弱不禁风地被旁边的太监扶着，正抬眼看着他。因着方才咳得厉害，他此时眼中湿漉漉地含着点儿泪，在灯下竟有几分病态带来的可怜。

娄钺怒火中烧。他今日怎么也与这位靖王说过几句话，言谈之中，多少也能看出几分他的为人。如今再看庞绍这副模样，到底是谁想出这么恶毒的法子羞辱霍无咎，昭然若揭。

娄钺虎目一瞪，吓得江随舟都不由得一哆嗦。

下一刻，却见娄钺转过身去，八尺多的身高，山一般立在那儿，直看向庞绍："庞绍老贼，我只当你素来不是人，却没想到竟然这般恶毒！朝堂战场上的恩怨，你还要往宗亲身上扯？"他的声音很大，洪钟一般，骤然在金碧辉煌的殿中炸开，将满朝文武都吓了一跳。

就连庞绍一时间都没发出声音来。

庞绍张了张口，正要说话，便听娄钺又开口了："你还觉得挺光荣，是吧？打了胜仗才值得光荣，打回邺城去才叫长脸！你要么杀了他，要么放了他，把战俘塞给王侯，怎么，你等着天下人夸你聪明，骂霍无咎窝囊吗？你做出这样的事才叫窝囊！不仅天下人会笑话你、笑话皇上，还会笑话整个大景！你们当文官的不是最喜欢名垂青史吗？再过个一千年两千年，你信不信，到那时候的人还要笑话你拿这样的龌龊手段折磨战俘，笑你荒唐无耻、不择手段呢！"

那枝粗壮的柳枝早被霍无咎丢到了窗外。

入了夜，魏楷匆匆进了霍无咎的屋子："有一件事，将军。"

霍无咎侧目看向他，便见魏楷从袖中拿出了一封极小的书信，卷成了小卷儿，当是飞鸽传来的。

"这是大江北岸的守将李晟送来的回信。"魏楷说道。

霍无咎应了一声，将那封信接过来，在手里展开了。

信纸并不大，其上以蝇头小楷所书，虽然内容不少，但看得颇为清楚。可是，或许是那个写信之人的情绪太过激动，虽然是小楷，但笔画带着难以自抑的颤抖，瞧上去便有些潦草。尤其，几颗泪滴落在纸上，将字迹都洇花了。

霍无咎飞快地浏览了一番手中的信件。便见那封信上言辞恳切，激动之情溢于言表。李晟说，没想到魏楷还有再见将军的一日，即便将军双腿未愈，也定然已有了一线生机。他镇守江北，一日不敢忘记将军的嘱托和教诲，定会替将军守好江北的边界。将军若有什么要做的，只管吩咐他，届时只要将军下令，他必定听从调遣，只等将军归国。

霍无咎将信看了两遍，才缓缓地将它放下。他却没说话。

魏楷见他看完了，忙道："将军，这李晟虽未曾与咱们共事过，没想到却是这样一个性情中人！这般也好，只要咱们有机会离开临安，赶到大江之畔，想必便没什么需要担心的，只管打下来就是！"

霍无咎垂下眼，手指擦过了信纸上的泪痕。他的脸上没什么表情，此时更看不出他的情绪，片刻后，他轻笑一声："是啊，我甚至只见过他两面。"一个话都没同他说过的人，又不是他的手下，怎么会这般情绪激动，以至于字都写不明白？更何况……这信纸上的泪水，谁知道是真情实感，还是做出来给人看的呢？

片刻后，霍无咎手指一动，哗啦一声，竟是将那封信揉碎在了手心之中。

"将军？"魏楷已经不解地看向他。

便见霍无咎神色淡定地一松手，雪白的纸屑哗啦啦地落在了地上。

"先别回信，再等等。"霍无咎说。

"可是……"

霍无咎抬眼，便见魏楷满脸惊讶，不敢置信地看着他。他知道魏楷在想什么。他现在出入靖王府宛如无人之境，让他带着手下的人快速逃出临安、逃回北梁，是一件再容易不过的事。而他们又与江北的守将取得了联系，也得到了那人的保证，那么此时离开，可谓是最轻而易举的万全之策了。

可是霍无咎知道，自己年初兵败的原因尚且存疑，个中八成会有些他们不知道的隐情。而就他目前的揣测来看……即便是他皇兄的人，也不可尽信。所以，这个李晟，他还不能真正信任对方。

不过这些百转千回的揣测，还是不适合告诉魏楷。他的性子直，沉不住气，想法又简单，让他知道，难免会再生事端。

这么想着，霍无咎抬眼看着魏楷，勾起了一边嘴唇：“没有可是。我就是喜欢挑个刺激点的法子。所以，不急着回应，让李晟再等等。”

魏楷却露出了难言的神色。沉默片刻后，他叹了口气。

“属下知道将军在想什么。”魏楷脸色深沉，眉眼中皆是恨铁不成钢的忧愁。

霍无咎皱了皱眉：“什么？”

便听魏楷沉痛地叹道：“您不走，不就是因为靖王殿下，顾不得其他了吗？属下了解，但凭将军吩咐罢了！”这副视死如归的模样，竟活像个暴君手下的忠将，即便知道主子要祸国殃民，却因着忠心，咬牙去做那为虎作伥的事一般。

第五章　醉酒

霍无咎看向魏楷，眉心往下压了压，动了动嘴，但还是没说话。魏楷总觉得自家将军的两腮似乎收紧了些，像是在咬牙。这副模样使将军看起来不大高兴，但魏楷不知道，他为什么会不高兴。将军的心意向来不好揣测，魏楷只觉有些摸不着头脑。

犹豫了片刻，魏楷试探着开口道："将军？"

便见霍无咎意味不明地淡淡地瞥了他一眼。

"属下明白！"魏楷连忙站直了。

将军这个眼神不就是在说，让他不要多嘴吗？他懂。这么想着，魏楷冲着霍无咎嘿嘿一笑。

霍无咎看了他一眼，也懒得再去深究魏楷究竟明白了什么。他抬眼看向窗外，只见夜色已经深了，江随舟却还没见回来。

"既然明白了，就去看看。"霍无咎道，"待靖王回府，我有事要跟他商量。"

魏楷连连点头，退了出去。

此时宫内的大殿之中，却是一片剑拔弩张的气氛。

孔孟文化教出来的文人，多少都懂得委婉，无论什么时候，都会给对方留下些颜面，婉转地表达自己的意思。故而朝中的大臣之间，相互也有自己文人间的相处方式，即便针锋相对，也不会真的做出将对方的面子踩在脚下的事。

但娄钺不一样，他是个没读过书的人，那些文化人的道理，在他这儿讲不通。他一番话下来，殿中鸦雀无声，朝臣们全都屏息凝神，不敢再言语了。只有娄钺瞪着庞绍，而庞绍坐在那儿，脸上也难得地露出难看的神色来。

庞绍沉默片刻，冷着脸勉强开口道："娄将军恐怕是喝多了。来人，还不将娄将军扶下去休息。"这是他在周全自己的颜面，也在对娄钺表达警告。

但娄钺压根儿不理会庞绍。他冷笑一声，朗声道："我可没喝醉，我清醒得很。庞老贼，若我今日喝多了，恐怕你的人头已经落到桌下去了。"

庞绍的面色更黑了。璀璨的大殿之中，锦衣华服的朝臣们个个面面相觑，目光都偷着往他这边瞟。庞绍养尊处优惯了，早受不得这些，手按上几案，强忍着想要离席的冲动。娄钺……娄钺！他早就打定了主意要处置此人，今日之后，他定然要让这个莽夫知道，什么人惹了，会让自己受千刀万剐，生不如死。庞绍咬着牙，没有说话。

就在这时，旁边传来了一个声音："今日既是为将军庆功的日子，有什么事，不妨私下说。还请将军先回席，莫要在皇上面前失了仪。"

娄钺转过头去，便见是齐旻。他记得这个老东西，虽说平日里啰唆又烦人，但总跟庞绍作对，与他也算井水不犯河水。这个老家伙这是怎么了？自己才走了一年，如今开始跟庞绍穿一条裤子了？

一见齐旻是来替庞绍说话的，娄钺半分情分不讲，回过头去劈头盖脸地道："失仪？你既然是做太常令的，这事确实归你管。那我且问你，战俘关押在宗亲府中，合不合礼仪？"

齐旻皱了皱眉，看向娄钺，坐了回去，不再言语了。

娄钺狠狠地瞪了庞绍一眼，继而将手中的杯盏一丢，行到江舜恒的龙椅前，端正地跪下，行礼道："末将自知今日放肆，但请皇上好好想想。若为奸佞蛊惑而做出有损天家威仪之事，损害的不是那奸佞的面子，而是陛下您的颜面。"

江舜恒的脸色也难看极了。娄钺轻狂，但是，他有这个资本轻狂。即便江舜恒昏庸至此，却也清楚，如今朝中没有别的将才，江舜恒即便对娄钺再不满，也不敢杀他。对如今的大景来说，娄钺是他们唯一坚固的城墙。

江舜恒动了动嘴唇，勉强道："知道了。"

娄钺坦然起身，回了自己的席位。

一顿饭吃得宾主尽不高兴，到了时辰，便草草散席了。

齐旻上了马车，车子正要走，他的好友忽然匆匆拦住，挤到了马车上。

"何事？"齐旻的年岁大了，喝了些酒，此时感觉有点晕，正靠在车厢上歇息。

好友在他的面前坐下，不解地问道："齐公今日，为何要说那句话呢？"

齐旻睁开眼看向他，道："因为娄钺今日着实僭越，惹皇上不高兴了。"

这一听便不是齐旻该说的话。那个好友急道："齐公莫要同我打趣了！"

齐旻"嗯"了一声："没有打趣。"

说着，齐旻坐直了身体，缓缓地道："你也看出来了，娄将军说话直白，今日非但得罪了庞绍，还惹得陛下不快。武将多少有些轻狂，这是常有的。但娄将军的轻狂，却不是倚功造过，而是真心实意地恼怒庞绍，为大景着急。"

好友道："这是自然！"

齐旻叹了口气："他如此，庞绍不会容他。"

好友道："齐公是这般猜测的？可是如今，若无娄钺，大景便再无良将了。"

齐旻垂眼："你我会担心这个，庞绍却不会。方才离席时，我特意行在庞绍附近，果真见有人上前安慰他。他同那人简单说了一句'任他骄狂，他日必有大难'，我便知道，我猜对了。"

好友一急："这可如何是好！"

齐旻沉吟片刻，缓缓地开了口："总不能真让他得逞。故而我今日才这么说，为的就是和娄将军正面起争端，同他划清界限。这样，庞绍动手，便不会太过避忌，甚至会试探我的心意，从而利用我。我虽老朽，多少在朝中也有些熟识，届时，总能找到蛛丝马迹，这样，他要做的事，便有迹可循，也有办法去击破了。"

好友沉吟片刻，点头赞许道："齐公此法甚好。"

说着，他叹息道："从来只知齐公正直耿介，如今看来，竟还有玲珑心窍。"

齐旻闻言，笑着摇了摇头："我哪儿有什么玲珑心窍，不过是前些时日，被靖王殿下暗中救过一命，才恍然发觉，与庞绍相争，该学会以退为进罢了。"

而另一头，娄钺的马车上，隐约还能传来一阵骂骂咧咧的声音。娄婉君坐在一旁，瞧着他直笑。

"你高兴什么！"娄钺不满。

娄婉君笑着说道："没什么，只是父亲今日心直口快，看得人颇为痛快。"

"光嘴上骂他几句，管什么用！"娄钺怒道，"荒唐事已经做了，只可惜……"说到这儿，他忽然不知究竟该可惜好好的朝廷被毁成这样，还是可惜霍无咎那孩子遭此磨难了。

"可惜霍大哥？"娄婉君接嘴道。

娄钺神色沉重，不再说话了。他知道自己对不住定北侯，但家国大义在此，他作为将领，不可因着兄弟私情而首鼠两端。但是……

定北侯死在战场上，自己如今连他埋在哪儿都不知道。他就那么一个儿子，如今自己却眼睁睁地看着那孩子被打残，求死不得。

娄钺只觉痛心。

却听到旁边娄婉君轻轻笑了两声，安抚地伸出手去，拍了拍娄钺的肩膀，安慰道：“父亲也别太难过。事情都已经发生了，好歹，那个靖王瞧上去不是坏人，不会真把霍大哥怎么样的。”

娄钺瞪他：“一面之缘，你怎么就知道他是好人？就凭他长得好看？”

“当然不是了。若觉得他不是个好东西，父亲今日怎么不连着他一起骂了？”说到这儿，娄婉君不由得补充道，“不过，确实长得挺好看。”

娄钺拔高了声音：“这与容貌有何关系！”

娄婉君劝道：“这就是父亲您操闲心了。您看，就连您今日都觉得靖王是好人呢，更何况霍大哥不傻，定然会想法自保的。”

“当真？”

“自然当真。您信不信？霍大哥如今在靖王府上，说不定过得有多逍遥呢。”

江随舟回到府上时，夜色不深，却只觉心力交瘁。实在是因为忙了一天，晚上的宴会，又出了那么大的风波，将他的精力消耗得七七八八。

娄钺确是个忠臣良将，是个极好的人，江随舟却不由自主地担心。按这样发展下去，娄钺迟早是会被削去了兵权、被斩首了的。庞绍早想除去他，即便不让他死在战场上，也会让他死在自己的君上和同僚手中。而他，也太过耿直，丝毫不怕给自己树敌一般。

江随舟总是心中不安，怕庞绍真会对他下杀手，怕他不得善终，自己也于心难安。他只觉头疼，又喝了些酒，此时已有五分醉了。他坐着步辇回了安隐堂，只想好好休息一番，待到明日再作打算。刚到院门口，他便看到了一个修长高大的身影戳在那儿，望眼欲穿的。

江随舟打眼看去，便见是魏楷。

“你怎么在这儿？”江随舟下了步辇，便见魏楷迎了上来。

魏楷上前笑道：“王爷，是我们将……我们将军，有话要同您说，还请您去一趟。”

江随舟闻言应声，跟着魏楷往霍无咎的房中走去。他深吸了一口气。他知道，霍无咎此时找他有事，那一定是娄钺的事。如果……霍无咎真拿他当朋友的话，有可能还会有些娄婉君的事。

江随舟告诉自己，无妨，这都是理所应当的。进了门，便见霍无咎坐在堂前正在喝茶。见他进来，便抬眼往他的方向看去。那双黑眼睛深极了。

不知怎么，江随舟攒了一整天的疲惫感忽然一并涌了上来，使得他的鼻尖都有点发酸的感觉。他不知道这种夹杂着委屈的疲惫感是从哪儿来的，只觉这种情绪奔涌得厉害，让人有些难以招架。或许是人喝多了，总会有些多思吧。

江随舟在霍无咎面前的椅子上坐下，便见霍无咎抬手，挥退了魏楷。

“喝酒了？”房门掩上，霍无咎开了口。

江随舟一愣。他做了一路的设想，却从没想到，霍无咎问出的第一句话，居然会是这个。他张了张嘴，再开口时，声音已经低了下去：“一点点。”

霍无咎沉默着看了江随舟片刻，缓缓地出了口气。

“又不是要训你。”说着，霍无咎站起身来，试了试桌上茶壶的温度，顺手倒了一杯茶，放在江随舟的手边。

“我今天听说，娄钺回来了？”霍无咎问道。

江随舟的手指动了动，似乎是想去拿桌上的茶杯，听到“娄钺”两字，却又将手放了回去。他的心里挺复杂的。他清楚娄钺是南景难得的忠臣良将，即便南景大厦倾颓，他却仍旧不想让娄钺被庞绍害死。他有心想救娄钺。可是，听见霍无咎问起，他却不知怎么，心里总有点不大舒服，闷得很。

江随舟道：“是的，我今日出城，就是去接他。”

江随舟停顿了一下，不知怎么，又补充道：“他的女儿娄婉君同他一起的。”说着，他抬眼看向霍无咎。他并不知道，自己此时的眼神颇有些眼巴巴的。

霍无咎却看见了。霍无咎只当江随舟这会儿是喝多了，不大清醒，才会露出这般模样，说话也慢吞吞的。霍无咎的两眼只顾着落在江随舟身上，颇为随意地说道：“嗯？那娄钺还真是下了一番功夫，把她从边疆捆回来了。”

霍无咎脸上带着笑，语气也颇为轻松：“她的脾气可不大好，还爱与人动手，比她父亲还不讲道理。今天没欺负你吧？”

江随舟听着霍无咎这熟稔轻松的语气，只觉得越发显得与自己有隔阂。他不想再听霍无咎说这些，只想赶紧回去睡一觉，醒醒酒。他咳嗽了两声，没回答霍无咎的问话，而是转移话题道：“你今日找我，就是为了娄钺吧？”听他这么问，霍无咎便也歇下了闲聊的心思，在江随舟旁边坐了下来。

“是。”霍无咎说，“我今天做了点打算，想同你商量一番。”

但是江随舟喝了酒，再一吹风，脑子多少都是会有些乱的。江随舟面上点着头，心里却想，说到娄婉君，霍无咎便笑着说她脾气不好，而到了自己这儿，便只有这些公事谈。

霍无咎却浑然未觉，道：“娄钺此番回来，带了五万兵马，数量不少，但即便收归己用，也难以在极短的时间内成事。届时庞绍若纠集人马，便会同他们僵持，反而有些难办。”

江随舟“嗯”了一声。

便听霍无咎接着道：“但是，也唯有这一个办法了。如今这五万兵马驻扎在城外，短期内应该不会撤走。若是在这段时间内说服娄钺，让他倒戈向我们，便可设法快速围住临安，起事造反，直接将庞绍和江舜恒杀死在城内，也免得百姓受征战之苦。”

霍无咎说得认真，眉头无意识地拧起来，手下也在桌面上点点画画。江随舟时不时点一点头，一副听得认真的模样。

但霍无咎抬眼时，却看出了他的心不在焉。房中弥漫着一股清浅的酒香，极淡，江随舟这模样也并不像真的喝多了，但他的眼神是游离的。

这霍无咎倒是头一次见。他知道，虽说靖王平日总带两分旁人看不出来、但他就是能看出来的有趣劲儿，但在说正事的时候从来不含糊。靖王今日这般反常……定然是因为，出了什么比此时的正事更大的事了。

霍无咎神色一凛，皱了皱眉头。

“今日出什么事了吗？”霍无咎忽然问道。

便见面前的江随舟又点了点头，分明没听清他在问什么。

霍无咎闭上嘴不说话了。

片刻之后，江随舟才回过神来，匆匆抬头看向他：“嗯？”

便见霍无咎神色肃然，眉头拧紧，一副山雨欲来风满楼、像是要生气的模样：“出什么事了？”

江随舟被他看得一时有点胆怯，微不可察地瑟缩了一下，老老实实地道：“没出事啊。”

说谎。霍无咎莫名觉得有点烦躁，眉头皱得更深了。今日出门，有人欺负他了？可他城内的手下并没有传来半点消息，更是没有一点风声。难道是在宫里发生的事？

霍无咎正色道：“好好说。”

江随舟自然不知他为什么忽然这么问。更何况，他也并没有骗人。他有点蒙了，将霍无咎的话翻过来倒过去地想了一会儿，似乎才终于察觉出了一点端倪。他是在问今天宫里出了什么事吧？那么唯一一件大事，就是娄钺痛斥庞绍那件事了。是自己醉糊涂了，又让那点乱七八糟的小心思绊住了思绪，竟把这么大的一件事忘记了。也难怪霍无咎不高兴，定是因为担心娄钺，自己又一副打马虎眼的模样……

这么想着，江随舟说道：“确实有。方才宴上，娄将军指着鼻子骂了庞绍一遭。庞绍当时没有发作，但神色已是极难看了。此番娄将军回京，皇上令他陈兵城外等待差遣，我便猜到庞绍许是忌惮他的兵权，想要对他动手。今日之事一出，想必庞绍立刻便会有所动作了……”

霍无咎却越听眉头皱得越紧。尽说些无关紧要的废话。庞绍如果真要对娄钺动手，对他而言反倒是策反娄钺的好机会。自己分明是问他今天受了什么委屈，他却这般顾左右而言他的，更恼人的是，声音也又慢又软，听得他莫名担忧，越发着急起来。

霍无咎忽然开口，打断了江随舟：“问你这个了？你今天到底是怎么了？”他的语气没刹住，骤然出口，便比平日重了两分。他向来威势极重，是号令三军多年养成的，此时骤然出声，竟吓得江随舟肩膀一颤。

“什……什么？”

这是他们二人头一次不欢而散。

霍无咎皱眉盯着他，江随舟垂眼只道喝醉了些，推门便走了。夜风一吹，吹得他眼眶发热，身上却是凉的。他不知道霍无咎究竟为什么忽然生气，也从没见过霍无咎这么凶过他。按说不是什么大事，即便寻常朋友，在一处久了也是要吵架的，他从没把这样的小事放在心上过。

江随舟回到主屋，连孟潜山都看出了他面色不好。今日发生的事情太多，王爷本就劳心费神，看这样子，想必刚才又是跟霍将军不欢而散了。孟潜山不敢多问，伺候着江随舟睡下，便屏退了房中的下人们，自己也退了出去。

房门掩上，房中便只剩下一片空落落的寂静了。江随舟躺在床榻上，却睡不着。

他强迫自己睡下，但不见效果。夜色渐深，许久之后，他认命地叹了口气，睁开了眼睛。入目的是锦缎床帐，缀着明珠和和田玉，在四角雕花的床柱上反射着微弱的烛光。他顺着看向烛光，入目却是窗下的一方坐榻，并不宽敞，他记得霍无咎睡在上头，还需蜷起双腿才能搁下他那么高的个子。

还是那会儿好，霍无咎成日冷着脸不搭理他，他小心翼翼的，却也不同霍无咎说话，两人相安无事，更不会为霍无咎说了两句重话而睡不着觉。但是……

但是，霍无咎笑起来又是真的惹眼，那日在山中，他从没见过如此好看的星星。

四下无人，他望着那方坐榻，怔怔发呆。就在这时，烛火颤了颤。两道细微的声响，骤然叩在他的窗框上，将他吓了一跳。

“何人？”他忙道。便见烛火影绰之下，窗纸上模模糊糊地映出一个人的影子。

“我。”声音又低沉又轻，是霍无咎。

江随舟一愣：“这么晚了，你来干什么？”

“把窗户打开。”霍无咎说。

江随舟停顿了一下，又如同将脑袋扎进沙地的鸵鸟般，低声道：“我睡了。”

窗外没有声音了。片刻，江随舟缓缓地收回了目光，想重新闭上眼睛。却在这时，哗啦一声，窗子被从外骤然打开了。江随舟一惊，连忙睁开眼睛，就见霍无咎单手撑着窗沿，翻身一跃，紧跟着，窗子重新掩上，他穿着单衣，堂而皇之地站在他的卧房里。

江随舟连忙从床上坐起来，急道：“你怎么这个时候过来？若是被人看见了可如何是好……”他正要翻身下床，却见霍无咎走上前来，抬手将他按回了被子里。

“躺好。”霍无咎说，“地上凉。”

“你……”就听得霍无咎停顿了一下，似乎有些话别扭地说不出口，片刻之后，妥协般地叹了口气。

“吵醒你了？”霍无咎说，“没办法，我睡不着。刚才是不是吓着你了？”

江随舟张了张嘴，没说话。

便见霍无咎在他的床沿上坐了下来，单手按在他被子上，低头看着他。

“又没凶你，跑什么？”霍无咎说，“一丁点大的胆子，像我怎么你了似的。”

“我不是……”江随舟开口想反驳。

就听霍无咎接着说道：“我就是有点着急。你一晚上心不在焉的，是不是外头谁欺负了你？怎么还不敢跟我说？我要是都摆不平，你自己忍着就有用了吗？”

江随舟的眼眶泛起两分热意。房中的灯火昏暗，昏暗的灯光下，他能看见霍无咎那双浓黑的眼睛，极其认真笃定地看着他。这是一种无法言说的安全，甚至给了他一种，霍无咎也极其关心他的感觉。这倒不是错觉。毕竟他二人本就到了关系不错的程度，是他自己节外生枝。江随舟一时间没有说话。

而在江随舟沉默的空当里，霍无咎心下也颇为不安。霍无咎并没有他表现出来的那么淡定，毕竟对他来说，这是他长这么大以来第一次失眠。他才知道，原来人舒舒服服地躺在床上，也会翻来覆去怎么都睡不着，比滚钉板还难受。他睁着眼，只徒劳地思来想去，想自己刚才是说错了什么话，还是江随舟真的在外头遇上了不得了的麻烦。这种和疑惑交织在一起的担心让他烦躁得厉害，只觉坐卧难安。

但是，江随舟已经走了。主屋的门窗关得严严实实，孟潜山靠在廊柱上打盹儿。夜色里，似乎全世界都安然沉静，只有他霍无咎睡不着觉。只有他自己知道，他是受了多少折磨、下了多大的决心，才翻身坐起来，衣服都没换，就去偷偷敲江随舟的窗户。

这会儿，江随舟沉默着不说话，便让他悬着的心更没着落了。刚才自己也没有太凶吧？都怪平日里与魏楷那样没脸没皮的老爷们说话说惯了，一时着急，就失了分寸……

就在这时，江随舟开口了：“也没什么的……”他声音有些弱，像是没底气一般。

霍无咎紧盯着他，就见他抬起头看自己，一双眼睛分明生得像成精的狐狸，却又一副极无辜的模样，让人说不出半句重话。

江随舟像是斟酌了一会儿，才说道：“就是今天在城外吹了风，宴上又闹，回来就有点疲乏了。”

霍无咎不大相信，但语气温和了不少，颇像是小心翼翼的生怕碰坏了一朵花。

“就这样而已？”霍无咎问道。

江随舟点了点头：“还有点担心娄将军。”

“用不着担心他。”霍无咎脱口而出。

江随舟正色，开口问道：“但是你可有想过，他招了庞绍的记恨，随时有可能被庞绍害死？”

霍无咎看着他，眉头微微一扬，有些意外地问道：“所以，你刚才魂不守舍的，就是因为这个？”

夜色替江随舟掩住了他因撒谎而微微泛红的耳垂：“对。”

霍无咎扑哧一声笑出来，声音很轻，却带着如释重负的愉悦。

“傻不傻？”霍无咎说，“这么喜欢把别人的事拿来担心？”

江随舟唯唯诺诺地没说话。

就听霍无咎接着道：“放心。除非我现在还被关在牢狱里，双腿皆断，与外界没有半点联系，否则这种事绝对发生不了。即便他庞绍有三头六臂、手眼通天，我要是能让他在我眼皮底下把娄钺弄死，我跟他庞绍姓。”

江随舟点了点头，落在霍无咎的眼里显得分外听话。

霍无咎笑了笑，只觉自己今天这决定做得简直太英明了。现在，他可以睡个好觉了。

“这下放心了吗？”霍无咎问道。

江随舟又点了点头。

霍无咎应了一声：“那我走了？”

江随舟不忘叮嘱道：“别让人看见了。”

霍无咎知道他的意思，是不能让人看见他双腿恢复了，但落在他的耳朵里。他没来由地高兴，甚至多了两分恶趣味的兴奋。

霍无咎站起身来，临走不忘回头对江随舟说道：“别瞎担心，快点睡。”

听到江随舟说“好”，霍无咎才转身，翻身又重新跳窗户走了。这会儿，那个背影带着两分如释重负的劲儿，比来时都轻快了两分。

江随舟眼看着霍无咎走，看着窗户被霍无咎掩上，房中重新恢复了一片安静。他躺回床上，长长地出了一口气。他知道，他是应当高兴的。那么……霍无咎和娄婉君呢？不过，无论他们俩如何，自己都该做个无声无息的局外人。

凡景朝的地方官员，只要是“懂事”些的，都知道踏进庞府的门槛意味着什么。大司徒庞绍是全天下除了皇上之外，说话最管用的人，甚至皇上也听大司徒的话，有时候大司徒的意思，转眼就会变成皇上的意思。所以，只要他们找到门道，得了资格，将银子送到大司徒的府上去，那么即便是登天的事，都没什么难的。向来从庞府进去和出来的人，都是皆大欢喜的，毕竟天上地下，都没有办事更灵的神仙了。只要那些银子能打动大司徒，只要大司徒愿意开一开尊口。

这日夜里，庞府灯火通明，门口停着一驾马车，看上去朴素得很，貌不惊人。一直到三更天，才有个男子从里头出来，脸上带着喜气，钻到了马车上。

马车里的人连忙问道：“如何了？”

那人笑得眯起了眼睛："成了。"

马车里的人面上一惊，继而便露出了狂喜，高兴地道："竟然成了？……这可是要满门抄斩的大罪，大司徒竟也肯？"

那人笑了起来："也是我们命好，赶上了。"

"赶上什么了？"

"你没听说？前些日子，皇上似乎与庞大人生了些嫌隙。这阵子，庞大人不知是要讨好皇上，还是要给自己寻后路，总之缺钱得紧，几乎来者不拒。我这次给的数量足，庞大人高兴，不仅免了我的罪，还给了我一个肥差。"

"什么肥差？"

那人面露两分莫测的笑，往西南的方向指了指："三年，就能把今日送出的银子翻倍赚回来。"

马车里那人惊讶地道:"可是,那里不是娄钺娄将军的地盘吗？怕是不好行事。"

"庞大人说了，娄钺这次回京，一年半载的回不去。"那人说道，"更何况，庞大人还说，他有没有命在京城多待几年，都未可知呢。"

"庞大人竟然要……"

"大人自有大人的计划。"那人说，"也不是咱们能管的。不过以防万一，待上任之后，能多捞些，还是多捞一点。毕竟这朝中的局势，谁也说不准不是？再说，位置想要坐稳，还要年年给庞大人进贡。总之，那地方肥，咱们还需多加用心才好啊。"

说到这儿，两人会心地笑了起来。马车启程，车轮发出辘辘的声响，渐渐消失在了夜色之中。谁也不知道，这辆破旧的马车上，坐的是上任三年贪墨了二十万两雪花银的苏州知府。此人贪墨钱款之多，早让户部察觉，上了备案，只等着抓他了。是这人听到了风声，连夜带着银子赶到了临安，敲了庞绍的门。这么大的数额，按说庞绍也不会保他，对庞绍来说，收他的银子，寻这个麻烦，还不如将这人杀了，换个稳妥些的同党，此后便能年年入贡，也没什么损失了。这人不过死马当活马医，却没想到命好，竟然医活了。

没几日，朝廷便下了苏州知府的调令。什么巨额贪墨钱款，全被一笔勾销了。此人明降暗升，被调任去了岭南做总督。

更没人知道，那日新任岭南总督南下，路过临安，收到了庞绍送来的银子。比那日他送进庞府的，要多出数倍来。不过，这银子不是庞大人送给他的，而是拿给他……要他为庞大人，办一件大事的。

娄钺虽然不是看不起文官的人，但庞绍这样的文官，他向来一点面子都不给。他手里有兵，人就硬气，自有一种天不怕地不怕的劲儿，故而这几日，朝堂也被他搅得颇为混乱。

庞绍接连受了他好几遭的气。再加上纪泓承在旁边拱火，一到大朝会，朝中就势必要吵架。庞绍没娄钺的嗓门大，更没娄钺直接，故而向来是落下风的。

再加上齐旻有时候看不过眼，出言调和两句，也会被娄钺劈头盖脸地撑回来。几日下来，原本水火不容的庞党和以齐旻为首的布衣文官，一时间竟比往日和谐许多，见面时，甚至能勉强打声招呼了。

果真，武将与文官的矛盾，可比文官自己之间的矛盾要深刻多了。

不过，娄钺却不管他们。他每每下了大朝会，只觉扬眉吐气，郁结在心的浊气，也能消散几分。

这日，他甚至在街口下了马车，自去市集上转，想寻些酒来助兴了。他喝不惯府里的美酒，就爱喝粗糙性烈的高粱酒。这种高粱酒在江北遍地都是，但如今来了江南，他好不容易才找到一家专做西北菜的馆子，里头的高粱酒最带劲儿。他屏退下人，直往那处馆子去。

却没想到，一进门，还没等他找位置坐下，便被一个人撞了下肩膀。他转头看去，便见是一个个头很高的年轻男子，有劲儿得很，面色也分外不善。

那个男子冷着脸，道："娄将军，楼上有人请您上去叙话。"

能是谁？娄钺这些日子招惹的人不少，一时不知道是哪里的仇家。不过不管是哪儿的，肯定来者不善，而他，也从不怕这个。

见那人这般情状，娄钺暂且歇了喝酒的心思，冷笑一声，抬手道："前头带路。"

他跟着那人往楼上去了。还能是什么人？不是庞绍那帮蛇鼠一窝的手下，就是替齐旻打抱不平的穷酸文人。娄钺的腰板挺直，一点都不害怕，被人带到那间简陋的包厢门口时，还气势汹汹地一脚将门踹开了。

但下一刻，他却愣住了。包厢中的圆桌上，摆满了他早年常吃的西北菜，放了两大坛高粱酒。一个人坐在桌前，腰背挺拔，眉目锐利如剑，与他昔年好友的轮廓，竟堪堪重合到了一起，只是更年轻，更帅气，要精致些，想必是随了他娘。

娄钺的眼眶都滚烫了起来："无咎，是你？"

便见桌前的霍无咎站起了身，抬手向上首的方向对娄钺比了一个“请”的动作。

“是我。”霍无咎说，“多年不见，娄将军竟还记得我。”

娄钺面上一时不知该做什么样的表情。他站在门口，一步都挪不动，眼睛紧盯着霍无咎的脸，片刻后又不敢置信地往下挪，看向了他的双腿。那双腿好端端地支撑着霍无咎，站在那儿，身形挺拔，如临风玉树。

霍无咎自然知道娄钺在惊讶什么。不过，他却站在原处，也不说话，好整以暇地看着娄钺，只等着娄钺先开口。

片刻之后，娄钺才找回了自己的声音：“你的腿……你的腿不是已经……”他的声音有点哑，带着点儿颤抖，分毫没有了方才与庞绍对阵时的四平八稳与咄咄逼人。

霍无咎淡淡地笑了笑：“如您所见。”接着，他毫不避讳地抬腿，稳稳当当地走到了娄钺面前，抬手将娄钺请到了上首的位置，继而在他对面坐了下来。

娄钺这才腾出了眼神，四下打量起这间包房。房中的面积并不大，周遭站着几人，都是高大挺拔的小伙子。这些人他不认得，但站在霍无咎身后的那个人，他却是认识的。魏楷，他昔年老友收养的孩子，是个极知恩图报的。

这下，娄钺隐约知道是怎么回事了。他的眼睛里泛起些泪花，连忙抬手擦去了：“我原还担心，没想到你这个孩子这么有本事，竟然能逃开庞绍的眼睛。”

霍无咎笑了笑，抬手让魏楷给娄钺倒了酒。娄钺一仰脖子，将杯中的酒喝了个干净。

一杯酒下肚，娄钺震惊诧异的心情才终于平复了几分，不由得问道：“但是，你们是如何做到的？毕竟你们身在靖王府，那可是庞绍紧盯着的地方，难道说……”说到这儿，他惊讶地看着霍无咎，后头的话有些说不出口了。

霍无咎自然知道娄钺的意思。他点头：“就是靖王。”

魏楷在旁边解释道：“将军应该也知道，靖王殿下与皇帝不睦已久。他们此番作为，不仅是在羞辱霍将军，也是在折辱靖王殿下。若不是有靖王殿下在，属下也断不可能有机会入王府，寻人借机治好将军的双腿的。”

娄钺闻言点头，自言自语地道：“我就说，我应该没有看错人……”他松了一口气，又拿起桌上的酒杯，痛饮了一杯。

“苍天有眼。”娄钺叹道。

便听霍无咎低下头，沉声笑了几声：“如此，娄将军就可以放心了。”

娄铖连连点头。

却听霍无咎话锋一转。

“但是，”霍无咎抬眼看向娄铖，一双漆黑的眼睛深极了，“虽说是苍天有眼，应该也知道，这样的事情，老天说什么是不管用的，全看人为。”霍无咎单手按着桌面，身体微微前倾，看着娄铖。

娄铖看向他，一时说不出话了。

他知道霍无咎的意思。

片刻后，他垂下眼，长叹了一口气：“我就知道，你今天在这里等我，不会是只为了向我报平安的。你说吧。”

“我如今虽已能走，逃回邺城也不是难事，但是我还有些担心的事，让我必须留下来，走不了。”霍无咎说道，“但是，我留下，也不是为了坐以待毙。”

说着，霍无咎一边抬手给娄铖倒酒，一边缓缓地说道：“这段时间，您应该也看见了，南景眼下是什么状况，您比我清楚。现在对我来说，也不过是从邺城起兵将它打下来，还是在南景就地把它打下来的区别，想必娄将军，也得为自己的未来做打算了。”

说到这儿，霍无咎停顿了一下，抬眼看向娄铖，说道：“我就直说了。如今我这里，万事俱备，只想借娄将军手下的五万兵马一用。”

说完这话，霍无咎将胳膊随意地撑在桌上，只看着娄铖。娄铖一时也没有出声，房中陷入了一片寂静。

片刻之后，娄铖低声开了口：“无咎，早年我欠你一命，我都记得。”当年他身在阳关，大雪封山，和手下的兵马被困在山里动弹不得，眼看着粮草断绝，要靠杀战马吃肉活命。那会儿霍无咎不过十来岁，还在长个子的一个少年，带着一队轻骑，进山去将他救了出来。这是他欠霍无咎的恩情，他知道。

却见霍无咎摇了摇头。

“我不想挟恩求报。”霍无咎淡淡地道，“我只问您，南景若破，您又该去做什么？”

娄铖沉默着没有说话。

就听霍无咎接着道：“替如今的南景殉国，可有点不值得。更何况，娄家妹妹年不过二十吧？您又要她上哪里去呢？”

娄铖的眼眶有些红了。霍无咎说的句句都是道理，他自从得胜归来，每一日过得都不舒心，这些事，他不是没想过。但是……

片刻后，娄钺哑着嗓子：“但我做不出叛国的事，无咎，你该知道。”

霍无咎点头。

“我知道。”霍无咎说，“但是，如果他们对不起你，要逼死你呢？”

娄钺说不出话了。从数年前定北侯被先帝逼反的时候，他就想过这样的事。无疑，先帝对定北侯做的事让人寒心极了，但他与定北侯虽是好友，却是个局外人，定然做不出带着手下的将士们起兵叛国、只为了自己一人的兄弟义气的事来。所以他忍着，只劝自己，那不过是定北侯与先帝个人的恩怨罢了，他不上战场、不管这事，就是他能做出的最大让步。但是，这一年年下来，战争四起，民生凋敝，南景朝廷一年一年烂到了骨子里，自从庞绍掌权，便更甚从前了。他是武将，命定该忠君报国，但这君与国，使生灵涂炭，使百姓流离，已经让他原本的报国之心，反复动摇了。但他偏偏又是这个国家的捍卫者，保护大景太平，是他的使命。更何况……

片刻后，娄钺轻声道：“但是，他们还没这么做。”连他自己，都感觉到了他口气中的迟疑和动摇。他看向霍无咎，眼神中竟生出了几分不安。

却见霍无咎沉默着看了他片刻，勾起一边唇角，颇为轻松地笑了起来：“这倒是。既然如此，我也没有再逼您的道理。”

娄钺没想到霍无咎竟会这么好说话，这么轻易地便放过了他。他不由得开口道：“可是你……”

“总有办法。”霍无咎说，“今日，将军只管吃肉喝酒便是，我陪将军不醉不归，如何？”

娄钺这日回府，的确是醉醺醺的。

霍无咎手下的兵做事利落，将酒楼里都打点好了。再加上娄钺本来就是自己去寻酒喝的，他们二人会面的事，被藏得严严实实，没有走漏半点风声。

娄钺回府后，却满是怅然若失。

“好孩子……庭彰养了个好孩子啊！”娄钺的嘴里念叨着，却带着哽咽，“只是我娄某对不起他，对不起庭彰，也对不起他的这个孩子！”庭彰是霍无咎父亲的字。

娄婉君正指挥着侍女们照顾他。她知道自己的父亲酒量不大好，连自己都喝不过，今日更是酒气熏天的，喝得走路都打摆子。她听父亲念叨着，不由得觉得有些好笑，问道：“你对不起谁？”

娄钺摇了摇头，闭着嘴半天不说话。娄婉君笑了几声，拧了块帕子，囫囵给他把脸擦干净了。

便见娄钺忽然又开了口。

“但是，他确是个好孩子。”娄钺看着娄婉君，说，“若能把你托付给他，爹就放心了。”

娄婉君一时语塞。但是，她并没把娄钺这话放在心上。打从她及笄开始，她这爹就比闺阁少女还恨嫁，见着个五官齐整、略认些字、不缺胳膊少腿的，就要拿女婿的标准考量一番，因着他标准宽松，结果通常都是合格。这么几年下来，他给她许配的人家，够编成一支先遣军了。

娄婉君笑了一声，将那帕子往盆里一搁。

“果然是醉得狠了，又开始到处认女婿了。”说着，她转过身去，看向平日里跟在娄钺身边伺候的兵，柳眉一挑。

“又让将军在外头喝多，欠练了是吧？”那兵有苦说不出，缩了缩脖子，讷讷地赔笑。

霍无咎这日倒是没有喝醉。他闻得出自己身上有酒味，不适合出门，回来后便让魏楷去主屋，看看江随舟是否有时间过来一趟。

此时已经入了夜，没多久，江随舟便随着魏楷来了。他来时，霍无咎正坐在桌前，百无聊赖地翻着桌上的书。因着喝了酒，霍无咎的情绪多少有两分外露，对那书不耐烦的情绪比往日更胜一筹。他坐在轮椅上前后慢悠悠地晃，将书翻得哗啦哗啦响，听着推门的声音，便将那书往前头一推，抬头道：“来了？”

江随舟闻到了酒味。

“你今日去见娄钺，喝酒了？”江随舟在旁边的榻上坐下，问道。

霍无咎点了点头，单手摇着轮椅往江随舟的方向走，紧接着又觉得有些碍事，单腿一撑，便将轮椅逼停，站了起来，走到江随舟的身边，极其自然地坐了下来。

“没喝多少。”霍无咎说，“老家伙年纪大了，酒量比前些年还差，就喝了这么一点，差点让人给他抬回去。”霍无咎脸上表情虽然不多，却莫名有几分眉飞色舞的感觉，与见庞绍时那般深不可测的冷肃模样截然不同。

江随舟连忙问道：“那么就是成了？”

霍无咎摇了摇头。

“他还嘴硬着呢。”霍无咎正色道，“不管怎么劝，就是不肯。”

江随舟顿时有些急了。抛开他旁的心思不说，他知道娄钺对霍无咎来说有多重要。在霍无咎的计划里，娄钺的兵马是极其重要的一环，可以说，没有娄钺的兵，霍无咎的计策便根本无法实现。

“那怎么办？”他看霍无咎眉心皱起的模样，更加急了。

却见霍无咎看了他片刻，笑了起来，眉眼舒展，带着无法忽视的愉悦，抬手在他背上摸猫儿似的顺了两下。

“别急。”霍无咎说，“这不是有你吗？他现在嘴硬，不过是还没被庞绍逼到绝路上。但你也清楚，眼下已经有了苗头，早晚的。”霍无咎的神情骤变，江随舟立刻反应过来，霍无咎刚才是在逗他。

恶劣得很。

江随舟虚惊一场，多少有些不赞同，责备道：“你吓唬我呢？”他的声音很轻，即便皱着眉，也没有多凶。轻飘飘的一句责备，反而让霍无咎只觉眼前这人即便皱着眉头，也不是真的生气。

霍无咎抱着胳膊，往后头的软枕上一靠。分明一副大马金刀的山大王模样，却像是在跟人耍赖一样。

“没有啊。”他口齿清晰，目光清明，带着两分懒洋洋的笑，看向江随舟，说道。

“我喝多了而已。”

第六章　威逼

霍无咎这副模样，哪里像是喝多了？对上那双带着懒洋洋的笑意的眼睛，江随舟愣了一下，也不由自主地跟着笑了起来。

“既然喝多了，就早点儿歇吧。”江随舟这般说着，便径自要站起身。

却没想到被霍无咎拉住了。霍无咎一抬手，便握住了江随舟的胳膊，借着他的力起了身。

霍无咎分明是可以自己坐起来的，却硬要拽着江随舟，反倒将江随舟拽得险些摔倒在地上。

“你……”江随舟连忙伸手撑住坐榻边沿，这才稳住了自己的身形。他正要开口，便听霍无咎在旁边道：“好了，总之你不用担心。”

江随舟转过头去看向霍无咎。

“不过，朝中的那些事，我手伸不了太长，估计庞绍真要对娄钺做什么，我也无法第一时间得到消息。”霍无咎说。

江随舟点头：“这些你都放心。我自一察觉开始，就一直让人盯着。但凡有半点风吹草动，我立刻就知会你。”

霍无咎应声：“有你在，我就可以放心了。”他眉眼带着未褪尽的笑意，语气也轻飘飘的，但江随舟不知怎么，从霍无咎的语气中听出了一种信任和认真。

江随舟也笃定地点了点头。

便见霍无咎往旁边的靠枕上一歪，道：“我倒是有件事一直想不明白。”

“什么？”江随舟问道。

霍无咎单手随意地翻弄着手边的书，眼睛却看着江随舟：“我听说你父皇挺宠爱你的，怎么让江舜恒当皇帝了？”

这可是问到点子上了：“父皇去得突然，没留遗诏。他虽不受宠，却是父皇的嫡长子。父皇一死，我母妃便被暗中害死了，我无依无靠，自然比不得他有庞绍撑腰。”

霍无咎“啧”了一声：“可惜认识得你迟了。”

江随舟被他逗得笑了起来：“怎么，早了的话，你要拥兵让我做皇帝吗？”

便见霍无咎眼睛一垂，似在想什么一般。不过下一刻，他便抬起眼来，单手撑着靠枕，靠近了江随舟：“这么一想，倒是也不晚。”

“什么？”江随舟不解。

便见霍无咎盯着他，眸色虽深，却目光灼灼：“要真有那么一天，你想不想做皇帝？”

江随舟自然不敢将霍无咎的话当成认真的。他纵然心里有再多的想法，也很清楚，有些东西是旁人夺去的，绝不会平白无故让给他。

江随舟想也没想便摇头道：“不想。”

霍无咎却不相信：“真不想？”

江随舟像是要刻意证明什么似的，坚定地摇头道：“没想过。”

便见霍无咎看了他片刻，扑哧笑了一声。

“你还真是……”霍无咎叹了一声。

霍无咎看出了江随舟的神色不似作伪，一时间想不通，他那个昏聩的父皇是怎么宠了他那么些年的。泼天的权势和富贵，只教养出这么个胆小守礼的包子来？

江随舟看霍无咎这般神色，却不解地道：“这有什么的……难道你想过？”

却见霍无咎不假思索地道：“想啊。”

江随舟却没想到霍无咎会这般干脆和坦诚：“那你为什么……”

他的问话停在这儿，霍无咎知道他想问什么：“浔阳那场仗，知道吧？”

江随舟点头。

“我父亲死了，我皇兄与叔父都在战场上失散了。”霍无咎神色淡定，平静得像是在说别人的事，“我手下那点兵，即便突围，也难以活命，我就先寻到了叔父，与他会合。”

江随舟应了一声，就听霍无咎停顿了一下，接着道：“我叔父与皇兄都是在那时重伤落下的病根，叔父是因为硬要回头去寻找我父亲，而我皇兄，则是因为我找到他时，太晚了。他手下的兵几乎全军覆没，我是在死人堆里，把他挖出来的。”

江随舟听得出，霍无咎平静的声音下，藏着几分难以觉察的沉重和颤抖。他一时发不出声，只静静地看着霍无咎。

就听霍无咎说道：“起事的是我父亲，按理，也应该是我去坐这个皇位。但他们一家随我父亲起事，落到这个结果也与我父亲脱不开干系……”

说到这儿，霍无咎笑了笑，状似轻松地道：“这么一想，我也不是多想坐那个位置。我们一家起事，本就是为了自保而已，如今目的达到了，皇位给他们，全算作补偿吧。”

这是江随舟所不知道的。他只知道浔阳一战有多惨烈，但在史册上，也不过是浓墨重彩的一笔罢了。提到那场战役，人都道霍无咎用兵如神、计出险着，是史上难得的绝地反击的漂亮战役，却没人知道，这样一场让霍无咎一战封神的战役，却是给霍无咎全家致命一击的战役。他们一家人，原不过是想求生自保罢了。

霍无咎停顿了一下，再抬眼看江随舟时，便见江随舟是这样一番表情。眉毛都没精打采地沉了下去，一双眼睛盯着他瞧，担忧的神色似乎都要溢出来了。

霍无咎凑上去看他，唇角也挂起了笑：“怕什么？都是过去的事了。”

江随舟却低声道：“所以，你打算以后再回去守阳关吗？”

霍无咎眉头一挑：“我回那儿去干什么。又荒又偏，鞑靼人都不稀罕来抢，整天守着连场仗都没得打，有什么意思。”

江随舟却疑惑道：“是吗？”他看向霍无咎，便见霍无咎也有些疑惑地看着他。

“是啊。”霍无咎说，“想什么呢？”

江随舟停顿了一下，心头却浮起了一些疑惑。

这是只有江随舟才知道的事。他将这点疑惑藏在了心底，只等能从霍无咎的身上寻出原因来。

这日之后，他便如往常一般来往于礼部衙门了。礼部的事并不繁杂，只要没有大的节庆和仪式，平日里就要清闲些。这日他在衙门里走了一圈过场，眼看着没什么事，作为一个合格的“摸鱼人”，他便同新任礼部尚书打了个招呼，回府去了。

却没想到，到了府门口，他看到了一个意想不到的人。是个女子，却穿着箭袖的劲装，瞧上去颇为飒爽。她身后的小厮怀里抱着些东西，像是礼品，而她站在门口，似乎在与守门的小厮对峙。

竟是娄婉君？

江随舟有些疑惑，同时心头生起了几分莫名的紧张。待马车停在了门口，他便起身下车，正好听见了娄婉君的声音。

“哦，不让进啊？行，那我走了啊。”娄婉君说。

看门的那小厮连忙道：“不是的，小姐！是咱们王府有规矩，需要小人先去通禀一番，您先稍等片刻……”

这个小厮想必是看出了她身份贵重，并不敢怠慢她，可娄婉君却半点不接茬，道：“我也没什么大事。既然这么麻烦，就算了。我心意到了啊，是你们不让进门的。”说着就要走，那小厮顿时没了主意，反而上前来拦住她。

“小姐！不是的，小姐……”他哪儿见过这种人啊！分明是上赶着来王府送礼的，自己也没刁难她，可她死活就是不进门，像是被谁逼来的一样。

就在这时，小厮听到了一个声音：“娄小姐？”是王爷！

小厮总算松了口气。这样的麻烦当前，即便是令人胆寒的王爷也变得慈眉善目起来，使得他面露感激，朝着江随舟行了个礼，便狗腿子似的跟到了江随舟身后去。

“这位小姐是来送礼的，却不进门。”小厮道。

江随舟看向娄婉君，不知怎么，他总觉得这姑娘似乎眼睛一亮，直盯着他看。

“是你啊！”娄婉君爽朗地一笑，接着便冲他抱了个拳，“民女娄婉君，见过王爷！”倒像是个江湖人。

抛开霍无咎那层关系不说，江随舟知道这个姑娘是个极讨人喜欢、爽朗坦荡的人。这是该令人高兴的，毕竟对霍无咎来说，也不至于所托非人，对他来说，也不必为霍无咎担忧。只是他高兴不起来罢了。

他淡淡地点了点头，道：“娄小姐今日来，是有什么事？”

“哦，也没什么。”她指了指身后抱着东西的小厮，说道，“就是来看看霍无咎，我父亲担心他。”

娄婉君也知道，父亲说的担心都是假的。他那天喝得歪歪倒倒，就是跟霍无咎喝的酒。能把她爹都放倒，想来霍无咎也没什么可担心的。她父亲就是醉翁之意不在酒罢了。所以她也没想好好办事，只来走个过场，回去就说进不去靖王府的门，她父亲也不能因为这个把她揍死。只不过……

娄婉君看向站在面前的靖王殿下。这人还穿着朝服，应该是从衙门里回来的。她身在军营，从没见过长得这么漂亮的男子，更何况，气质清冷却又总觉得带着两分温柔，特别引人注目，也不妨碍她欣赏。

便见那位靖王殿下淡淡地一笑，说道：“这样啊。既如此，娄小姐只管入府便好。”

娄婉君又问道：“贸然叨扰会不会不方便？”

江随舟停顿了一下，淡淡地笑道：“没什么不方便的，姑娘请。”

“那就谢谢王爷了。”娄婉君冲着江随舟一笑，抬手请他一同进门。即便是江随舟，也不得不承认这笑容惹眼。他勉强回了个笑，与娄婉君一同往里走去。

却不知，那笑落在娄婉君的眼里，又成了另一番模样。漂亮男人，平日里冷得眉眼冰凉，虽然长得漂亮，却只可远观。然而在骤然露出两分笑模样的时候，像雪山上骤然开放的花，原本的精致和俊秀，都变得鲜活勾人起来。

娄婉君在心里叹气着摇了摇头。这谁顶得住？

他们二人一道入了府，江随舟的步辇已经停在了道边，只等他回来。

看见那步辇和迎上来的孟潜山，江随舟想了想，接着摇头道：“不必了，我与娄小姐同行。”虽说他平日里身体虚弱，府中面积大，向来是坐着步辇到各处去的，但此时这儿只有一抬步辇，总不好他自己坐在辇上，让客人跟在旁边走。

孟潜山连忙应下，挥手让小厮们先将步辇抬远了。

这在王府中极为寻常，反倒是娄婉君对靖王这般前呼后拥的架势颇感兴趣，笑着同他攀谈了起来。即便江随舟仍需持着那番清冷矜傲的模样，都有些招架不住，没一会儿，便与她交谈了起来。他不得不承认，娄婉君的身上有种极鲜活的吸引力，是多年在沙场和军营中生活的经历带给她的。

二人走着说着话，渐渐便到了安隐堂院外。王府的面积大极了，江随舟许久没走过这么远的路，走到院门前时，脚下已经有些打飘了。

娄婉君敏锐地觉察到了：“靖王殿下的身体也太孱弱了点。”

江随舟低了低头，道：“姑娘见笑了。本王这病气是胎里带出的，这么些年，一直未曾见好。”

娄婉君直摇头。果真，人要真是十全十美起来，连老天都要忌妒他。

说着话，二人便走到了院里。江随舟抬手，往霍无咎的住处示意道：“就是那儿了。姑娘自便，本王先回房歇息了。”他们二人见面，合该有话要私下说，自己也得有些眼色。

娄婉君点头道谢，接着道："好吧，那就多谢王爷了。我没什么话说，去去就走，王爷不必担心。"

江随舟闻言冲她点了点头。出于礼节，又因着回到自己的院子不必太顾忌，他点头时，还朝着娄婉君笑了笑。

娄婉君心满意足地朝他一拱手，便领着身后的小厮，往霍无咎的房中去了。

江随舟看着她的背影，沉默了片刻，继而像是要逃避什么一般，一言不发地转头回了主屋。房门静静地合上了。

娄婉君打小就不大喜欢霍无咎。从小，她父亲调到哪儿，她就跟到哪儿，恰好是她记事那段时间，她父亲带着她去了阳关。

她母亲是难产去世的，不管是她父亲还是周围的长辈，对她都多怜爱些。而边关长大的那些熊小子，都是没见过小姑娘的，平日里玩起来，也都让着她。唯独霍无咎是个例外。

边关那群熊小子里，唯独他的脾气最差，又最不听管教，即便霍伯父那种身强体健的人，有时候都要被他气得直捂心口。但他偏偏长得高，打架、骑马都厉害，即便傲得下巴朝天、目中无人，谁都不爱搭理，那群小孩儿也还是爱贴他的冷脸，唯他马首是瞻，活像个占山为王的土霸王。而他霍无咎，天生不爱带小姑娘玩。

也就是那段时间，娄婉君受到了前所未有的排挤，还是让人有苦说不出的冷暴力——霍无咎虽然不嘲笑她，却也不搭理她，手一挥，带着一群野小子呼啦啦地就跑到野外去了，翻墙上树，骑马打猎，没一样是娄婉君跟得上的。她那会儿小，气得直哭，也幸好霍无咎还有个性格安静的哥哥霍玉衍，愿意留下来等她一起玩。

"无咎不过是性子傲些，他没有恶意的。"霍玉衍总是这般慢条斯理地劝说她，"你不要同他计较。"

但娄婉君不听这个。等长大些，习了武，她就找着要去跟霍无咎一较雌雄，就为了有朝一日把霍无咎揍服了，自己当大哥，孤立霍无咎。结果，姓霍的那又冷又傲的性子，还看不起她是小姑娘。即便她把霍无咎手下的小弟一个个地都揍服了，霍无咎也不稀罕和她动手。他们二人就这般，由娄婉君单方面地水火不容了十来年，一直到现在，娄婉君再想起来，都恨得牙痒痒。

她父亲还想让她嫁给霍无咎？还不如杀了她痛快。

娄婉君大步走到了霍无咎的门前，也不敲门，一抬腿，门便应声而开了。

娄婉君转身接过小厮手里的礼品，扬了扬下巴，道：“门外等着。”便径自进了房，又将门踢上了。

五间的大房子，宽敞极了，内饰奢华，家具摆设也是一等一的，一看就知道，霍无咎这家伙在这儿吃香喝辣的，根本不用人关心。

她抱着东西，四下打量了一番，便听见了辘辘的轮椅声。

娄婉君循声看去，就见轮椅上坐着一个高大的年轻男人，一双腿尤其长，搁在轮椅上颇有几分纡尊降贵的委屈。那人眉目凌厉，一侧眉峰赫然被伤疤切断，眉下的眼睛如鹰似隼，赫然就是霍无咎。

娄婉君扑哧一声笑出来：“哟，残了？”她笑着走上前，将手里的礼品往旁边桌上一放，抬腿就在霍无咎的轮椅上踹了一下。

却骤然有一道阴影，像山似的，将她笼罩住了，竟然是本该残疾的霍无咎站起来了。他身材高大，浑身的气场也极有压迫感，逼得娄婉君不由自主地退了一小步。

“你……”她一时有些结巴，盯着霍无咎，片刻才找回自己的声音，“你装的？”

霍无咎瞥了她一眼，抬腿走到了旁边的椅子上，坐了下来：“有事？”

霍无咎一点儿也没有与娄婉君久别重逢的亲近，反倒跟七八年前一样，那副不把人放在眼里的傲劲儿，还是那么讨打，让人拳头痒痒。

娄婉君瞪了他一眼，在他对面坐了下来，道：“不过是来看看你死了没。愣着干什么？不去倒茶？”后半句，是对站在旁边的魏楷说的。

魏楷一哆嗦，连忙应声上前，给这位姑奶奶倒了一杯茶。他属实不敢招惹这位姑娘，甚至对她的恐惧，已经刻在骨子里了。没办法，这位姑娘打小儿跟将军不对付，又揍不着将军，只好揍他们这群小喽啰。虽说他们也不是吃素的，但这位姑娘属实厉害，他们每次都打不过，还每次都被揍得鼻青脸肿的。实在不敢回想。

娄婉君喝了一口茶，正打算略坐坐就走，却听霍无咎说话了：“你刚才怎么跟靖王一起来的？”语气中竟有两分兴师问罪的味道。

娄婉君一抬头，才觉察到今天霍无咎的不对劲。这个人，目下无尘，谁也不放在眼里，招他笑一笑难，让他皱眉头却更难。但是，打从今日她进门，霍无咎的眉头就没松开过，看向她的目光，也极其不善。她这才后知后觉地发现自己不知道哪儿招惹到他了。这倒是稀奇。

娄婉君笑了一声，满不在乎地道："怎么不能一起来？我俩在大门口碰见的，聊聊天怎么了？"

只见霍无咎眉头拧得更深了："他没坐辇？"

娄婉君道："没啊。哦，进门时是停了一抬，他没坐，跟我一起走进来的。"

这话说完，她只觉霍无咎的目光又冷了几分。嘿？这倒让娄婉君觉得稀奇了。这么个什么都不放在眼里的家伙，怎么今儿个开始计较这点鸡毛蒜皮的小事了？

娄婉君便接着说起来，字字句句都是心里话："别说，这靖王虽然风评差点儿，人确实不错，可见朝中文官以讹传讹，他们才不是好东西。这么些年，我还没见过这种长得又漂亮、性格又好的男子呢，当真稀奇，你说是不是？"

娄婉君眼看着霍无咎的脸都黑了。

霍无咎片刻没说话，旁边的魏楷也是噤若寒蝉。半晌之后，霍无咎从牙缝里挤出了几个字："以后没事别来靖王府，离他远点。有事也别来。"

娄婉君悟出了一个道理。总听人说随缘的，有些事还真不能强求，时机到了，它自然就来了，像从天而降的一份惊喜。比如说，这么多年，她就是想收拾霍无咎一顿，可就没机会，今天，倒是忽然把他惹得暴怒，而且有苦说不出了。

娄婉君只觉得神清气爽，欣赏了一番霍无咎强忍怒火的模样，拍拍衣摆，扬长而去。只留下霍无咎，冷着脸坐在原处。

霍无咎看见江随舟对娄婉君笑了，也看见娄婉君看向江随舟的眼神，又亮又贼，活像一只要把肉叼回窝里的狼。霍无咎的牙根都有些发痒。但他偏偏又不敢说。江随舟那胆子，比草原上的野兔也大不了多少，一吓就要跑。

霍无咎像只笼中的困兽，气得在房中打了一圈的转，直到晚上，江随舟来了。

自然，是有事要说。庞绍这些时日在朝中频频有所异动，江随舟也找到了些许蛛丝马迹。这些痕迹拼凑一番，便有可能觉察到庞绍的动向。

但是江随舟这天晚上，其实是有点心虚的。他拿出来的这些消息，都是无关紧要的，他早与徐渡查验了一番，不过是些寻常的贪污受贿罢了，都跟娄钺没关系。但是……

江随舟一整天都坐立难安的，总想找个由头来，见见霍无咎，看看他对娄婉君如今是怎样的态度。所以，他带着这些东西来了。他像煞有介事地与霍无咎面对面地坐着，将手中的消息和线报一条一条列了出来。末了，他貌似慢条斯理地道：“只是我对娄将军了解不多，不知道庞绍这些举动，究竟与他有什么关系，你且看看。”

却听霍无咎半天不说话。他不解地抬头看去，就见霍无咎坐在那儿，似乎皱着眉头。

“霍无咎？”江随舟疑惑地唤了霍无咎一声。

却见霍无咎皱着眉，开口道：“你还挺上心的。”

“嗯？”下一刻，霍无咎抬起眼，看向了江随舟。

“今天娄婉君来，你们路上说什么了没？”霍无咎的神情严肃，像是真的在和江随舟计较这点小事一般。但只有他自己知道，他只想听江随舟告诉他，今天为什么要对娄婉君笑？

江随舟却微微一愣，有些不明就里。霍无咎刚才问什么？自己今日与娄婉君同行时……说了什么话？

霍无咎的表情过于严肃了些，让江随舟心里不由自主地咯噔一下。他是在怀疑自己与娄婉君说了什么不该说的？还是单纯因为自己接近了她，所以心下不快？

江随舟说道：“也没说什么。娄小姐很健谈，性子也开朗外向，就爱聊些闲言碎语，没说什么要紧的事。”

开朗外向？霍无咎的眉心快要能夹死一只飞虫了。霍无咎记忆里的娄婉君就是个不讲道理还缠人的女恶霸，什么时候开朗过，还这么爱笑，甚至会盯着男子双眼放光？分明就是事出反常，江随舟居然还夸她。

霍无咎竟不由自主地拿自己跟娄婉君对比起来。他话不多，更够不上什么开朗。瞧着白天江随舟对着娄婉君笑的模样，霍无咎心里更堵了。他们二人才第二次见面吧？他第一次、第二次见自己的时候，可是横眉竖目、不假辞色的呢。

霍无咎的想法开始不讲道理起来，将他的情绪也带得越发不讲道理了。连带着，他的脸色也越发不好看，片刻之后，才开了口：“你以后还是离她远些。”

娄婉君可不是什么好人。小时候就能为了打架将他缠得烦不胜烦、恨不得逃出阳关，现在，也极有可能缠着这位干净单纯的靖王，届时后果不堪设想。

却见江随舟淡淡地说：“知道了。”

霍无咎点了点头。一时间，他竟有两分罪恶感，甚至有点担忧。万一江随舟真对娄婉君有什么想法呢？看靖王这副模样，不是没可能。他要是棒打鸳鸯了，靖王会不会伤心？

不过，只片刻的理智而已，立刻，便在霍无咎的脑海中消散不见了。他恶狠狠地心想，管他呢？伤心就伤心，但是江随舟就是不能跟娄婉君搞到一起。

江随舟别无他法，只得暂且转移自己的注意力，将精力更多地放到朝局上。

果真，没几日，庞绍便有了大动作。而且他这个大动作，居然是冲着齐旻去的。

这段时间，娄钺在朝中横行霸道，不仅庞党遭殃，齐旻一派也深受其害，总被牵连殃及。

这日，庞绍竟然给齐旻手下的官员送了一封信。

那封信上没说与他们合作，却送来了几条参奏娄钺大不敬的罪状。有说他咆哮朝堂的，有说他公然违抗圣旨的，甚至管了些他不该管的事，拦下了苏州新任知府送进京城进献给皇上赏玩的几个瘦马，让手下的兵强行将那几名女子送回了苏州去。这些事，有的是齐旻知道的，有的是齐旻不知道的。总之，洋洋洒洒地写了几大页，虽然都是鸡毛蒜皮的小事，不至于让娄钺被降罪，却足够让他触怒江舜恒了。

而且在信的末尾，庞绍还意有所指地写了几句话。

齐大人与诸君应当清楚，武官当权的后果，不是你我能够承担的。他今日敢倚仗功劳造出此等事端，谁能保证，他日此人不会做出更加大不敬的事？这些苗头，理当让皇上知道。

这封信是他意有所指送给齐旻看的，江随舟却没想到，齐旻会派人暗中将这封信送给他。

齐旻附了一行小字：“庞绍之心，王爷可见。”

江随舟拿着信沉默了半天。信里的内容虽然中规中矩，没什么不对劲的地方，但结合起他们一众人等之间的关系，庞绍的用意，便极其耐人寻味了。他和齐旻之间的关系并不好，送来这样的信，自然不会是同僚之间的善意交流，反倒更像是庞绍要借齐旻的势，想同他暂且联手，一起扳倒娄钺。

庞绍给齐旻提供了足够的证据，甚至替齐旻想好了娄钺的罪状，给娄钺扣了一顶大不敬的帽子。再加上意有所指地说武官理当忌惮，又说保不齐娄钺日后还会做出更大的事，那便是往谋逆，甚至拥兵自重、威胁皇权的方向推了。

想必，庞绍是自知在江舜恒面前的信誉大不如前，所以要借齐旻的嘴，先在江舜恒面前参娄钺一本。

那么，接下来呢？

庞绍定然会有下一步的计划，否则，也不会贸然给娄钺扣下这么大的罪名。

而就在这时，江随舟收到了另外一封密函。

那是徐渡所蓄的死士得到的消息。

那封密函上说，庞绍手下的人曾多次往返于临安和南方诸郡，不做别的，却频频出入各郡守将的府邸。与此同时，庞绍手下的人还有意无意地与前往岭南赴任的岭南总督、前任苏州知府方兆和往来，似乎有银钱来往，但查不出其他。

江随舟手中拿着那两封密函，沉思了片刻。片刻后，他的神色渐渐凝重了起来。如果他没猜错的话，庞绍的此番动作，就是已经在暗中物色能够接替娄钺的人选了。这个人选自不必是多么出色的武将，只要听话，那便符合庞绍的要求。至于方兆和……

此人风风光光地去了岭南任职，虽明面上是降职……但岭南，却是娄钺原本的守地。想必这人已经被庞绍收买了，庞绍救了他一命，而他则成了庞绍戕害娄钺的布局中的一环。而至于这人究竟会在岭南有什么动作……

江随舟沉思片刻，让徐渡立刻派人，快马加鞭，往岭南跑一趟，探查一番。

徐渡领命退了下去，唯独江随舟坐在书房里，沉思着将这两封密函收了起来，提笔给齐旻写了回信。

庞绍此番给齐旻的信件，所罗列的罪状虽多，却都是浮于表面、不痛不痒的，到头来也不过是让娄钺挨顿骂罢了。而庞绍最根本的用意，想必是借此试探齐旻的口风。既然如此，不如便给庞绍递出投名状，让庞绍相信，齐旻也与他一样，愿意暂时放下芥蒂，一致对抗娄钺。这样的话，庞绍便能对齐旻暂时放心，为了他计划的推进，也会多少透露两分重要的信息给齐旻。而这些信息，则是最有用的东西。

江随舟写完信，一边浏览，一边将信缓缓地吹干。墨迹渐渐干在了纸上，江随舟看着上头的内容，缓缓地叹了口气。他知道，娄钺拒绝了霍无咎，而霍无咎也任由娄钺拒绝，没有胁迫娄钺。

如今，江随舟却想要拿手上的这些证据，来威胁娄钺。毕竟，这些东西能清楚地告诉娄钺，庞绍已布下了天罗地网，若是娄钺再犹豫下去，犹豫到庞绍栽赃他，使得江舜恒收了他的兵权、定了他的罪，那么一切都为时已晚了。

江随舟知道，威胁娄钺，是唯一的办法。而这件事，只有他去做，并且是他在霍无咎不知情的情况下私下做，才能让娄钺与霍无咎不生嫌隙。

至于事后，娄钺再如何看待他……

江随舟面无表情地将信叠好。就随他去吧。

果真，下一次大朝会，朝堂上吵得不可开交。

齐旻果真如庞绍设想的那样，也对娄钺深恶痛绝了。他按照庞绍送来的信件上的罪证，狠狠地参了娄钺一本，成功地激怒了江舜恒。

江舜恒当然对娄钺平时干什么不感兴趣。他计较的是，娄钺凭什么自作主张，把本该送到宫里来的瘦马赶回苏州去？

为了这件事，江舜恒大发雷霆，庞绍与齐旻两边的官员更是跟着拱火。一时间，娄钺双拳难敌四手，竟难得地被骂得面红耳赤，一直到下朝时，脸色都没有缓过来。

江随舟从头至尾都冷眼在侧观察。他知道，今日出现了这样的情形，就是最适合他与娄钺谈条件的时候了。娄钺才被朝堂众臣孤立，想必也知道现如今的处境，便更容易被自己说服，从而倒向霍无咎。

江随舟有九成的把握。这么考量着，他便暗中思索起措辞来。待到散朝，众臣皆心满意足地退出广元殿，江随舟才抬步，跟上了落在最后的娄钺的步伐。

“娄将军，留步！”江随舟扬声道。

娄钺听见有人喊他，一转身，便见身后几步的位置，正是那个那天在城外迎接他的靖王殿下。是个挺有礼貌的病秧子。

娄钺停下脚步，颇有耐心地等着江随舟跟上来，问道：“靖王殿下，有何指教？”

江随舟行到他面前，娄钺冲他拱了拱手，便自然地与他并肩同行。

“指教谈不上。”江随舟轻声说了开场白，“不过今日这局势……对娄将军来说，实在不大乐观。”

江随舟停住了话头，刻意给娄钺留下了反应的时间，只等他应声，自己便能接着往下说了。却没想到……

提到今日之事，娄钺脸上虽然显出几分恼怒，却并未多言，反而叹了一口气，道：“确是如此了。我是没想到，几年不见，齐旻怎么与庞绍勾结在一起了？——不过，也多谢您，靖王殿下，还记得专门留下来宽解末将。”

这反倒让江随舟一时说不出来下头的话了。他……他可不是来宽解娄钺的，他是来威胁娄钺的。

但是，娄钺自说自话地接着说了下去：“末将看得出，您当真是个好人！光说霍无咎那孩子的事，便可见您心地好！”

娄钺越说越来劲，反而将江随舟引为知己了一般，接着说道：“也幸而有您啊！您不光是霍无咎的恩人，也是我们婉君的恩人啊！打小我就发现这两个孩子般配，您说婉君那么傲的性子，竟然能日日跟在无咎的身后！您说，这是不是天赐的缘分……”

江随舟满腹的权谋计策，全被娄钺堵在了嘴里。他脸上还要不显分毫，轻笑着应是。他心里却早将牙咬碎了。算了！枉他还担心破坏了霍无咎和娄钺的关系，非要自己来做这个恶人！既然如此，干脆把事情交给霍无咎，让他自己去与娄钺说好了！

江随舟虽然在心里放下狠话，但他也知道，娄钺越是这么看重霍无咎，便越下不去手，破坏他二人的关系。他且听着娄钺这般说了一路，一直到了宫门口，娄钺才意犹未尽地住了口。

“实是末将与王爷投缘，倒是让您听了我这么久的闲话。”娄钺有些不好意思地挠了挠后脑勺。

江随舟淡淡地一笑：“将军爱女心切，没什么的。”

他停顿了一下，继而意有所指地接着道：“不过将军，快意恩仇是好，但若有一日惹了旁人忌惮仇恨，那么到时，莫说金玉良缘，即便是令爱的安危，都不一定能保证得了啊。”

娄钺一愣，笑容也僵在了脸上：“王爷说什么？”

江随舟淡淡地收回目光，四下打量了一番，压低了声音，道：“本王手中有些消息，关于将军的。想必将军不知，庞绍等人已经要将您全家往死路上逼了。”

娄钺一愣，继而暴怒，压低着嗓子怒道：“果真！这老贼这些时日一直示弱，原来是在暗中搞鬼！多谢王爷告知，我定不会让他得逞！”

江随舟笑了两声。这个娄钺虽说带兵打仗是一把好手，但实在是耿直莽撞。自己此时若不拦他，想必他现在就能提枪去砸庞府的大门。

“将军，您还不知道，庞绍搞的什么鬼呢！”江随舟说，“若他有意要杀人于无形，将军，您有几分胜算？”

娄钺这下停在了原地。他确实是脑子一热了。听靖王这么一说，他也觉察到，自己在明庞绍在暗，实在是半点胜算都没有。

“那……”娄钺踌躇片刻，声音低了下去，“王爷可有什么高见？”

江随舟轻笑着看向他，颇像是只佯装纯良的狐狸，终于懒洋洋地露出了几寸尾巴给人看。

“本王不仅有想法，还有办法帮助将军。”江随舟说。

娄钺本想谢他，可看江随舟这副表情，一时也有些没底了：“那王爷……”

“本王也有些忙，需要将军来帮。”江随舟道，“不过将军不必紧张。一会儿自有人将会面的时间、地点送到将军的府上，届时，本王拿上本王的筹码，将军不如同本王一起，寻个清静地方聊一聊。”

娄钺自然答应了江随舟的提议，只是在二人分别时，再看江随舟的眼神，多少有了些复杂。

江随舟自然知道，只作没看见了。随便娄钺怎么想吧，但如今，他也只能这么做。他若只一味帮助娄钺，娄钺头上压着家国大义，又有转圜的余地，反倒很难真的答应他的条件。唯有将娄钺逼到死胡同里，让他进退两难，只能在两边做出个选择了，他才会下定决心，做出一些牺牲。至于他如何看待自己……

江随舟在心里告诉自己，不重要，随他吧。即便让一个原本与自己交好的人误解自己，是一件不太令人舒服的事。他坐上马车，匆匆而去，回了府便将徐渡和顾长筠召到了自己的房里，同他们议定了适合的时间和隐秘的地点，再让徐渡手下的死士将消息暗中带进了娄钺府中。

时间定在了这日入夜，地点则定在了临安有名的酒楼金玉阁。那儿虽然人多眼杂，但常有官员商贾出入，不会惹眼，而且徐渡早打听好，庞绍今晚在鸣凤楼有宴，届时不会在金玉阁里碰见庞党熟人。将这些定好，又叫顾长筠以他的名义去金玉阁中订下包厢之后，江随舟便在府中静静地等着夜晚降临了。

眼看着就入了夜。他换上平日里的常服，准备好了近日所搜集的证据，便与顾长筠一道打算出门了。

却在这时，魏楷来了。房门被推开，江随舟一抬眼，就见魏楷站在门口，小心翼翼地往他的方向看，道：“王爷，霍将军有事找您。”

江随舟此时已经穿戴妥帖，准备出门了。他今日寻的借口便是带顾长筠外出饮酒作乐，此时顾长筠候在一边，马车已经等在了王府外头。

江随舟停顿了一下，道：“你去回霍将军，有什么事，等本王回来再说。”

却在这时，魏楷身形一晃，被一个人用力地从身后推开了。

江随舟看去，便见霍无咎坐在那里。

霍无咎的脸上没什么表情，眉头却是皱着的。

江随舟愣神的工夫，霍无咎已经将魏楷推开，自己摇着轮椅，进到他的房中，还把门关上了。

“干什么去？”霍无咎问道。

江随舟只想遮掩过去：“也没什么，就是顾长筠他……”

“拿糊弄外人的话糊弄我？”霍无咎目光不善，在顾长筠的脸上停了一下，又看向江随舟。

“你今日与他二人商谈许久，此时又要出门，有什么是我不能知道的？”霍无咎一派咄咄逼人的模样，看上去凶得很，但只有霍无咎自己知道，他今日可是实打实地等了江随舟一天。他早觉察到江随舟有什么事，不然主屋今天也不会这么热闹。但是，按说早该来与他讲的江随舟，却迟迟没有动静。霍无咎心焦了一天，终于没耐心了。他不知道江随舟为什么做事要瞒他，他只知道，他需要将江随舟拦住，问个清楚。

江随舟知道，是瞒不住他了。他深吸一口气，只好老老实实地、言简意赅地说：“确实没什么，只是约了娄将军，有些话同他说。”

霍无咎摇着轮椅行到江随舟面前，朝他伸出了手：“拿出来。”

江随舟心不甘、情不愿地将准备好的证据放在了霍无咎手里。

旁边的顾长筠看得傻了眼。王爷什么时候开始这么听霍无咎的话了？而且这个霍无咎……凶虽然凶了些，看向王爷的眼神，却是恼怒又无奈的。这是他第一次在霍无咎脸上看到这么鲜活的表情，两人面对面的，那番气场，竟真没什么剑拔弩张的。

而霍无咎则没工夫注意顾长筠。他接过了江随舟递来的信件，粗略浏览了一番，便将那些信件往膝上一放：“你打算怎么做？提醒他，还是威胁他？”虽然是问句，但江随舟却听出，霍无咎已经猜出他想干什么了。

果真，不等江随舟应声，霍无咎便接着道：“你真当娄钺是吃素的，这么好吓唬？你才认识他几天，知道他是什么人、会做什么事？江随舟，你倒是胆子挺大的。”这是霍无咎第一次直呼江随舟的全名。

江随舟停顿了一下，一时有些不服气：“我做了几手准备的……”

“所以为什么不告诉我？”霍无咎问道。

江随舟说："你与他关系亲厚，日后又要……还是不适宜出面。"

霍无咎也不知道江随舟含糊过去的、自己日后要做的是什么事，但听他这么说，霍无咎还是忍不住生气，又不免心生无奈。成天想着保护这个保护那个也就算了，还要在娄钺面前保护自己？当真是傻得厉害。

霍无咎也不多废话，将那封信叠了几下，便径直塞进了自己的衣襟里，看向江随舟："那就去吧。等着我。"

金玉阁的某间极不起眼的包厢里，围着桌子坐着四个人。其中的娄钺与顾长筠心头都是震惊的，一时间谁也没说话。

顾长筠本就是来挡枪的，就是给江随舟前往金玉阁找个缘由。本不过是办件小事罢了，他却没想到……自己竟然能看见这般令他吃惊的一幕。霍无咎的腿竟然好了。他光听霍无咎对王爷说"等着他"，却没想到，霍无咎所说的，是在金玉阁等着他。待他与王爷乘车到了酒楼，进了包厢，他便在里头看见了双腿健全、卓然而立的霍无咎。他不过与霍无咎对视了一眼，便觉得遍体生寒。

这人竟然不知何时，早从那个任人欺负的弱者，重新成了那个单手就能扭断他脖颈的"战神"，而他竟然丝毫不知情，连当时闹得那么厉害的庞绍，都没觉察出来。而娄钺……

他虎目圆睁，惊讶地盯着霍无咎。他原本做足了打算，等着来与那深不可测的靖王对峙，却没想到今晚，坐在他正对面的，是单手撑膝、神情冷肃的霍无咎。

靖王坐在旁边一言不发，倒显出了两分可怜。

"娄将军，坐。"霍无咎分毫不与娄钺客气，抬手让人上了菜，便拿起了酒杯，朝着娄钺比了个"请"的动作。

娄钺面色难看，却又无可奈何："无咎，有话直说吧。"

"今日靖王殿下也跟您说了吧？今时不同往日，娄将军，您今日恐怕是没办法再拒绝我了。"霍无咎说。他的语气冰冷又强硬，根本不像是来跟人商量的，反倒就差将"威胁"二字盛在盘里，端到桌上了。

江随舟不由得捏了把汗，反观娄钺，还真露出了几分不忿。

"你就这么笃定？"娄钺不悦地道，"你这是在逼我叛国。无咎，你父亲当年，可都没这么做过。"

霍无咎却道："不是我逼你，是庞绍。"

娄钺冷笑，不以为意地说：“他能做什么？他再怎么大权在握，也不过是个文官，我手握十余万兵马，如今还有几万停在城外，他难道还能杀了我不成？”

霍无咎面无表情：“这兵归根结底还是江舜恒的。如果他要收回呢？”

“统率十数万大军，还有旁人能做吗？”

“庞绍已经去找人代替你了。”

“那我也不过解甲归田罢了！”

“他不会让你善终。”

“我堂堂正正，未做一件有愧大景的事，他能如何？”

“只要他伸手，栽赃陷害，不过信手拈来。”

“嗬，我人在岭南，他手再长，能伸去那里？”

“如今赴任岭南的总督，已经是庞绍的人了。你说，他能不能？”

二人你来我往，谁也无半点示弱。娄钺平日讲话本就凶，霍无咎的态度也霸道，一时间，气氛剑拔弩张、硝烟四起，将侍立在侧的孟潜山和魏楷，都吓出了一身冷汗。

而霍无咎这句话一出口，娄钺便停下了。片刻后，娄钺皱眉问道：“你说什么？”

霍无咎冷冷地一笑，将怀中的信件拿出来，停在半空。魏楷连忙上前，替娄钺接过，递到了娄钺手里。

“您自己看看吧。”霍无咎说道，“他已经动手了。要不了多久，你的兵权一削，新人顶替上你，之后，随便什么贪墨渎职、玩忽职守，甚至谋逆叛国，各种证据，都会被有意无意地递回临安。”

娄钺翻看着那些信件，手渐渐开始发抖，眼眶也渐渐红了。

江随舟看得出，霍无咎此举，正是与他殊途同归，要先将娄钺逼上绝路，再让娄钺就范。但霍无咎也太利落胆大了些，半点情面不留，反倒让江随舟觉得有些不忍心了。

怎么也是一介忠臣良将，眼看着自己被逆臣天罗地网地陷害，却又无计可施，实在是一件极痛苦的事。

“庞绍在朝一日，便定要除去将军。他本就是这般无药可救之人，皇上又自幼偏信他，将军不必太过介怀。”江随舟放缓了声音，道，“不过，您也该知道，兵虽在您手里，却有千万种法子能够抢走。昏君奸臣压在头顶，这些兵不但不会成为您的靠山，反倒早晚会落入他们手中。届时，不仅将军全家要遭殃，山河凋零、生灵涂炭，也不过是迟早的事。”

许久之后，娄钺深吸了一口气，将那封信放回了桌上。

“王爷说的，我都知道。”娄钺强压着声音中的颤抖，片刻之后，看向霍无咎。

“我死不足惜，但必不会让婉君受到牵连。”娄钺说。

霍无咎轻笑一声，面上透出几分了然。娄婉君的母亲是娄钺少时至爱，生产时而死，娄婉君可是娄钺的命根子。

“但是，我若做下这个选择，日后便是叛将，声名狼藉还在其次，一着不慎，便会身死。”娄钺紧盯着霍无咎，低声道。

“我死不足惜，但婉君不可落得孤苦无依的下场。”娄钺说。

霍无咎的眉头又皱起来。那他要怎么样？还要自己给娄婉君介绍对象不成？

便听娄钺深吸了一口气：“若要我答应，我只有一个条件。你答应我，娶婉君为妻，一生一世不辜负她。”

江随舟看见霍无咎愣了一下，接着往椅背上一靠，勾起一边唇角，露出个锋利却冰凉的笑来：“娄将军太会做生意了点。但是即便我爹还活着，这事都不是他说了算的。所以劝您，想也别想。”

第七章 通敌

江随舟只觉更不真实了。他愣愣地看向霍无咎，就见霍无咎靠坐在那儿，一副极为漫不经心的模样，抬眼看着娄钺。

不等江随舟回过神来，旁边的娄钺已经瞪圆了眼睛："你……你这小子，你竟然……"

"你问过娄婉君的意思吗？"霍无咎抱着胳膊皱起眉，"你替她瞎安排什么？"

"她肯定……"娄钺不假思索。

"那就是你看错了。"霍无咎一点也不拐弯抹角，"我与她从小相看两厌，到现在也是这样。你一个成天混在军营里的大老粗，打好你的仗不就行了？怎么还当起媒婆来了。"

霍无咎说话不客气，堵得娄钺一时间说不出话来。

"可是……"

霍无咎接着道："娄将军，我是什么人，你清楚。把我们两个拴在一起，结的不是亲家，而是仇家。到那时，反而适得其反，不会是你想要的结果。"

娄钺讷讷地说不出话来。

江随舟此时全然放下了心。但他也清楚，此时是与娄钺谈判的关键时刻，由不得他因一己私情而放松精神。他飞快地集中起注意力，见娄钺一脸沮丧，显然落了下风，又不说话，连忙乘胜追击，劝说道："娄将军，您即便想要以儿女结亲作为起兵的理由，也是不可的。您怕史家骂您首鼠两端、叛国求荣，他们又何尝不会骂您儿女情长、难堪大任呢？"

娄钺看向他，片刻低声道："你说得倒是也有道理。"

"所以，您如今若再不反，便只能坐以待毙、任人鱼肉了。"江随舟道。

霍无咎见娄钺犹豫，眉心一皱，开口道："怕他们做什么？口诛笔伐而已，又不要命。"

江随舟跟着道："况且，如今不是叛与不叛的问题。数百年前，江姓的太祖太宗焉知不是起兵推翻了前朝？朝代更迭，不过如同月落日升一般，是规律而已。如今北梁的皇帝不也是起兵的江家家臣吗？千百年后，史家执笔，要论起来，也不过是说他们破旧迎新罢了。"他这话说得底气十足。

娄钺沉默了片刻，开了口："你看看，你看看！"

他拿筷子狠狠地指了霍无咎两下："在人家靖王殿下府里待了这么久，半点没学到人家知书达理的劲儿，还像个土匪！这么跟长辈说话，没礼貌！"

听他这话，江随舟长舒了一口气。娄钺能这么说，那就说明，成了。他不由得看向霍无咎，眼里全是惊喜的笑意。而在他看去的那一瞬间，霍无咎也侧过头来看着他，脸上虽没有表情，眼睛却深极了。

对视片刻，霍无咎唇角一挑，笑了一声："当初不是您最讨厌穷酸文人？"

娄钺狠狠地夹了一筷子菜："靖王殿下能一样吗？"

霍无咎虽然同他说着话，眼睛却是看着江随舟的："确实不一样。"

虽然松了一口气，但江随舟还是想不通，霍无咎为什么拒绝娄将军。这日散席之后，他便思考着这个问题。

霍无咎自酒楼后的暗巷中蹿上马车，就见江随舟坐在车上若有所思。

"想什么呢？"霍无咎问道。

江随舟脱口而出："你为什么拒绝娄将军啊？"

霍无咎有些莫名其妙："这还能为什么？不想呗。"

"可是娄小姐她……"江随舟的话说到一半，才觉出不妥。他连忙刹住了话头。

却见霍无咎疑惑地问道："她怎么了？"

"她挺好的啊。"江随舟含糊道。

却没想到，霍无咎一听这话，脸上竟露出了不高兴的神色来："她好什么啊？"

江随舟立刻听出了他的语气很冲，连忙转头看去，就见霍无咎皱眉端坐在那儿，满脸不快。

“说漂亮也就那样，成日里又像个男人似的。脾气还差。你当她和颜悦色对你是因为她是个好人？她七八岁时就追着魏楷打，咋咋呼呼的，想想就让人头疼。我就从没见过……”

江随舟从没听过霍无咎语速这么快、连珠炮似的说话。还是说人的坏话。江随舟向来不会背后说人是非，听霍无咎这么说，也有些面红耳赤，连忙阻拦道：“好了好了，知道你不喜欢她，少说两句。”

却见霍无咎半分不退让，看向他时，眼中竟有两分咄咄逼人：“我当然不喜欢她。所以你也把眼睛擦亮一点，别看上她。”

这下，轮到江随舟莫名其妙、满脸诧异了：“你说什么？我当然没有对娄小姐起非分之想啊！”

这话音一落，一时间，两人对视着，都不出声了，只剩下摇摇晃晃的马车发出的辘辘声响。

片刻后，江随舟不由自主地笑了一声：“你怎么会这么觉得？”

就见霍无咎张了张嘴，像有点心虚似的，转开了目光：“你不是还觉得我喜欢她吗？”

“你们二人毕竟自幼一起长大……”

“我和魏楷还一起长大的呢。”霍无咎道。

江随舟“扑哧”一声笑了出来。

霍无咎皱起眉，不满地道：“你笑什么？本来就是。一起长大我就得喜欢她了？”

江随舟闻言笑着直点头：“好了好了，知道了。”

霍无咎这天回到房中，先把魏楷叫到了房里。

“我发现了一件事。”霍无咎神色严肃，“但尚不确定。”

魏楷手中正好拿到了一封重要信件，听见霍无咎这么说，立刻抖擞了精神，跟着露出了肃然的神色：“将军请说。”

却见霍无咎沉吟片刻，轻声道：“我怎么觉得，靖王他对我有些关心？”

魏楷浑身紧绷的神经，顿时极其无语地松懈了下来。却见将军在灯下面容冷峻，如临大敌，若他没说那句话，任谁都会以为，他在思量军机大事。

“将军。”魏楷迟疑着开了口，只好先拿手中的密信搪塞过去，“将军不如先看看这个。府外的弟兄加急送来的，刚才送到，说里头的事情要紧得很，务必第一时间让将军过目。”

霍无咎皱眉看了他两眼，神色有点不快，还是将那封信接了过来，打开来看了。便见信上说，庞绍的儿子庞炜今日被庞家送出了城，一路往南方去了。这本来不是一件大事，但庞家此番下了大功夫，不仅暗中将人送走了，还派了许多人，严严实实地护住了他。这便是事出反常了。

霍无咎将那信从头到尾看了几遍，继而道：“派人跟着，看他是到哪儿去、做什么。”

魏楷应下，接着道：“将军您看出了什么？”

霍无咎拿着信，皱眉道：“光凭这个当然看不出来。但庞绍这些日子紧盯着娄钺，又派了人到岭南去。如果他儿子也是往岭南送，那肯定是他在那边已经有什么收获了……”

却在这时，门被人从外面推开了。

二人回过头，便见江随舟带着孟潜山站在门口。

廊前的灯笼下，江随舟站在那儿，衣服都没来得及换下，在灯光之下，竟然显得脸色有点苍白。他站在那里，看着霍无咎，手里拿着个东西，却没动。

霍无咎的眉头立刻皱了起来：“怎么了？”

霍无咎急急地往前走了两步，忽然又想起了什么，懊恼地回过身去坐回了轮椅上，摇着轮椅飞快地到门口，一把将江随舟拽了进来，继而关上了门。

便见江随舟的嘴唇颤了颤，手里紧紧地握着那东西。是一卷极小的纸张，一看就是飞鸽传来的书信。

“出事了。”江随舟的声音有些发抖，面上尽是茫然之色。

这是霍无咎第一次见他这样。霍无咎只觉心都被攥在了一起，难受得紧，还喘不上气。他立刻从轮椅上站起来，先不由分说地拽着江随舟，把江随舟拽到了旁边的榻上坐下，这才一把拿过了江随舟手里的东西，展开来看。

纸上寥寥数笔，却赫然写着：“方兆和已反。”

霍无咎看向江随舟。便见他抬起头，面色发白，轻声道：“方兆和已到岭南，拿着庞绍的银子，策反了娄将军留在岭南的将领陈钧，陈钧如今统领着庞绍留在岭南的三十万兵马，若陈钧能成事，这三十万兵马就会是庞绍的了。”

霍无咎沉下眼睛：“若主将已反，那么手下那些兵马，也不难统御。上领旨意，再将命令改头换面地去骗手下的兵，领着去打仗，再容易不过。”

“那么……他必能成事。”江随舟道。

“所以今日，庞绍将庞炜送出城，就是到岭南接应的？”霍无咎问道。

江随舟片刻后才哑着嗓子开口：“什么？他把他儿子送出去了？”

霍无咎点头：“那他定然是要动手了。”

江随舟深吸了一口气，接着说道：“我手下的人探到，如今入夏，岭南已出现蝗灾。但方兆和隐瞒不报，甚至半点抚恤都无。若我没有猜错……他是想借天灾乱岭南，待流民四起时，便伪造出起义的情状，领兵打进临安。到时，是称帝，还是拱卫新帝，都只看庞绍怎么想了。”江随舟虽然努力地想要表现得平静，喉头却发紧，根本掩盖不住声音的颤抖。

霍无咎的眉头越皱越深，垂眼思考起对策和胜算来。

却在这时，江随舟停顿了一下，又开口了：“怪我。蝗灾起得快，要不了半月，恐怕庞绍就要起兵了。是我非要挑拨庞绍和江舜恒的关系，将庞绍逼急了，他才会出此下策，要鱼死网破。此番非但岭南受灾，整个南景都要生灵涂炭，全都怪我……”他的声音渐渐带出了两分哽咽。

霍无咎不知道江随舟这样的自责是从哪儿来的，他光知道，这傻家伙将全天下都压到自己身上，会撑不住的：“不怪你。再说了，有我呢，怕什么？”

“但是……”江随舟的声音有些嗡嗡的，“要不得半月，南景便要乱起来，甚至即便此时围城杀了庞绍，也难挡他的计划。”

却听霍无咎沉吟了片刻，像是做下了什么决定：“我有办法，弄得来兵马。信不信我？”

江随舟片刻没有说话，也没动。

却听霍无咎似有些不耐地“啧”了一声，语气竟多了些轻快，像是真的什么都不怕似的：“问你话呢。”

“可是……”

“没有可是。”霍无咎说，“你只管说，信不信。”这全然是在胁迫了。

江随舟停顿了一下，心不甘情不愿地低声道：“信你，好了吧？那你接下来怎么打算……”

“这你就别管了。”霍无咎说，“既然相信我，就回去睡觉。”

江随舟道：“可方才是你逼我说的……”

“回去睡觉。”霍无咎重复道，“我出去一趟，明早睁眼时，我就给你答复，可好？”

霍无咎好说歹说地将江随舟骗了回去，接着便带上魏楷，直奔娄钺的将军府。他根本没有在江随舟面前表现的那么气定神闲。

他闯进了娄钺的府邸，直奔娄钺的卧房，将已经入了梦乡的娄钺一把拽了起来。娄钺正睡得迷迷糊糊的，便见霍无咎人高马大地站在他的床前，毫不客气地骂道：“还睡？庞绍老贼都端了你的老窝了，还睡！”

娄钺只觉得是发了梦魇，直到闻声赶来的娄婉君匆匆点起了灯，将房中满脸焦急的魏楷和直在房中兜圈子的霍无咎照了个明明白白，他才意识到这是真的。

“怎么了？庞绍什么？”娄钺连忙翻身坐了起来。

“靖王才得的线报，庞绍派去岭南的那个方兆和，已经把你留在岭南的那些兵马策反了！”霍无咎道，“要不了半个月，他们就能找到由头，打到临安来了。”

娄钺更觉得自己是在做梦了。

“庞绍图什么啊！”娄钺急道，“皇上这般听命于他，他还不满足？”

霍无咎无暇解释这些时日以来庞绍与江舜恒渐深的嫌隙，只言简意赅地道：“表象而已。庞绍如今怕是想一箭双雕，一则清除敌党，二则改朝换代。”

娄钺吓蒙了。

“那如何是好！”娄钺道，“即便你在，这五万兵马想要与我那三十万大军对抗，简直是杯水车薪！更何况岭南到临安并不远，沿路又全是州郡市镇，哪里是能打仗的地方！”到了那时，即便赢，这仗也要拖个一年半载，到那时，要死多少人？娄钺不敢想。

“所以，要先下手为强。”霍无咎道。

娄钺忙问道：“你有办法了？”

霍无咎沉吟片刻。

“冒险而已。”霍无咎说，“为今之计，只有借北梁的兵了。”

娄钺听到这话，便知他已经与北梁有所来往，顿时松了一口气。

“那便好。”娄钺说。

却听霍无咎说道：“但是，我要借你些兵马，要轻骑兵，脚程快的，越多越好。”

娄钺不解：“为何？”

霍无咎看向他，声音沉沉的：“北梁之人，也不可尽信。”

娄钺一惊："你是说……"他迟疑着说不出话来。他原就有些没想到，以霍无咎的本事，怎么会轻易被人俘了去？要么就是南景提前有所准备，要么就是霍无咎身后……有人背叛他。霍无咎既这么说，想必便是第二种了。

便见霍无咎点了点头："猜测而已。"

一直在旁边静静地听他们二人对话的娄婉君不由得皱眉道："那你去，岂不是去送死？"

"所以我要带兵。"霍无咎说，"需要你这几日向江舜恒提议，随便找点借口，往江岸处送些兵马。数量不多，他不会拦着你。届时我引兵前去，埋伏在南岸，他们若掉以轻心，便可先擒贼首，其余兵马，便任我调度了。"

娄钺却道："可是，你怎么就确定他们会带兵渡江而来？"

便见霍无咎抬头看向他："他们定然会来。"

旁边，娄婉君沉吟着道："他们若要助你，便一定会来；他们若想杀你……也不会放过机会，对吗？"

霍无咎缓缓地点了点头。

娄钺想了许久，深吸了一口气："我便按你的安排行事。"

却听霍无咎道："还有一件事，你一定要做好。"

娄钺问道："什么？"

霍无咎看向他："我此去生死未卜，京中也不见得就太平。庞绍紧盯着靖王府，江岸若是打起仗来，京中也不会没有声息。"

娄钺点头。

"你手中剩下的兵马，定要将皇城守住，不可放出任何一个要紧的人。"霍无咎看着他说。

娄钺应声："这你放心，但你需快去快回。周遭郡县都有守军，届时若驰援临安，也不见得能守住多久。"

霍无咎点了点头，接着道："还有靖王。"

娄钺不解："靖王如何？"

霍无咎看着娄钺，目光沉沉，前所未有地肃然和认真："保护好他。他如果被伤到分毫，我要你的命。"

第二日一早，朝阳升起，临安城中仍旧一派安详富丽，半点不见暗潮汹涌。

朝堂上也是一样。

娄钺仍旧爱闹事，而且还改不了他指手画脚的性子。前两日弹劾完了庞绍，今日又大肆批评大景北境守备空虚，以为依傍大江的天堑就可高枕无忧，实则外患难平。归根结底，就是庞绍懒政，说不定还有侵吞国帑之嫌。

江舜恒总听娄钺骂庞绍，时日久了，不仅厌烦庞绍，也厌烦了娄钺。

江舜恒被娄钺的大嗓门吵得头痛，干脆道："所以，娄卿想要如何？"

娄钺腰背挺直，声如洪钟："当然是要加强守备，以备不虞了。"

江舜恒只觉头疼。他虽然每日只晓得风花雪月，却也清楚自己兜里有多少银子。这些银子要养他宫中的美人，养他富贵优渥的生活，还要养他围场里的珍禽异兽，哪儿有钱再去养些没用的兵马啊？

江舜恒挥了挥手，道："那就从爱卿你的兵马里出吧。城外不是正有你五万兵马吗？拨出五千来，先送去好了。"

娄钺面露不悦："可是……"

"没有可是。"江舜恒半点不妥协，"朕也变不出兵马来。反正你的这些人马，早晚是要送到有用的地方去的，如今送去，还省你些粮草钱。"

娄钺讷讷地不说话了。这事便就这么定了下来。

城外热火朝天地点起了兵，而靖王府内，江随舟也知晓了霍无咎的计划。

但霍无咎没全告诉他。霍无咎只说，他飞鸽传书，给江北的守军李晟送去消息。再过数日，李晟便会点好十五万兵马送过江来。

霍无咎此番，便是随娄钺手下的兵马前往江北，将那十五万大军拿到手里。此后，便由娄钺围城，他带兵增援，待二十万人马围住临安之时，便是庞绍与江舜恒身死之日。届时，他们便可快速拿下临安，再疾行至岭南，将那三十万人马堵在岭南，剿杀庞绍之子和叛将。届时，整个南景，便会落入他们手里了。

江随舟思来想去，也看不出这个计划有什么破绽，但是……他心下却总有点不安。既然霍无咎调兵那么容易，为什么之前没有想出这么简单的计策？既然他已经行动自如、没人能抓得住他了，他为什么还要潜入娄钺手下的那五千兵马呢？他心下总有些疑虑，越到霍无咎启程的日子，便越不安心。

一直到临行前一日，江随舟从衙门里回来，已经要入夜了。他回了安隐堂，却没往正屋走，在院中停了一下，还是往霍无咎的房里去了。

霍无咎正坐在那儿，看着魏楷清点行装。他们要带的东西不多，收拾起来也轻松。看着江随舟进来，霍无咎抬头看向他，便冲他招了招手。

“来。”霍无咎说，“什么事？”

江随舟道：“我就是来看看……”

霍无咎起身过去给他倒茶，却被江随舟止住了动作。他抬头看向霍无咎，沉默片刻，还是道：“我还有些不放心……”

霍无咎笑了笑，轻松道：“不放心什么？二十万人呢，即便庞绍手里的兵再多出一倍来，也没什么怕的。”

“但我怕的是……”江随舟皱眉，“我只是猜测，但是，梁朝的兵马，能否全然相信？”

霍无咎微不可察地停顿了一下，但转瞬他笑了两声：“那些兵，全是霍家的，有什么不可信的？别多想。”

“可是……”

却看霍无咎懒洋洋地觑着他：“怎么，闲来无事，就要乱想了？”

江随舟张了张口，正要反驳。却见霍无咎抬手，将他的手腕一拉，接着朝魏楷一扬手，权当示意。

“行了，别多想，带你找点事干。”霍无咎说。

江随舟忙道：“干什么去？”

“娄钺今晚要在城外犒军，带你去看看。”霍无咎说。

江随舟没想到，霍无咎直接将他带到了城墙上。

天色暗了下去，城墙下的士兵营帐中点起了火，而城墙之上漆黑一片，什么都看不到。霍无咎颇为熟练地寻到了一处守卫的死角，便带着江随舟踏着墙壁，纵身跃上。

临安的城墙很高，将城内城外隔成了两个世界。城内是繁华一片的满城灯火，而城外，则散落了一地亮堂堂的营帐。

霍无咎带着江随舟在城墙的边缘坐了下来。江随舟低下头去，便能看见一片热闹。这热闹与城中是不同的。将营帐照亮的是地上的火堆，冒着腾腾的热气。围在火堆周围的士兵的声音都不小，说笑吵闹着，倒像是被火焰炙烤得沸腾起来了一般。他们席地而坐，酒坛和饭菜都这么放在地上，酒肉的香气随着腾起的热气一起升了起来。

江随舟一时眼都有些直了。

“倒是热闹极了。”江随舟说，“他们日日如此吗？”

“因为明天要开拔，所以今天会这样。”霍无咎在旁边说道，“是军中的规矩。”他像是总在城墙上坐着一般，分明脚下悬了十余丈的空，腿却闲适地晃来晃去，甚至另一条腿抬起来，踏在了城墙的边缘上。

反倒是江随舟颇为紧张，被霍无咎扶着坐下，便不敢再动了。

“此后便是连日的奔波辛苦了。”江随舟说着，看向霍无咎，“你明日也同他们一起？”

霍无咎将胳膊往膝头一搭，侧目看向江随舟：“娄钺已经送来了两套戎装，明日我和魏楷便会潜进去。”

“那他们难道不会发现？”江随舟问道。

“领兵的是纪泓承。”霍无咎说，“可靠，你放心。”

江随舟点了点头。

便听霍无咎说道：“倒是你。我虽然来回会快些，娄钺也在城中，但你要小心，别让庞绍发现了。”

江随舟应声：“好。”

霍无咎又说：“我城中还有些人，此后便由他们保护你。明日我有个属下会入府，你不必管他，他自己知道该怎么做。”

江随舟点头。“所以……”他看向霍无咎，“真的不会有危险？”

霍无咎低头看着江随舟。他不敢说实话。他不知道对方到底会带多少兵来，又会怀着怎样的心思、派来什么样的将领。这些都不是他能确定的，甚至他都无法断言究竟有几成胜算。他唯一确定的，就是他无论如何，都不会让江随舟独自置身险境太久。

霍无咎笃定地说道：“只要你不出事，就是安全的，放心。”

江随舟看着霍无咎。如果说他还是几个月前的他，他绝不会有半点担心。霍无咎是谁啊？大梁“战神”，向来战无不胜。即便他马失前蹄一次，也绝不会有第二次，在他面前，没有什么是有问题的。但现在……霍无咎不是那个被赋予了“神格”的将军。

许久之后，江随舟缓缓地开了口：“那你一定要说到做到，不能骗我。”

第二日一早，城外的军队便开拔了。

霍无咎的行踪颇为隐秘，动作也很快。江随舟一早起身赶到霍无咎房里时，坐在轮椅上的，已经不是霍无咎了。

是个身量与他差不多高的年轻男子，见到江随舟进来，那人上下打量了他一番，便利落地站起身来，朝着江随舟拱手道："这位就是靖王殿下吧？属下聂尧，特奉将军之命保护王爷。"

江随舟愣了一下，才找回声音道："他已经走了？"

聂尧道："一个时辰之前，属下便将将军送出城了。"

江随舟垂下眼，片刻后低声道："这么早啊……"

聂尧点了点头："是。将军特意吩咐过，不要打扰您休息。"

江随舟冲聂尧笑了笑，不知怎么，嘴角有些沉，笑得有点勉强："知道了。你只安心待在这里就好，我已经吩咐过了孟潜山，衣食都不必你操心。若有什么事，我定会来找你。"

聂尧拱手应了一句，江随舟便转身出去了。

房门合上，六月初夏的早风吹在身上，分明是柔和的，江随舟却觉得有些凉。他转过身去，看向紧闭的房门。他竟然没有察觉，许久以来，这是霍无咎不在他身边的第一日，竟这般让人不习惯。他转身，若无其事地回了主屋。

霍无咎替他安排得极其周全。

娄钺在朝堂上虽然仍旧跟往日一样横行霸道，但暗中却在配合着他，演一副虽看上去强硬、实则已经被庞绍一步步架空的外强中干模样，时不时还表演一番无能狂怒。

有娄钺转移庞绍的注意力，倒是让江随舟行事方便不少。他派人严密地监视着庞绍的一举一动，也时刻探查着庞绍是否有异动。

果真，庞绍这些日子忙得很。除了顾着料理娄钺，还有不少城外来的事要他忙，每日消息往来，反而顾不上江随舟了。

江随舟知道，一定事关岭南。而在庞绍的众多消息中，他也探查到了一二。

岭南蝗灾之势已经渐渐大了，风声却是一直被按住的。庞炜已经到了岭南，只等寻到机会煽动起百姓，便可就势起兵了。

这也足见，方兆和是真不清醒。单几条零星的消息，江随舟便看出，庞绍根本没想让方兆和活下去。蝗灾、贪墨、隐瞒不报，这些罪状叠在一起，定然能要方兆和的命。届时岭南起兵，危及临安，待到江舜恒身死，庞绍装模作样地“镇压”住叛乱，便一定会兴师问罪，要了方兆和的脑袋，好让他来背锅。但此时的方兆和，却只顾着替庞绍办事去了。

江随舟严密观察着庞绍的一举一动，而不过七八天时间，娄婉君已经偷偷跑到他府上好几次，也都不是有事找他，只闲着同他说话。

几次下来，江随舟终于忍不住将疑惑问出口了。正好是个夜晚，他在灯下整理消息，娄婉君坐在不远处的椅子上，百无聊赖地喝茶吃点心。

“这几次，究竟是谁让你来的？”江随舟问道。

娄婉君停顿了一下，笑眯眯地说道：“我自己想来呗。在家待着没事干，倒是你这儿好玩。”

江随舟不由得笑了起来：“我这里有什么好玩的？说吧，是不是霍无咎？”

娄婉君闭着嘴，想了一会儿，还是承认了：“你怎么知道的？”

江随舟笑了笑：“只是有些感觉，没想到猜对了——他让你来做什么？”

娄婉君往椅子上一靠：“担心你吗。我也不知道这太太平平的有什么好担心的，不过，他对我爹放了狠话，我爹也不敢不从，便只好派我这个闲人来，日日看看你府上可有什么危险，好保护你呀。”

江随舟只觉这个法子笨得很。片刻后，他无奈地笑了笑：“真是的……”

而此时，长江的江面上，隐约倒映出了漆黑的影子。自江北而南，数条船只如同潜在夜色中的巨兽，缓缓地渡过宽阔的江面。船上没有点灯，只有靠得很近了，才能隐约瞧见黑黢黢的巨影。

一条接一条的船只靠岸了。船上无声无息地下来了不少士兵，穿着浓黑的铠甲，在夜色中只偶尔泛起一星冷光。渐渐地，士兵陈列在江岸，数量之众，竟有上万。

而这么多人，竟然分毫没有被察觉。领兵的将领自然知道是怎么回事。李晟坐在战马上，静静地向南看去。他知道，魏楷早给他传过信，说此处的守将已经被娄钺买通，今日不会出现在此。所以，此时这片江岸，已经只有他手里的兵了。

除此之外，还有一个他领命要杀的人。他身后这一万多人马，不过是引君入瓮所要用到的诱饵。这些兵自然什么都不知道，还以为是来给霍将军报仇的。而只有他和那数十个早已潜伏在周围的精锐知道，今夜，是来杀霍将军，替太子殿下永除后患的。

李晟静静地等着。就在这时，远处的一片林中，传来了一个声音。

“李晟？”远远地传来，是霍无咎的声音。

一时间，李晟身后密密麻麻的将士都有些兴奋了，隐隐发出闷闷的声响。李晟冷眼往后一瞥，便见他周围的数十将士，皆是蓄势待发，等在那里。

李晟冷冷地一笑。凭他霍无咎多有威望，今日都要被马蹄踏成血泥。而他身后这些兵，也只能敢怒不敢言，毕竟他身后站的，可是太子殿下。

李晟收回目光，扬声道：“将军，正是末将！”说着话，他微微一摆手，示意周遭的将士准备。他的话音落下，没一会儿，林中便传来了细微的声响。一个身量高挑的人骑着马，自林中飞奔了出来，迎面朝着李晟的方向来了。

李晟抬手。下一刻，数十支箭如猎鹰破空，骤然撕裂了夜晚的平静，朝着那虚影扑去。那马上的人根本躲闪不及，骤然中了数箭，随着中箭嘶鸣的战马一起，重重地摔在地上。

李晟的眼睛一亮。成了。

列阵的将士们都傻了眼，一时愣在原地。而李晟周遭那数十将士，则牢牢地将李晟护在了中间。

李晟举起了手里的卷轴。

“本将军奉皇上圣旨，特来诛杀反贼！”李晟说道，“叛将霍无咎，早已投靠南景！若不杀之，他日必成我大梁后患！”

那卷轴在夜色下泛着微微的金光。周遭将士如遭雷击，谁都不知今晚的变故究竟是怎么回事。但那圣旨举在李晟手里，纵然他们不知真假，却也不信李晟真敢假传圣旨，这么堂而皇之地将霍无咎杀了。

一时间，列阵的将士纹丝未动，唯有那一人一马，倒在空旷的荒地上。

李晟见状，满意地收起那卷轴，在周遭精锐的护送之下，骑着马，往那尸体处走去。只要确认了霍无咎已死，他的任务便完成了。今夜之后，太子殿下便不必再为霍无咎还活着而寝食难安，更不会再因为霍无咎在庞绍手里，而受庞绍胁迫了。一切都会尘埃落定。

李晟的脸上忍不住露出了大事将成的愉悦，他走到近前，由旁边的将士点起火把，想看看霍无咎的死相。

火把照亮了周围。地上却只有一匹死去的马。马背之上，竟是一只草人。

下一刻，利箭破空，直钉入了李晟的咽喉。那剑准头之稳、力道之重，竟生生穿透了他脖颈的颈骨。顿时，鲜血四溅，李晟瞪圆了眼睛，连嘴角的笑容都没来得及收回。

银光乍现之间，李晟看见了在树林边缘、骑在马上、神情冰冷的霍无咎。手里的弓，还保持着拉开的动作。

下一刻，霍无咎收起弓，抽出腰侧的马鞭凌空抽了一鞭。随着一声清脆的鞭响，四下的黑暗里顿时响起了马蹄的声响。

马蹄声由远及近，自黑暗中策马而来的士兵便将仓皇四散的那数十精锐围拢起来。凡有稍敢动武器反抗的，便被立刻斩下马去，一阵急促的刀剑拼杀声后，那些人便被暗处涌来的士兵擒了个干净。

霍无咎骑着马，朝着大江的方向走去。夜色朦胧，没有月亮，便显得更加昏暗几分。数月之前，他也是在这样的一片夜色之中领军过江，结果本该与他一同过江的数十万兵马，却纹丝未动，只留下他领着寥寥无几的士兵，被南景的守军团团围困。这是他有生之年打的第一次败仗。

霍无咎怀疑过，是自己制订的战略太过激进，又或者是自己的部署出现了纰漏。他向来有些自负，此时也想方设法地想将这些错处揽在自己身上，而不去想……

是自己的霍家军，在自己背后捅了一刀。霍无咎走上前去，停在李晟的尸体前，低着头，在昏暗的夜色中打量着李晟。李晟的死相极难看，圆瞪着眼睛，鲜血已经将周遭数尺见方的土地染红了。

霍无咎却像看一只被射死的动物一般，目无波澜。

“将军……”身后，魏楷有些担心地出言道。

却见霍无咎收回了目光，脸上仍旧没什么表情。

“去点兵。”霍无咎说，“看看李晟带了多少人马来做诱饵。”

魏楷知道霍无咎难受，见他这番若无其事的模样，便更有些担心他。

魏楷抿紧嘴唇，低声道：“是。”

魏楷掉转马头，刚走了两步，便听见霍无咎说道：“凡有稍敢反抗者，杀。”

魏楷抽了抽鼻子，低声应道：“是。”

魏楷刚走远，纪泓承手下的兵马便已经将人押了上来。死的为多，此时也只留下了几个活口。

霍无咎端坐在马上，垂下眼，看着被押着跪在地上的几个人，声音平静地问道：

“是谁指使李晟的？”

其中一人费劲地抬起头来。他看见高大的马上，端坐着个高大的人，此时挎着箭，背着弓，手里握着一根马鞭，闲闲地在手里甩，带起细微的风声。那马鞭分明没有落在他身上，却让他毛骨悚然。这是他第一次正面看见霍无咎。

他自从参军开始，便一直在霍玉衍将军手下，那就是太子殿下。与势如破竹、无往不利的霍无咎一脉相比，太子殿下温厚谨慎，用兵也向来思量再三、步步为营。

自打霍无咎接掌他父亲麾下全部兵马那一日起，他们便活在了霍无咎的阴影里。世人皆道霍无咎是百战不殆的“战神”，谁又看得见太子殿下为他们日日思虑、通宵达旦的辛苦呢？但是，当时也便罢了，行军打仗，要紧的是性命和胜负，而非这些。但如今，大梁已经立国，登基的也是如今的陛下，再让太子殿下活在一个武将的阴影里，那便要后患无穷了。

今夜，他们知道实情的这些人，都是太子殿下最为倚重、最为信任的人。他们自然不可能做出任何出卖的事。那人看着霍无咎，咬紧了牙，什么都没说。

却听霍无咎缓缓地接着开口道：“霍玉衍让他干的？”

旁边，立刻有个士兵高声道：“非也！太子殿下什么都不知道，是李将军早就忌妒你，想要除掉你罢了！”

霍无咎冷笑一声。

“忌妒我？除掉我？”霍无咎像是听见了什么笑话，“他是谁，凭他也配？”

说着话，霍无咎单手握着缰绳，马匹乖顺地往前走了两步。

“没有霍玉衍的旨意，他敢假传圣旨，敢带兵渡江杀我？也不必你们在此跟我打马虎眼，我早知道，今天，不过是想在你们临死前，听你们亲口承认一句罢了。”

马匹在众人面前缓缓地踱着步。

其中一人听霍无咎这般轻慢的话，渐渐憋红了眼睛。他沉不住气，开口大声道：“霍将军既然被俘，何故还苟活于世？你若真为了大梁的江山社稷好、真将太子殿下看作亲兄弟，就该早些自裁，让他安心，何必让他亲自下令！你居功自傲，真当大梁没了你便不行了吗！反倒有你在一日，皇上和太子，便都不得安寝！”

缓缓踱步的马停了下来。霍无咎垂下眼，直看向他。这人恐怕不知道，霍无咎刚才那番成竹在胸的话，不过是诈一诈他们罢了。

没想到，不光诈出了真相，还诈出了这番……这么令霍无咎惊奇的话。

旁边的纪泓承都听不下去了。飞鸟尽、良弓藏，凡是武将，心里多少有数。但是……若无霍无咎，谁有本事将这般国库丰饶、如日中天的景朝打成如今这副苟延残喘的模样？须知十年前，景朝皇帝虽然昏聩，但先帝留下的基业，离被败光还早着呢。如今，他们竟然这般忌惮霍无咎，急着要将他害死……那可是他的亲叔父，他能够互相交托后背的堂兄。

“霍将军……”纪泓承见霍无咎半天没说话，紧张地上前道。

却见霍无咎抬起了握着马鞭的那只手，示意纪泓承住口。纪泓承闭上了嘴。

便见夜色下，霍无咎缓缓地露出了个笑容。没什么异样，却带着几分说不出的苦涩和讽刺。

“说得好。”霍无咎说。说完，他面色一寒，单手扯着缰绳，足下一踢，策马朝着大江的方向远去了。

“全部俘虏，杀。”

这夜，大江波涛汹涌。

霍无咎清点了江边的一万兵马，竟是肆无忌惮地一扬鞭，让魏楷立刻提着李晟的人头，带人渡江，领自己的口谕，将守在江北的全部将士，连夜送到江南来。

来往的军船，一夜都没停。

而在江面之上，一只不起眼的灰鸽飞过大江，在四更天时，飞到了临安城里。

天际泛白时，两匹快马拉着一辆不起眼的马车，飞快地踏过渐渐淡去的夜色，踩过空无一人、染满晨露的青砖街道，停在天枢门外，将一封急信递过了紧锁的宫门。

片刻之后，天枢门打开了一扇角门，马车上的人匆匆下车，快步行了进去。随着厚重的声响，角门关闭，整个富丽堂皇的皇城，又成了一只鸟都飞不进的铁牢。只剩下那辆马车，静静地停在天枢门外。

宫门每天到了时辰都是要落锁的。官员想要在夜里入宫觐见，只有手中有十万火急的急奏，从离皇上住所最近的天枢门递进去，才有机会在夜里面圣。

这还是江舜恒登基之后，第一次被急奏在夜里吵醒。他被披上衣袍请到龙椅上，靠坐在那儿，还在打瞌睡。他昨晚跟新入宫的两个嫔妃闹得晚了些，这会儿才刚睡下。片刻后，他看见了疾步而来的庞绍。

庞绍“扑通”一声，在龙椅前跪了下来：“臣曾有一件极重要的事隐瞒了皇上，如今东窗事发，是臣的错！”

江舜恒满脸不解，将到嘴边的哈欠憋了回去，问道：“什么事？”

“霍无咎逃了。”庞绍咬牙说道，“臣与北梁储君霍玉衍一直有往来，他的手下今日发来急信，说霍无咎已引北梁兵马渡江，恐有十万之众。”

江舜恒的眉头皱得死紧。庞绍说的每句话他都能听明白，但合在一起，却让他感到迷糊了起来。这都什么跟什么？一夜之间，怎么就突然发生这么多的事？

便见庞绍拿出自己手中早准备好的几封与霍玉衍来往的信件，放在江舜恒的御案上，飞快同他解释了起来。

“霍无咎渡江之前，霍玉衍便找到了臣。他想要霍无咎的命，却不敢自己动手，便说要把霍无咎骗来，想借臣的手杀了他。臣本欲杀霍无咎，却又临时改了主意，将霍无咎活捉，就是想借此牵制霍玉衍——毕竟臣随时都能将霍无咎完好地送回去，重新威胁他的太子之位，因此霍无咎在我大景，霍玉衍便也不敢妄动。”

却见江舜恒还一副没睡醒的样子，又问道：“这就是你跟朕说，留着霍无咎的命有用？”

庞绍看着江舜恒这副迟钝、窝囊的样子，只觉厌烦。若不是事出紧急，需要拿他的圣旨去搬周围郡县的兵马，他才不会到这儿来给这个废物汇报这些。他嘴里的话，也六分真四分假，他自然不会告诉江舜恒，自己这几个月，早靠着霍无咎，源源不断地骗来了霍玉衍十数万两银钱了。

庞绍咬牙：“是的。但如今霍无咎脱逃，不时便会危及临安。臣请皇上的圣旨，立刻着人去周围郡县借调兵马，保护皇上的安全。”

江舜恒这才吓醒了一半。

“快去，那快去。”江舜恒说，“可是，霍无咎是怎么跑的呢？”

庞绍咬牙切齿：“自然是靖王放走的。从临安赶去江边，再快的脚程也要三五日。这些时日下来，靖王府风平浪静，定然是在给霍无咎打掩护。”

说到这儿，庞绍一抱拳，跪地道：“皇上，您一定要将靖王捉拿看守住。他既然能替霍无咎打掩护，想必手中会有霍无咎不少的消息，甚至或许捉拿了他，还有牵制霍无咎的可能。”

江舜恒却顾不上这些。

“这个病秧子倒是胆子大，敢通敌！”江舜恒咬牙切齿地说，“果真是贱人生的孽子，骨子里就是坏的！”

说着，江舜恒抬手便道：“来人！速去靖王府，给朕将那贱货捉来！”

却听庞绍拦道：“皇上，不可！”

江舜恒皱眉：“怎么？”

庞绍道：“靖王深不可测，此举恐会打草惊蛇。臣有一计，请皇上听听。”

江舜恒忙道：“快说。”

便听庞绍说道：“今日便有大朝会，皇上不如等他入宫之后，再将他留下。到时，他人在宫里，岂不是瓮中捉鳖？”

江舜恒一听，只觉有理。他松了口气，道：“就按你说的办。”

庞绍应是，便要退下。

江舜恒的瞌睡也被吓没了。他眼看着庞绍行礼后退，窗外，熹微的晨光隐隐透进来，和殿中的灯烛光亮融在了一起。

江舜恒忽然开口：“舅父。”

庞绍停了下来。

便听江舜恒问道：“无论如何，舅父都会留在京中，保护着朕的吧？”

便见庞绍低头行礼，广袖高冠之下，看不清他的神色：“臣自会如此，绝不会弃皇上于不顾。

第八章　烈火

第二日一早，江随舟便上了马车，径直入宫去参加大朝会。他前一天晚上都没有睡好，一直到二更天才堪堪睡下，待天一亮，便又起身了。但他知道，这大朝会他非去不可。他一旦称病不去，宫中定然会派太医前来诊治。霍无咎在他的院中，是尽人皆知的事，若有外人来，一旦被看出端倪，便会露馅。他只得硬着头皮上了车。

马车一路晃得江随舟头晕，待到在开阳门下车时，清早的日头又照得他发晕。他皱了皱眉，拢起衣袍朝宫里走去。

按着大致的速度，霍无咎这两日应当已经抵达长江南岸了。但是他半点消息都没有收到，也不知霍无咎那边是否顺利……

江随舟一路走过开阳门内广阔的汉白玉广场，入了广元殿。他来的时间算很早的，但向来迟来的庞绍竟然已经等在殿中了。周围几个官员围着他说话，他却一副兴致缺缺的模样，像是有什么旁的心事。

江随舟敛眉，心下有了计较。庞绍反常，想必是做了，或是即将要做什么反常的事。不知道一会儿的朝会上能否听出端倪，若没有，还需要着徐渡再去探查……

江随舟正兀自思量着，却见庞绍看向了他。只匆匆一眼，从他身上滑过而已，但那道目光中带着两分意味不明的阴冷，让江随舟感觉背后发冷。

江随舟收回目光，心中隐隐生出了些不好的预感。难道是霍无咎的事已经被庞绍察觉到了？但他府上为何没有半点动静，也没见庞绍的人来探查。

江随舟看了庞绍一眼，又回过头，朝殿外看去。森严的禁卫军陈列在几重宫门周围，大臣零零散散地散在洒满日光的广场上，徐徐往广元殿来。此时他已入了宫，自然无法在朝会之前离开。只等一会儿早朝过了，他需要第一时间回去，看看究竟出了什么事。

半盏茶的工夫，朝臣便已经到齐了，静静地等在殿里。按照江舜恒平日的习惯，需要再等至少一刻钟，江舜恒才会姗姗来迟。

但这时，太监唱喝的声音响了起来。百官下跪参拜，江舜恒坐到了龙椅上。

江随舟心中的不安更甚了。事出反常必有妖，更何况今日，庞绍和江舜恒似乎都有些反常。

江随舟强压下心底的不安，却总忍不住走神去惦记霍无咎。这二人虽与平日不同，却四平八稳的，半点不见着急，难道是霍无咎败露，计划已经失败了？江随舟知道自己不该这般不信任霍无咎，却忍不住担心。他心下惴惴不安，总算熬过了朝会。

江随舟勉强松了一口气，随着文武百官一道行了礼。眼看着已有不少朝臣退出去了，他便也转过身，混入了朝臣的人群中。

却在这时，龙椅上的江舜恒开了口："五弟，你先等等。"

江舜恒脸上的表情如常，但江随舟心头却莫名有些不安。他略一思量，便借着因没睡好而惨白的脸色，咳了几声，哑着嗓子虚着口气，强笑着说："皇兄……臣弟这两日刚受了寒，怕将病气过给您，还得赶着回府吃药。"

却见江舜恒挪了挪身体，往龙椅上一靠："有要事。这事需要交给你办，旁人都不行。"

江随舟眉峰微动，问道："不知皇兄说的是什么事？"

便见江舜恒意味不明地静静地打量了他一番。

"还有一个多月，就是皇考的忌日了。"江舜恒神色冷冷的，静静地看着江随舟，说话语气也很生硬，"朕想着礼部为皇考办场祭典。五弟，如今皇考只你我两个儿子了，这些事，你也不愿意办吗？"

江随舟方才咳嗽了一通，此时面色惨白，却泛着不正常的潮红，瞧上去一副病恹恹的模样。他却在心中飞快思量了一番。江舜恒与他最大的嫌隙，恐怕就是来源于景灵帝的偏袒。江舜恒因为这事对自己冷脸，还硬要将自己留下，莫不是庞绍从旁劝说过？难怪今早庞绍的神色那般奇怪。这么想便是说得通了。

可是江随舟心下还存了疑影。他迟疑地看了江舜恒一眼，继而回过身，往殿外看去。朝会之后，官员们非诏是不可以在宫中逗留的，此时朝中的官员已经散尽了，远处的宫门前，竟然已经有侍卫和太监去关门了。

江随舟心下一惊。哪有宫门大白天落锁的!

却在这时，他听见了身后江舜恒的冷笑：“五弟要抗旨吗？也罢。来人，替朕请一请靖王殿下。”

四下竟立刻来了三四个人高马大的侍卫，将江随舟的后路团团封住了。

站在江舜恒身后的老宦官，皮笑肉不笑地缓步走下台阶，在江随舟的面前微微一躬身。

“靖王殿下，请吧？”那太监抬头看着他，笑得深不可测。

江随舟心下一凛，原本的不安，被骤然坐实了。他此时，已经孤身坠入了天罗地网之中。

娄钺离了宫，刚到府门口，便见娄婉君焦急地等在了门口。

“爹！”娄婉君迎上前来。

娄钺忙问道：“何事？”

娄婉君将一张字条塞进了娄钺手里。

“霍无咎来消息了。”娄婉君道，“刚才快马送来的。”

娄钺连忙将那纸条展开，便见上头龙飞凤舞、铁画银钩，正是霍无咎的字迹：“事已成，三日可归。速围临安，勿让庞逃脱。城中随时会有变故，务必护好江随舟。”最后几个字，写得极其郑重。

娄钺深吸了一口气：“成了。”他说着，便要快步入府去。却见娄婉君一把拉住他的胳膊，问道：“靖王呢？霍无咎既然说了，您还是要快些将他接来，不如直接接到军中去，更安全些。”

娄钺点头道：“你说得是。为父需先去城外布兵，你立刻派人，去靖王府将靖王接走。”

娄婉君应声，转身便去门房处牵马。却在这时，府门口的屋檐上传来了一声细微的响动。娄婉君抬头看去，便见是一道人影，飞快地从旁边的深巷中窜出来，一个利落的纵身，便落到了她面前。

“什么人！”娄婉君一惊。

却见那人根本没在她面前停留，大步冲出去，一把拉住了匆匆便要出城的娄钺。

娄钺一转头，便认出这人是霍无咎留在京中的一个手下。

“娄将军，宫中有变。”他说。

娄钺眉心一锁："什么？"

便听那人匆匆道："宫门已锁，靖王殿下没有出来。"

娄钺一惊，转身便要往城外冲去。

娄婉君匆匆几步上前，一把拉住了他。

"父亲去哪里？"娄婉君问道。

娄钺急道："还能去哪儿？宫外此时还有兵马，若此时入城救人，或许还赶得上！"

说着，他不由得低声自责道："怪我方才走得太早，该等等靖王的！"

娄婉君急得眉头都拧了起来："是您带兵入城救人快，还是皇上杀人快？"

娄钺停在原地："那如何是好？"他一时急得没了主意。

却听娄婉君问那报信的人道："刚才庞绍可出来了？"

那人应声："早早便出来了。"

娄婉君咬紧了牙："父亲，如今，只能交换了。"说着，她一把从门房中扯出一匹马来，飞身而上。

"您快去城外，即刻封锁临安。我去庞绍府上，看看能不能活捉了庞绍。"娄婉君说，"即便不能互换，双方也有人质在手，皇上便不敢轻易杀人了。"

送进宫中的消息一条接着一条。

庞绍手下的人马，大朝会之后，便带着圣旨匆匆走了。却没料到，还没出城，这些人便被截下了。截下他的，竟然是娄钺手下的兵马。那四万余人马，竟然将临安城八道城门全都封锁住了，一时间，全城的百姓和官员都被围困在城里，便是一只鸟，也难再从临安进出了。

娄钺反了。江舜恒气得浑身发抖，只恨这莽夫居然也学会了造反。他想不出办法来，立刻便派人去了大司徒府，要他们火速去将大司徒请来商议对策。

却不料，应该在大司徒府的庞绍不知去向。府中只剩下一众下人和几个不得宠的姬妾和庶子、庶女，而庞绍本人，连同他的幼子与心腹，竟然都不见了。庞绍趁着方才封城的混乱，已经逃走了。

江舜恒在金殿中急得团团转，只等庞绍来替他解困，却没料到……他坐在龙椅上，听着匆匆归来的御林军的奏禀，片刻没有出声。

许久之后，江舜恒哑着嗓子开了口："舅父他定然是去给朕搬救兵了。也是，如今城里的人还能有什么用？只能找外头的兵马，才能解朕之困。”

周遭没人敢出声。片刻之后，他身边的宦官不由得开口道：“皇上……”

却听江舜恒深吸了一口气：“大伴，舅父答应过朕的，无论何时，都留在城里保护朕。为什么他会食言呢？”

旁边的太监说不出话。

便听江舜恒笑了：“朕等着。舅父不会不回来。更何况，娄钺那老贼不是只锁住城门，却没有更多的动静吗？朕就不信，娄钺敢带兵入皇城，敢动手杀朕。朕只管等着，等着舅父回来救朕。”说完，他站起身，谁也没招呼，兀自走了。刚走出去两步，他便踉跄了一下，险些摔倒，堪堪扶住了旁边雕着金龙的柱子。

“皇上！”周遭的宫女太监连忙迎上去扶江舜恒。

“皇上，您只管放心！娄钺此举，想必也是冲着大司徒去的，不会真对皇上您怎么样……”那老太监匆匆劝道。

却听江舜恒道：“闭嘴。”

老太监连忙噤了声。江舜恒垂着眼。他原以为，那妖妃死了，那偏心的父皇死了，他坐上皇位，舅父又对他那般好，他便不会再像往日那般，茕茕孑立，被弃而不顾了。但是，他没想到，他会有被他舅父放弃的一日。

“皇上……”老太监颤抖着声音开口。

却听江舜恒深吸了一口气。

“江随舟，是不是已经关进地牢里了？”江舜恒问道。

老太监忙应道：“是。”

江舜恒笑了一声：“那走吧。朕还要去同这位弟弟议事呢。”

江随舟方出大殿，便被那几个人捆了个结实。他已经料到是什么样的情况了。这些人实在多此一举。就他这样破败的身体，哪用得着这样五花大绑？即便放开他，他也是跑不出去的。

但是……他也算松了口气。能让江舜恒这般大费周章地捉拿自己，那就是霍无咎没落到他们的手中，而且已经成事，才让他们只得转头来捉拿自己。既然如此……至少霍无咎是安全的。

江随舟被人推搡着，一路竟行到了皇宫的偏僻处，进了一间看起来朴素、庄严的宫苑，继而被带进了一间深在地下的牢房。那牢房中似乎已经没活人了，腐朽味和血腥味却很重。那个味道有些熟悉，像是那日他初见霍无咎时，霍无咎身上的味道。想来这儿就是宫中关押重犯的地牢了。

江随舟不由得在心中苦笑了一声。江舜恒还真是看得起他。

这几个人打开了一间牢房的门，将他往里头一丢，锁上门便扬长而去了。江随舟摔倒在潮湿的稻草上，摔得浑身都疼，喘了口气，便开始打量起四下的环境来。阴森而腐朽，稻草和墙壁上沾着暗红的血迹。

江随舟早便听闻，凡入此地牢的，没有活过三日的。这么些年了，唯一的特例便是霍无咎，除他之外，再没旁人。

江随舟垂眼，叹了口气。想来他这副走几步路都费劲的破身体，是没有成为特例的机会的。到这时，他竟然已经平静了不少，并没有太多的惧怕。他本来以为他是怕死的，却没想到真的半条腿跨进鬼门关了，他反倒没那么怕，而是在庆幸，自己在朝堂上时一直担忧的事并没有发生。霍无咎是安全的，那就好。毕竟……他宁可自己被关在这里，也不想让霍无咎受一点苦。

江随舟又叹了口气。他闭上了眼。

不知道过了多久，地牢外响起了凌乱的脚步声。他睁开眼，便见已经有人来开牢门了。门一打开，旁人还没进来，便先有两个小太监匆匆搬着一把椅子，放在了牢房中，复又退了下去。

江随舟看见了绣着金龙的玄色衣摆。是江舜恒。他抬头看去，便见那个臃肿的胖子裹着龙袍，面无表情地踏进牢房，在那把椅子上一坐。不少太监、侍卫跟着涌进来，一时间，狭窄的牢房便热闹了起来。但是，直到所有人都进来了，也没见庞绍的身影。

江随舟看向江舜恒，便见江舜恒也在看着他。一时间，四目相对，两人皆是冷眼。

便见江舜恒往椅背上一靠。

“来人，”江舜恒懒洋洋地说道，“先给朕把他吊起来。”

江随舟隐约看出了端倪。江舜恒这番模样，分明不是来审讯的，更像来泄愤的。

侍卫的动作粗鲁极了。

江随舟被一把从地上拽了起来，紧跟着，便有绳索从梁上扯下来。江随舟身上狠狠地一疼，疼得他有些混沌的意识也骤然清醒了几分。

庞绍去了哪里？如今此处只剩下了一个江舜恒，庞绍不知去向，那么便只剩下了两种可能——要么是庞绍已经得知了霍无咎的计划和动向，前去捉拿他了；要么，便是大事将成，庞绍逃走了。

江随舟被勒得闷哼了一声，抬起眼，便看向了江舜恒。已经有侍卫将刑具搬上来了。

江随舟咬紧牙关，强迫自己清醒、冷静，继而冷冷地笑了一声："皇兄，你还真是看得起我这病秧子。"

江舜恒对上了江随舟的眼睛。

江舜恒死死地盯着江随舟，目光中全是掩饰不住的痛恨，恨得他脸上的神情都有了几分扭曲，颊上的肥肉细微地颤抖着。片刻后，他恨声道："江随舟，你很得意？"

咬牙切齿的，声音都发寒，一看便是被逼上绝路，已经是恨极了。这番模样，想必江舜恒与庞党的胜算，能有一两成都是看得起他们。

江随舟闭了一下眼睛，悄无声息地出了口气。这就好。这样，他便没有后顾之忧了。他落到如今这样的地步，已经是没有生路可言了。不过，既然双方都是穷途末路，对方又痛失了庞绍这样的左膀右臂，那他便可以试着赌一赌。就赌面前这个江舜恒，对他的舅父还存了几分奢望和亲情。

江随舟闭着眼轻声道："皇兄这话从何说起呢？"

"从何说起？"江舜恒喉中憋出了一声怪笑，从椅子上站了起来，"怎么，你处心积虑将霍无咎放走，不就是等着这一天吗？"

江随舟轻笑了一声："这倒是不至于的。也只是霍无咎允了我一些好处，让我同他各取所需罢了。"

"各取所需？"江舜恒像是听见了什么笑话。接着，他咬牙切齿，解恨一般地说道，"各取所需，会被他抛下，留在这里，等着朕杀你吗？"不知怎么，"抛下"二字，他咬得极重，像是含了什么无法宣之于口的仇恨和委屈一般。

江随舟却气定神闲地笑了起来："那自然不是了。我手里也拿了他的把柄，那东西是庞绍最想要的，庞绍不会杀我。"

说着，江随舟似乎有些疑惑一般，四下里看了一圈，问道："庞绍人呢？"

江舜恒看江随舟这副模样，有些不解地皱起眉。

"他走了。"江舜恒说，"怎么？"

江随舟闻言，却露出了诧异的表情，方才的淡定全然不见了。

"不可能！"江随舟道，"拿不到那个东西，庞绍绝不会罢休，怎么会走呢？"

江舜恒的眉头皱得更深了，心底里却有一块石头落地了。他心想，果然如此，舅父不过是亲自去给他搬救兵了而已，并不是抛下他逃了。即便不为了他，也会为了江随舟手里的那个物件的，不是吗？

便听江舜恒停顿了一下，问道："什么东西？"

江随舟闭口不言。

江舜恒有些不耐烦了。他舅父总是这样，什么事不到万不得已的关头，都不同他说，只说一切都有自己安排。他虽然乐得清闲，有时也会有些不悦，像是被排除在外，成了个局外人似的。他舅父如此也就罢了，靖王这个妖妃生的病秧子，却又是凭什么？

江舜恒面露不快，此时也不想再忍。他两步上前，紧跟着便一脚踹在江随舟的身上。他虽然常年纵欲，早亏空了身子，没什么力气，但那臃肿的身材摆在那儿。随着他全力的一脚，江随舟闷哼了一声，被吊起的身体也被踹得一个趔趄。

"朕在问你话。"江舜恒说。

江随舟却抬眼，挑衅地看向江舜恒。

"皇兄有本事，便今日就打死我。"江随舟说，"他日只待庞绍领兵回来，他想要的东西，也都烂在臣弟肚子里了。"

江舜恒死死地盯着江随舟。这东西虽说讨人厌得很，只要看见他，就能让人不由自主地想起不痛快的事。但他向来是收敛的，一直避着自己的锋芒，逆来顺受得紧。这是他头一次在自己面前，露出这般嚣张的模样。

恨得想立刻看着这人将此牢房中的十数种刑罚一一受遍，想将他千刀万剐，一片片地削下他的肉来。但是……不行。

江舜恒看着面前的江随舟。只是被在这阴冷的牢房里吊了片刻而已，这病秧子的脸色和唇色已经惨白了。这是个随时都要死的废物，即便这个废物此时一条烂命，他也不敢真的赌……即便有再多的嫌隙，他也不想让他舅父回来的时候，对着一具尸体失望。毕竟他舅父没抛下他不是吗？他母亲还在宫里呢，那可是他舅父从小最宠爱的妹妹。江随舟那里还有他舅父想要的东西呢，有这些在，他舅父不会弃他们不顾的……他竟无意之间，像是一个被孤立的小孩儿似的，捧出自己所有有价值的东西，只想换旁人多看自己一眼。

江舜恒紧盯着江随舟，眼睛发红，手都在抖。他想杀这人，却不能。片刻之后，他像是情绪终于掩饰不住了一般，劈手夺过旁边侍卫手上浸了盐水的鞭子，重重地一把甩在江随舟的身上。骤然一鞭落在身上，将江随舟身上厚重的亲王朝服抽裂了一道口子。即便江舜恒力气不大，那鞭子也在他身上狠狠地留下了一道血痕。

江随舟的眉心骤然拧紧，即便咬紧了牙，也没忍住痛哼的声音。江随舟这副模样极大地取悦了江舜恒。

江舜恒紧盯着江随舟衣袍破口处瞬间溢出的鲜血，面上扬起了扭曲的笑意，咬着牙又甩了一鞭在江随舟的身上。抽打皮肉的声音，在牢房中一声声地响起，血腥气渐渐弥漫开来，与牢中腐朽的血腥味混在了一起。纵然要不了他的命，也要让他好好吃一番苦。

若他在天上的父皇看得见，也好开眼好好瞧瞧，父皇对这废物自以为是的宠爱，可是能害死这废物的。

幸而娄钺用兵的速度极快，不过半个时辰，整个临安便被死死地封锁住了。

混乱之中，他竟然扣下了庞绍的马车。虽说庞绍带了不少武功了得的死士和手下，折损了他不少的士兵，却终归将庞绍连带着他夫人和小儿子，一并扣押了下来，严严实实地关了起来。

恰在此时，扑空的娄婉君领着人匆匆回来了。

"如今，便需要将消息送去宫里了。"娄钺皱眉道。

便见娄婉君抱着胳膊站在旁边，闻言踢了踢旁边捆得严严实实的庞绍。

"这有什么难？"娄婉君说，"切庞绍的一根手指头，送进宫里去，皇上不就全明白了？"

娄钺咬牙切齿。

"你不怕江舜恒也切靖王殿下一根手指？"娄钺怒道。

娄婉君皱眉："那该如何？"

娄钺打量了一番捆在营房中的几人，片刻之后，看向了庞绍正哇哇大哭的五岁幼子和旁边庞绍的夫人。

"写封信，教人连带着信和他这个小儿子，一并放到宫门口去。"娄钺说，"只说我今日所为，全因庞绍霸占我岭南三十万大军，要讨个说法。如今庞绍与他的妻儿都在我手里，只要有人提了岭南叛将的人头回来，我便放了他。但靖王于我有恩，若靖王不能活，我便不介意再杀庞绍一个。"

娄婉君匆匆应下，单手提起庞绍的幼子，转身便要走。

却听娄钺又喊住了娄婉君："别忘了告诉江舜恒，霍无咎的事，庞绍已经说了。

让江舜恒放心，只要那三十万大军物归原主，霍无咎便交给我，不必皇上操心。”

果然，不出半日，便有人将信顺着城门的缝隙，丢到了城外。是江舜恒的手书。那手书字迹潦草，可见写信之人是何等烦躁。

“江随舟没死，你只管放心。快些派人南下调兵，要谁的人头就带谁的人头，但兵马务必送到，不许拖延。”

娄钺总算松了口气。江舜恒被他骗过去了，如此一来，宫中的江随舟便算暂且安全了。

不过，一日之后，他的神经便又紧绷了起来。

苏州新任知府是庞绍的党徒，因为离临安极近，立刻便给岭南的庞炜递了消息，而且第一时间带着苏州城三万兵马北上护驾。第二日傍晚，苏州的兵马便赶到了。

娄钺一行此时把守着城门，城内进不去，城外又来了敌军。一时间，娄钺自顾不暇，与手下的几员将领各守一处，抵御苏州来的援军。幸而，一方固守城门，另一方又存了小心试探的心思，带兵的又是个没打过仗的文官，一整天都没摸到城门一寸，甚至一支人马还被娄婉君带兵追出了二十里地。

但当夜，便有探子递来了消息。岭南的庞炜听闻临安被围、父亲被抓，已经连夜收拢起三十万兵马，往临安城来了。岭南与临安的距离并不算远，最多三日，先遣部队便能抵达。

娄钺领着手下一众将领凑在一起算来算去，怎么算庞炜都会比霍无咎快。思及此，众人的心都沉到了谷底，待商讨完毕，谁也没说话，只默然回到自己所守的城门前，只待领着手下为数不多的兵马多撑几日，撑到霍无咎的援军来。

这样低的气压，在城外弥漫了一整日。一直到了第二天。

这日一早，朝阳破空，将古拙的城墙照得亮堂堂的。镇守在城北的将领一夜未眠，一直紧绷着心弦，早有些眼花了。他站在城墙上，正要下去吃点早饭，却听旁边站岗的士兵忽然一声惊呼：“将军！来了！”

那将领一惊，连忙极目看去。便见远处的地平线上扬起尘埃，是士卒和马匹踏出来的。浩浩荡荡的一支大军，看不到尽头，朝着临安城而来。从那日得知庞炜动身，不过两日而已，他竟这般迅速！

将领忙道：“快去，快去告诉娄将军！他们来了！”

士兵连忙应了一声，刚跑出去两步，却又折返回来：“将军，是谁来了？”

那个将领恨不得踹他一脚：“还能是谁？从长江到这里能有这么快吗？”说着，

将领往城外的方向看去。只一眼，他却愣住了。他所守的北城门……似乎的确是长江的方向。而渐渐逼近的兵马，为首的那人，看上去似乎真的是霍无咎的模样。

那个将领跌跌撞撞地一路从城墙上跑下去，直往城外迎了数十丈，便迎上了纵马而来的霍无咎。光他身后所跟的骑兵，就有上万之众，想必此后的其余人马，会比这多出十倍不止。

怎会如此呢？那个将领已经激动得要落泪了。

长江离这里这般远，霍无咎所领的又是江北的兵马，怎么能这么快呢？但为首那匹黑马上的，确实是霍无咎。

不过片刻，霍无咎一抬手，身后的人马停在原地，他扬鞭奔到那将领面前，单手一挽缰绳，便将战马拉停在原地。战马扬起前蹄，停了下来。

那个将领激动地单膝跪地，朝着霍无咎抱拳道："霍将军！"

霍无咎"嗯"了一声，一扯缰绳，便往城门处行去。

"没想到将军竟这般迅速，可让我们担心坏了！"那将领连忙跟上。

却见霍无咎回头看了他一眼，淡淡地应了一声，便问道："靖王何在？"

那个将领一愣，不知道这位霍将军找靖王干什么。

"靖王殿下在宫里啊！"将领道。

霍无咎手下一紧，战马嘶鸣一声，停在了原地。便见霍将军回过头。同样是没有表情，但霍无咎此时的眼神却瞬间冷了下来，阴戾至极，让这位人高马大的将领都不由得哆嗦了一下。

"你说什么？"

他听见了霍无咎从齿缝里挤出来的声音。那个将领闻言吓得一哆嗦。娄将军没吩咐啊！原来这事是不能让霍将军知道的吗？那个将领一时间手足无措，支吾了半天，磕磕巴巴地说道："就是，就是前几日，皇上将靖王殿下留在宫里，便再没有……"

不等他说完，霍无咎低沉冰冷的声音便打断了他。

"几天前？"

那个将领不敢再说话了。便见霍无咎安静了下来。片刻之后，霍无咎紧咬着牙，低头看那将领时，那可怖的神色将那个将领的腿都吓软了。

"娄钺办的好事？"霍无咎说。他语气仍是平静的，声音却是从齿缝中挤出来的。那番阴沉中强压着暴风骤雨的模样，比旁人狂怒时还要吓人几分。

那个将领连忙磕磕巴巴地解释道："娄将军也实在没办法！皇上他们不知怎么

在江舜恒怀里的两个美姬，也吓得浑身哆嗦，顾不得拢起衣袍，也吓得跪倒在地。

时至今日，若是北梁的兵马真的攻入皇城里，那不管皇上是死是活，他们这些人，可都活不了啊！

江舜恒醉眼蒙眬，端坐在那儿，看着金碧辉煌的宫殿里跪了满满一地的人。他们的头全是磕在地上的，他只看得见乌漆漆的头顶，虽满宫都是人，他却只觉得，天地之间，只有他自己一个人罢了。是了。他虽然骗自己说舅父出城只是为了搬救兵，但哪有搬救兵还要带上妻儿的？他虽以为娄钺是他的最后一根稻草，但娄钺，归根结底也是骗他的。所有人都放弃他了。从他父皇将他弃如敝屣的时候开始，他就永远是个没人要的垃圾了。

江舜恒端着酒杯，兀自笑了起来。

江随舟这几日，都是在一片混沌中度过的。好在这些人真的信了他的话，不敢让他轻易地死。他每次醒来时，便勉强自己吃些东西，吊住了那一口气。但身上是真疼啊。他从小没挨过打，更别提这样能要了人命的打。他浑身都疼得麻木了，只觉那火辣辣的疼，一路烧到了他的脑袋里，将他的神经都烧断了。

也不知霍无咎在此处的那一个月，是怎么扛过去的。

江随舟总是昏迷着，一时间也不知道究竟过了多久。一直到这日，他勉强有了些意识，只觉周遭亮得刺眼，鼻端也有股沉沉的香味，与他所待的地牢全然不同。他睁开蒙眬的眼睛，便感到了周围刺目的金光。这是什么地方？

江随舟动了动，便感觉双手被捆在了身后。他竟然是坐在一张椅子上，身下很软，背后却硌得他的伤口一阵阵地发疼。就在这时，他听到了一个声音。

“醒了？”是江舜恒。

江随舟勉强适应了周围的强光，缓缓地睁开眼睛，却看见自己此时竟然坐在金碧辉煌的大殿里。这是江舜恒寝宫的正殿，他坐的是一张宽阔的龙椅。他的面前，是一方被推倒在地的御案，奏折和书本散落了一地。在他面前不远处的阶下，竟然是江舜恒，交叠着腿坐在厚重的地毯上，龙袍敞着，胡乱披在身上，单手握着一壶酒。

江随舟皱眉看着江舜恒，不知道江舜恒究竟要干什么。

却见江舜恒笑着问他，醉醺醺的：“如何？朕的龙椅，坐得可舒服？”

江随舟的声音沙哑，气息微弱：“你要做什么？”

却听江舜恒笑着道：“不做什么。朕只是不想死而已，还有好多事，朕没看到，在江舜恒怀里的两个美姬，也吓得浑身哆嗦，顾不得拢起衣袍，也吓得跪倒在地。

时至今日，若是北梁的兵马真的攻入皇城里，那不管皇上是死是活，他们这些人，可都活不了啊！

江舜恒醉眼蒙眬，端坐在那儿，看着金碧辉煌的宫殿里跪了满满一地的人。他们的头全是磕在地上的，他只看得见乌漆漆的头顶，虽满宫都是人，他却只觉得，天地之间，只有他自己一个人罢了。是了。他虽然骗自己说舅父出城只是为了搬救兵，但哪有搬救兵还要带上妻儿的？他虽以为娄钺是他的最后一根稻草，但娄钺，归根结底也是骗他的。所有人都放弃他了。从他父皇将他弃如敝屣的时候开始，他就永远是个没人要的垃圾了。

江舜恒端着酒杯，兀自笑了起来。

江随舟这几日，都是在一片混沌中度过的。好在这些人真的信了他的话，不敢让他轻易地死。他每次醒来时，便勉强自己吃些东西，吊住了那一口气。但身上是真疼啊。他从小没挨过打，更别提这样能要了人命的打。他浑身都疼得麻木了，只觉那火辣辣的疼，一路烧到了他的脑袋里，将他的神经都烧断了。

也不知霍无咎在此处的那一个月，是怎么扛过去的。

江随舟总是昏迷着，一时间也不知道究竟过了多久。一直到这日，他勉强有了些意识，只觉周遭亮得刺眼，鼻端也有股沉沉的香味，与他所待的地牢全然不同。他睁开蒙眬的眼睛，便感到了周围刺目的金光。这是什么地方？

江随舟动了动，便感觉双手被捆在了身后。他竟然是坐在一张椅子上，身下很软，背后却硌得他的伤口一阵阵地发疼。就在这时，他听到了一个声音。

“醒了？”是江舜恒。

江随舟勉强适应了周围的强光，缓缓地睁开眼睛，却看见自己此时竟然坐在金碧辉煌的大殿里。这是江舜恒寝宫的正殿，他坐的是一张宽阔的龙椅。他的面前，是一方被推倒在地的御案，奏折和书本散落了一地。在他面前不远处的阶下，竟然是江舜恒，交叠着腿坐在厚重的地毯上，龙袍敞着，胡乱披在身上，单手握着一壶酒。

江随舟皱眉看着江舜恒，不知道江舜恒究竟要干什么。

却见江舜恒笑着问他，醉醺醺的：“如何？朕的龙椅，坐得可舒服？”

江随舟的声音沙哑，气息微弱：“你要做什么？”

却听江舜恒笑着道：“不做什么。朕只是不想死而已，还有好多事，朕没看到，所以朕不能死。”说着，他单手撑地想要站起来，却被龙袍绊了一下，重新重重地摔在地上。他却也不介意。

“反正，朕是要看着你死的。”江舜恒说，“还有霍无咎。他毁了朕的江山，朕也要看着他死。”说着，他笑了起来。

“你不信吧？”江舜恒得意地道，“朕是杀不了他，但是有人能替我杀他。”

江随舟哑声问道：“谁？”

江舜恒将腿一盘，舒舒服服地喝了口酒。

“他哥啊。”江舜恒笑着说，“要不是他哥，你当你能把他弄到府里去？”

江随舟闻言，被疼痛磨得混沌的脑子都清醒了一瞬。

“你说什么？”江随舟追问道。他一时有些急，竟被呛得咳嗽起来。咳嗽带得他也扯动了伤口，又疼得他眼前发花，险些昏过去。

江舜恒这会儿喝多了酒，看不出江随舟的异样来。江舜恒只单手撑着地，晃晃悠悠地站了起来，瞥了江随舟一眼。

江随舟身上雍容的朝服已经破了，此时又染满了血，头发散乱地披在肩上，脸色白极了，却又沾着血，那模样狼狈得很。但他偏生了副好皮囊，如今这半死不活的样子虽然狼狈，却有股说不出的感觉，像一朵被踩到血泥里的兰花。

江舜恒咧起一边唇角，露出了一个满意的笑。他单手拎着壶，另一只手胡乱提起龙袍的衣摆，踉踉跄跄地走上丹陛，提着衣袍在江随舟面前散落一地的御案前蹲了下来。

“想不到吧？”他在地上一堆乱七八糟的书中翻来翻去，最后翻出了几张纸，在江随舟面前晃了晃。

“看到没？”江舜恒说，“密信。霍无咎那个太子哥哥，早把他卖给我舅父啦。”说着，他一屁股坐在了地上，晃着那几张纸笑。

“凭他是霍无咎，他们梁朝的‘战神’，是吧？有什么用呢？害死了他爹，连他哥哥都出卖了他。”江舜恒笑着道，“人人都是这样的，不单是朕这样。”

江随舟却顾不上他说什么。他只紧盯着那几张纸。江舜恒刚才说什么？是霍无咎的哥哥背叛他？霍无咎只有那一个哥哥，就是霍玉衍。一时间，江随舟的脑中一瞬清明，所有的疑问似乎都有了解释。霍无咎骤然的兵败，他一直踟蹰不前，即便腿好了也不轻易回北方……原来这一切的始作俑者，竟是霍玉衍！

江随舟的呼吸都急促了，在龙椅上挣扎了起来。可是他手足都被捆住，此时无论怎么挣扎，都没有用。

而江舜恒则轻飘飘地一松手，将那几张纸重新扔回了地上。

“所有人都是这样的。”江舜恒笑着、说着，仰起头，拿起已经喝空了的酒壶，又往嘴里倒了倒。

江随舟却骤然使了大力气，将身上一道伤口撕裂了，疼得他往旁边一歪，竟然径直撞到了龙椅扶手的金龙上。他疼得脑中一片空白。但下一刻，他骤然回过了神来。

龙椅！江随舟虽然不知江舜恒为什么要把他绑在这里，但今日必然是要他死的。如今殿中放眼望去只有他们二人，所以他一定要想办法，给自己寻出一线生机。他紧咬着牙，忍住了喉咙中往上涌起的血腥味，微微坐直了些，侧过了身。他被绳子捆缚在身后的双手，正好能挨到椅背上那条棱角峥嵘的金龙。

江随舟咬紧了牙关，将绳索卡在那条金龙上，用力磨起来。他的动作极小心，江舜恒又喝多了酒，一时并没觉察。江舜恒往旁边一歪，正好靠在旁边的红漆柱子上。

“不过，朕却是最恨你的。”江舜恒说，“你那妖妃母亲生下你那天，就该想到有今天。父皇将你捧到天上去宠，也该想到会有今日。”

说到这儿，他摇了摇头：“不过，今日你我的恩怨便可一笔勾销了。”

江随舟浑身仅剩的力气都放在了一双胳膊上，此时抿着嘴唇不敢说话，生怕露出半点端倪。不过幸好，江舜恒也没想要他回应自己。

江舜恒伸了伸腿，说道：“今儿个，你替朕死在这里，就算帮了朕一个大忙。朕保证，今日之后，不再恨你啦。”说着，他醉醺醺地笑了起来。

就在这时，殿外响起了一个太监急匆匆的声音：“皇上，已经备好了，皇上快随奴才们走吧！”

江舜恒不耐烦地应了一声，撑着地面，慢悠悠地站了起来。

“到了下头，别恨朕。”江舜恒对江随舟说道，“只恨父皇，给你太多，偏要捧杀了你。”说完，他跌跌撞撞地走下台阶去，临出殿门，他转过身，冲着江随舟咧嘴一笑。

下一刻，江舜恒抬手，一把带翻了旁边灯火煊煊的金烛台。火焰“轰”的一声烧了起来。

热气腾起，江舜恒扬长而去。江随舟咬牙低声骂了一句。是谁给这个狗皇帝出的馊点子！居然要将自己烧死在他的寝宫里，伪装成他烧死的样子？

江随舟侧过身去，狠狠在龙椅上磨起手上的绳索来。也幸好他们想了这样一个办法，没有让他立刻就死，还让他有一线自救的生机。但是，殿中四下都是绸缎、皮毛，火焰蔓延得很快，一会儿便蔓延开来，成了一片火海。浓烟腾起，呛得江随舟不住地咳嗽，他却半点不敢松懈，紧咬着牙齿，狠狠摩擦着手腕上的绳子。手腕被勒破了皮，红肿一片，他的额头上也淌下了汗珠。汗水落在伤口上疼极了，尤其他身上的伤口，已经因为他大力的动作而撕裂，重新渗出血来。

江随舟浑身都在发抖。他的眼睛因疼痛和力气透支而渐渐模糊了，周遭只剩下火焰燃烧的噼啪声，空气渐渐炽热起来。他的手机械地来回磨蹭，已经感觉不到脱力和疼痛了。火焰在宫殿中蔓延，吞噬了四下锦绣的帘幕，炽红与赤金鲜艳地交织在一起，渐渐将整个宫殿吞成了一片火海。

不知过了多久，“啪”的一声细响。绳索断裂，江随舟也骤然脱了力，摔倒在龙椅上。坚硬疼痛的触感，让他终于清醒了两分。成了。他的眼中不自觉地掉出泪来，狼狈地爬起，顾不上其他，只俯下身去解自己双腿上的绳索。他手上脱力，已开始止不住地颤抖，试了几次，才终于将那绳索解开。

江随舟跌跌撞撞地站了起来，单手扶着龙椅，视线模糊地四下望去。此时周遭都是火，正殿的大门已经被火焰封严实了。唯独东侧的一道小门，刚被火点燃，还有些空隙，可以供他逃出去。

江随舟径直往那儿跑去。可刚走了两步，他却停下了，回过了身。他看向倒在地上的御案，此时火还没有烧过来，一地的奏折和书，凌乱地散落在那里。信！

江随舟想都没想，回过身去，脱力的双腿支撑不住身体，使得他几乎是扑倒在那片书上。他不顾一切地在那儿翻找起来。霍玉衍的那几封信，一定不能烧毁在这里。那是唯一的证据，可以告诉霍无咎他兵败的真相，告诉霍无咎他背后的大梁，不是他的归途，而是龙潭虎穴。这是霍玉衍害他的证据。

江随舟的双手颤抖着，分明已经因为疼痛、虚弱和劳累没了半点力气，却不知从哪儿透支来了一股劲儿。他快速地翻找着，很快便找到了那几张散落在地的、单薄的纸张。借着火光，他看清了上头的文字，接着便紧紧地揣进了怀中。

江随舟撑着龙椅，跌跌撞撞地站起身来。可再往那处看去时，那道角门已经被火焰包围住了。木制的结构经不起火烧，“毕剥”几下，便轰然垮塌，落入了一地的火焰中。再没有出路了。

江随舟强撑着身体不让自己倒下，四下再看去时，已经没有出去的路了。他贴着御案，终于支撑不住，摔倒在了地上。

江随舟抬手擦了擦脸，也不知道什么时候流了两滴眼泪，挂在下巴上，怪狼狈的。他唯一的不甘心，便是没将怀里的那些证据，交到霍无咎的手上。

或许还有点不甘，就是临死前，没再见霍无咎一次。这是他头一次体会到兄弟情深是什么感觉。他闭了闭眼。他骤一松了劲儿，方才透支的精力和气劲便都开始向他索命来了。他只觉得晕极了，浑身疼得厉害，却又疲乏，眼都快要睁不开了……

就在这时，轰隆一声。他抬头看去，是殿前那处横梁终于禁不住火焰的吞噬，垮塌下来，顿时碎了一大片的屋顶，在火焰之中，露出了一片晴朗的天空。接下来，便是他的头顶了。

江随舟看向那片天空，片刻之后，疲惫地闭上了眼睛。

霍无咎赶到江舜恒的寝殿时，看到的便是一片火海。他一路杀进宫，身上的铁甲都被血浸透了。

旁边，有士兵匆匆地要救火，但根本找不到水源。旁边，已经被押着跪了一地的人，为首的那个，正是衣冠不整、醉醺醺的江舜恒。

霍无咎是跑上前去的。

旁边的士兵急匆匆地道："将军！这个狗皇帝说，靖王殿下在那里头！"

霍无咎抬眼看去，一片火海，轰然烧红了他的眼睛。

"已经开始塌了，将军，这可怎……"

不等那个士兵说完话，周遭便是一阵惊呼。只见猩红的披风猎猎而过，他们的将军踏着汉白玉石阶，冲上前去，几个纵身，竟然跳上屋顶，落进了火海之中。

"将军！"四下里一片惊呼声，将士们立刻慌乱了起来。

便见瘫倒在地的江舜恒哈哈大笑起来："好啊！今日朕能一把火将他们两个全都烧死，真是不亏。"

旁边的将士红了眼，抽刀要杀他，却被周遭的同袍拦住。

"不要冲动！"旁边的人急道，"将军没有下令，不可杀俘虏！"

那士兵红着眼睛道："可是将军他……"

就在这时，轰然一声巨响。众人抬头看去，便见巍峨的皇帝寝宫，倒塌在了一片火海中。

江舜恒笑得更放肆了："来啊！杀了我，给你们的将军报仇啊！"

却在这时，他的笑声戛然而止。笑容也僵在了脸上。他抬头看去，便见霍无咎浑身染血，抱着一个衣袍逶迤的人，在大殿垮塌的那一刹那，踏着即将塌陷的屋顶，从宫殿中跃了出来。他身后的披风已经燃起了火。猩红的披风烧起了细碎的火苗，火星升起，与披风的颜色融在了一起。

“将军出来了！”将士们发出了此起彼伏的呼声。便见霍无咎稳稳落地，身形一甩便灭了披风上的火。

霍无咎单膝跪在地上，将那人稳稳地托着。

立刻便有士兵迎了上去，却听霍无咎哑着嗓子低声命令道：“去找大夫，快点。”

众人不敢怠慢，连忙散去。而霍无咎跪在熊熊燃烧的废墟前的汉白玉砖地上，俯着身，一手抱着江随舟，一手轻轻用手背碰他的脸。想要叫醒他，却又像怕碰碎了他一般。

“江随舟。”霍无咎哑着嗓子，低声道，“江随舟，睁一睁眼。”

随后领兵赶到的魏楷看到这一幕，停在原地，不敢再向前。他看见将军披风上焦黑的火痕，看见将军猩红的眼睛里，是湿漉漉的。霍无咎跪在地上，分明没受伤，却像只被射中了要害的猛兽，蜷缩在地，苟延残喘。魏楷的眼睛也跟着红了。

却在这时，霍无咎的怀里发出了细微的响动，是江随舟咳嗽的声音。

魏楷一步上前，又生生止住，停在原地。

江随舟咳嗽了几声，睫毛颤抖了一下，虚弱地睁开了眼。

“江随舟！”霍无咎抱着他的手都颤抖了起来。

却见江随舟咳嗽着，费劲地抬起了手。

“你怎么样？哪里难受吗？别怕，大夫马上就到。”霍无咎哑着嗓子急忙说道。

却见江随舟抬手放在了胸口上。

“这里。”江随舟的声音颤抖着，在火焰声中，几乎听不见他的声音。

“怎么，这里受了伤？”霍无咎慌了，连忙伸手去碰。

却见江随舟费劲地从衣襟里扯出几页纸。那几页纸，染上了斑驳的血，全是江随舟的。

霍无咎接过那几页纸，只看了一眼，便囫囵收了起来。

“什么时候了，管它做什么！”霍无咎低声吼了江随舟一句，很凶，但随着声音出口，眼泪却掉了出来。

便见江随舟费劲地想笑，却又扯不起嘴角，语气虚弱，像在交代什么后事一般：“我只能为你做这点事了。”

第九章　担忧

江随舟的声音弱得几乎只剩下了气音，话音未落，双眼便已经闭上了。

霍无咎手背的青筋条条绽起，嘴唇也开始发抖。他说不出现在是什么感觉。他说不出话，只顾着颤抖着手，去试江随舟的鼻息。

江随舟的气息微弱得几乎感觉不到，但霍无咎在旁边熊熊燃烧的热浪中，感觉到了那脆弱却平稳的气息。霍无咎像是在绝境中终于寻到了一根救命稻草一般，即便仅是游丝一线，却足以托住他飞速坠落的心。

霍无咎的声音低哑，带着些听不分明的颤抖，对江随舟说道："没事的，不会有事，你放心，没人能让你出事。"他的语气焦急，分明是在对着江随舟说话，但那个声音里有掩藏不住的迷茫和恐惧，分明是在劝说他自己。说完话，他抬头四顾，便见有士兵一路跑着，拽着跌跌撞撞的太医，已经进了宫门。

霍无咎托着江随舟，将他抱着站了起来，转头去吩咐魏楷道："速速让太医跟上。"

霍无咎脸上的神情仍是平日那般肃然平静，像是在刻意掩盖自己的慌乱一般，但那双通红而且泛着水光的眼，却是怎么都遮掩不住的。

魏楷匆匆应是，转头便前去接应。霍无咎抱起江随舟转身，便径直往旁边完好无损的宫室中去。

方走两步，霍无咎停下来，回过身看向旁边的江舜恒。

江舜恒此时跪坐在地上，已经瘫软成一片。脸上尽是酒醉后的酡红，目光却直勾勾的，满是阴毒的恨意，紧盯着霍无咎怀里的江随舟。

霍无咎垂眼，看了江舜恒一眼，便转身扬长而去。

“把他捆结实了，丢到火里去。”他说。

窗外是一片忙乱的声音。

大军甫一入皇城，便扣押下了宫中上下所有的宫人和妃嫔。此时外头尽是霍无咎手下的将士，江舜恒已死，这会儿众人正忙着救火。

殿中的气氛却是一片凝重。太医把脉的手都是哆嗦的。

此时四下里皆是身披重甲的士兵，森严地罗列在周围。床边站着的那位将军，身上的铠甲还染着血，此时一双森冷的眼睛，正紧紧地盯着他。像是床榻上那人若有一点危险，便要立刻扭断他的头颅一般。

霍无咎倒是真做得出来。

太医知道，就是这人，刚刚带兵进了皇城，将皇上都给杀了。

太医把完了脉，总算松了一口气，“扑通”一声跪在地上，一头扎在了霍无咎的足前。

“将军放心！”太医说道，“靖王殿下虽然受了刑，伤得却不算太重，只是失血有些多，加上身体虚弱、劳心费神，方才又透支了体力，这才昏迷过去的！小的这就给靖王殿下开药，再处理好身上的伤口，便可等殿下醒过来了！”

一个细微的声响。是站在那儿的霍无咎弦绷得太紧，骤然松了一口气，浑身都有一瞬的脱力，身体一歪靠在了床柱上发出的声音。

“没事？”霍无咎问道。

那个太医连连点头：“确是无事！将军只管放心！”

便听得霍无咎缓缓地长出了一口气。

“去上药。”霍无咎说，“魏楷，速去靖王府，把李长宁弄来。”

魏楷应是，匆匆出去了。

霍无咎靠在床柱上，低头看着江随舟。他身上破损的朝服染着血，头发披散在枕上，将被褥和枕头都染上了血腥气。凌乱的发丝有几缕贴在面颊上，还沾着点儿血。他面色苍白得厉害，便显得那血色颇为扎眼。

故而太医提着药箱回来，便看到了这样一番场景。方才那个神色凌厉的将军，此时半蹲半跪地伏在床边，替床榻上的靖王殿下小心地拂去了脸颊上的发丝。手上的力道轻极了，甚至因为小心，竟带了两分颤抖。

太医连忙垂下眼，佯作没看见。

便在这时，外头一名将领急匆匆地冲了进来。竟是纪泓承。

“将军！”纪泓承往里冲了两步，道，“娄将军让属下来报，说庞炜带了兵马，已经快到城外了！”

霍无咎落在江随舟脸侧的手微微一顿。然后，他问道：“带了多少？”

纪泓承道：“一时数不清楚，但少说有十万！不过瞧着那个阵仗，想必庞炜来得也急，总归到不了三十万！”

霍无咎沉默了片刻。他想要守在这里，盯着太医将江随舟治好，守到江随舟醒过来。但是他也没忘，若不是庞绍与庞炜的这步险棋，他不至于被迫离开临安，也不至于将江随舟独自留在城中，让庞绍与江舜恒二人钻了空子。此仇需要报。

霍无咎小心地单手撑在床榻的边缘，站起身来。

“我即刻就去。”霍无咎说。

纪泓承欣喜地应是，便要转身前去带路。

却听霍无咎道：“你留下。”

纪泓承一愣，转身问道：“将军可还有什么吩咐？”瞧着霍无咎这般严肃冷峻的模样，莫不是皇城中还有残敌未清？又或者说临安城里还有什么不安定的因素，或许会里应外合使得功败垂成？

却听霍无咎转过头去，看向门口提着药箱的那个太医：“看好他。让他好好地给靖王上药，敢动一点手脚，就杀了他。”

江随舟的意识慢慢地清醒过来。起先，他只隐约感觉到身上有些变化。这是接连几日都未曾感觉到的清爽，像是染了满身的血都被清理干净了一般。接着，便是缭绕在鼻端的药味，苦得很，还夹杂着几分血腥气。

江随舟的睫毛动了动，双眼感觉到了些许光亮。他皱了皱眉，便听见了旁边立刻传来一个细微的响动。似乎是有人守在床边，此时正撑着床沿，凑上前来。

他动了动眼皮，费劲地睁开了眼睛。霎时，周围烛火的光亮照得他眼前一白，双眼便又重新合上了，但立刻，他便听到了一个熟悉的、带着嘶哑的声音。

“你醒了？”是霍无咎。

江随舟混沌的意识顿时清明了两分，费力地睁开眼睛，便看见了煌煌的烛火和层叠的幔帐，还有守在床榻边的霍无咎。

“你……”江随舟正要开口，喉头却感到一阵难受，立刻便咳嗽了起来。咳嗽的动作牵动了他身上的伤口，一时又使得他浑身发疼，咳嗽的间隙还抽了几声气。

这边的霍无咎顿时慌了起来，一阵手忙脚乱，又想给他顺气，又怕碰疼了他，一时间扶着将他圈在胳膊中，僵硬着身体，动也不敢动。

“李长宁！”霍无咎着急地扬声道。

立刻便有慌张的脚步声由远及近。李长宁匆匆赶来，替江随舟把了一下脉，又查探了他的伤口。

“将军放心，没什么大碍。”李长宁说，“只是方才在火中呛到了嗓子，吃上两服药，好生养上两日，便无碍了。”

霍无咎这才勉强松了口气，道：“那就好。炉子上是不是还煎着药？你快回去看着。”

李长宁应下，退了出去。

一阵咳嗽，江随舟的意识和记忆也渐渐回笼。他想起了醉醺醺的江舜恒，也想起了满殿熊熊燃烧的火焰。他那时实在脱力，只顾得上找回那几张霍玉衍背叛霍无咎的证据，便倒在了龙椅边，眼睁睁地看着屋顶被火焰烧塌。

然后的记忆，便模糊得像是幻觉了。火焰燃烧声中，他似乎听见了霍无咎的声音，是在喊他。接着，他便落入了一个怀抱中，颇为熟悉，是霍无咎的。他那时，只当是临终的执念被上苍察觉，故而生出了这样的幻象。但如今看来……这或许都是真的。

而回忆的最后，他似乎拼死从怀里拿出了那几页证据。

他的咳嗽渐渐停歇了下来，小心地偷偷看了霍无咎一眼。便见霍无咎连衣服都没来得及换，身上披着厚重的玄甲，暗红的血迹染了满身，此时已经干涸了。他这会儿正转过身去，到桌边倒茶。他一转身，江随舟便看见了他身后那一张被烧得乱七八糟的红披风，想必自己不提，也没人敢提醒他换下来。就在这时，霍无咎转过身来。

江随舟心下一慌，竟一时间想赶紧闭上眼睛，装作自己根本没醒过来。可是已经来不及了。他被霍无咎扶着靠坐在那儿，受了伤行动迟缓，根本来不及躺下。一个呼吸的工夫，霍无咎已经折返回来，端着一杯温热的茶水，递到了他的唇边。

“先润润喉咙。”霍无咎说，“一会儿李长宁的药就煎好了。”

江随舟伸手想接，却被霍无咎握着手腕，强硬地塞回了被子里。

“别乱动。”霍无咎说。

江随舟拗不过他，只得胡乱地喝了几口水。

“庞绍和江舜恒何在？”江随舟问道。

霍无咎一边转身放茶杯，一边说：“江舜恒烧死了，庞绍此时正在牢里关着。”

“那庞炜……”

“他因为他爹被抓，急昏了头，带了十来万兵马就来了。今日上午来的，黄昏时分，就已经被抓了。那些兵马被他骗着以为是进京勤王，结果到了才发现是打他们的娄将军，他们自然不肯了，没费我什么工夫。”霍无咎说。

江随舟松了口气：“那就好，那么……”

却见霍无咎转过身来：“没听见刚才李长宁说什么？让你好好养着，怎么刚醒，就有这么多话要说？”分明是一句凶巴巴的话，却让霍无咎说得关切。江随舟讪讪地闭了嘴。

霍无咎手下的将士效率很高。这也归功于霍玉衍的布置。年初的时候，他策反了霍无咎手下的吴千帆，使得霍无咎孤立无援，此后便又杀了吴千帆灭口。霍无咎手下的兵马数量本就比霍玉衍的高出数倍，霍玉衍的兵力又多部署在邺城周边，因此一时也拨不出人马来，将江北的兵马置换过去。因此，除了已死的李晟和他的亲信之外，如今带来的这二十万兵马，全是霍无咎自己的嫡系。

一日之间，他们便将皇宫和临安牢牢控制起来，所有京中官员的府邸，都被重兵把守住了。庞炜死后，霍无咎便又将城外的人马分成几支，调拨出去，分别去控制南景的各个郡县。

夜深时，四下里已是一片太平。

李长宁煎好了药送来，便嘱咐江随舟这几日需多加休息，万不可劳心费神，否则会不利于伤口恢复。因此喝完药没多久，霍无咎便强硬地要他睡下，自己则等江随舟睡下之后，径直出了这间宫殿。

此时，旁边的江舜恒寝宫已经是一片黑沉沉的废墟，周遭已经没什么人了。候在门口的是魏楷和眼眶通红、急得直打转的孟潜山。

见着霍无咎出来，孟潜山连忙迎上前去：“将军……”

便见霍无咎摆了摆手，说道：“你家王爷没事了，进去伺候吧。手脚轻点，他已经睡了。”

孟潜山连连应是，直躬身朝霍无咎道谢，接着便转身轻手轻脚地进殿去了。

便见魏楷迎上来道："将军，属下已经给您收拾出住处了，离这儿不远，属下带您过去。"

霍无咎"嗯"了一声，跟着魏楷走了。

宫殿中侍立的都是从王府里带来的人和霍无咎手下的兵。魏楷领着霍无咎进去，正跟他说哪儿是前厅、哪儿是卧室、皇城内外又是如何布置时，便见他家将军已经心不在焉了。只见将军在房中随便溜达了一圈，便像根本没听见似的，在旁边的榻上随意坐了下来，抬手便给自己倒了一杯茶。

魏楷见状，摆了摆手，让周遭伺候的人都退了下去。再回头，却见他们将军单手端着茶杯，也不喝，竟然就这般停在了那里，垂眼盯着茶瞧，像是在出神。

魏楷皱了皱眉。莫不是茶中有人动了手脚，被将军察觉了？他连忙上前道："将军？"

魏楷正要问，却见霍无咎抬起眼看他。那双眼里，笑意怎么也藏不住，甚至使他整个人的情绪都激昂了起来，虽然没动，也没笑，却莫名神采飞扬的。

魏楷傻了："将军……"

就见他家将军把茶杯往桌上一放，抬起一条长腿便踩在了榻沿上，胳膊往上一搭，嘴角也跟着往上扬："什么表情，死了人了？给我笑。"

魏楷心下无语，却只得听话地跟着笑了起来："将军，是有什么好事吗？"

霍无咎却眉峰一挑："你怎么知道就是好事？"

以前吧，他们将军心情好的时候的确有点欠揍，不过也没办法，从小放肆到大的人，也是应该的。但是，将军今日这模样却格外地欠揍。想必真是有什么大好事了。

想到这儿，魏楷心下一惊，一时间产生了一个不太成熟的猜测："将军，不会是……"

话还没出口，他便见自家将军展颜笑了起来，搭在膝头的那只手也不老实地在膝盖上一点一点的，像甩得直抡圈儿的狗尾巴。魏楷没想到，这个不成熟的猜测居然是真的，他面上一喜。

却见他们将军"啧"了一声，面上露出几分凶相："没你的事。有这工夫，三更天之前领兵到宫内宫外巡查一番去，尤其那些大臣的府邸和扣在皇宫里的那些妃嫔和太监宫女，别放出了找事的。"

魏楷暗地里撇了撇嘴。

“是。”魏楷不服气地应声道。

便见霍无咎摆了摆手：“下去吧。”

魏楷应声，在心里暗自骂骂咧咧的，退了出去。

门一关，殿中便只剩下霍无咎了。他紧盯着面前一支跳动的烛火，盯了片刻，嘴角已经不由自主地扬起来了。他从榻上跳了下去，在殿中来回走了几圈。七大间的宫殿，宽敞得几乎站在这头望不到那头，霍无咎却觉得这间屋子小得很，走了几圈，根本连筋骨都舒展不开。有一股情绪，在他四肢百骸中横冲直撞着，让他精神极度亢奋，压根儿找不到方法宣泄。

霍无咎憋不住地想要笑，但是笑也不管用。他似乎需要去夜色中好好地纵一番马，但他这会儿所待的皇城没有宽阔的草原，只有连到天际的重重宫阙。或者他还需要找一场仗打，最好是极难对付的对手，能让他酣畅淋漓、筋疲力尽，但放眼整个南景，已经没有人能做他的对手了。

但是……李长宁又偏偏在这个时候说，江随舟需要好好休息。他确是需要休息，他今日受伤奄奄一息的模样，还在霍无咎的眼前呢。霍无咎又知道江随舟睡眠浅，经不得打扰，故而他装出一副一本正经的模样走了，即便此时一个人困兽般地在房中打转，也不敢真溜到江随舟的房中去。

忽然，他停下脚步来，仰头喝光了自己方才倒的那杯茶，接着便推开门走了出去。这天夜里，霍无咎的宫殿中燃了一夜的烛火，而偌大的宫殿里，却空无一人。露水沉沉的夜，漫天繁星像被圈在了四方的宫墙里一般，在金碧辉煌的琉璃瓦上静静地亮了一夜。

分明险些葬身火海、捡回一条命的不是他自己，他却止不住地高兴，比当事人还要高兴些。

江随舟第二日醒过来后没多久，便见霍无咎来了。霍无咎看起来精神抖擞的，瞧上去前一天晚上睡得不错。但分明是夏天，他进来时却带了一阵湿寒气，像是到日出前的御花园里滚了一遭一般。江随舟不由得多看了霍无咎两眼。

“怎么？”霍无咎见他盯着自己瞧，问道。

江随舟对上了霍无咎的目光，只见一双灼灼的眼睛底下，若隐若现地像有一层乌青。江随舟的眉心跳了跳，不由得露出个笑来。

“你昨天晚上没睡好吗？”江随舟问道。

霍无咎下意识地便矢口否认："睡好了。"

江随舟也不说话，目光却在他乌青的眼底停了停。

霍无咎似察觉到了什么，清了清嗓子，一本正经地在他床边坐了下来："不过是夜里有些急事，就没睡多久。"

江随舟笑了笑，没再同他纠缠这个。

这会儿他的宫殿里人进人出的，全是进来布置早膳、整理宫室的下人。原本的宫人霍无咎不敢用，这些人便全是从靖王府弄进来的。幸而他们人少，没几个需要伺候的主子，因此人手倒是够用。人多耳杂的，他们两个一时间谁也没说别的。

晨起的日光透了进来，江随舟一抬眼，便见逆光之中，霍无咎坐在床榻边的椅子上，静静地看他。他的坐姿并不规整，双腿恣意地交叠着，身体后倾，是个极为随意闲适的模样。

江随舟清了清嗓子："我尚不知，临安如今怎么样了？"

霍无咎应了一声，道："城内城外都妥当了，你什么都不用操心，只管好好养病。"

江随舟正欲再问，便见魏楷进来了，手里端着一碗黑沉沉的药汁。该到他喝药的时辰了。一时间，满宫室飘散的饭菜香气便被药味盖了过去。江随舟的眉心动了动，认命地坐直身体。但不等他动作，霍无咎便先一步起身，一手扶着他的肩背，一手拽过旁边的引枕，将他扶着靠坐在床上。

"当心点儿。"霍无咎低声说，"别扯到了伤口。"

清润的皂角气息夹杂着盔甲特有的铁腥气传来。接着，霍无咎往床边上一坐，有些笨拙地舀出一勺药来，吹凉了。他拿捏不好气息，一勺药被他吹落回碗里大半，只剩下可怜的一点儿，盖在勺底。

江随舟看在眼里，嘴角不由得勾起，发出了一声极轻的笑声。就见霍无咎抬眼瞥了他一眼，锲而不舍地又舀起了一勺药来。

江随舟连忙开口道："算了，我自己来吧。"说着他便伸手要去接。

霍无咎往旁边躲了躲："你身上还有伤呢。"

江随舟道："又不是真的动弹不了。这样要喝到什么时候去，给我吧。"他这小半年，乱七八糟的药喝了不知多少，早就习惯了。不管什么药，都是极苦的，与其一勺一勺地受折磨，还不如一口喝了痛快些。

霍无咎明显不放心，片刻后才不情不愿地将碗递到江随舟的手上。

江随舟将碗中的玉勺放到一边，吹了吹，便缓缓地将温热的药汁一点点喝尽了。

他的动作小心却流畅，但眉心还是不由自主地苦得拧紧。他只顾着对付手里的那碗药，没注意到霍无咎随着他拧起的眉头，眉头也一点点拧了起来。终于，一碗药见了底，江随舟放下药碗，松了口气。

却不等他一口气松完，霍无咎忽然塞了什么到他嘴里。一时间，一股汁水四溢的清甜在他嘴里蔓延开来，竟像是要把他残余在口中的苦味全都逼走似的。是一颗剥开了的葡萄。

江随舟抬眼看去，便见霍无咎不知什么时候将一个小桌子拉到了床边。桌上放着的贡果，正是前些时日西域进贡来的葡萄。

霍无咎塞给江随舟一颗，又去剥第二颗。他的手在剥葡萄的时候显然不像挽弓那么娴熟，像跟那颗葡萄有仇似的，囫囵撕下外皮时，已经要将那葡萄捏碎了。不等江随舟说话，又一颗葡萄落进了他嘴里。

江随舟匆匆将葡萄咽下去，连忙开口阻止道："不用，没有多苦。"哪儿就那么金贵了？他从前自己喝药，拿茶冲一冲也便罢了。他这么大个人，又不怕苦。

却听旁边的魏楷"扑哧"一笑："王爷不知道，我们将军才最怕苦呢。"

江随舟抬眼看过去，便见霍无咎也从那盘葡萄上抬起眼，双手沾着葡萄汁水，目光凶狠，警告一般地盯着魏楷。

就见魏楷嘿嘿一笑，飞快地接着道："将军打小就不生病，偶尔病一次，谁都没法儿把药灌他嘴里去，气得老侯爷直揍他，也没用，发着烧还满屋子乱窜要往外逃呢。可能他自个儿怕苦，就当您也怕苦吧？"

"皮紧了，还是嫌脑袋顶在肩膀上沉了？"霍无咎打断魏楷时，已经咬牙切齿，"还不滚！"

魏楷笑嘻嘻地跑了。

霍无咎阴沉着脸回过头来，就见江随舟也正笑着看他。

"他瞎说。"霍无咎脱口而出。不过江随舟这模样，一看就是不相信。

"我居然没看出来。"江随舟笑着说，"你刚来王府时，我也见过你喝药的呀？"

霍无咎只恨魏楷嘴碎。谁能喜欢喝药啊，那么个苦玩意儿是好吃的东西？他喝一口就感到恶心，但是这么大个人了，总不能像小时候那般胡闹吧？他不喜欢喝药，但更不喜欢丢人。

但是对上江随舟那副眉眼皆是笑意的脸，他却一点都生不起气来。

霍无咎分明凶相毕露的，江随舟却一点也不害怕，只看着霍无咎笑。

"这么好玩吗？还笑！"

霍无咎这日便守在他的床榻边上，先陪着他喝了药，又陪他一起用了早膳。因为霍无咎盯得紧，江随舟还被逼着多用了半碗粥，一时间胃里又撑又热的，烘得人直想打瞌睡。

就在这时，魏楷又折返了回来："将军，娄将军从扬州回来了。"

霍无咎的眉心敛了敛。前两日京中事态紧急，昨日划分兵力时，他手下又缺将领。扬州离临安很近，扬州的守军又与娄钺有故旧，昨日他便让娄钺带兵去处理扬州和周边的郡县了。娄钺此时回来，想必事情已经办妥了。既然如此，他们二人私下里的一些账，也得算一算了。

霍无咎应声，继而便站起来，躬身对江随舟道："我有些事要去处理一下，晚上再过来。"

江随舟看见了霍无咎神色细微的变化。霍无咎虽然仍一副照旧的模样，通身的气场却冷冽了几分，颇有些气势汹汹地要去找人秋后算账的架势。

江随舟连忙问道："什么事？"

霍无咎只含糊过去："没什么。"

江随舟却隐约有些猜测。霍无咎前些日子临走前，也告诉过他娄钺会在城中护着他。但娄钺的手毕竟伸不到宫里，那日江舜恒忽然赶在他们之前得了消息，在宫中将他扣下，也是意料之外的事。江随舟有些担心霍无咎所说的要处理的事情，是这件事。

"你说实话。"江随舟说，"是要去找娄钺办什么事？"

霍无咎没出声，像是默认了江随舟的猜测一般。

江随舟叹了口气，轻声解释道："若是因为那日我被江舜恒扣押，便没必要了。娄将军对我也很是上心，但宫中戒备森严，他的人马又在城外，事出紧急，他束手无策，也是理所应当的。更何况，他还拿庞绍做威胁呢！若非如此，江舜恒能否留我这几日，也是说不准的。"

霍无咎垂下眼，声音也低了下去："你别瞎说。"

"所以，你是不是要去找娄钺算账的？"江随舟问道。

便见霍无咎方才满身的凶狠气势，一时间都弱了下去，像只垂下了尾巴的大狼。

"但就是他不当心。"霍无咎嘴硬道。

江随舟却道:“他即便那时当了心,又能如何呢?与我一同被扣在宫里吗?”

霍无咎不说话了。他的个子很高,站在那儿,需要低下头才能跟江随舟对话。他这会儿有点垂头丧气的,低着头的模样看着就有点可怜。

“他怎么说也是你的长辈。”江随舟说,“好好同他说就好了,别再训斥、责罚他了。若没有他,光凭着你我,也做不到今日这样,不是吗?”

霍无咎沉默了片刻,小声开了口:“像我有多吓人似的。我又不杀他,还要你这么费口舌地求情。”

江随舟“扑哧”一声笑了。平心而论,霍无咎在外头那副模样,谁不怕?看霍无咎刚才那架势,他还真怕霍无咎一时冲动,去要了娄钺的命。他这么一笑,霍无咎更不服气了。

而殿外,魏楷站得笔直,听着脚步声由远及近,便抬头看去。就见他们将军脚下生风,大步流星,走动的动作将身后猩红的披风都带得飞起来,分明是在走路,却像是骑着马似的。

“将军!”魏楷迎上前去,面上露出一个惊喜的笑,有点憨。便见他们将军抬眼,斜着眼看了他一眼。下一刻,便是毫不留情的一脚,踹得毫无防备的魏楷一个趔趄。这一脚根本没收劲儿,魏楷“哎哟”一声,险些被踹倒在地。但他却看见,将军腿还没收回去呢,嘴角却扬了起来,笑得平日里若隐若现的犬齿,都露出了个小尖儿。便见他们将军转身就走了,转身时还抬起手,痞里痞气的,像匹餍足的野狼。

“跟上。”那声音跟往日里没什么两样。

魏楷却隐约看出,他们将军踹他,根本不是因为他做错了事,或者刚才在发愣。压根儿就是在撒欢呢。他龇牙咧嘴地腹诽一声,瘸着腿跟了上去。

如今整个皇城戒备森严,已经是霍无咎的地盘了。

娄钺在御书房等着,没一会儿便听到了将士的禀报,说霍将军马上就到。他本来就在椅子上坐不住,这会儿一听这话,立刻便站了起来,双手有些局促地搓了搓。

便见霍无咎大步从后头走了进来,毫不避讳地一甩披风,便在龙椅上坐了下来。

娄钺正迎上前去,便见霍无咎一摆手,道:“行了,坐吧。”

娄钺两手交握在身前,有点局促地站在那里,一时没动。他也算看着霍无咎长大,知道这个天不怕地不怕的狂妄小子是个说到做到的人,说要做什么,从不开玩笑，也从不食言。

更何况，此番的确是因着他的疏漏，是他没做好霍无咎交代的事。他对靖王也算颇有好感。让他在自己的眼皮底下被先皇帝扣押，又受了这样的大罪险些丧命，他心下愧疚得很，一时间甚至也希望霍无咎说到做到，责罚自己一通。

却见霍无咎抬眼斜了他一眼，脚往龙椅上一踩："你这会儿怕什么？人又没死。"

娄钺的声音沉沉的："确实是我的疏漏，我没什么可辩驳的。如今你也算是我的上峰，要如何责罚，全凭你的意思。"

"你也知道是你的疏漏？"霍无咎的胳膊往膝头一搭。

娄钺不知怎么，总觉得霍无咎的声音虽不和善，却又不怎么像生气，反倒有点高举轻落的意思。

便听霍无咎接着道："我父亲早跟你说过挺多次的吧？作为武将，也不要成天只想着怎么打仗。朝廷里那些弯弯绕绕，就算不做，也多少得懂一点，你说是吧？"

娄钺闷闷地应了一声，便见霍无咎往后头一靠。

娄钺闻言一愣，迟疑道："但是……"但是你这会儿说这些干什么？按霍无咎的脾气，这会儿应该不跟他多费半点口舌，让人把他带下去军法处置。

却见霍无咎打断了他，反而抬手，让旁边的兵卒给娄钺倒了一杯茶。

"没什么但是的。"霍无咎说，"这事翻篇了，你也别再提了。"

娄钺满脸诧异："可是……这是为何？"

便见霍无咎瞥了他一眼，手竟不自觉地抬起，挡住了他微微翘起的嘴角。

"因为你是我的长辈啊。"霍无咎说。

娄钺目瞪口呆。

"赶紧坐。扬州那边如何了？"霍无咎清了清嗓子，话锋一转，说道。

娄钺有些摸不着头脑，但听霍无咎问到正事上去，便也不敢懈怠，说道："都妥当了。幸而那几个郡县的将领都是我的故旧，先皇身死的消息传去，他们也知没有旁的路可以选择，便都归顺了。想必国中其他郡县多也如此，毕竟他们各守一方，兵力四分五裂的，此时又群龙无首，即便有心，也不会反抗。"

霍无咎"嗯"了一声："算来要不了多久，整个长江以南便可尽在掌控中了。"

娄钺应声，却又皱起眉头："但是，你可想过此后怎么办？"

霍无咎看向他，便见娄钺端坐在那儿，也在忧心忡忡地看着他。

"国不可一日无君。如今虽说我们手下有重兵可用，能将整个南景镇压住，但这毕竟不是长久之计。如今无论临安还是其他郡县，文官都是被挟制住的，如今的衙门也已经没了用处。还得你快些联络北梁，派遣官员将领前来，也算收复失地了。”

却见霍无咎听到这话，皱紧了眉头，一时不说话了。他的手指在膝头敲了敲，像是在思考。

娄钺有些疑惑，片刻之后反应过来，迟疑着问道：“你是……不想将南景交给北梁？”

想到这儿，他的眼前忽然闪现出了一个面孔。莫不是因为靖王！霍无咎外出借兵，唯一担心的便是靖王，那日回来听说靖王被擒，那副模样简直像发了疯。莫不是……

娄钺一时间目瞪口呆：“你不会是想拥立新君吧？”

便见霍无咎抬起头来看他。娄钺从他的目光里读出了两分确定的意思。

“你可要想清楚！”娄钺说道。

霍无咎不是旁人。他如果只是北梁的随便一员将领，他做出这样的选择，都是无可厚非的。但他偏偏不是，他是如今北梁新帝的亲侄儿，更是一开始起兵抗景的定北侯的独子。他与北梁有着化不开的血缘关系，无论对北梁还是南景，都是一个不安定的因素。即便北梁新帝默许、江随舟同意，泱泱大国的物议难以平息，两国也不可能一直保持着这种尴尬的关系。

便见霍无咎静静地注视了他片刻，缓缓地出了一口气。

“如果我说，我不知道呢？”霍无咎说。

娄钺一时说不出话来。他看着霍无咎，便见霍无咎皱着眉低下头，抬手揉了揉眉心。

“烦得很。”霍无咎低声自言自语道。

娄钺看着他这副模样，一时有些想不明白了。这在娄钺看来，是再好决定不过的事了。灭南景是霍无咎一直以来都在做的事，杀南景的国君时，他也半点都没迟疑。唯一有些难办的，恐怕就是靖王殿下的身份了。但是，给他换一个干净的身份对霍无咎来说，是再容易不过的事啊！难道说，问题出在北梁？

娄钺不敢多言，也没法多问，只得静静地候在那里。

片刻之后，霍无咎缓缓地出了一口气：“没事了。周边郡县即便已经归顺，也需你多加警醒。这些事，不可再出乱子了。”

娄钺沉声应下。

霍无咎摆了摆手，让他出去了。

娄钺一走，御书房便空了下来。案上原本江舜恒的东西，全都被清了出去，但此时偌大的书案，却又被堆得满满当当了。都是城内城外的将领们送来的信件和折子。

霍无咎往龙椅上一靠，不用看，就知道那些折子上写的是什么。文人的骨头向来比命要硬些，此时即便被镇压住了，也不会安生。而南景那么多百姓，一天两天没有父母官也就罢了，但总不能一年半载都没人管。

霍无咎知道南景有多乱。但是，他生平头一次想要逃避，总不想让自己往北梁那边想。他不知道他堂兄做的事，他的叔父究竟知道多少，或者分明就是他叔父授意的；他也不知道，那个与他一同出生入死、互相交托后背的兄长，又是什么时候对他这般忌惮有加、步步为营的。他如今也不过二十出头而已，在短暂的人生中，只学过怎么杀敌，却从不知道，怎么对付不同往日的至亲。甚至，还是他父亲临死之前，强撑着最后一口气，要他一定要照顾好的至亲。他看着满桌的案牍，一时间，竟生出了几分迷茫。

这样的迷茫，最会让人产生茕茕孑立的错觉。窗外日光正盛，天刚大亮没多久，甚至还没到正午。

第十章　利刃

霍无咎这天晚上还是很晚才回去。他即便不想面对，那些送到他面前的琐事却还是需要他来处理。单一个临安，一日之间便会生出许多事来，更何况是整个南景。霍无咎即便再敷衍了事，等到将桌面上的文书全都处理完毕，也已经月上中天了。

霍无咎站起身时，只觉自己浑身都要散架了。他鲜少会有这样的感觉，即便接连几日行军纵马，他也从没有过这样的疲惫。却没想到，一动不动地坐一整天，也是会要人命的。他有些懊恼地站在原地，活动了几下酸疼的肩颈，才转身出了御书房。

外头的夜色很凉。步辇早就停在殿外了。宫中地方大，去哪儿都远，要是光凭腿，寻常养尊处优的主子自是走不到的。但霍无咎只瞥了一眼，便绕开了步辇，自己往回走了。

霍无咎坐了一整日，腰酸背疼的，这会儿看见椅子都有些恶心。要真让他们抬着自己走回去，恐怕真要将自己满身的骨头都晃散架了。霍无咎大步往回走去。后头的人跟不上他的脚步，皆一路小跑。一直到霍无咎终于走回了他所居的宫苑，后头跟着的人已经有些气喘吁吁了。

霍无咎一路走到了江随舟的门前，停了一下，却不往里进了。

后头的魏楷连忙上前问道："将军？"

霍无咎皱了皱眉："什么时辰了？"

魏楷道："还有两刻便三更天了。"

霍无咎懊恼地"啧"了一声，转头就走。

魏楷连忙跟上去："将军，您上哪儿啊？"

霍无咎头也不回："回去睡觉。"

这声音已经多了几分咬牙切齿的意思。

魏楷急匆匆地"哎"了一声："您今天早上不是还说晚上要来看靖王殿下的吗？"

霍无咎咬牙心道：这小子真会哪壶不开提哪壶。他当然想去看江随舟了。他平白在御书房里受了一天的累，折子上全是字，看得他头晕眼花、腰酸背疼的。这种钝刀子割肉的痛苦，他一直挨下来，不就是图快点？

但此刻天这般晚了，霍无咎又怕扰了江随舟休息。他的身体本来就弱，早先留下的病气也没清干净，如今又受了伤，光想想他整日受的罪，霍无咎就坐立难安了。这会儿，霍无咎宁可回去辗转反侧一晚上，也不愿意去把江随舟吵醒。

听着魏楷没眼色的话，霍无咎有点烦，转过身去，正要说话，却看见了推门而出的孟潜山。

孟潜山端着盆，原是要出来干活的，却冷不丁撞见了站在台阶下正要走的霍无咎，着实将他吓了一跳。

"霍将军？"孟潜山连忙出言叫住他，"您怎么不进去？"

霍无咎回过身，抬头看向孟潜山："不去了，伺候你们王爷好好儿睡。"

孟潜山有些摸不着头脑。

"王爷还没睡，在等您呢！"孟潜山说。

魏楷听得一愣，转过头去正要喊将军，却只觉得面前被带起了一阵风，凉中带了两分锐利。他跟着看去，便见他们将军已经往殿中去了。将军身形仍旧是稳的，从背后看去威严又可靠，半点不见着急。不过，若是他上阶梯的脚步再慢些，而不是这样几乎跑着，恐怕便能更显出稳重的气场来了。

霍无咎一路进了殿，拐到了寝殿中，便见江随舟正恹恹地靠在床榻上看书，哈欠一个接着一个。他手里还松松地握着一卷书，不过书本已经歪向了一边，一看就是困得发晕了。

霍无咎几步上前，一把将他手里的书抽走了："瞌睡成这样，还看什么？"霍无咎像是有点不高兴，语气却是软的。

江随舟手里的书忽然被抽走，吓了一跳，顺着看上去，便看见了裹着一身夜色里的凉气的霍无咎。江随舟轻轻地笑了笑："没有，不是你今早说晚上要回来吗？"

他慢条斯理地伸手接过了霍无咎手里的书，整理好了，放到了一边："怎么回来得这么晚，才忙完吗？"

房中烛火燃得亮，总给人一种暖融融的感觉。江随舟这会儿困得声音都有点哑，语气也比平日里软些。

不过极简单的几句话，却让霍无咎心中升腾起了一种奇妙的感觉。这种感觉是他从没有过的，毕竟他在外征战多年，也从没有体验过被人等着的感觉。竟让他一整日的疲倦和烦躁，都轻飘飘地烟消云散了似的。

霍无咎在床榻边坐了下来："事情有点多，就晚了点。只说要来，也没说不让你睡，有什么好等的？"他的语气一本正经，却让江随舟听出了口不对心。

江随舟闻言也不回话，却靠在床榻上笑了起来，一双笑意盎然的眼睛，静静地看着霍无咎。

"有什么好笑的？"霍无咎低声道。

江随舟瞥了霍无咎两眼，只觉这人幸好没尾巴，不然定然要翘上天去了。不过，他倒是看出，霍无咎此时的神色与方才进门时，已是截然不同了。

江随舟猜出了几分，片刻之后，他问道："今日你去处理的那些事，是不是挺棘手的？"

霍无咎停顿了一下，自然是棘手。他长这么大，就没怎么跟文臣打过交道。这些人不是战俘，不能一杀了之，况且此后说不定还有用到他们的地方。但是改朝换代，向来是他们最接受不了的，即便不死，也绝不会安分。单说临安，一日之内便送来了三封急信，全是太常令府上送来的，说齐旻齐大人听闻皇上被霍无咎杀了，直要撞守军的刀剑，要他们给文武百官个痛快，要杀要剐可以，不必留着他们受辱。霍无咎自然觉得头疼。

但霍无咎觉得，这些乱七八糟的事也没那么难缠，更不必拿来让江随舟烦心。

"就是有点琐碎。"霍无咎说，"别的没什么。"

江随舟只觉是霍无咎嘴硬。他正要抬头去看霍无咎，霍无咎却像察觉到了他的动机一般，一抬手便将他按了回去。

"怎么，还信不过我？"霍无咎问道。

江随舟道："不是，只不过他们总有些不好对付，你又是北梁的人……"

听江随舟这么一说，霍无咎心下警铃大作。江随舟这话的意思，十有八九就是想帮他处理了。真是……才刚受伤没两天，就管这些乱七八糟的闲事干什么？

霍无咎一口回绝："没事。即便是南景旧臣，也不过是一群读书人罢了。我留着他们的命，就是因为对付得了他们。"

江随舟忙道："你可不能乱杀人。"

霍无咎"啧"了一声。

"我在你眼里就是这样的人？"霍无咎垂眼问道。

江随舟闷闷地笑了起来："自然不是。只是他们那些读书人，情急之下说话都会难听些，我怕你一时同他们计较。"

"那你放心。"霍无咎说，"我还怕失手杀了人，回来不好跟你交代呢。"说到这儿，他低下头去。

"反正，你别担心了，只管好好养伤。"霍无咎说，"我能把这地方打下来，难道就管不好了？若是管不好，再打一遍就行了。"他后头半句分明是轻飘飘的玩笑话，江随舟笑了起来。

"好了，知道你会打仗了。"江随舟说。

二人零零碎碎的，你一言我一语，夜色便渐渐深了下去。江随舟喝了药本就易乏，说着话，便渐渐又困了起来。

霍无咎敏锐地觉察到了。他也没说，只渐渐放轻了说话的声音。片刻之后，均匀细微的呼吸声便传了过来，霍无咎入目的便是江随舟的睡颜。

江随舟明显感觉到了霍无咎这几天的疲惫。他从来不说，每日忙完了朝中的事便也如常到江随舟这里来，硬要亲自看一看江随舟身体恢复得如何，再一直陪到江随舟睡着。他的神色如常，眼底的乌青却日甚一日。

江随舟每次开口想问，便又被霍无咎搪塞着堵回去，只同他说没事。他便也没法再问。便这般过了几日，江随舟恢复得不错，渐渐地也能下地走路了。他身上的伤都结了痂，便日渐好转。李长宁的医术又奇佳，见他伤口恢复得好，便又给他添了几味补气血的药材，替他温养起根基来。霍无咎却仍不放心。见着江随舟下地走动，他便如临大敌，浑身的神经都紧绷起来，没一会儿便要扶着江随舟回去。

旁边的魏楷有些不忍直视。他们将军自个儿只要不缺胳膊少腿，受再重的伤都是一切如旧的。他自己如此，御下时也是如此，哪里见过他这么谨小慎微的模样。

而江随舟这几日虽不多言，却一直默默地观察着霍无咎的状态。他知道霍无咎嘴硬要强，而且十分能忍，即便到了支撑不住的时候，也不会主动示弱。更何况自己这些时日受了伤，霍无咎对自己谨小慎微的，他要面对的那些事，自然也瞒得更深了。

江随舟却不想放任他这般。霍无咎以往这么逞强，那是因为人都道他是坚不可摧的“战神”，谁都依靠着他，他自然无从依靠，只能自己撑着，如今却不应该还这般照旧了。

江随舟静静地等着，一直到了这一日。霍无咎一早走后，他喝了李长宁送来的药，觉得精神不错，身上也轻快些，便下了床榻，去宫殿外走了一圈。如今他住的地方就在原先江舜恒的寝宫后头，原该是宠妃住的宫殿，只因为江舜恒总是一碗水端平，故而闲置了许久。院子中景致极佳，跟在旁边的孟潜山还笑嘻嘻地告诉他，霍将军此时在偏殿住着呢，日日陪在这儿。

孟潜山面上笑得也喜庆，江随舟轻笑着看了孟潜山一眼，却没说话。他抬眼往远处看去，便见宫苑中一步一景，将金碧辉煌的层层楼阁映衬得颇有生趣。他今日出门，自然不是为了看这些的。他只是想试试，自己如今恢复得如何，能走多远。这个尝试的结果倒是令他满意。

江随舟在廊下站了一会儿，便回了屋子，一直等到了入夜时分。

眼看着过了二更，霍无咎还是没回来。平日里的这个时候，霍无咎已经钻到江随舟的宫里来了，今日这般，想必是又遇到了什么麻烦。

江随舟静静地坐在那儿等了一会儿，便起了身。

见江随舟下床，孟潜山连忙迎了上来：“王爷？”

便听江随舟轻声道：“更衣，再让人去备步辇，我出去一趟。”

孟潜山连忙劝道：“王爷，这外头更深露重的，您的伤还没好……”

“那就替我准备一件厚一点的大氅。”江随舟道。

孟潜山还在犹豫：“这……”

便见江随舟抬眼看他：“怎么，我说话是不管用了？”

孟潜山左手捏右手，有点局促。

就听江随舟道：“是霍无咎吩咐过吧？你只管去，他不会把你怎么样。”

孟潜山见江随舟态度坚决，着实没了办法，只好一咬牙一跺脚，应了下来。

霍无咎那边的确有些焦头烂额。原本那些难以处理的庞党、文官，这个时候反而安分了不少。他们本来就是墙头草，利尽则散、权失则弃，当初大权在握的是庞绍，他们便追随庞绍左右，如今手握大权和重兵的是霍无咎，他们便乖得不得了，半点都不给霍无咎找麻烦。难办的是那帮自诩清流的书呆子。景朝亡了，他们便终日要寻死觅活，对着守军破口大骂都是轻的。霍无咎却不能放任他们死，毕竟死的朝臣多了，天下便也要人心惶惶。这些人没有一天不给他找麻烦的。

这也就罢了，几日下来，霍无咎应对起来倒也算熟练。但是这一日，最让他心生烦躁的，是他的叔父。南景的大动作自然逃不过北梁的眼睛。北梁的新帝昭元帝、霍无咎的叔父，已经派人给他送来了信件，这日便到了。信上盖着皇印，千真万确。

霍无咎将那封信囫囵放在桌上，正兀自心烦，便又有人来报，说齐旻齐大人今天又寻死，幸好拦得快，没死成，但受了点轻伤。

这个消息便像火星落进了干柴堆里。

“让你们看个人都看不好？”霍无咎怒道，“不过是个手无缚鸡之力的老头，能把你们折腾成这副模样？”

来报的人慌忙解释，说齐大人情绪不稳定，又不愿与北梁之人有半点交流，让他们实在没办法。

“我就不信，你们捆了他的手脚，塞住他的嘴，每天三餐给他灌进嘴里，他能死得了？”霍无咎咬牙，声音冷得令人胆寒。

来人头都不敢抬，哆哆嗦嗦地连声应是，跪下请霍将军息怒。

“那还不滚？”

霍无咎将那折子往地上一甩。这再让他多看一眼，便会要命了。

那人连连应是，便要退下去。

却在这时，旁边一个清冽的声音传来：“慢着。”

御书房中的众人皆是一惊。

霍无咎抬眼看去，便见江随舟不知什么时候站在了御书房后间的屏风边。他的脸色仍旧不大好看，有些白，穿着一袭厚重的黑色大氅，外头还裹了件披风，分明是夏日了，却是入秋时候的打扮。

跪在地上的那将士也惊出了一身冷汗。什么人不要命了，敢在将军发脾气的时候打断他？打从老侯爷没了，全天下都再没一个这么大胆子的人了。那人一时跪在原地，进退不得，只好一动不动。

却听得龙案前一声响，竟然是他们将军起了身。将军非但没有怒而降罪，反倒匆匆站起身来，迎到了那人身边，一把将他扶住了。

“你怎么来了？”那个声音听起来竟有些慌乱，方才雷霆万钧的怒火，竟然立刻消散了个七七八八。

便听那人开了口：“不来还听不见你这般发脾气呢。”声音仍旧是慢条斯理的，许是因为身体不好，气息有些弱，听来清冽又温和，有点软。

“也没什么，都是小事。”他们将军竟有些仓促地解释起来，“晚上这么凉，怎么能让你出门走这么远？孟潜山怎么当的差。”

就听那人轻声笑道：“怎么，我的人你也要收拾了？”

霍将军听到这话，竟讷讷地不说话了。这下，跪在案前的那将士便更想看看这是何方神圣了。四两拨千斤的，让他们这个生起气来天王老子都管不住的将军成了这样，这得是何方神仙下凡来了？他不敢抬头，只听见将军扶着那人，直扶着对方在龙椅上坐下，而将军反倒站到了一边。

那人又开口了：“起来说话吧。”

这便是对跪在那儿的那个兵卒说的了。那个兵卒一时不敢动，小心翼翼地刚一抬头，便听见他们将军口气不悦：“聋了？”

兵卒连忙飞快地爬了起来。

“刚才是出了什么事？”那人又问道。

这下，兵卒站直了身体，一抬头，便能看见那人的面目了。是个生得极精致的公子，年轻得很，却一副病体未愈的模样。他身上深色的衣袍雍容而逶迤，将他裹在其间，端的一副矜持倨傲的贵态，神情却是平和的。

那个兵卒的胆子壮了些：“回公子，是太常令府上的事。”

“什么事？”那位公子问道。

“太常令……这几日情绪不佳，总寻死觅活。”那个兵卒说。

便见那位公子抬头，看向了站在一旁的霍将军：“我记得齐大人不是这样的人的。你这几天是干了什么？”

便见霍将军低下头去看他。将军生得高大挺拔，如今又穿着戎装，合该是放肆冷傲的模样，这会儿却低着头，表情虽没什么变化，瞧上去却总显出几分驯顺，像匹认了主的野狼。

“也没做什么。”霍将军的语气中满是不服，却又有点心虚，“我还没想好如何处置他们，就先关押在他们旧邸了。”

便听得那公子轻笑了一声，有点无奈：“你当他们是俘虏呀？你若真有心杀他们，这么做自然无可厚非。但你既无这心思，至少要以礼待之，才能安抚人心。”

安抚人心这事，倒是他们的知识盲区了。霍无咎连带着他手下那帮将领和士兵，一开始便是守关御敌的。对他们来说，战胜之后，对当地的官员向来是杀之而后快，能留条性命，已经是极其特殊的宽宥了。输都输了，还要人安抚呢？底下那个兵卒也有些费解地挠了挠头。

便见那位公子扯过一张宣纸来，提笔在那张纸上写了起来。片刻之后，他便放下了笔，将那张纸拿起来，前后通读了一遍，便慢条斯理地吹干了墨汁。

“不过想来，如今你们不管做什么，他们也听不进去了。”那位公子说，“既然如此，便要劳烦你，将这信代我转交给齐大人。你什么也不必说，信上自有落款，此后的事情，你们也不必担心了。”

说话之间，墨迹也干透了。这位公子折起这张纸，便递到了桌面上。那个兵卒连忙上前接过，抬眼看时，便见这位公子对他淡淡地一笑。

“去吧。”他说。

兵卒连忙行礼退了下去。

临出御书房，他偷偷地一抬眼，便见那位公子抬头正低声对霍将军说着什么。霍将军单手撑在龙椅的扶手上低头侧耳，半点不见方才的凶神恶煞模样。御书房里灯火煌煌的，一时间，竟显出了几分和谐、平静。

这个兵卒没读过什么书，脑中却立刻出现了一句话：一物降一物。

霍无咎竟然有点心虚。他也不知道自己为什么要心虚，但江随舟端坐在那儿，他光低头看着江随舟的侧脸，心下便有点没底了。

总归让他看见了自己发脾气的样子。更何况，若看表象，还是他在乱发脾气。

霍无咎没想到，他有朝一日竟会怕这个。平日里，除非迫不得已，他向来随性而为。打仗的人都是泥里滚出来的，面子是最不要紧的东西，更别说平日里随意发横，那都是再寻常不过的。但是……让江随舟看见，他竟然有些怕了。

霍无咎只顾着站在那儿忐忑。便见江随舟慢条斯理地从桌上拿起了几封折子，大略看过，便又放了回去。

江随舟抬头看向霍无咎。

“这就是你每日跟我说的‘无事’吗？”江随舟问道。

霍无咎一顿，立刻从方才的懊恼中回过神来。他张了张嘴，一时竟有点哑口无言。

片刻之后，霍无咎才低声反驳道：“本就不是什么大事。”

江随舟的手指在案牍上敲了敲："你再瞒几日，京中便要闹出命案了。到时候，全天下都只会说是你霍无咎苛待前朝老臣，滥杀忠良，到了那时，你再去跟谁说理？"

霍无咎却并不放在心上："随便他们怎么说，只管往史书上写好了。"

江随舟脱口而出："这怎么能行，怎能让史家这般非议你，留给后人看？"他的语气认真得有些惊人。

霍无咎闻言，直看向他，便见抬着头的江随舟目光有一瞬间的慌乱。

"我是说，你不能不爱惜羽毛……"他解释道。

便听霍无咎"扑哧"一声笑了。靖王殿下果真不会说谎。这哪里是要他爱惜羽毛？分明是这位声名狼藉的殿下，对霍无咎的羽毛爱惜得不得了。

霍无咎得了偏袒似的，胆气也壮了，走上前来，挤着在龙椅上坐了下来。幸好龙椅宽敞，塞得下他二人。霍无咎缓缓地出了一口气再开口时，语气中已经多出了两分妥协般的示弱。

"本来不想让你因为这些烦心的。"霍无咎说，"只是……这种事，我的确处理不好。"

"你即便瞒着我，我也是看得出来的。"江随舟轻声道。

"但你的伤还没好。"霍无咎说。

江随舟反驳道："那我今日不也出门了吗？"

霍无咎一龇牙，凶巴巴地道："所以孟潜山该挨收拾。"

"你才是应该挨收拾的。"江随舟毫不留情地抬手，在霍无咎的小臂上捏了一把。那胳膊上的肌肉紧实，硬得像石头，狠狠地捏上去，反倒让江随舟的手疼了。

江随舟讪讪地收回手，便听到了霍无咎闷闷的笑声。江随舟却也不搭理他，兀自将霍无咎扔了满桌的折子整理好，一本一本地翻开看。

"我既然好了不少，这些事，大可以我帮你做。"江随舟说。

霍无咎却不答应："你还没好全，别瞎折腾。"

江随舟侧过脸去，淡淡地看了霍无咎一眼。

霍无咎不满，"啧"了一声，却不说话了。片刻之后，他道："要去做事也行，我得跟着你。"

这个江随舟倒是没拒绝。霍无咎这才妥协，将桌上的书札一股脑儿地推到了江随舟面前。

不过，在江随舟没看见的地方，他手下一转，还是将昭元帝的那封亲笔信藏了起来。

烛火静静地燃烧着，偶尔发出一两道火星的噼啪声。江随舟一心翻看着桌上累积的折子，霍无咎便静静地守在一边，不言语，只静静地看着他。这些时日下来，霍无咎一直极讨厌御书房这个地方，却又不得不来，只好强忍着反感。但这会儿，他却觉得这御书房烛火明亮，四下安宁，竟成了全天下最好的去处。

霍无咎定定地看着江随舟，江随舟却是全神贯注的，一双眼只落在手中的案卷上。许久之后，他缓缓地将最后一本折子放了回去。

“除了这些，是不是还出了什么别的事？”江随舟抬头问霍无咎道。

霍无咎一时没回过神，慢了半拍才应道：“什么？”

江随舟耐心地重复了一遍。

霍无咎的眉心跳了跳，却不动声色地问道：“怎么这样问？”

江随舟叹了口气：“单这些事，怎么能把你气得发脾气？”

霍无咎也不知道江随舟怎么会这么了解他。这种了解自然是挺让他高兴的，但在他想隐瞒什么事的时候，却又有点让人懊恼。只是极小的一点点而已。霍无咎一时没说话，这落在江随舟眼里，便是默认了。但即便默认，却还是死咬着不说。

江随舟的神色一时间有点沉。他已经接连忍了好几日了，一直到这会儿，他有点忍不住了。宫中出了大乱子，如今天下也跟着都乱了。霍无咎却什么都瞒着他，不许他知道，像是要严严实实地将他保护在羽翼底下一般。他知道霍无咎的用心，但他却不想这样。他分明能同霍无咎一起的，但霍无咎不让。他接连忍了好几日，一直等到自己身体养得好些，终于能下地了，才逮了霍无咎一个正着，就想要他人证物证俱在，没法抵赖。但是到了这会儿，霍无咎还瞒着事情不要他知道。

江随舟的嘴唇抿了起来，静静地看着霍无咎，却不说话。

霍无咎立刻觉察到了不对劲：“怎么了？”

“霍无咎，”江随舟的声音有些滞塞，“你也该做到坦诚。”

霍无咎立刻慌了手脚：“不是，我不是有意要骗你，只是这些事……”他有点说不下去。只是这些事太糟糕了，他自己都弄不明白，没有主意，更不愿意让江随舟去烦心。他就是……不愿意，特别不愿意。

却听江随舟问道：“是什么事？”

声音冷得让霍无咎受不了。霍无咎一咬牙，一把捞过了藏起来的那封信，视死如归地塞进了江随舟的手里。

“不是什么大事。”霍无咎还在嘴硬。

江随舟垂眼，打开了那封信。信是朱笔写的，上头盖着的，赫然是昭元帝的御印。

信写得很用心，甚至关切和欣喜之情溢于言表。昭元帝高兴于霍无咎双腿未废，人恢复了健康，又责怪他不早些让自己知道，不早些回朝。如今听说南景国破，是霍无咎所为，昭元帝更高兴了，只问霍无咎此后打算如何安置，自己又要如何厚赏霍无咎。

昭元帝的身体差得很，信却洋洋洒洒地写了很多。写到后头，甚至隐约能看出他拿不住笔，字迹都是抖的，却还不停地在写。

江随舟静静地看完了信，将它收了起来。

“所以，就是因为这封信才不高兴的，是不是？”江随舟问道。

霍无咎闷闷地应了一声，伸手想将那封信拿走。他这逃避的模样，分明是在掩耳盗铃。

江随舟的手往旁边一躲，让霍无咎抓了个空。

“你早知道要面对这个的。”江随舟说，“所以，你才重兵把守着南景，却没有旁的动作，对吗？”

霍无咎没说话。

江随舟知道，对霍无咎而言，这是个极难的选择。

沉默片刻，他缓缓地叹了口气。

“这封信里，你也看出了什么来吧？”他问道。

霍无咎没说话。

霍无咎早有点猜测，今日这信，便让他的猜测成了真。若是昭元帝和霍玉衍父子一心，那么皇位和太子之位都是他们父子二人的，霍玉衍便也不必那般患得患失，冒着风险与敌国大臣私下来往，只为了把霍无咎害死。若昭元帝也想让霍无咎死，那么霍玉衍便不必这般大费周章了。如今看来，十有八九，昭元帝是对霍玉衍的做法不知情的。

便听霍无咎咬着牙，低声开了口：“他们父子两个也不商量好。到底想不想要我的命，也给个准话啊。”他的语气凶得很，江随舟却听出了其中的难过。

霍玉衍与昭元帝，怎么都是父子一体的。若他们皆不仁不义，霍无咎立刻便能挥师北上，与他们反目，但偏偏昭元帝在他这里，仍旧是个慈爱的叔父。他下不去手，反倒被逼得进退两难。

江随舟轻轻拍了拍他的手："我倒是有个办法。无论如何，都可先解如今的困局。"

霍无咎抬眼看向他："什么办法？"

却见江随舟静静地同霍无咎对视了一会儿，再开口时，已是话锋一转。

"告诉你也可以。"江随舟双眼微微一横，觑了霍无咎一眼，"但你要答应，此后再有什么，不许瞒我。"

霍无咎低了低头，没说话。他只知道要把最好的都捧给江随舟，把最坏的都替江随舟拦住。要再有这样令人不快的事情，霍无咎的选择，肯定还不会变。

却听江随舟接着说道："我知道你的心思，但你不能剥夺我替你承担风雨的权利。"

霍无咎心下微震。他一瞬不瞬地看着江随舟。他从不觉得自己需要谁保护，更没想过会需要依赖谁。所有人都在教会他独立与坚强，唯独江随舟静静地告诉他，要替他承担风雨。

霍无咎的心口烫得厉害，手背上的青筋都跟着鼓了起来。

霍无咎虽说是天下最独断专权的人，但总也有个软肋，让他做事不得不多出些意外来。他虽然仍不情愿让江随舟出门，但又拦不住江随舟，不过磨了一两日，他便妥协了。

江随舟得了自由，第一件事，便是先去御书房，同霍无咎商量着，给昭元帝写了一封信。

即便霍无咎猜测的多半属实，却还是要小心为上。他让霍无咎斟酌着字句，在信上写明了南景如今的情况，又说此番起兵紧急，南景诸般事宜全都乱成了一团。所以，打算留在南景，将大江以南安顿妥当，再回朝复命。

信上又写，如今正值用人之际，南景官员不可尽用，还需昭元帝调拨官员、人手。江随舟列出了不少官员的名单，皆是北梁的大臣，全是当年追随着霍无咎父子的，算是他们一派的人。

"你这是……"霍无咎坐在一边，不由得有些惊奇。

"这样，便多少可以试出你叔父的心意了。"江随舟说，"这一步棋，又是进退都有路的，此后便可以再边走边看。"

这份名单送到昭元帝的书案上，霍无咎什么心思，便算是明明白白地写在纸上了——他打下了江南，又将他手下的官员弄来治理。昭元帝若是信任他，便会只当他是了解这些人，便愿意任用。昭元帝若是不信任他，便会立刻相信，他是要将江南全都划归为他的势力，必不会应允，不会任由霍无咎势大。这样的话，他们双方便全然是对立面了。霍无咎有兵有领地，人又在江南，此时便可拥兵自立，即便最差的后果，也是与江北撕破脸，与他们各据一方。

至于到时以什么名目……霍无咎若是愿意自立为帝，那自然最好；他若是有心结，江随舟也不介意做那个杀兄夺位的新帝，替霍无咎撑起一个国来，做他的后盾。

既然如此，江随舟便要做不少事，既然要做，那就干脆做到底。他的这些心思，只存在心里，并没告诉霍无咎。霍无咎自然也完全不知，此时正提着笔，有些不耐烦，却又强压着性子挨个抄写那份名单。

江随舟静静地看了一会儿，便听霍无咎一边写，一边开了口："这事做完，你就赶紧歇两天。也没什么要紧的了，我都能做。"

江随舟却看了他一眼："还没完呢。你别想关着我。"

霍无咎一点办法都没有，心下虽然既不放心也不高兴，却不敢说出口，只得将脾气都发在了李长宁身上，责怪他开的药效果一般，让江随舟到现在都没有好全。

李长宁听着霍无咎责难了一番，只当耳边刮过了一阵风。直到霍无咎走后，他才轻飘飘地对魏楷说了句话："犬类若情绪不稳定，总撕咬物品、无故嗥叫，当是什么症状？"

魏楷没懂："你说啥？"

便见李长宁淡淡地一笑，意味深长："没什么。只是想对兽类的病症也有几分了解罢了。"

江随舟这几天将京城内外的所有官员名单都整理了一番。有些骨头不大硬，但能力极强的，他都找了出来，或以威势胁迫，或以利禄相诱，再让霍无咎手下的士兵和将领严加看管，便让他们陆续接掌了各郡县的事务。

有了这些官员调度，霍无咎便可以逐步撤兵，将士卒都撤到了城外以作镇守。数日下来，南景各处便渐渐恢复了原本的秩序。毕竟对百姓而言，父母官的作用比皇帝大多了。只要衙门里坐着青天大老爷，管他金銮殿上坐着的是何方神圣呢？

临安城中也是如此。各部官员在江随舟的选择下渐渐归位，因着这些时日被霍无咎吓得人人自危，此时又有江随舟在，多半官员倒也算有了主心骨，渐渐回归了朝廷。剩下的那些，要么就是没有清算的庞党核心，要么就是齐旻一派的南景老臣。

对于齐旻，江随舟是有些舍不得的。他知道齐旻有才，知道齐旻德高望重，而且如今朝中人心惶惶的，他也需要齐旻坐镇。

料理好了要紧的那些，江随舟便亲自登门，去了一趟齐旻的府邸。他的身体没好全，动得多一点，脸色就又要发白。霍无咎不同意他出宫，却又拦不住他，最后便硬是跟着江随舟一起，上了去齐府的马车。

太常令府外此刻仍是重兵把守。

江随舟下马车入府时，只见府中下人们噤若寒蝉，头都不敢抬。不过，齐府虽然死气沉沉的，却仍是秩序井然的，可见霍无咎虽看管得严实，却并没苛待他们。

江随舟和霍无咎一道，在下人的带领下径直进入了齐旻的院落。

那个院子朴素得很，一方不大的院落里种满了梧桐。江随舟走上阶梯，便见霍无咎先他一步上前，替他推开了房门，又单手扶上了他的胳膊。动作霸道得很，一派不容置疑的劲儿，却又处处透着谨小慎微，活像一只守着财宝的巨龙。江随舟只得由着他，进了齐旻的卧房。

齐旻此时正坐在紧闭的窗下，手里握着一卷书。听见推门声和脚步声，他头也没抬，手下只静静地又翻了一页书，淡淡地道："霍将军，留了老朽这么多日子，终于按捺不住了？"

说着，他将书往桌上一放："若劝老朽归顺，那您尽可以回。若是要老朽的性命，那么您自便吧。"他静静地说完，抬起了眼，朝着门的方向看去。

接着，他那一派视死如归的镇定自若，全僵在了脸上。

"靖王殿下？"齐旻立刻站了起来，正要说话，却又看向了江随舟身后。

分明该是势如水火、你死我活的两个人，此时竟并肩站在那里。

齐旻的目光在二人之间扫视了几遭，有些说不出话了。

第十一章　波诡

齐旻一时间没有言语，倒是江随舟走上前去，停在齐旻面前，轻笑着点了点头：“齐大人。”

齐旻的目光在他和霍无咎的身上停了停，片刻后才坐直了身体，开口道：“殿下先坐。”

江随舟应了声，在齐旻面前的椅子上坐了下来。

“今日前来叨扰，是有些事想要同齐大人商量。”江随舟轻声道。

却见齐旻沉默了片刻，开口道：“臣这些时日，也多少听到了些流言。臣原本无论如何都不想相信，但如今看来，流言恐怕是真的。”

江随舟大致知道齐旻所说的是什么。如今霍无咎占据了皇城，皇上已死，而他这个靖王则生死不知。皇宫不是什么人迹罕至的高山峻岭，人的死活，向来是再清晰不过的。既然没说死，那便一定是活着。靖王和霍无咎是怎样复杂的关系，那是天下人皆知的。如今霍无咎得势，扣下靖王却不杀他，个中原因，自然是颇值得推敲的了。

江随舟猜得到，如今面对齐旻这样的质询，便也颇为坦荡。

“若说是霍将军救我于水火，那么流言自然是真的。”江随舟坦然道。

齐旻盯了他片刻：“所以，这些时日京中和京外的布置，也都是殿下您的主意吧？”

江随舟点头。

“今天您来，也是替霍无咎来劝说我的吗？”齐旻追问道。

江随舟仍旧没有否认。他知道齐旻说话、做事皆是坦荡，自己便也不必同他拐弯抹角。

见江随舟默认，齐旻深深地叹了口气：“我便知道，这样的事，不是他霍无咎做得出来的。但是，靖王殿下，我原以为您通透明白，如今看来，怎么这般糊涂呢？”

旁边的霍无咎听齐旻说话，只觉得既磨蹭又不中听，有些烦躁地“啧”了一声。

江随舟抬眼，淡淡地看了霍无咎一眼。两人目光对上，霍无咎停顿了一下，有些不服气，却还是抿紧了嘴，重重地将头偏向了一边。他今日来之前答应过江随舟的，绝不同齐旻起冲突。

江随舟收回目光，重新看向齐旻。

“齐大人此话怎讲呢？”江随舟问道。

方才他与霍无咎无声的那点交流，即便细微极了，也没逃过齐旻的眼睛。齐旻再看向他时，目光有些复杂，停顿片刻，才沉沉地开口道：“靖王殿下，家国与私情，不该混为一谈。”

江随舟坦然道：“但本王做出如今的这些决定，并不是因为私情。同样的，今日本王来请您出山回朝，也不是因为私情。”

“那您是为了什么？”齐旻的声音有些高。

便见江随舟端坐在那儿，神色平静而坦然：“本王自是为了自己的性命。而前来劝说您，则是为了朝廷。”

“朝廷？”齐旻不怒反笑，“靖王殿下，如今哪儿有朝廷？若您此时告诉我，您即将登基为帝，那么老朽便是有朝廷的。若您不这么做，那么老朽的朝廷，又在何方呢？”

说到这儿，齐旻话锋一转：“您又何尝不是如此？先帝有负于您，庞绍独断专权，但大景江山仍是在的，这才是你我的家国。您如今毁了自己的国，又何尝不是毁了您的家？如今，又何必急着劝说老朽一起，再转去为霍家的朝廷效力呢？”

说到这儿，齐旻的情绪有些激动，剧烈地咳嗽了起来。片刻之后，他止了咳嗽，低声道：“好女不侍二夫，良臣不事二主。靖王殿下，今日您身后站的是霍无咎，您便不必再费口舌了，请回吧。”

江随舟听齐旻这话，沉默了片刻，站起身来：“那本王便不叨扰齐大人了。不过齐大人闲来无事，有些琐事，倒可以想一想。”

齐旻抬头看他，江随舟说：“女子若所托非人，那么定然要为一个不义之徒蹉跎一生吗？良臣未遇明主，即便胸有大略，却只能眼睁睁看着生灵涂炭，难道这就是他的忠心吗？”

齐旻没有说话。

江随舟接着道：“在我而言，女子不必为旁的任何人守节。男子既要珍惜光阴、要建功立业，那么女子同样不该空耗自己的韶华，只需无愧自身所愿。而臣子，更不该将一己之身牵在某一王朝、某一君王身上。若这所谓忠心，是将自己捆缚在将沉的大船之上，那这忠心，不要也罢。”

说着，江随舟后退一步：“若大人心之所系，是报答大景和先帝，那本王自不该再劝。但若大人心之所系，是天下黎民百姓，那您只管忠于这天下万民便可，不必管龙椅上坐的是什么人。”

江随舟的目光平静却坚定：“正如我，我的家与国，只是如今我足下所踏的泱泱土地，是这普天之下的青天白日，与旁的，皆无关系。”

回去的路上，霍无咎一直没有说话。

江随舟问道：“在想什么？”

便见霍无咎转过头来，目光深深地看了他一会儿。

“怎么了？”江随舟有些不解。

便见霍无咎靠了过来：“我就是在想，以前我最不喜欢听文臣吵架了。什么之乎者也的，扯些穷酸的鸟语，听不懂说什么，还吵得口沫横飞的，还不如去听和尚念经。”

江随舟闻言，“扑哧”一声笑了出来。

便听霍无咎接着说道：“但怎么今天不一样呢？”

江随舟面上带笑地看向他：“今日有什么区别？”

霍无咎却不往下说了。他一直觉得，人的骨头，都是外物所塑。他们这些臭当兵的骨头，都是铁打的，带着股冷冰冰的铁腥味；那些文臣的骨头，都是那些连篇累牍的诗书文章所塑，他们闻起来是书墨气，而霍无咎闻来，却是一股烂书堆的腐味。

唯独江随舟是不一样的。他明明该是与旁人没什么区别，富贵乡锦绣堆里的少爷，霍无咎不是没见过。但是江随舟像是塑于光芒和自由之中。挺拔，磊落，又有股子周围人都没有的通透。这股气息吸引人极了，直让人像趋光的飞蛾，即便要撞得灰飞烟灭、尸骨无存，也要扑到那光明上，试着去拥抱住那片温热的光亮。

没几日，京中便出了大事。

重兵把守的太常令府，守卫竟然全被撤走了。第二日，旧朝的太常令齐旻齐大人竟然从府中堂而皇之地出来，上了马车，入了皇宫。当日，齐大人竟然官升半级，成了新任的大司徒，统领如今长江以南的所有文臣。

此事非但震惊朝野，连临安城内外的百姓都尽人皆知了。一时间，无论朝臣还是百姓，都明白了一件事——这带兵杀皇帝、烧皇宫的霍无咎，也不是来者不善。冤有头债有主，他虽然杀了皇帝，却不动百姓和朝臣，甚至对他们加以重用。

而尚有几分人心惶惶的南景百官，此时也多少定下了心——即便霍无咎存着卸磨杀驴的心思，也断不敢杀德高望重的齐旻的。如今既然齐旻都和他们成了一样的人，那么想必霍无咎也对他们少了很多杀心。

一时间，众人倒是都定了心。不过，关于齐旻的言论也甚嚣尘上，众说纷纭。有说霍无咎众望所归的，也有说齐旻不忠不义的。不过，无论众人怎么猜测，也唯独江随舟和霍无咎，知道齐旻究竟是怎么想的。

那日齐旻进宫，是去御书房见了江随舟。

“天下之大，并不缺我这一把老朽骸骨。”齐旻对江随舟说道，“不过如今局势动荡，您用得上我，我也愿助您一臂之力。”

江随舟道：“齐大人高义。”

齐旻却抬了抬手，止住了他的话头：“老朽只不愿风烛残年，还有愧天下百姓罢了。不过，天下平定之日，也请靖王殿下莫要强留，许老朽归田。”

江随舟应声：“本王自不会强迫大人，一切但凭大人的意愿。”

这下，临安内外的百官终于得了齐旻，如今有了马首是瞻的那位，总算能让大江以南的朝局步入正轨。

如今这局势虽不能长久，但总算被理顺，有齐旻协助，送到御案上的文书也骤然减少了。江随舟好生忙碌了一段时间，此时终于能松下一口气来。

霍无咎也总算松了口气。他眼看着江随舟弱不禁风的，还成日里忙前忙后，急得心生烦躁，却又挡不住江随舟。如今，杂乱的事务告一段落，他总算能理所应当地按着江随舟，让江随舟休息一段时间了吧？霍无咎只觉身心舒畅，心情一好，还去城外的军中巡查了一番。

结果，不等霍无咎高兴两个时辰，便听说回了寝殿的江随舟又换好衣袍，重新出了门。这次他去的方向，是临安的诏狱。那是什么地方？血淋淋的，阴森得不得了，满是阴湿气。

霍无咎马上放下手中的事务匆匆赶去，将江随舟拦在了半路。

“你去哪里？”霍无咎神色不快。

江随舟一派坦然：“我听说你将庞绍关在了诏狱里，打算去看看。”

霍无咎眉心拧起来：“你的身体好了没有，就到那种阴冷的地方去？”

江随舟道：“如今诸事告一段落，也该给他个解脱了。”

霍无咎沉默不语。他知道，对庞绍这样的人来说，死是最好的解脱了。当日他一时冲动，当场杀了江舜恒，但还有很多账没有算。所以，他便拖着没让庞绍死，将账都算在了庞绍的身上。如今，还没算清楚呢。

江随舟见霍无咎这神情，便将他的心思猜出了一二。他抬手，握住了霍无咎紧实的胳膊。

“对他来说，最好的惩罚，莫过于让他死个明白了。”江随舟说。

“但是你……”

“你若不放心，同我一起去，如何？”这回，霍无咎没有拒绝。

诏狱比不上宫中天牢那般阴森冰冷，却也是京中关押重犯官员的地方。

打从到这个地方来，庞绍便没过过一日安生日子。霍无咎手下的兵都被练出了手上的本事，在折磨战俘这件事情上，最是拿手。他们让庞绍终日忍受蚀骨的痛苦，却又吊着他的意识和气息，让他整日醒着，晕不过去，更死不了。

庞绍已经不知过了多少日子了。一进地牢，便有一股清晰的血腥味扑面而来。霍无咎皱了皱眉，似有些不满，接着便在临近牢房的时候，按住了江随舟的肩。

“你先等等。”霍无咎说。

江随舟不明就里，还是停下了脚步。

便见霍无咎大步走上前去，走到牢房门前看了一眼，继而像是看见了什么不干净的东西似的，不高兴地皱了皱眉。接着，他抬了抬手，便有几个士兵走上前来。那几个士兵忙碌了一会儿，霍无咎才退了出来，将江随舟带了进去。

江随舟跟着走进去，拐过一个弯，迎面便是关押庞绍的牢房。血腥味清晰得很，江随舟往里看去，却见牢房中的庞绍歪坐在角落中的干草堆上，肩膀往下，盖着一整块布。

而牢房的门口，已经放了一把椅子，空的，士兵齐刷刷地列站在后。

“这是……”江随舟看了看庞绍，又抬头看向霍无咎，不解地问道。

便听霍无咎轻声道：“没什么，坐吧。”他自不必说，他是怕行了刑的人看起来骇人，脏了江随舟的眼睛。他自己本来就见过不少，更何况还被在牢狱里关押了整一个月，知道那是个多脏污的地方、受了刑的人身上又是怎样惨不忍睹。他是见多了，看到就像没看见似的，甚至边审犯人边吃饭都不在话下。

但江随舟是什么人？即便江随舟的胆子并没他想的那么小，霍无咎也不想让江随舟看见。

江随舟闻言，抬眼看了霍无咎一眼，又看向庞绍。

此时，庞绍那一双阴森森的眼睛正幽幽地看着他，身上的布上渗出血迹，一看就知道霍无咎在遮挡什么。

江随舟没有反驳霍无咎，只任由霍无咎带着，在那椅子上坐了下来。

“庞大人，”江随舟说，“别来无恙。”

庞绍笑了一声，声音沙哑得可怕。

“你满意了？”庞绍问道。

江随舟却缓缓地摇了摇头。

“该是本王问你。庞大人，事到如今，你可满意？”

庞绍冷笑，声音粗嘎如地狱爬出的恶鬼。

“被你陷害至此，我自然满意得不得了。”庞绍说。

江随舟却轻笑道：“大人，事到如今你还不明白吗？害你至此的，不是本王，而是你自己。”

庞绍死死地盯着江随舟。

江随舟却半点没被庞绍吓到，平静地接着道：“将霍无咎凌辱至此送来本王府上的，是你吧？步步紧逼，将本王逼上绝路，不得不反击的，也是你吧？庞大人，我所做的一切，霍无咎所做的一切，都是拜你所赐，是你所做的一切，给你的反噬罢了。”

庞绍却道：“巧言令色。事到如今了，你还要说这些，难道是怕我死了以后，会来索你的命吗？”

霍无咎不满地发出啧啧声，上前一步便要打开牢门，一副要冲进去收拾人的模样。江随舟一把拉住了他，将他往回拽了拽。江随舟分明是拽不动霍无咎的，霍无咎停顿了一下，却还是退了回来。

“你就由着他胡说？”霍无咎咬牙切齿。

“恶贯满盈的人，变不成索命的厉鬼。”江随舟淡淡地道，“我如今，也不过是替你害死的人，来索你的命罢了。”

江随舟看向庞绍，接着道：“你的库房中堆了多少银两，你心里有数吧？你对那些银子有数，那么对你害死的人呢，有数吗？如果你没有的话，那本王可以替你数数。朝中那些不顺从你的人、挡了你路的大臣，还有那些因你贪污而流离失所的百姓、因你贪念而饿死在蝗灾里的流民，你数得清楚吗？”

庞绍冷笑道：“被踩死的蝼蚁，还需要清点数量吗？”

“所以你被捉拿，被关在这里这么久，无人鸣冤，无人救援，只有树倒猢狲散。”江随舟轻声道。

“哦，可能还是有的。”江随舟话锋一转，“先帝，江舜恒，他不是蝼蚁吧？他倒是至死都在等着你回去救他，到死都相信你，是他最能够依赖的舅父。”

庞绍的目光这才终于动了动。

江随舟静静地看着庞绍。即便江舜恒，他都能觉出几分可怜来，但庞绍，却是个实打实的混蛋。混蛋是没有怜悯心和羞耻心的，唯独让他亲耳听见自己是怎么大厦将倾，才能真正让他感到悲切。

“即便我做了那么多事来离间你二人，他都念着你当日的虚情假意，全心地信任你。”江随舟道，“你当日的煊赫权势，数不尽的金银财帛，不全仗着他傻吗？只是可惜，你多疑到以为他有多聪明，要将他拉下皇位，才让本王有机可乘。若不是你这般怀疑他，庞大人，谁能将你拉下大司徒的位置呢？”

说着，江随舟站起身来，淡淡地道：“死之前仔细想想吧，庞大人。全天下，没有比江舜恒更好骗的人了，将皇位推出去，将刀架在你脖子上的，不一直都是你自己吗？”说完，他转身走了出去。

其余的人鱼贯而出，四下都安静了下来。

庞绍紧盯着面前的虚空。

“蠢货。”庞绍的语气轻蔑，冷声道。他这话，自然是在骂江舜恒。过去的这么多年里，他在心底和背地里这样骂过江舜恒很多次，只因为江舜恒实在太蠢。

但是这回，他眼前浮现出的是江舜恒小时候的样子。七八岁的小孩儿，胖得像个球儿，瞧上去有点蠢，但小孩子，多少还是有几分童稚的可爱的。怯生生的，看向他的眼睛却亮，说话听起来就有点窝囊，但总归不招人烦地问他：“舅父，您下次来看我是什么时候？”

这样的小孩儿，总归会引得人偶尔记得，塞块糖给他吃。当真是蠢。窝囊了一辈子，到了三十多岁，还是个识人不清的蠢货。活该被人利用。

庞绍垂下了眼睛，将鼻端微弱的酸意憋了回去。却在这时，有脚步声响了起来。庞绍看去，却见是去而复返的霍无咎。

霍无咎在牢房前站定，冷冷地同他对视。

“看好了。”霍无咎说，“害你的是我，杀你的也是我。他一个手无缚鸡之力的病秧子，能干什么？只有我，想杀你就杀你。”

庞绍皱眉，不知道他说这个干什么。便见霍无咎对着他冷冷地一瞥。

“所以，即便你有本事变成鬼，也看清楚了。”霍无咎说，“要索命，别索错了。”

说完，霍无咎转过身去，大步走了。庞绍片刻之后，才明白霍无咎说这话的意思。原来，霍无咎是在怕他真变成厉鬼去找江随舟，所以专程来同他说一句？

庞绍只觉得可笑。他霍无咎征战沙场那么多年，犯下了那么多杀孽，还信什么鬼神？当真是变蠢了不少。庞绍只觉得可笑，但笑着笑着，又有些笑不出来了。

庞绍看得见霍无咎对江随舟那个病秧子的谨小慎微，看得出来他这么说，不是怕鬼，而是怕鬼去缠江随舟。似乎是感情这东西，才最能蒙蔽人的心智。无论亲情还是友情，最虚无缥缈的东西，才最有摧枯拉朽的力量。

庞绍又想起江舜恒了。他想起那时他情急之下，为了调兵，让江舜恒知道了他与霍玉衍有来往的事。江舜恒半点没有追究，反倒在将虎符交给他之后，问他说：“舅父，无论如何，你都会护着朕的吧？”他自然不会，想必江舜恒，也不一定真的看不出来。只不过因为，他仍旧是当年那个，一年到头见不到父皇、只等着他这个舅父袖中的一两颗糖的蠢小孩罢了。

那日霍无咎出了诏狱，又说忘了什么东西，回去了一趟。但他回来的时候什么都没拿，江随舟问他去做什么，霍无咎也不说，一副嫌丢人似的模样。江随舟便也没有再问。

没几日，庞绍便死了。

他生前煊赫，死的时候却无声无息。如今南景掌权的是霍无咎，原本庞党的官员巴结都来不及，自不会再去管旧主的死活了。

江随舟倒是真的闲了下来。有齐旻在，大部分事务便可由朝中官员自行处理，江随舟只需对送到御案上的事务做出决定罢了。他原本一日便只需忙两三个时辰，但霍无咎还偏要在处理军务之前，将送到他面前的事全筛选一遍，霍无咎能拿准主意的，便都不让江随舟插手。

江随舟便更清闲了。不过，他和霍无咎都不知道，自那一日他们二人一同前往诏狱之后，便有一个流言，在军中甚嚣尘上了。这风飘进了不少将领的耳朵里，其中不乏一些对霍无咎特别崇拜的，心里愤懑不平，却也无从宣泄。

一直到了这日。军中一个将领，这天有些要紧的军务要禀告霍将军，一路进宫，到了御书房。可进了御书房，却见御案前坐的不是将军，而是一个陌生男子。五官精致，眼尾上挑，眼底下缀着一颗红色的小痣，分明是个男子，却漂亮得过分。

将领心下一凛。瞧这模样……不就是传闻中的那个人吗？

将领神情一凛，目光也变得如临大敌了起来。

江随舟倒是没觉察。他听见外头来报，只当是哪个朝臣要来见他。他应了一声，让人带那个求见的人进来，便头也不抬地接着看手里的书札。可是，且听着脚步声由远及近地来了，停在了御案前头，却迟迟不听那人开口。什么人？

江随舟皱了皱眉，抬眼看去，便见是一个身披铠甲的将士，瞧着那衣着，应当是个级别不低的将领。应当是来找霍无咎的。不过，霍无咎这两日忙着去抄庞绍留下来的老底，这会儿并不在宫里。江随舟见那个将领站在那儿，神色不快地盯着他，只当是城外出了什么大事，便开口要问。

可他的话还没问出口，那个将领倒是先开口了："霍将军不在，你便有胆子坐在这里吗？"

那个将领神色冰冷，满脸凶劲儿，生得个子又高，这会儿气势汹汹的，还声若洪钟，乍一开口，将江随舟吓得肩膀一颤。

江随舟坐直了身体，对上了那个将领的目光。江随舟有些疑惑。

"什么？"江随舟问道。

便见那个将领冷笑起来："你也该明白自己什么身份，仗着将军信赖，便越俎代庖，怎么，还想借着这般手段争权夺利吗？"

江随舟越发感到疑惑了。他挑了挑眉，正要说话，便听得身后的孟潜山不乐意了，上前一步便不悦地道："你是什么人，敢在这儿撒野！还不来人……"

江随舟抬了抬手，挡住了孟潜山后头的话。他回了回神，隐约意识到这个将领也因为传闻有了些误会。他知道，军中最怕人心不稳，无论朝中闹成了什么样，指令到了军中，也绝不可模棱两可，定然要有一个确定的、也是唯一的方向。现在，霍无咎是他们的方向，北梁的霍玉衍又站在霍无咎的对立面，即便是霍无咎，在军中的地位也不是十足的稳固。

那前朝遗落下的江随舟，就不便让他们知道了。尤其江随舟如今，手中还握着不少实权。正因如此，他早就跟霍无咎说过，最好别让军中众人知晓他的存在，需到大局已定之后，再作打算。如今看来，倒是不少人轻信了那些流言。

“那你说说，我是什么身份？”江随舟放下手中的笔，饶有兴趣地将胳膊肘在桌上一撑，身体前倾，问道。他自己觉察不到，他一笑整个人便会变得极其鲜活。

那个将领立刻露出了被羞辱似的神情：“既然知道自己的身份，还不快从那位置上滚下来……”

“你让谁滚下来？”却在这时，他身后传来了一个低沉的声音。那山雨欲来风满楼的不悦，单从语气中，便能听得一二了。

霍无咎居然这个时候回来了？江随舟有些惊奇，抬眼看去，便见那个站得挺拔的将领，也匆匆转过了身。

眼看着霍无咎阴沉着脸，大步走了进来。

那个将领张了张嘴，正要开口，便见自家将军停在了自己面前，神色冷得能滴出水来。他知道，这是因为自己斥责将军信任的人，让将军撞见了。他倒霉，他认命。

“我在问你话。”霍无咎的声音是从齿缝里挤出来的。霍无咎不高兴时，最吓人，尤其是当年的江随舟，动辄都会被他吓得挪不动脚步。这将领虽说不至于此，但对上那双阴戾凶狠的眼睛，心下还是怵得打战。但是与此同时，却有一股悲愤，从他的心底里油然而生。

这将领视死如归地咬紧了牙。“将军即便信任他，也不该让他插手政务、军务！”他梗起脖子，“即便将军今日杀了属下，属下也没说错！”

霍无咎的眼睛要迸出火星子来了。

“你有胆子再重复一遍？”霍无咎咬牙切齿地提起了他的领子。

江随舟连忙从龙椅上站起来，快步走了过去，在霍无咎的拳头落下之前，一把拉住了他。

“好了。”江随舟低声道，“他也是为了你好，我方才也不过是逗了逗他。”

说着，江随舟淡淡地一笑，转头看向那个抻着脖子等霍无咎揍他的将领，轻声解释道：“将军不必介怀。我一介白丁，哪儿认得那御案上的东西？不过翻着解解闷罢了。你们有什么事且商谈着，我便先……”

却见被他拦住的霍无咎，反手一把握住了他的手腕。

“你喊谁将军呢。”霍无咎不高兴地问江随舟道。

江随舟一愣。怎么，喊旁人一句“将军”都值得他这个态度?

不等他开口，便见霍无咎一把甩开了那将领的衣襟，将那个人高马大的武将硬生生地甩得连退了好几步。

“教没教过你，别睁眼说瞎话？”霍无咎看向那将领，凶道，“瞧好了，他，靖王，要叫殿下。”

那个将领眼都瞪圆了。

那个将领一时被惊得恍如在梦里，江随舟也被霍无咎吓了一跳。

待那个将领退出去，江随舟连忙将霍无咎拽到了御书房后的寝殿里，匆匆道：“你怎么乱说话？”

霍无咎余怒未消，往榻上一坐，双手撑在了膝头上：“怎么乱说话了？”

江随舟有点急：“我之前不是嘱咐过你？我的身份……”

“我本来也没想答应，那都是你逼我的。”霍无咎这会儿心里有气，连带着对江随舟说话都硬气了不少。

江随舟一时说不出话了。

霍无咎缓了两口气：“行了，没什么好担心的。”

“可是……”江随舟便见霍无咎转脸看向他。

“没什么可是。”霍无咎说，“你就说你信不信我？”

江随舟道：“自然是信的……”

便听霍无咎道：“那就放心。你别看我对他们厉害，但一个两个也都是我出生入死的弟兄，不会因为这点小事就倒戈。你既然信我，也只管相信他们，他们即便是跟我一块儿死在这里，也不会转头去投到霍玉衍的阵营里。”

江随舟沉吟片刻，点了点头。便见霍无咎从怀里拿出了一封信，交到了江随舟的手上。

“我刚才回来，是为着这个。”霍无咎说。

江随舟展开，便见那上头赫然是昭元帝的字迹。

“你叔父回信了？”江随舟问道。

霍无咎应了一声。江随舟将那封信细细看了下去。果然，如他所预料的，昭元帝欣然同意了霍无咎的提议，并说那些人不日便会整装南下，让霍无咎静候，又说此后若还有什么要的，只管向他开口。

江随舟看完信，问霍无咎道："可信吗？"

霍无咎点头："连着圣旨一起送来的。"

江随舟闻言，沉沉地叹了口气："既然有圣旨，便会昭告天下，那些官员便成了钦差，有了这层身份，便算有了你叔父的庇护了。果真，只有霍玉衍生了异心。"

霍无咎沉默片刻，状似不经意地嗤笑了一声："打小就心眼多，尽用在没用的地方，可笑。"

霍无咎的神色轻蔑，但江随舟知道，霍无咎并不如表现的这么轻描淡写。这么想着，他不由得轻声问道："那如果，你如今不在南景呢？"

霍无咎看向他："什么？"

江随舟问道："如果现在，南景没亡，也没有我。你身在北梁，知道霍玉衍的心思，会怎么做？"

霍无咎想都没想："其实我懒得跟他争。他爱比个高低，我没这个兴趣，随他闹呗。不过一个皇位，他想要，就以为人人都想要了？"当真是霍无咎做得出来的事。

江随舟正在心里叹息，却见霍无咎转过眼来，看向他："不过，这假设没什么用处。南景灭了。我就算自己什么都不想要，也得争点儿什么给你。他今天是看我不顺眼要我的命，万一明天又看你不顺眼呢？我不能给他这个机会。"

殿中点着的龙涎香安神极了，江随舟没一会儿便睡着了，再睁眼时，天色已经晚了。

旁边侍立着几个宫女、太监，为首的正是孟潜山。见着江随舟醒了，孟潜山连忙上前，扶着他坐了起来。

"王爷醒啦？"孟潜山道，"霍将军走前吩咐过，说待您醒了，便让奴才们接您回去。"

"走？"江随舟尚没有完全清醒，揉了揉额角，"上哪儿去了？"

孟潜山道："宫外有事，说是挺重要的。不过将军也说了，不会回来太晚，让王爷不必等。"

霍无咎这边的事的确挺要紧的。毕竟，这些时日下来，庞绍和他的余党终于被查抄了个干净，光是抄没出来的金银，都够顶大半个国库的。数额之巨，令人瞠目结舌。这样大数额的钱财，除了交给霍无咎，旁的人谁也不敢处置。

这日那个将领来找霍无咎，为的就是这件事。霍无咎得了消息，处理好了江随舟桌上的案牍，便径自出了宫，去庞府清点了。金银珠玉、字画古董，几乎将那偌大的一个庞府堆满了。

历朝历代的贪官污吏都不敢做得太明显，即便家财万贯，也要藏一藏。庞府却不同。庞绍这般有恃无恐，以至于这么些东西都大大咧咧地堆在府中和几个库房里。毕竟那个时候，普天之下除了皇帝，没有比他权力更大的人，更遑论皇帝对他亲厚到言听计从，他自然没什么怕的。这么些财产，光是翻账册，都让霍无咎一直翻到了天黑。

于是，霍无咎将那些钱财清算之后，便将一部分充作军费，另外又将大半归入了国库。如今国库已经成他的私人财产了，他如今前程未卜，这些钱财，都是要为他和他手下的兵马作日后打算的。除去这些，他大手一挥，又拨出了一大笔钱拿来犒赏三军。他对手下的人马向来大方，钱财、饮食方面，都是有多好便给多好的，从来不吝惜。

而魏楷也对霍无咎这些行事作风极其熟悉。霍无咎算得清楚，一笔一笔的，他便帮着霍无咎分配、记录。魏楷做事麻利，眼看着账目上的钱财一点点少了下去，那成堆的金银财物，渐渐地都有了去处。

一直到最后，账上还剩下了一笔银子。这些银子跟整个庞府的银钱相比，自然只算得上九牛一毛，但也是令人咋舌的一大笔银两了。霍无咎的手划到了那里，一时沉吟着，没再说话。

倒是魏楷兴冲冲地问道："将军，这笔钱如何处置？"他早习惯了，他们将军素来不把钱财放在眼里，所有的战利品，都是拿去用在刀刃上的，他们将军从不留下一分一毫。

魏楷这话问出口，却没等到他们将军的回应。反倒眼见着他们将军抬起眼来，神色冰冷，目光不善地看了他一眼。接着，便见他们将军手下一翻，便将那账册合了起来。

"剩下的我有用。"霍无咎淡淡地道。

啊？这可是破天荒的一次。

魏楷一时不解："将军？"

便听见霍无咎不耐烦地"啧"了一声。

"怎么，还不兴我精打细算了？"霍无咎开口问道，面色不快，但特别理直气壮。

魏楷被他这话问得有些蒙，正发愣呢，便见他们将军站起身来。

“回头派人去城里城外看看，哪里有卖书的地方，拍卖会、古董店，都去问问。”霍无咎道。

这让魏楷更有苦难言了，他忙道：“这……将军，属下们也就是认些字，不至于当睁眼瞎罢了……您想要什么书，属下们该如何找啊？”

魏楷这话倒是把霍无咎问住了。

霍无咎留下这些银子，纯粹是因着些说不出口的理由。他向来视钱财如粪土，毕竟他打小就没缺过钱，对这黄白之物没什么概念，更没兴趣。但是刚才，眼看着庞绍府上各色的奇珍异宝从眼前流过去，他竟然头一次动了心思。他想，庞绍那老东西何德何能，敢将天下奇珍异宝搜罗到手里，反而江随舟，分明是皇亲国戚，和这老东西比起来却相形见绌。

霍无咎心下觉得不忿，只觉得这些极好的东西，都该归江随舟。但是他又知道，江随舟不喜欢这些玩意儿。钱财该花的花出去，奇珍异宝和字画古玩自然收归国库。眼前成堆的财物渐渐空了，霍无咎心下竟有些着急了。国库充盈了，军饷丰沛了，就连他手下的将士们，今天晚上都要好好地开一顿荤，分一笔奖赏，可江随舟还什么都没有呢！

于是，霍无咎一把攥住了手里的最后一笔钱。得给江随舟买些什么。他喜欢什么？霍无咎心中立刻浮现出了江随舟平日里看书时，那副全神贯注、安静恬淡的模样。也正因如此，霍无咎才会对魏楷提出那样的要求。

但魏楷一问，霍无咎心里也没数了。买什么书？魏楷不懂，难道他就懂了？

霍无咎沉默了半天，终于从牙缝中憋出了一句话：“别管内容。挑贵的，挑全天下最贵的。”

这天晚上，霍无咎回到宫里时，堪堪过二更天。

霍无咎直奔江随舟的寝宫，进门时，便见江随舟披着衣袍坐在窗下，正对着一盘棋沉思。江随舟手边的茶袅袅地冒着轻烟，茶香氤氲之中，是江随舟平和安静的眉眼。霍无咎只觉自己呼吸都停住了。

江随舟听到脚步声，抬起头看向霍无咎，道：“回来了？”

两人目光一接，霍无咎清了清嗓子，有点挪不动脚步，片刻之后才醉翁之意不在酒地上前去，坐在了江随舟的对面：“嗯，忙完了。”

江随舟见霍无咎一进门便在棋盘前坐下，垂眼只顾着看棋局，只当霍无咎对这个感兴趣。

他抬手让孟潜山给霍无咎上了茶，继而道："你也喜欢这个？刚好，这一盘局我尚没有头绪，你来帮我看看。"

霍无咎盯着棋盘。他当然对这个不感兴趣。当年他父亲为了逼他学棋，能把他揍个半死，就这，都没逼成功。霍无咎眼看着棋盘上纠缠在一起的黑白玉棋，气息沉了沉。

而他对面，江随舟的眼中，却是盯着棋盘陷入了沉思的霍无咎。霍无咎眉眼本就生得锋利，此时面色严肃，眼神专注又认真，在灯影之下，满是凌厉、肃穆的感觉。

他认真的样子向来好看。江随舟心道。

便见霍无咎沉吟了半晌，手落在了黑子的棋盅里，拿起了一子，"嗒"的一声，落在了棋盘上。分明是一副漫不经心的样子，却自有一种指点江山的气度。一时间，那盘上的黑白子在霍无咎的手下，像是成了两军对垒的塞外山河一般。一子落下，宛如阵前的将军挥起了帅旗，立刻，千军万马，奔腾而过。

江随舟忙看向那盘棋。黑子白子已呈胶着态势，双方咬在一起，像是互相扼住了对方的喉咙一般。此时的每一步，都是极其关键精彩的，往往一子之差，便可取对方性命，定下胜局……嗯？

江随舟一愣。只见棋盘上原本气势汹涌、狠厉凶蛮的黑子，因为霍无咎落下的那一子，势头一转，竟一头扎进了白子的包围圈里，缴械投降了。

江随舟蒙了。他抬眼看向霍无咎，却见霍无咎也抬起头来看他。只见霍无咎一手摩挲着棋子，神色平淡，目光沉静，出口的话，却让人极摸不着头脑。

"该睡了。"霍无咎道。

江随舟愣了一下，接着往窗外看了一眼，夜色的确深了。

"是。"江随舟说着，看向霍无咎。

却见霍无咎仍坐在那儿，八风不动的。江随舟更不明白了。这人怎么回事……催他去睡，却又赖着不走？

第十二章 计谋

如此，他们便静等着北边下来的人马，日子一日日地过，眼看着六月便要过去了。

恰好是临安最热的时节，江随舟的精神也恹恹的。他的伤好了个七七八八，但身体还是虚，又用不得冰，只得由李长宁给他在日常的药中添了几味去暑热的药材，替他清热降火。

一直到了这一日。天色晚下去，眼看着就到了三更天。白日里的暑热退去了不少，对江随舟这般体寒的人而言，已经是极其适宜的温度了，但若是霍无咎，必定又要热得打转。

江随舟歪在床榻上翻书，已经开始打盹儿了，霍无咎却迟迟没回来。

江随舟打了个哈欠，又将书往后翻了一页。脚步声传来。他抬头看去，却见是个眼生的士兵，在他面前单膝跪下行了礼。

“王爷，将军让属下带话，说今日有事，请您不必等。”那士兵道。

江随舟愣了一下，应声道：“好的，辛苦你跑这一趟。”

那士兵忙行礼说不敢，退了出去。

江随舟坐在原处，直到孟潜山上前来要伺候他睡下，才收起了手里的书。

夜色渐深，更漏声空空地在外头响起，一声一声的。江随舟总归身体底子虚，渐渐也迷迷糊糊地睡了过去。

不过他此番睡得浅，一丁点儿动静都能将他吵醒。不知过了多久，他身边窸窸窣窣地发出了响动，似乎有个人小心翼翼地掀开了帐幔。

江随舟睁开眼，便看见了霍无咎。江随舟偏头看了看外头的天色，已经微微有些发白了。

“天都要亮了？”江随舟问道。

江随舟又问道：“忙什么，要忙到后半夜？”

霍无咎说：“秘密。”

江随舟闻言笑了笑，也没再深究，闭上了眼睛。霍无咎能有什么秘密？他们二人虽然相处未久，但他对霍无咎是十足地相信。他闭上眼，便要睡去，不料霍无咎却不乐意了。

便见霍无咎咬牙切齿地开了口：“你不想知道是什么吗？”

江随舟有点迷糊：“你不是说是秘密吗？”

便见霍无咎气愤地开了口：“是秘密你就不问了吗？”

江随舟的瞌睡醒了一半，撑着身体坐起来，便见霍无咎大步走出去，似乎去翻找着什么。

很快，霍无咎便折返回来，将一本书交给了江随舟。

“喏，给你带的。”霍无咎说。

霍无咎的神情颇为平静，但其实忐忑得厉害。他手下的人翻遍了南景，终于在扬州的一家拍卖行里寻得了此书。听说这本书本是收藏在扬州一户名门中的，结果这名门家道中落，又出了个五毒俱全的败家子，这才将这本书卖了出来。听说他们读书人特别喜欢这个，吹得天上有地上无的，应当是个好东西。

霍无咎的手下不懂，霍无咎也不懂。不过，既然是好东西，那就该归江随舟。霍无咎这日千里迢迢去扬州，上那个拍卖行一掷千金，硬是将这本破书买了下来。

江南才子、大儒多得很，又有的是有钱的乡绅，不少人都盯上了这本书。拍卖的前几日，扬州甚至有人设了赌局，赌这本名书将花落谁家。结果，竟被一个名不见经传的霍二爷买走了。

当时那拍卖行场面都有些难收拾了，甚至有个跟霍无咎较劲，结果砸钱没砸过、竞价失败的大儒，甚至气得拂袖离去了。不过，那位霍二爷自然不管这个。他只管揣着那本书，快马加鞭，赶回宫去。

不过，这本书在霍无咎眼里实在算不上个好东西。封面陈旧、看上去有些破烂不说，里头的字迹也乱七八糟、龙飞凤舞的，再加上语言晦涩，根本看不懂是什么。

霍无咎不理解，那些文人怎么喜欢捡这些破烂。因此，他此时心下不安，生怕买回来的东西不讨江随舟的喜欢。

霍无咎偷眼去看江随舟。却见江随舟伸手接过那本书，翻了翻，继而面上便没表情了。

江随舟愣在了原地。这本书，竟是前朝一位乐府大家的手稿！那位大家在当朝便因才华横溢而名震天下，在他之后，再无那般神来之笔般的乐府诗。他随便一首乐府诗，便能口口相传，到了而今，更是耳熟能详、妇孺皆知的名家。这本诗集，竟是他亲手所写。其中的构思和修改，还有那些许灵感心得，全都在这本书中。

江随舟一时没回过神来，正要开口，却见霍无咎忽然伸出了手，一把将那本书抽走了。

“也不是什么惊喜，逗你呢。”霍无咎说，“不过一本破书，我帮你扔了去。”

霍无咎有点懊恼。果然是只有穷酸文人才会追捧的垃圾，江随舟刚翻开看了一眼，脸色就冷下去了。

得赶紧把这破玩意儿扔了。霍无咎心道。

可霍无咎刚把书抢走，却见江随舟立刻面露惊慌，扑上前来就抢，险些摔下床去。霍无咎连忙上前，一把将江随舟扶稳了。

“干什么！”霍无咎见江随舟差点摔着，心下一惊。

江随舟没答，反倒匆匆地问道：“你干什么！”说着就要去拿那书。

“扔它做什么！”

霍无咎一愣，这才反应过来，江随舟原来是稀罕这破玩意儿呢。他低头，看了一眼被自己单手捏着的破书。能入江随舟的眼，想来这东西也算不得破。一时间，这破书在霍无咎的眼里都顺眼了不少。

下一刻，那本书便被江随舟珍而重之地夺去了。这在江随舟眼里是什么？是天纵英才的心血和灵气，是文明的瑰宝。有了此物，千百年以后的人，便也能像他一样，透过这本书，与那位名家神交。这是多少钱都买不来的。

“你从哪儿弄来的？”江随舟问道。

霍无咎轻描淡写地掩盖住了心下的得意和欢喜。

“买的。”霍无咎说。

“你今日出去，就是为了买这个回来？”江随舟问道。

霍无咎听他这么问，心下更高兴了。喜欢这破玩意儿吧？知道我对你好吧？反正，管他什么，全都给你。霍无咎眉毛一扬，嘴唇也勾起来了。

“有点远，路上就花了点儿工夫。”霍无咎的语气平淡，背后的尾巴却高高地翘起来了。

江随舟这会儿却顾不得夸奖做了好事的大狗了。他将那本书捧在手里，像是手下重一点都要碰坏了它似的，小心地一页一页翻看起来。

霍无咎起先还高兴，可江随舟翻了两页都不见停，倒是让他有点不对味儿了。他怎么不问问有点远是多远？怎么不问问自己花了多少功夫？这真是个多好的破东西，值得他满眼都是这东西，反倒冷落送东西的人了？

霍无咎目光不善地看向那本书。下一刻，他又把书抽走了。

江随舟以为他还要扔，连忙又扑上来抢夺。江随舟盯着那书，提醒道：“你手下轻点，别碰坏了。”纸张最经不起岁月的消磨，这要是在他们手里便被弄破了、弄散了，那他岂不成了历史的罪人了？这可是要留给子孙后代的！

江随舟只顾着心疼书，却没承想听见这句话，霍无咎的火彻底被点燃了。霍无咎咬牙切齿、目光不善地看向江随舟，下一刻，霍无咎一抬手，那本书便划出了条抛物线，“啪嗒”一声落在了旁边的桌面上。

“你轻点！”江随舟见状，心都揪到了一起。

“知道了，我轻点。”霍无咎凶巴巴地咬牙说道。

从邺城到临安，拢共算下来有六千多里远。官员的马队向来行得又慢，没有一两个月，是到不了的。

如今入了夏，路便好走些。过了三两日，便有信使来报，说北梁来的人马，眼看着便要过大江了，需要霍无咎派人前去迎接。

江随舟同霍无咎商议过一番。霍无咎如今的人马都驻守各处，唯一有空的便是娄钺。思虑一番后，霍无咎便遣了娄钺，让他派人去江边迎接。

待到那批官员按照霍无咎的安排，把守在南景各处，那整个南景便都要成为霍无咎的势力范围了。此事自然马虎不得。

因此，得了霍无咎的命令，娄钺又被江随舟召进了宫，特意嘱咐了一番。

“兹事体大，所有从北梁送来的官员，都需娄将军好生注意一番。”江随舟道。

娄钺也知霍无咎如今的处境。他原就是南景的武将，投靠了霍无咎，自然是将身家性命都拴在了霍无咎身上。他们二人小心谨慎，娄钺自然也不敢轻举妄动，闻言点头道：“王爷放心，我自会当心些。”

江随舟点了点头：“我对娄将军自然是放心的。”

娄钺沉吟片刻，又道：“臣还有个不情之请。”

江随舟道：“娄将军只管说。”

娄钺道：“我虽然一直不喜欢婉君东奔西跑，但这些日子在临安，也确实拘她拘得厉害。她前两日知道我要外出，便嚷着一定要跟着。我也是实在没有办法……”

听到这儿，江随舟不由得露出个笑容来。娄钺这人虽说确实有些大男子主义，但对娄婉君也是极度心软，若非如此，也不会养出娄婉君如今这样的性子。

“娄姑娘向来有分寸，将军若不愿拘她在临安，只管带上她便好。”江随舟道。

娄钺闻言叹了口气：“那便多谢王爷了。”说着，便起身要告辞。

江随舟笑道：“娄将军也不必太过忧虑。娄姑娘虽说性子与寻常姑娘不同些，却也无伤大雅。姑娘非要大门不出、二门不迈的话，都是那些腐儒说的。娄将军既然不喜他们，自然也不必听他们这些话了。”

娄钺点头应是，不过这些话，自然也听不进耳朵里。

江北的人马眼看着就要渡江，江随舟也不敢让他们多耽搁，休整两日，迎接北梁官员的人马便动身了。

临安离大江很近，行军不过三五日便能到。又有斥候来回通报着情况，这几日，江随舟便一直注意着娄钺送回的消息。他这如临大敌的模样，让霍无咎都觉得有些纳闷：“怕什么？不过是些文官，总不会掉到江里去淹死。只要来了南边，还能出什么事？”

江随舟却摇头：“总归小心些好。人没到江南，什么都是不作数的。”

霍无咎拗不过他，只得转头去找李长宁，让他在江随舟每日的药里多加了几味安神静心的药材。

一直到了五日后。一封急信快马加鞭，送到了江随舟的案头。那个斥候进宫时，已经跑得气喘吁吁，将信送上前来时，腿下一软，便“扑通”一声跪了下来。

“将军说，此信加急，请王爷速览！”那个斥候道。

江随舟闻言皱起眉头，连忙将那封信取了过来。信封展开，便见里头赫然是娄钺的亲笔。

“官员全都送来了，但北梁太子，竟也随行前来。”

江随舟握着那封信的手骤然收紧了。也难怪……他算好了从邺城到这里来的时间，眼看着时间推迟了不少，他就怀疑有异。他猜得到即便昭元帝同意，霍玉衍也不会善罢甘休，却没想到……霍玉衍居然忌惮霍无咎至此。

霍玉衍自浔阳一战，身体便坏了根本，大不如前。他自做了太子起，便将养在邺城，半步不敢出。对他如今这副身子骨来说，能让他在这样的情况下离开邺城、前往临安，可见他有多畏惧霍无咎。

江随舟拿着那信，沉吟了半晌："去回娄将军，说我知道了，让他只管放心。"

那斥候连忙起身应是。

便听江随舟接着道："孟潜山，去问问霍将军去哪儿了，派人去告诉他，让他尽快回来一趟。"

"是！奴才这就去办！"孟潜山忙道。

二人退下，御书房中顿时清静了不少。江随舟拿着那封信沉思了起来。

霍玉衍敢来，那就说明他不知道霍无咎手中拿有他的证据的事情。虽说李晟被霍无咎杀了，但如今世人都当是李晟怀有异心，想要除掉霍无咎。也正因为如此，霍无咎与昭元帝书信往来，北梁又往南边送了这么多官员，谁也不觉得奇怪。如今知道实情的，也只有江随舟、霍无咎和娄钺而已，而知道霍无咎手里有霍玉衍与庞绍来往密信的，也只有江随舟与霍无咎两个人罢了。

虽说霍玉衍的到来出乎江随舟的意料，但如今敌在明我在暗，反倒是霍玉衍更加被动。如若处理得当，对他们来说，反倒是霍玉衍主动将把柄送上门来呢。江随舟摩挲着纸张的边缘，陷入了沉思。

入了夏，横亘在北梁、南景之间的大江滚滚而过，两岸绿树成荫，自成一派江南景致。

娄钺站在江边，深吸了一口气。霍玉衍要来的消息一送到他手里，他便立刻派人马不停蹄地转呈给了江随舟。他知道，江随舟人在临安，定然会将一切准备妥当，他要做的，便是藏住自己的全部心思，全须全尾地将邺城送来的所有人，安全地迎回去。

娄钺神色冷峻，旁边的娄婉君却没注意到。

娄婉君不耐烦等人，她骑着马，在江边溜达。她将马鞭折起塞回了腰间，抬手折了一枝柳，轻飘飘地甩着，赶着马匹在江边闲逛。她晃得娄钺心下直躁。

"老实点儿！"娄钺不赞同地皱眉对娄婉君说。

娄婉君分毫不放在心上，一手甩着柳枝，一手牵着缰绳转过头来。

“傻站着就是老实了？”娄婉君顶嘴道，“我闲得住，这马都要拘坏呢。”

娄钺憋了半天，告诫道：“一会儿北梁的太子殿下要来，你当心着些，不要坏了礼数。”

娄婉君“扑哧”地笑了一声，道：“什么太子殿下啊，往前数十年，那会儿可是我罩着他、带着他玩儿呢。”

娄钺连忙斥责她：“没轻没重！无论从前如何，他如今都是太子，是皇家的人，这样的话，万不可以乱说！”

霍玉衍和霍无咎的那些龃龉，娄钺思虑再三，还是没有告诉娄婉君。一则娄婉君性子耿直藏不住心思，二则，这事情少一个人知道也能稳妥些。更何况，在娄钺心里，娄婉君怎么也就是个女孩儿家，既没有官职，也不是男子，这种事，不知道也便罢了。

而娄婉君自然不知道娄钺这么多的心思和顾虑。她“嘁”了一声：“当着他的面，我当然不说了，我又不傻。”

两人说话间，江面上已经遥遥看见了船只的影子。船上挂着的旗帜正是北梁的。为首的是一艘两层高的大船，看上去应当是领头者所乘的。

娄钺通身都紧绷起来，面上的表情也匆匆收住：“人来了。慎言。”

娄婉君有些奇怪地看了娄钺一眼。她父亲这神色，虽说是一副认真庄重的模样，但怎么也不像迎接自家人，反倒像在准备着应付什么敌人。

娄婉君收回了目光，往那江面上看去。便见那船只缓缓而来，荡开了波浪，驶过了缓缓流淌的江面。江面宽阔，那船行得慢，行了两刻钟，才堪堪停在了江畔。

娄钺手下的兵马已经列阵在江畔，银甲红缨，旗帜猎猎飘扬。见着船停，娄钺便领着手下的将领们迎上前去，便见大船放下了踏板，卫兵迅速地列队下了船。

娄钺停在了踏板前。便见卫兵在两侧列好了队之后，便有几个太监、宫女手持仪仗缓缓而下。娄钺准备好了面上的笑容，旁边的娄婉君却浑然不觉地啧啧称奇。

“竟是这么大的排场！”娄婉君小声道。

娄钺连忙横了娄婉君一眼。

便在这时，一人缓缓地走到了那踏板上。那双雪白的织锦靴子上，密密地用金线织着蟒纹，在阳光下熠熠生辉，反射出黄金特有的色泽。顺着看上去，便是个着一袭雪白织金衣袍、头戴嵌玉金冠、面如冠玉的翩翩公子。他身量修长，倒是显得他单薄。这样的织金白衣向来不是寻常人撑得起的，穿在他身上，却显得清雅与贵气并生，配上手里一柄描金扇子，分明便是一位皇城里出来的贵公子。

随着他走下踏板，娄钺带着身后众人纷纷跪下，盔甲发出了当啷的声响。

“末将娄钺，恭迎太子殿下！”娄钺道。

在娄钺身后，山呼声随之响起。

众人跪倒了一片，一时间银甲熠熠，看上去颇有山崩海啸之势。那公子却是气定神闲，缓步而上，停在娄钺面前，躬身扶在了他的胳膊上。

“娄叔叔不必多礼。”霍玉衍轻声道。

娄钺顺着他的力道站起身来，抬眼看去，便见面前温文尔雅朝着他笑的，赫然便是霍玉衍。他同年少时没什么分别，温和爱笑，生得俊雅秀气，尤其眉眼，温润得紧。当年在阳关时，他便与阳关养出的“野猴子”不一样，平日里诗书为伴，讲话也是不紧不慢的。

但娄钺也知道，这孩子打小就是心思深的。霍无咎只喜欢习武，不爱读书，成日被他父亲打得上蹿下跳，七八岁时最皮的时候，还没大没小地直呼他“娄钺”。

霍玉衍却不同。他不仅诗书皆通，克己知礼，武功上也从不松懈。他没天赋，便全用在勤奋上，三伏天霍无咎带着一群小跟班到山中打猎躲凉时，他却独自在没有树荫的院子里扎马步，直扎到三更天。也正因着如此，他自起义带兵起，便文成武就，是军中知名的玉面儒将。若不是霍无咎风头过盛，普天之下，谁会不知道霍玉衍的盛名？

想到这儿，娄钺在心下叹了口气，面上露出了一副高兴的笑容来。

“礼不可废的！”娄钺笑道，“舟车劳顿，太子殿下辛苦了吧？”

霍玉衍闻言，轻笑着摇了摇头：“这几年身体是不中用些，不过无妨。南下的大人们照顾我，行得慢些，也没有多累。”温文尔雅，礼贤下士，他倒是全像半点没变似的。

若不是真知道霍玉衍背后的所作所为，娄钺怎么也不会相信，当年那个虽然心思深重却极其刻苦知礼的孩子，会做出在霍无咎身后捅一刀的举动。

“那末将便放心了！”娄钺道。

“娄叔叔这么便是见外了。玉衍在您面前，算不得什么殿下，不过是您的晚辈罢了。”霍玉衍轻声道，“娄叔叔倒是一点没见老，如今见着您，竟像还在阳关时一般。”

娄钺笑着摆手：“哪儿就像殿下说的这般。十多年过去，老啦！”

“临行之前，父皇还专程嘱咐过我呢。”霍玉衍接着道，“这回无咎能够顺利收复江南，全靠着娄叔叔您的帮衬。父皇说，娄叔叔您的高义，必要我亲自谢过才行。”说着，他躬身拱手，便要向娄钺行礼。

娄钺连忙将他扶住了：“这可使不得！太子殿下，君臣有别啊！”

扶上了霍玉衍，娄钺才感觉到他的身体有多虚弱。原本这孩子虽说看上去俊秀，但武功和军中随便哪个良将都有一拼之力的。但这会儿他扶上去，却明显感觉到没什么力气，轻飘飘的，像是骨子里都空了一般。

纵使知道这孩子恶毒，娄钺心下也不由自主地一酸。定北侯在世时，虽然只有霍无咎一个儿子，但最偏疼的，还是霍玉衍。

娄钺轻而易举地便挡住了霍玉衍行礼的动作，霍玉衍也没有同他纠缠，顺着他的力道便站直了。

“殿下一路辛苦，也不便一直站在这儿说话。”娄钺道，“城中已经备了宴席，殿下不如随末将一同去用些便饭，休整两日，咱们再启程去临安。”

霍玉衍闻言淡淡地一笑，神色温和，看不出半点端倪：“那便最好了。也多亏无咎，若不是他将整个南景安排得井井有条，我也没福气在这儿躲闲呢。”他这欣喜温和的神态，谁看得出背后竟做出那些阴私来？

娄钺垂眼，掩去了复杂的目光。

便在这时，他听见霍玉衍“咦”了一声，侧过身去，朝着他身边问道：“婉君妹妹也在？”

娄婉君抬眼看去，便见昔日那个安静的少年，长身玉立，站在她面前，眉眼温和得像水似的。

“婉君妹妹竟出落得这般标致了。”霍玉衍说，“眉眼之间，竟是有几分像娄夫人。”

说着，霍玉衍露出了个淡淡的笑容。

娄婉君不着痕迹地抽了一口气，嘴竟一时间笨拙起来，不知该怎么回话了。真好看啊。她心道。像有一朵玉兰花，让风一吹，在她心口颤颤巍巍地开起来了似的。

孟潜山派去的人很快就找到了霍无咎。霍无咎此时人正在军中，听见是江随舟急着见他，立刻便放下了手中的事，赶回了宫里。

江随舟将那封密信交给了霍无咎看。

信上不过寥寥几字，霍无咎只看了一眼，眉头便皱了起来。他将那封信往桌上一放，眉眼都凌厉了些。

“他不要命了？”霍无咎的声音冰冷。

江随舟说道：“倒也未必。他既然敢来，想必还以为在你面前伪装得很好。又或者说，他怀疑你对他已经起了疑心，急着来试探你。”

霍无咎冷笑了一声：“我还能给他这个机会？”

江随舟问道：“你打算如何？”

霍无咎轻声说：“他不是要送上门来吗？现在整个南景都是我的地盘，他只要来，我便拿了他。单凭你抢救出的那几封信，昭告天下后，就够我杀他的了。”

道理是这个道理，江随舟却摇了摇头，道：“不可如此。”

“怎么？”霍无咎不解。

江随舟说：“若如今做太子的是你，或者说，若他只是你的臣子、下属，那么你确实可以直接杀了他。但是，他如今既是你的兄长，又是北梁的太子，你若仅凭几封信就杀他，即便这几封信是真的，世人也会说你残暴的，毕竟这几封信，并没有真正害死你，而且都是过去的事，这个时候再算账，并不算个好时机。”

霍无咎却不以为然：“说就说呗。随便他们说，我还怕他们碎嘴？”

江随舟知道霍无咎不怕这些，他却不情愿。是非对错，总该分个清白。即便百年之后的事不必他来管，他也不想在今后的数十年里，眼看着霍无咎被世人戳脊梁。

“你不知道那些儒生、文臣的厉害。”江随舟劝说道。

霍无咎并不关心那些刀都拿不动的文人有多厉害。但他抬眼看向江随舟时，到嘴边的话却咽了下去。他知道，他不怕，江随舟却是怕的。

“那有什么办法？”霍无咎话锋一转，问道。

江随舟闻言沉吟片刻：“我虽然有些想法，却是还没想好。最好的办法，自然是让他再下一次手了。若天下人都知道他因忌惮而对你痛下杀手，又有这样的前科，必然会让他声名狼藉，转而可怜你。到了那时，你再如何处置他，就都是理所应当的了。”

说着，江随舟迟疑道：“但是……”但是，要让霍玉衍在对霍无咎如今的情况毫不知情的情况下，再杀他一次，便有些难办了。

江随舟沉吟着摇了摇头。他此时心下正没有头绪，沉思时，眉头也不自觉地拧紧了。霍无咎看不得他这副发愁的模样。

“担心什么，这还不好办？”霍无咎道，“我知道他，霍玉衍虽然看上去温和，其实最看重面子。小时候就是，谁要是下了他面子让他难堪，他表面上不说，背地里却肯定会使绊子的。”

听到这话，江随舟眼前一亮：“那就有办法了。只要激得他对你动了手，那么便有理由拿下他了。”

霍无咎应了一声：“所以不用担心。实在没办法，我只要派点儿人演场戏，伪装成是他的人，不就行了？”

江随舟闻言一愣。

“不过也不必非要这样。”霍无咎说，“他想杀我，不是一天两天了，不如再给他个动手的机会。”

霍无咎语气虽淡，江随舟却从中听出了一点端倪。他知道，霍无咎不是不忍心，而是不稀罕。霍无咎不是想不出办法，让霍玉衍立刻垮台。只是他与霍玉衍不同，不稀罕用这种强加罪过的方式，让对方死得冤枉。他向来这般光明磊落。

江随舟抬眼看向霍无咎，面上不由自主地露出几分笑来，那笑容衬得他眼睛亮亮的。

娄钺备好了接风的宴席。娄钺热情，霍玉衍也知礼，文官和武将们热热闹闹的，一顿接风宴下来，也算宾主尽欢。

宴后，众人都有了五六分醉，霍玉衍也喝多了些，让人扶着下去休息了。

娄钺这会儿也喝多了酒。惦记着霍玉衍身体不好，他听霍玉衍想要休息，便干脆让人散了席。

霍玉衍也欣然接受了娄钺的好意。他笑着与娄钺告了别，转身上了回住处的马车。

众人都只看出他有些醉意，却不知道，他一上马车，整个人便瘫软在了座椅上，呼吸都又弱又乱了。他随行的太监知道状况，眼见着他上车，便跟着钻进了车厢。他一上车，便连忙从车厢的暗格里取出药丸来，给霍玉衍喂了下去。

那药光闻起来就苦得让人直作呕，霍玉衍却面不改色，将那丸药放进了嘴里，半躺在马车中，闭上了眼睛。没一会儿，药效发作，他才算恢复了常态，但脸色仍旧是白的。

随行的太监担心极了。他们太子殿下的身体，他最清楚不过。自从浔阳那年伤了根本，殿下虽然表面上仍和常人一样，但身体底子虚到了极点。这几年来，他既不能出远门，也不能再习武骑射，只成日里用着药，即便是喝酒，也要喝太医特意调配的加了人参和虎骨的药酒。此番殿下既要出远门，又要佯作没有大碍，今天更是在外头喝了这么些酒，身体哪儿经得起这么折腾！

这小太监都替他不值。不过就是霍将军罢了……人虽然狂妄些，却不似坏到骨子里。殿下又何苦这般忌惮他呢？

“殿下即便要笼络娄钺，也不必这般拼命啊！”那个太监不由得劝道。

却见霍玉衍摆了摆手，轻声说道：“没事，先回去。”

太监知道，他们这位太子殿下，虽然看上去温和，实则最倔强。他只要决定好了的事，无论谁劝，都是不管用的。他叹了口气，从马车中退出去。

只余下霍玉衍一人，静静地靠在马车的车窗上，随着被风吹起的锦帘，目光晦暗不明地往外看。他当然知道这么喝酒损伤身体，但是他更清楚，如今驻扎南景的五十万兵马，有三十万都是娄钺的旧部。

他虽然面上叫着娄钺叔叔，却也清楚，娄钺对他和对霍无咎是不同的。娄钺的旧友是霍无咎的父亲，而不是他父亲，从他们小的时候，娄钺就更加喜欢霍无咎一些。长辈们似乎更偏疼那些不懂礼数、没大没小的孩子，霍玉衍已经习惯了。所以，面对娄钺，他便要更上几分心，多展示出一点诚意。

毕竟，现在他也摸不清霍无咎究竟有没有因为李晟而怀疑他。不过，无论有没有，他都要做出些万全之策来，以备不虞。一则要想尽办法，离间霍无咎和那些南下的文官；二则，便要把控住南景的兵力，不至于让霍无咎掌握全局。所以，娄钺这人，他必然要用。

当然他也知道，凭着一顿酒、几句话，是不会让娄钺心甘情愿地站到他的阵营的。娄钺并不是个朝秦暮楚、首鼠两端的人，此番能为霍无咎所用，全是因着他那个死了的大伯。不过，霍玉衍也并不担心。

霍玉衍静静地看着马车窗外来来往往的行人，夜幕之下，一派繁荣安宁。他知道，是人都会有弱点的。而娄钺最大的弱点，已经毫不掩饰地暴露在了人前。那就是娄婉君。只要娄婉君和他绑在了一条船上，那么娄钺即便恨他入骨，也必然会为他所用，绝不会再生异心。而要将那个女子同他绑在一起，命运与共，只要肯用心，那就是再容易不过的一件事了。

霍玉衍静静地看了一会儿窗外，继而垂下眼去。这对他而言，是完美的打算，他心中却是恨的。他恨得厉害。如果他如今不是拖着一副苟延残喘的病躯，也不至于出此下策，要靠着去骗一个女人，来达到他的目的。但是，他别无他法了。若不是浔阳那一场战役，他父亲硬要带兵去救霍无咎和他大伯，他也不至于落下这满身的伤病来。他这么多年都忘不了霍无咎找到他时，那副惺惺作态的模样。

他和他父亲二人这般苟延残喘、生不如死，身体都毁在那战场上，他霍无咎却是手足健全、生龙活虎，在那之后，还因为这一战名满天下，成了家喻户晓的“战神”，而全天下也都知道，他霍玉衍的这条命，是霍无咎从战场上捡回来的。凭什么呢？

霍玉衍垂下眼去，平静地闭了闭眼睛。

第十三章 演戏

即便到了南景，因为一路上有个霍玉衍要人照顾，因此迎接的队伍还是行得极慢。一直到初十，宫中才接到了斥候的报告，说迎接太子殿下和北梁诸位大人的队伍，眼看着便要到达南景了。

江随舟得到消息后沉思了片刻，道：“知道了，去请齐大人进宫一趟。”

那个斥候应声，退了出去。

“你想让齐旻出宫去迎接？”霍无咎问道。

江随舟点了点头：“他最合适了。”

霍无咎想了想，“嗯”了一声：“齐旻怎么也算是南景的老臣，我放着那么多将军不用，反倒用两个南景的旧臣迎接他——但齐旻官位又高，想必他看见齐旻之后，定然要好一通胡思乱想了。”

江随舟点头：“是这个意思。”

霍无咎一挑眉：“那一会儿就让人去准备一场晚宴，我亲自给他接风。到那时候，我流露出几分功高震主的不臣之心来，恐怕他就更耐不住要动手了。”

江随舟闻言思索片刻，道：“的确是个好法子。”

便见霍无咎站起身来，绕到了他身后：“你就只管在宫里待着，等我的消息。”

江随舟闻言抬起头来看向他：“你不让我去？”

霍无咎闻言皱了皱眉，不假思索地道：“你当然不能去，万一他盯上你了怎么办？”

江随舟却摇头：“但是，我若不去，他会对你起疑心的。”

霍无咎的声音沉了下去："随便他疑心。于我而言，什么时候动他不过是凭我高兴，怎么能让你去以身涉险？你别胡闹。"

江随舟不由得辩驳道："如今在南景，还能有什么危险？"

霍无咎却不听他的："那也不能冒险。你只管在宫里待着，他即便想知道你是个什么人，也没这通天的本事。"

江随舟抬头看着霍无咎，不由得在心里叹了口气。非要为了保护自己而将简单的事情变得复杂，霍无咎这一点是真改不了。

江随舟收了两分笑容，神色认真，看向霍无咎。

"我之前怎么与你说的？"江随舟说，"我不需要你将我这般护在身后，反生事端。"

霍无咎态度却丝毫不见软化："那不行，这次不一样。"

江随舟问道："哪里不一样了？"

霍无咎说："霍玉衍那个人阴险得很，谁知道他会做出什么事来。"

"但是自打踏入南景，他和他手下的人，便全都落到了你的监视当中，不是吗？"江随舟道，"更何况，如今临安的守备情况，你我也都了解，他想做什么，根本就是难于登天。"

霍无咎理亏，不说话了。江随舟清楚，霍无咎这么不说话，就是理亏却还要耍赖。

江随舟伸手，握住了霍无咎的手腕："如果我没有猜错，他跟着这些大臣来，一定会想方设法离间你们的。那些大臣，大到官位去处，小到日常的饮食起居，都有可以动手脚的地方。你光知道这些人对你忠心，但你应该也知道，人心是最善变的东西。你常年身在阳关，邺城都没去过几次，能确定自己把握得住每个朝臣的想法吗？"

霍无咎此时虽摆出了一副冷脸冷心、刀枪不入的模样，但江随舟的话他还是听了进去。

"确实不能。"霍无咎承认道。文臣之间那些你来我往的细腻心思，确实是他碰一碰就头疼的事。

"所以你需要我的。"江随舟说，"我比你更了解他们。"

霍无咎抿起嘴唇，不说话了。

便听江随舟轻声问道："晚上让我与你同去，可好？"

齐旻作为如今南景的大司徒，由他出宫去迎接霍玉衍，能显出对霍玉衍的重视。

众人都知道齐大人今天要出城去迎接霍玉衍了。齐大人是什么人？算上如今，眼看着要做四朝元老的人，即便庞绍在世都得敬他半分，如今七十岁高龄，能出宫去迎接霍玉衍，实在是霍将军与太子殿下兄弟情深、珍重至极了。

但是这些落在霍玉衍的眼里，却不是这么回事了。听到齐大人已经等在城外的消息，霍玉衍的脸色便有些难看了。他不动声色地应了一声，放下车帘，此后便再没有说话。齐旻？管他什么盛名在外，在霍无咎眼里，都算不得什么稀罕东西。

霍无咎本来就不喜欢文官，尤其是齐旻这种满嘴忠孝仁义的酸儒，还是个背弃了旧主的东西。霍无咎如果真的重视自己、与自己没有嫌隙，那么他手下那么多得他重用的将领，为什么一个都没有前来迎接？随便一个将领，在霍无咎眼里，都比齐旻重要。

一时间，霍玉衍都猜不透霍无咎在想什么了。

霍无咎让齐旻出城迎接，到底是因为李晟而与自己有了嫌隙，还是根本就是已经怀疑自己了，所以拿齐旻来敷衍？又或者说，霍无咎此举并无他意，只是因为齐旻名声在外，为了让世人看见他对自己的重视和对北梁朝廷的忠心，从而给自己做出声势和面子来？齐旻这人，实在是太特殊，让霍玉衍一时都没了主意。

霍玉衍沉着脸色想了一路。他这副身体本来就不中用，更不适宜这般多加思虑。马车一路行着，待到了临安的城门外，霍玉衍已经有些身心俱疲、浑身脱力了。看着渐渐近了的巍峨城门，他咳嗽了几声，强忍着浑身的不适，撑出了一副如常的模样，在马车中端坐起了身体。

马车停下，外头的山呼声响了起来："臣等奉命，恭迎太子殿下！"

接着，便有士兵替霍玉衍打起了车帘。太监上前来，扶着霍玉衍下了车。他刚扶上霍玉衍的胳膊，便感觉到了霍玉衍身体的虚弱，不由得担忧地看了霍玉衍一眼。却见霍玉衍神色如常，面上竟还带着几分温和的笑容。那太监连忙收回了目光。

霍玉衍在马车前站定，径自丢开了那太监的手，走到了齐旻面前，将这个颤巍巍的老臣搀扶了起来。

"辛苦齐大人在此等候了。"霍玉衍神色温和地说道。

却见齐旻神色冷淡，不见热络，只一副公事公办的模样，后退了半步，躬身道："臣恭迎太子殿下。将军已在宫中设宴，殿下舟车劳顿，只等为殿下接风洗尘呢。"

霍玉衍神色如常，目光却在齐旻的脸上停了一下。齐旻这副模样……究竟因为他是南景老臣，还是因为得了霍无咎的授意？

霍玉衍更吃不准霍无咎的态度了。他的身形晃了晃，被匆匆赶上前来的小太监连忙扶住。他淡淡地笑了笑，回头时，用眼神示意了一下跟在身后的禁卫队队长，接着便回过头来，轻声笑道："还真是累着了。那么便辛苦齐大人，前面带路吧。"

齐旻应声，冷着脸，转身便走了。

旁边的娄钺将这一切都看在了眼里。他知道，齐旻这般，定然是江随舟的安排。如今霍玉衍亲自赶到南景，就是因为摸不清霍无咎的态度，要来亲自看过。江随舟猜到了，便让周围的人使出些障眼法来，就是为了让霍玉衍举棋不定，从而越发不安。人只有在陷入迷局、举棋不定时，才会做出最不理智的选择。

这么想着，娄钺迎上前去，笑着说道："太子殿下不必放在心上。齐旻那老头，是个谁都不爱搭理的臭脾气，殿下可千万莫要同他计较。"霍玉衍既然想通过下头的这些人猜霍无咎的心思，却又是个心细如发、深沉多虑的人。他这样的人去揣测旁人，最容易为一些细枝末节所迷惑。那么，他们便要各行其是，让霍玉衍找不到头绪。

果然，便见霍玉衍听见这话，笑了笑，轻声道："这有什么的？齐大人德高望重，有些脾气是应当的，我倒是欣赏他这般真性情呢。"

娄钺闻言，朗声笑道："殿下宽仁，末将便放心了！殿下，请上马车吧。"

霍玉衍笑着应了一声，转身上了马车。他如今的笑容，已经是强撑出来的了，而待他到了宫里，那面上的笑容，却再也撑不住了。

金碧辉煌的大殿里，文武百官已经坐齐全，只等着霍玉衍了。最上首的位置空着，想必是留给他的。但是，他旁边的位置上坐着的，却不是霍无咎。而是一个身着南景服饰的男子，年轻极了。灯火下，他冲着霍玉衍淡淡地一笑，那笑容自若又颇含深意，像个胜利者在朝着霍玉衍示威一般。

霍玉衍的目光在那个人的身上停了一下，眉心微不可察地一动。能够出现在这里、堂而皇之地坐在那个位置的人……难道是传闻中的那个靖王？他的目光又朝着对面一转，果然，在他另一侧的座位上，端坐着的正是霍无咎。

霍玉衍的目光停顿了一下。本朝以左为尊，霍无咎将左侧的位置让给了那个靖王来坐，莫不是其中有什么深意？

不过，不等他深思，大殿中的文武官员们便纷纷站起了身来，朝着霍玉衍行礼道："臣等参见太子殿下。"

霍玉衍的目光四下巡睃。便见满殿的大臣，皆朝着他躬身行礼，唯独坐在他下首的那位靖王，却像是没看见似的，端坐在原处，与他对上目光时，只淡淡地笑着点了点头，权作行礼一般。这挑衅的意味可过于明显了。

霍玉衍收回了目光，只也作没瞧见，温和笑着拿目光扫过了满殿的文武百官，轻声笑道："诸位爱卿不必多礼，快请起吧。"

随着文武百官起身落座，霍玉衍也抬起脚步，径直走到了最上首的位置上，坐了下来。

"为兄不告而来，倒是辛苦二弟替为兄打点。"坐下后，霍玉衍便轻笑着侧头看向霍无咎，"半年未见，二弟倒是沉稳老练了不少，为兄一路前来，看整个南景秩序井然，甚是宽慰。"

便见霍无咎欠了欠身，仍旧是平日里那般冷淡、疏离的模样，轻声道："皇兄过奖。"

霍玉衍倒是丝毫不以为忤，反倒拿起了桌上盛满的酒杯，朝着底下满殿的文武百官笑道："自然，如今天下一统，也皆是诸位的功劳。玉衍在此，需先替父皇敬诸位一杯才是。"

他一举杯，满殿的文武自然也跟着端起酒杯站了起来。霍玉衍的眼睛往旁边一瞥。那个靖王却仍旧坐在那儿，只懒洋洋地拿起了杯子，抬眼看向他。

霍玉衍不动声色地收回了目光："如今大业虽成，但此后安邦定国，还需各位鼎力相助！玉衍不才，在此先谢过各位大人了！"说着，他举起酒杯，仰头喝尽了杯中的酒。底下的大臣们一片应和之声，跟着干了杯里的酒水。

便见霍玉衍放下酒杯，笑道："今日不过是接风洗尘的家宴而已，诸位卿家不必多礼，还请自便吧。"

这便是宣布开宴了。一时间，大殿中热闹了不少，觥筹声也跟着起了。

而霍玉衍则侧过头去，笑着看向了霍无咎。

"左边这位，便是南景的靖王殿下了吧？"霍玉衍问道。

便见拿起筷子的霍无咎抬头看向他，淡淡地道："是他。"

霍玉衍笑道："难怪我瞧着面善。"

霍无咎没搭腔，径自夹了一筷子菜吃。霍无咎向来是这般目中无人的模样，霍玉衍倒是习惯了。霍玉衍像没看见似的，接着问道："只是不知……"他像是有些迟疑，转过头去看了江随舟一眼。

便见江随舟懒洋洋地坐在原处，正指挥身后的太监将放得有些远的那道鱼炙给他夹进盘中。

“不知靖王可是腿脚有什么不便？”霍玉衍问道。这话一出，霍无咎和江随舟两人都抬起头来，看向了他。

霍玉衍便露出了两分纯善温和的笑来，像是根本没意识到这话有什么不妥似的，笑道：“也没什么，就是方才一直不见靖王殿下起身。若是身体不适，我身边倒有两个常用的太医，医术不错，可以给靖王看看。”这话出口，他的目光便不动声色地落在了江随舟的身上。

却听江随舟嗤笑了一声，身体往后一仰，懒洋洋地靠在了椅子的后背上。

江随舟抬眼看向了霍玉衍。连霍玉衍都不得不承认，这人长得漂亮极了，带着一股亦正亦邪的气息，最是惑人心智。他只是眼往上看霍玉衍，嘴角勾着一抹笑。

“不起身行礼，便是腿断了吗？”霍玉衍听见靖王这般道，“不想罢了。”

“这……”霍玉衍面露难色，看向了霍无咎。

霍无咎慢了半拍才感觉到此时气氛的尴尬一般，抬起眼来，看向了霍玉衍。

“大哥，别见怪。”霍无咎淡淡地解释道，“他平日里就是这样，不爱跟人行礼。”

霍玉衍这辈子头一次看见霍无咎这样宽容，却听到对面传来了清脆的“嗒”的一声。霍玉衍循声看去，便见是那位靖王殿下坐在那儿，将筷子丢到了盘子上。

江随舟眉眼一扬，抬着下巴，目光慵懒又嫌弃地看着桌面：“今日这御厨是怎么了？这道松鼠鳜鱼，做得也太咸了。”

便见霍无咎连忙抬手，召来了几个太监。

“还不去将靖王殿下桌上的鳜鱼换了？”霍无咎的神色冷下来，眉眼都恢复了往日的锋利，“去问问御膳房怎么当的差，还不快重做一份，快点送来。”

太监们诺诺应是，连忙鱼贯上前，将江随舟桌上的那道松鼠鳜鱼撤了下来。

霍玉衍的眉心动了动。

就见霍无咎转过头去时，朝着那靖王勾了勾唇角。靖王只横了霍无咎一眼，拿筷子又去吃别的菜。而靖王身边的那个小太监，这会儿也殷勤地凑上前来，一迭声地讨好，让他消消气，尝尝看别的菜色合不合胃口。

霍玉衍收了神色，看了霍无咎一眼。却见霍无咎坦然地冲他笑了笑，面上竟染上了几分无奈，道：“大哥见笑。”

霍玉衍停顿了一下，面上勉强露出了两分笑意。

“无妨。”霍玉衍说。

这么一来，霍玉衍所有的猜忌就都有了原因。

为什么霍无咎莫名其妙地对自己表露出那么多恶意却又时好时坏，让他猜不出原因。又为什么霍无咎会这么重用南景的臣子，反将他手下的将士都靠后了。肯定都是因为这个靖王。

霍玉衍的目光一时间都有些沉重起来。他装出一副若无其事的模样，却全程都在盯着霍无咎和靖王之间的互动。这是他从没见过的霍无咎。纵容，温和。靖王也是一副有恃无恐的模样，在席间挑三拣四的，对霍无咎说话也带刺儿，霍无咎却是一味地纵容他。这样的情况，好办却也不好办。

霍无咎这副情态，倒是让霍玉衍放下了心，只道他对自己的所作所为尚没有看出端倪，还可以好好地利用一番。这个靖王却难办。霍无咎对靖王有求必应的，确实是个把柄。但这个把柄究竟是霍无咎的软肋，还是埋在他身边的炸药，便要看这靖王究竟是不是个没脑子的草包了。霍玉衍陷入了沉思。

宴会过去了大半，坐在霍无咎左侧的江随舟也露出了两分醉态。他歪在椅子上，慢悠悠地打了个哈欠，便抬起手来。旁边那太监连忙上前，将他的手扶住了。

“本王乏了，便先回去歇。”江随舟懒洋洋地说道，“也不打扰你们兄弟两个叙旧了。”

霍玉衍轻笑着点头道：“靖王身子要紧，既然累了，便先回吧。”

江随舟淡淡地看了霍玉衍一眼，嘴角勾起两分意味不明的笑来。

霍玉衍看着江随舟的背影消失在殿后，继而又转过头去，看向了霍无咎。

“你们二人，究竟是怎么回事？”他皱起眉，面上流露出了几分不赞同，端的是一副担忧弟弟的好兄长模样。

便见霍无咎放下酒杯，抬头看向他，淡淡地一笑，不经意地说道：“也没怎么回事。我在他府上住了数月，全仰仗他保全性命，而今也该奉他为座上之宾。”

“你这就是真要把他留在身边了？”霍玉衍皱眉问道。

却见霍无咎往椅背上一歪，一副大马金刀的姿态，道：“不然还能让他去哪儿呢？”

霍玉衍咬了咬牙，一脸的痛心疾首：“可他分明是……”

“是什么都不要紧，他自己也不当回事。要不是这样，他能等国灭了之后，还这么心甘情愿地留在我身边？他怕死得很，就是想依靠着我求条活路罢了，我何不让他如愿？”霍无咎漫不经心地说。

霍玉衍一时竟猜不透他究竟有几分真心了。片刻之后，他停顿了一下，道："你要留着他，为兄也不便多说什么。但是无咎，你如今眼看着也要二十四了，原本早该到了成家的年纪，只是因着前些年打仗，才一直拖着。如今朝中有皇兄在，你不必操什么心了，还是要将婚事定下来，早些成个家。"

霍无咎听到这话，却无动于衷。

"我不着急。"霍无咎说，"慌什么，再玩儿两年。"

霍玉衍好言劝道："这也不耽误……"

霍无咎抬了抬眼睛，嘴角的笑容有两分邪气："我没什么急的，反正我传宗接代也没什么用。大哥，还是您先娶个太子妃，那才是国本呢。"

霍玉衍闻言垂下了眼，目光意味不明地闪了闪，笑道："为兄这副身体，你也不是不知道……不过也没什么，无论你，还是姝儿，对为兄而言，你们的孩子都跟我的亲生孩子是一样的。"他所说的姝儿，便是他的亲妹妹霍姝，也是霍无咎的堂姐，前些年刚入邺城，便早早成婚了，如今膝下也有几个儿女。

霍无咎抬眼看向霍玉衍，便见他神色平和安静，这些话，倒真像是他的真心话一般。

霍无咎跟着笑了笑，说出口的话却没什么诚意："大哥能这样想，那也挺好。"

娄婉君的酒喝多了点儿。实在是她周围坐的都是些武将，这些时日共事下来，都不把她当外人。几人凑在一起，一喝酒，便恨不得称兄道弟的，一杯接着一杯，根本没数儿。

娄婉君是尽兴了，娄钺却气得吹胡子瞪眼："你一个姑娘家家的，混在男人堆里也便罢了，喝成这样，成何体统？"娄钺上前去训斥道。

娄婉君却是不当回事。她从小被她爹这么训过来，早就训皮实了，这会儿见娄钺生气，她漫不经心地一起身，朝着几个一同喝酒的将领扬了扬手，便道："没事，没喝多少。父亲息怒，我出去醒醒酒去。"说着，便转身大步出去了。

娄钺知道这是她用惯了的伎俩，知道自己要训她，便找个由头躲出去。娄钺却也无可奈何，拿手指点了点那几个将领，警告了几声，便又回到了自己的位置上去。

娄婉君颇为熟练地躲了个清闲。宫中夜里风凉，大殿外又有一方大大的荷花池。这会儿夜风吹起，吹得满池的花叶摇曳生姿，也将带着湿气的荷花清香，一并吹到了她脸上，惬意得很。

娄婉君让这风吹得舒服，溜溜达达地便往湖边去了。湖边夜里挂起了宫灯，工艺精细得紧，细看过去，倒是别有一番意趣。娄婉君便打算着要在这儿散会儿步。

可刚等她走到湖边，便听得身后有人喊她："是婉君妹妹吗？"

声音特别熟悉。娄婉君连忙回过头去，便见湖边的小亭里坐着一个人，一袭雪白的衣袍，上头的金线熠熠生辉。

她有些惊讶："太子殿下也在这儿？"

就听得那人咳嗽了几声，像是有些气力不支一般。娄婉君怕他出事，连忙上前去，便见霍玉衍一个人坐在亭中，身边一个伺候的人都没有，这会儿兀自咳得厉害。

娄婉君连忙上前，将身上的外袍脱下来要披在霍玉衍的身上。

"您怎么一个人在这儿，连个伺候的人都没有？"娄婉君问道。

却见霍玉衍抬手，挡住了她披衣服的动作。

"你快穿好，女孩子家，莫要受凉才好。"霍玉衍轻声道。

娄婉君见他这会儿倒是不咳了，拗不过他，只得"哦"了一声，将那衣袍重新穿了回去。

"殿下，我送您回去吧？"娄婉君问道。

却见霍玉衍摇了摇头："不急，我也只是来这里躲躲清静、醒醒酒罢了。"

霍玉衍静静地看向娄婉君。他自不会说，他在宴上除了注意霍无咎，便一直注意着娄婉君的动静。他见娄婉君喝得尽兴，娄钺又频频看她，一脸的不悦，就知道一会儿肯定会有这么一出。他抱病先行，就是在这里守株待兔的。娄钺看娄婉君看得严实，让他一路上都没有找到跟娄婉君独处的机会，也只好出此下策了。

却见娄婉君有点着急："醒酒也不是这么醒的吧？湖边风凉，殿下，我看还是……"

却听霍玉衍打断了她。

"之前，我记得你都是喊我霍大哥的。"霍玉衍轻声道。

娄婉君有些尴尬地挠了挠头。可不是吗？她虽说跟霍无咎总在私底下直呼姓名，互相骂骂咧咧的，但是在霍玉衍面前可不敢造次。她要是敢对霍玉衍有什么不尊敬，她爹第一个不同意，抡着笤帚要揍她呢。

娄婉君笑了笑，道："也都是小时候的事了。"

便听霍玉衍淡淡地叹了一口气："是啊，都是小时候的事了。如今，却是什么都变了。"

娄婉君面上露出了些疑惑，问道：“还有哪里变了？”

霍玉衍看了看她，似乎有些欲言又止。皎洁的月光照在他脸上，将他那副清秀的模样照得越发干净，甚至透着一层微光。他颇为无奈地笑了笑，摇了摇头，便显出几分脆弱的美来。

“也没什么，只是无事而发的感慨罢了。”霍玉衍说。

娄婉君有些摸不着头脑。这位霍大哥吧……自己也变了挺多。小时候怎么也算是个干净利落的人，现在美则美矣，倒是多了几分磨叽的感觉。

“那就好。”娄婉君不晓得怎么回应，只得这般敷衍道。

霍玉衍这会儿正淡淡地望着屋檐上的月亮，并没有觉察到娄婉君的神色。他兀自淡淡地笑了笑。

“只是有时候，还是怀念在阳关的日子罢了。”霍玉衍侧过头，看向娄婉君。

娄婉君点头附和：“在阳关时，自然比现在要自由多了。”

便听霍玉衍轻笑着道：“我也这般觉得。婉君妹妹，我如今虽也算是一人之下、万人之上，却也不想做这么个冷冰冰的太子殿下。你看，无咎如今，都同我不怎么亲厚了。”

说到这儿，霍玉衍笑着摇了摇头：“不过，可能也不全是因为我们兄弟两个疏远了吧。他如今长大了，身边有什么样的人，自然不是我说了算的。只可惜，他这般受小人离间，我也说不上什么话。”

娄婉君不着痕迹地扬了扬眉。霍无咎身边的人？霍玉衍初来乍到，这意有所指，说的不会是靖王殿下吧？靖王殿下还挑拨离间他们兄弟两个的关系呢？不会吧，她和靖王殿下怎么也算有点交情，知道那位殿下是个再和善不过的人了，怎么会做这样的事情？娄婉君心头有些疑惑，嘴上却没有说。

因为不知怎么，她总觉得，霍玉衍这话，像是专门说给她听似的。若是她此前从没接触过江随舟，那么霍玉衍这话，她也就听过便罢了。但是如今……这话却怎么听怎么奇怪。她心下生了疑惑，也不敢想什么就说什么了。

娄婉君停顿了一下，试探着道：“确实。谁知道霍无咎和那靖王是什么关系了？没事，我看霍无咎也就是利用他而已。”

霍玉衍听到这话，心头动了动。娄婉君的话虽然不能全信，但他也知道娄婉君是有什么便说什么的耿直性子。能让娄婉君这么说，他心头便也多出了几分放心。这样的话，娄婉君并没有和霍无咎他们二人站在一处，那便是可用的了。

这么想着，霍玉衍轻笑着摇了摇头："也没什么，只要无咎高兴便好。不过，婉君妹妹，你以后也不必这般拘谨，在人后，只管仍叫我哥哥，可好？"

娄婉君眨了眨眼睛，看向了霍玉衍。的确，这人的心思一直让人琢磨不透，看上去柔弱，但是说话像意有所指似的，总有点说不上来的不对劲。不过……

娄婉君心想，管他的呢，不就是叫声哥，也没什么大不了。看在他长得好看、人又柔弱的份上，就随他吧。

娄婉君停顿了一下，小声应道："好的，霍大哥。"

霍玉衍随着她叫出口的这个称呼而扬起了嘴角，伸出手来，想要碰一碰她的头发。

娄婉君隐约看出了他的意图，眼瞧着他病弱，便干脆上前，半蹲下身体："霍大哥这是要做什么？"

霍玉衍的手落到了她的发间："没什么，就是没想到，这么多年不见，婉君妹妹竟出落成这样的大姑娘了。"霍玉衍轻声笑道。笑声里竟恍然有两分暧昧，像是海中的鲛人展开了歌喉，想要将过往的船舶吸引到面前一般。

霍无咎这天回去时，身上也带了些酒气。不过他酒量好得很，又没人敢劝他的酒，唯独跟霍玉衍喝上几杯，还不够他润喉咙的。

霍无咎一离席，便直奔江随舟的寝殿。他一进门，就见江随舟坐在那儿，锁着眉头。

"怎么了？"霍无咎只当江随舟遇见了难办的事，连忙上前问道。

便见江随舟抬起头来，有些着急地说道："我没想到，霍玉衍居然还会有这样的想法。"

"什么想法？"霍无咎忙问道。

江随舟抿了抿嘴唇："刚才我专门留了人盯着他，那人方才来报，说他在湖边等到了娄姑娘，二人不知说了什么，他竟还摸了娄姑娘的头发。"

霍无咎嗤笑了一声："他想从娄婉君那儿下手，难不成是想让娄钺反水？且不说娄婉君没那么好糊弄，即便有，娄钺也没这个胆子，因为这种事背叛我。"

江随舟却摇了摇头。若只是眼前的这点事，他自然不担心。

"但若霍玉衍得手了呢？"江随舟有些着急，"他虽然体弱，心思却深，娄姑娘为人又单纯。若是真让他将娄姑娘骗到手了，我们该怎么跟娄将军交代？"

霍无咎停顿了一下，有些不理解江随舟的态度是为什么。他想了想，问道：“你是觉得，霍玉衍定然能骗过娄婉君？”

江随舟点了点头，道：“虽如今没什么证据，但我总有这样的担忧。”

却在这时，江随舟听见霍无咎长出了一口气。

“你说得也对。”霍无咎走上前，自然地坐在了江随舟的身边，“霍玉衍既然做了，那么应该早有胜算。既然这样，我们也必不能让他得逞。”

江随舟停顿了一下：“我只是猜测呢，你怎么就信了？”

便听霍无咎低声笑了几声：“这有什么的。多做些准备，总没坏处。总不能搁着让你瞎猜，再整宿整宿地睡不好觉吧？”

江随舟反驳道：“我才不会这般。”

霍无咎应了一声：“嗯，好，不会。总之，这事我既然已经知道，你就不用担心了。我手下能用的人多，能盯好他，你只管安心。”

江随舟点了点头。

霍无咎接着道：“今天席上，他还试探了我一番。我想了想，还是顺着他的话说了。”

江随舟问道：“什么？”

霍无咎说：“也没什么。他就是说我前些日子辛苦了，这阵子可以好好歇歇。那些大臣后续的安排，他说他可以帮我做。”

“果真是在试探你。”江随舟皱了皱眉，“你若不同意，那便是有异心；你若是同意，那便是任凭他离间你的势力。”

霍无咎笑了几声：“所以，我同意了。”

江随舟抬起头来看霍无咎。便见霍无咎低头看着他，低声道：“不过我同意，不代表你同意，对吧？明儿个我军中忙，你只管到御书房里去给他添堵。宫中全是我手下的人，他翻不起浪来，你只管作，让他没有插手的机会。”

霍无咎的眉眼皆带着笑，看上去有几分嘚瑟。

第二日一早，霍玉衍便赶到了御书房。他这一路上，早就把霍无咎那边的人摸了个清楚。这些官员的成分复杂得很，不像如今邺城里的太子党，都是他在几次科举中，专门让手下的官员留意选拔出来的。

而霍无咎挑出来的这些人，却鱼龙混杂。有阳关的旧官，还有他南下时打下的郡县的守官。除此之外，竟然还有些名不见经传的小官员，甚至霍玉衍都叫不出名字的。这些人说好对付也好对付，毕竟不是霍无咎的嫡系，只要看人下菜碟，就不怕他们倒戈。但是，也正因为这些人的成分太过复杂，因此容不得疏漏，定然要小心应对才好。不过还好，霍无咎现在并没有察觉，直接将任用官员的大权交到了他的手上。

霍玉衍深知夜长梦多，即便第二日起身时，连带着宿醉和水土不服有些起不来床，却还是强迫着自己起了身，早早地赶到了御书房。但他没想到，他竟然不是最早到的，竟然有人捷足先登了。他刚到御书房门口，便听见里头隐约有人声，听起来竟然有些热闹。霍玉衍不着痕迹地皱了皱眉，面上虽然没什么表情，脚步却加快了。

霍无咎今天一早就出了宫，他是知道的。那么如今坐在御书房中的，会是谁？等他走到门口时，便见有个匆匆出来的小太监迎上了他。

“太子殿下！”那个小太监一愣，连忙道，“太子殿下别急，奴才这就去替您通传！”

通传？除了进他父皇的御书房，霍玉衍可好些年没被“通传”过了。

便见那个小太监一路往回跑，扬声道：“王爷，太子殿下来了！”

王爷？这下，霍玉衍连脸上淡定的表情都绷不住了。

霍玉衍旁边的小太监一步上前，急道：“什么王爷？这御书房，也是什么人都能进的吗？”

被质问的是守在御书房门口的几个太监和士兵。听他这样问，几个人面面相觑，片刻之后，才听为首的那个说道：“太子殿下别生气，您来之前，将军一直是准许王爷出入御书房的……”

霍玉衍深吸了一口气，淡淡地一笑，道：“没事，无咎的私事，本不该我管的。”说着，他冲着那为首的士兵轻笑着点了点头，抬脚往御书房中走去。

御书房里有点乱。偌大的一张龙案，上头堆满了书札，此时却被清出了一半来，摆了几盘做工精致的点心，还放了一壶香气袅袅的茶。龙案后，懒洋洋地歪坐着、单手捏着一块点心的，正是那位靖王殿下。

见着霍玉衍来，江随舟也不起身，只朝着他淡淡地一笑，吩咐道：“还不来人，给太子殿下搬张椅子啊？”说着，还不忘又咬了一口点心。

“却没想到，靖王竟也在这里……”霍玉衍面上挂着笑，打招呼道。

可不等霍玉衍说完，江随舟便打断了他。

“今日做点心的这个御厨倒是挺上心。”江随舟将剩下的一点儿点心放进嘴里，吩咐旁边的孟潜山道，“去记下名字，好好儿赏一赏他。”

孟潜山知道他是在演戏，这会儿也乐得配合，连忙点头哈腰、极尽谄媚地应声道：“好嘞！王爷只管放心，奴才肯定着人，重重地赏那个厨子！”

江随舟笑了两声，继而眼波一转，看向了霍玉衍。

“太子殿下是来干什么的？”江随舟问道。

霍玉衍停顿了一下，轻笑着解释道：“我今日来，是有些正事要办的。御书房毕竟是重地，还请靖王回避些，勿要……”

可他这话还没说完，又被旁边的太监打断了：“椅子搬来了，太子殿下快请坐！”这回说话的，是江随舟身后那个满脸谄媚的太监。

霍玉衍即便是真的脾气好，也受不了这样几次三番地被打断。他深吸了一口气，顺着那个太监“请”的动作，在那张搬来的椅子上坐了下来。

便听见江随舟懒洋洋地开口了。

“正事？什么正事是我听不得的？”江随舟乜着眼睛，问道。

霍玉衍皱了皱眉，面上露出了几分不悦，却还是轻声道：“自然是朝中的大事。”

江随舟嗤笑了两声：“能有什么大事？”

江随舟面上露出了两分不屑：“不就是南景这边的官员，要你们来换一次血？不必避着我，您自便就行了。”

霍玉衍却不退让：“但是，靖王殿下，我如今虽然尊称你一句殿下，你也得知道，南景已经亡了。无咎仁厚，留了你一条性命，我便不置喙什么。但你若得寸进尺，靖王殿下，那无论什么结果，都是你咎由自取了。”

江随舟像是听见了什么笑话一般，双目灼灼地看向霍玉衍：“咎由自取？太子殿下，您这是在威胁我吗？”

霍玉衍却道：“我说这些，也不过是为你好罢了。”

却见江随舟一扬眉：“用不着。你现在，不如向这个御书房里伺候的人打听打听，随便一个人，尽管问。你问问，霍无咎的这个御书房，是不是我想进就进？如今这朝廷里的事，是不是也随便我听？莫说朝廷的这点破事，即便霍无咎军中的大事，什么时候避着过我？”

霍玉衍的脸色逐渐难看了起来：“你这便是得寸进尺了。”

江随舟笑道：“什么得寸进尺？那我问你，如今南景的这些事，是不是本该霍无咎打理的？跟你又有什么关系？”

霍玉衍抿了抿嘴唇。这倒确实。他父亲向来心思浅，想得也不周全，前番写圣旨，干脆将南景所有的事务都交给了霍无咎。他当时知道此事的时候，圣旨已经发出去了，为时已晚，他只好请命前来，就是为了用自己太子的身份来压制霍无咎。

霍玉衍停顿了一下，道：“是这样。但是无咎向来不擅长此道，我是来协助他的，无咎也早答应过。”

江随舟笑着从龙椅上站起来，缓步而下，朝着霍玉衍走来。

“这不就是了？这儿还是霍无咎的地盘，那你更没有权力把我赶走了。”说着，他走到霍玉衍的面前，脸上虽是带着笑的，眼睛里却全然是小人得志的嚣张与恶毒。

江随舟裹着大氅，懒洋洋地俯下身，勾起嘴唇，和坐在椅子上的霍玉衍对视着，压低了声音：“我是亡国遗孤又怎么样？现在在这儿，说话算话的是霍无咎。他听本王的话，那么说话算话的就是本王。太子？北梁和南景都是霍无咎打下来的，你又算个什么东西？想赶我走，你还不如先弄死霍无咎来得实在。”

说着，江随舟直起身来，俯视着霍玉衍：“不过，你有这本事吗？”

霍玉衍面上的笑容全然收了起来。他停顿了片刻，才找回了自己的声音，低声问道：“你知道自己在说什么吗？”

江随舟对上他的目光，半点不见示弱，反倒理直气壮：“当然了。反正现在霍无咎不在，我有什么可装的？你若是想，尽可以去找他告状，且看看他是相信你，还是相信我。”说着，他浅浅地露出了一个笑容，高傲中带着两分骄矜，转身坐回了龙椅上。

“好了。”江随舟再扬声时，方才低语的恶毒已经荡然无存。他看向霍玉衍，淡淡地一笑，说道，“我之前也是入过朝堂的，南景的事，想必要比太子殿下清楚些。殿下既要帮将军，那本王不妨帮一帮你，你不会介意吧？太子殿下！”

霍玉衍看江随舟这副模样，即便道行再深，此时也有些呼吸不畅了。霍无咎还真是眼瞎了。他在心底里咬牙切齿地想。战场上不是挺机灵的？怎么这会儿这么笨。

霍玉衍咬紧了牙关，忍住了厌恶和怒意。算了。他心道。暂且忍下吧。毕竟此时霍无咎不在宫里，自己想赶江随舟也赶不走。朝政之事错综复杂，这个江随舟瞧上去也不过是个只会胡闹的草包，即便碍事，也不会真的坏自己的大事。

这么想着，霍玉衍咬着牙关，强笑道：“自然，王爷自便吧。”不过，此后，他便明白了，自己这个草率的决定，给他带来了多少麻烦。

这个草包不仅什么都不懂，还极喜欢指手画脚。江随舟留在这儿，只顾着吃点心吃水果，甚至让人盛来了果酒，就着点心慢慢地喝。但是即便如此，也碍不着他多管闲事，甚至每一本奏折和每一个官员的安排，他都要过目。看得眼睛累了，就让他旁边那个狗腿子太监给他读。那个狗腿子也分毫不会看脸色，脸皮厚得赛过拐弯的城墙，什么都拿过去，念给那草包靖王听。他光听还不够，非得在这儿指手画脚一番，才肯罢休。

霍玉衍原本安排好的官员分布，让他搅得乱糟糟一团，有时只是因为官员的名字、五行不合，或者姓氏不好听，都强迫霍玉衍把他们换到别的地方去。

霍玉衍本来就身体不好，让江随舟这么一搅和，越发有些熬不住了。一个上午，霍玉衍让他搅扰得只定下了几个官员的去处，已经累得意识恍惚了。到后头，他实在没办法，只得敷衍地按着江随舟的意思来。

毕竟这个草包也是一通胡搅蛮缠，即便给那些官员重新划定任职的位置，官位等级也基本没变，碍不了什么事。这一忙，便一直到了暮色西垂。

霍玉衍实在有些熬不住了，只得露出个强打起精神的笑来，暂且告辞了。

看着霍玉衍走路有些发飘的背影，江随舟的目光沉了沉。这顿装疯卖傻，效果倒是不错。

这天夜里，霍玉衍回到自己的寝殿中便病倒了。他身边的随从连忙唤来了随侍的太医，一直忙到半夜，才堪堪让霍玉衍退了烧，安稳地睡了过去。

而江随舟这边，也并不平静。

霍无咎忙完回宫时，便见江随舟端坐在灯下，一手拿着册子，一手拿着笔，正匆匆誊抄着什么。

见霍无咎回来，江随舟抬起头，问道："回来了？"

霍无咎"嗯"了一声，在他对面坐了下来，笑道："回来了。刚才回来的路上就听说了，你今儿个这一整天，可没少折腾霍玉衍啊？"

江随舟闻言淡淡地一笑，说道："那是自然。"

说着，江随舟抬起头看向霍无咎，半开玩笑地笑道："谁还不是个病秧子了？我怎么也算得上是个行家，打他这样的蛇，最会找七寸了。"

霍无咎闻言笑了几声，接着伸手，很自然地将江随舟手里的册子，连带着笔墨，一并接了过去。

"行了，折腾得他不算，不还连带着折腾了你自己吗？"霍无咎道。

霍无咎低下头去，便见那册子上全是官员的名字。左边那本是他与江随舟前些日子一起准备出来的，本是给那些官员的规划安排，而右边那本江随舟在誊抄的，则是今天当着霍玉衍的面安排出来的。两边的出入，全在官位上，就是为了不让霍玉衍起疑。江随舟这一整日同他纠缠着，一边要扮演一个奸佞，一边又要在脑中反复核对整理那些官员的信息，给他们安排合适的地点和位置，着实也是劳心费力。

江随舟的手空了出来，端起旁边的茶喝了几口。

便听对面的霍无咎说道："我替你整理，你只用给我再复述一遍白日里安排了哪些人就行。"这样倒是容易多了。

江随舟一整日也是累坏了，此时便没拒绝霍无咎的帮助，缓缓地将白日里的安排全都说给了霍无咎听。霍无咎写字倒是快，不出两刻钟，两人便将今日的成果整理了出来。

"好了。"霍无咎放下笔，将写好的册子交到了江随舟手上。

江随舟接过那册子，刚看了一眼，便不由得笑了起来。一本册子，泾渭分明的。前半本是他端正平整的楷体，后头急转直下，变成了龙飞凤舞的草书。霍无咎的字算不得多好看，更没有章法，但胜在气势磅礴又分外自信，只是不大让人看得懂罢了。

"笑什么？"见江随舟笑，霍无咎挑了挑眉，追问道。

江随舟清了清嗓子："没什么。"

霍无咎便扑上来要夺江随舟手里的册子："是不是笑话我字丑了？"

江随舟忙把册子藏到身后，让霍无咎扑了个空。

"没有，没有。"江随舟笑道，"只是想到了一件事，觉得有意思罢了。"

霍无咎不信："什么事？"

江随舟正色道："我今天给霍玉衍难堪，可没少借你的名号。"

霍无咎眉头一挑："所以？"

江随舟正色道："我跟他说，你受我蒙蔽得厉害，你的东西便全是我的。"

霍无咎嘴角勾起："这倒不是假话。"

江随舟接着道："我还说了，他要是想收拾我，不如先收拾你这个地头蛇。"

霍无咎"啧"了一声："什么地头蛇，多难听。"

江随舟接着笑道："反正，说得他脸色都不好看了。按照他的性子，真要收拾你恐怕还不至于，不过，我猜要不了两天，他就要找你谈话了。"

霍无咎皱眉："谈什么？"

江随舟笑道："自然是让你不要错信奸佞，反误了大事了。"

果真，没几天，江随舟这话就应验了。

霍无咎这些日子为了给江随舟留出发挥的余地来，每日都早出晚归，就是为了让江随舟安心地放肆，也让霍玉衍没机会拉他去评公道。

结果这一日，江随舟那边的事总算大致告一段落、只剩下些细碎的小事要处理了，霍无咎便回来得早了一些。便在刚进宫门的时候，就被霍玉衍的随从拦住了。

"霍将军今日没什么事吧？"那个小太监问道。

霍无咎皱眉："没事，怎么了？"

那个小太监笑道："咱们太子殿下惦记您这些时日辛苦，请您一同去用个晚膳、叙叙旧呢。"叙什么旧，不就是找他告歪状吗？

霍无咎的眉峰一挑。真是不巧，霍玉衍想要找他告状的内容，他已经提前知道了——不仅知道，还参与其中了呢。不过，他这些心思自然不会说出口。他看向那个小太监，淡淡地一笑，道："行，前头带路吧。"

小太监躬身应是，便领着霍无咎朝霍玉衍的院落走去。

霍玉衍在宫中所住的宫苑也比较偏僻，按他的话来说，是图个清静。不过好在这间宫苑修缮得很是精致，并且门窗向阳，一年四季的光线都很好。

霍无咎来时，天色已经暗了，院中掌起了灯。霍玉衍已经在桌边等他了。

霍无咎一进门，便见正厅中摆着一张圆桌，上头的菜式颇为丰富，而且一看就是用了心的。那些菜都不是江南常有的，而且都是阳关的特色，甚至有一道炙羊肉，看上去地道得很，恐怕从食材到厨子，都下了一番功夫。

"无咎，回来啦？"见到霍无咎进来，霍玉衍起身笑道，"还真是辛苦，眼看着天色都晚了呢。"

霍无咎"嗯"了一声，跟霍玉衍一同在桌边坐了下来。

"耽搁久了点儿，都是些乱七八糟的琐事，头疼得很。"霍无咎淡淡地说道。

霍玉衍笑了笑："皆道天下大事必作于细，要成大业，哪个不是这样的琐事累积起来的？你可莫要总因这个烦躁。"

霍无咎却不以为然地一笑，道："什么大事不大事的，不过是那群腐儒哄人的话罢了。算了，不说这些糟心的了，大哥倒是还记得我当年喜欢吃什么。"

霍玉衍淡淡地一笑，轻声道："是呢。打从去了邺城，我便看得出你一直想念阳关的风物，好不容易寻来了一个做西北菜拿手的厨子，可那时你已经身陷南景了……这回你做了这样大的事，我也替你高兴，来的时候，便将那个厨子一并带来了。”

霍无咎瞥了霍玉衍一眼。这人倒是从小到大都挺会装蒜的。不过小时候，这人都是朝着长辈和外人装蒜。霍无咎从不跟他计较，反而看在他病弱的模样上，总护着他。却没想到，现在他霍无咎也成了需要这人装蒜的外人了。

霍无咎不动声色地笑了笑：“大哥用心了。”说着，端起桌上的酒杯，抬手和霍玉衍碰了碰，便仰头喝尽了。一口酒入了喉，霍无咎的眉头皱了起来，放下酒杯时，还有些狐疑地看了看杯子。

同样将杯中酒一饮而尽的霍玉衍看他这般神色，面露疑惑，问道：“怎么了？”

便听霍无咎问道：“什么酒？苦得很。”

霍玉衍闻言“哦”了一声，轻笑道：“忘了同你说。我这两日身体不大好，太医说了不宜饮酒，若要喝，也需要喝他特意调配的药酒。”他自然不是忘了说，这酒，就是他特意倒给霍无咎喝的。他不喝，怎么会苦得发问？他不问，自己又怎么开口，说靖王这几日是怎么将自己气得心力交瘁的呢？

第十四章 终局

听到这话，霍无咎“嗯”了一声，将酒杯放回桌上，皱着眉夹了两筷子菜，才将那苦味压下去。

霍玉衍便假惺惺地开口关心道：“是为兄疏忽了。快来人，把桌上的酒撤换掉，无咎来了，怎么还将药酒摆在桌上？”竟是一副要陪着霍无咎一道将药酒撤换下去的模样。

霍无咎见状抬手，按住了酒壶。

“算了。”霍无咎淡淡地看了霍玉衍一眼，像是根本没看穿他演的戏一般，说道，“你身体不好，喝这个就行。”

“可是……”霍玉衍却还是一脸愧疚的模样。

“没事。”霍无咎懒得跟他再纠缠这个，便干脆顺着他的话说道，“不过，你这几天是怎么回事？我记得刚来的时候，你还是能喝酒的。”

霍玉衍心道：上钩了。他露出了一副温和宽容却明显有些烦恼的神色，轻笑道：“也没什么，就是这几天有些累。”

霍无咎“哦”了一声，佯作不懂，道：“朝中的事情确实劳心费神。没事，既然这样，以后大哥就不用强撑着帮忙了，我自己也能解决。”

霍玉衍神色一滞，连忙开口要解释。倒是他身后的小太监机灵，听见这话，面上露出了不忿的神情，道：“哪里是朝中的事劳心费神呢，分明是御书房里有人捣乱，故意让太子殿下不安生呢！”

霍无咎的眉毛一动，正要说话，便听霍玉衍先他一步打断了小太监的话，低声斥责道：“多嘴。”

那个小太监讪讪地闭了嘴，却是一脸不服气的表情。

霍无咎心道：行，挺好，这做戏都还有个搭伙儿的。他跟着这两个人的话头皱起了眉，问道：“什么意思，什么人捣乱了？”霍无咎语气颇为严肃，像是听见了什么不得了的事一般。

却见霍玉衍低下了头：“也没什么。靖王养尊处优的，爱胡闹些，我这做兄长的也应该担待。”

霍无咎皱眉追问道：“他冲着你胡闹了？”

霍玉衍一时轻笑着没说话。

倒是后头那个小太监添油加醋地说道：“可说呢！这几日，那位靖王殿下都赖在御书房里，太子殿下做什么他都要插手。偏偏他又什么都不会，将朝中的事折腾得乱七八糟，奴才都看不过眼了，太子殿下竟然还护着他！”

便听霍玉衍低声道：“我管不住你了，是吗？越发多嘴了。”

那个小太监又闭上了嘴。

“好了，无咎，别听他瞎说，本来没什么的。”霍玉衍轻笑着看向霍无咎。

却见霍无咎也像松了口气一样。

“我还以为是什么大事呢，原来是真没什么。”霍无咎道。

霍玉衍一愣，便见霍无咎转开了目光，转而去夹了一筷子羊肉。

“原来不过是朝中那点事啊，那没事，你随着他闹吧。反正那些官儿，来来回回也没什么区别，用谁都一样，还不如拿来讨他开心呢。”霍无咎浑不在意地说道。

霍玉衍片刻没说话。

就见霍无咎抬起眼看向他：“嗯？大哥，我说错了？”

霍玉衍勉强露出来一个毫无破绽的笑容，端起了桌上的酒杯。“没说错。”他淡淡地笑道，“没事，吃菜吧。”

霍无咎收回目光，接着对付桌上的那份羊肉去了。

而霍玉衍拿着筷子，却有些食不知味。实在是……他竟然没有想到，蒙蔽霍无咎的不是个好东西，连带着霍无咎，也是个只会打仗却没脑子的蠢货。

霍无咎回到江随舟宫中时，窗外下起了雨。他推门进来，身上一股暖烘烘的酒气和羊肉香，混杂着些许淡淡的药味。

江随舟这会儿正好整理好了官员的名单，正在核对，见霍无咎进来，起身问道：“回来了？如何，他可有跟你说了什么？”

霍无咎笑了几声，浑不在意地说道：“说了。就这么点话，他都不敢自己说，借着旁边小太监的嘴，他就满脸委屈地搁那儿坐着，活像请我去听了一场双簧。”

江随舟被霍无咎逗得笑了起来，道：“还真像是他做得出来的事情。那你呢？”

霍无咎绕到江随舟身后去，将他手里的册子接了过来，拿在手里看了看。

“我还能如何？假装什么都没发生呗。”霍无咎语气中半点不见调笑，一本正经地说出口，像是真事似的。

江随舟笑起来，道：“既然如此，那我便可以再放肆一些了，总归是让将军偏袒着的，对吧？”

霍无咎跟着笑，一边笑，一边翻手里的册子。不过册子没翻几页，他便觉得有些不对劲。他皱眉扯了扯衣襟，只觉骤然从雨中进了房里有些热，便想走到窗边去，打开窗子透透气。

但霍无咎的手刚碰在窗户上，便想起了房中还有江随舟。他停顿了一下，有些懊恼地把手收了回来。

“怎么了？”江随舟见他有些异常，问道。

“没事。”霍无咎皱眉道，“外头太凉快了点，就显得房里热得很。”

江随舟有些紧张：“这样可是要发烧的。”

霍无咎摆了摆手，分毫不以为意。他什么人啊，淋点儿小雨就能发烧？

却见江随舟站起身，拿走了他手里的册子：“你快去泡个澡，就早点睡吧。”

霍无咎“啧”了一声。若是旁人这么催他，他定然是要发脾气的，但说这话的是江随舟。他虽然觉得没必要，但对上江随舟的眼睛，还是将后头的话都咽了回去。算了，不就是去洗个澡吗？不是什么麻烦事。他应了一声，便转身往浴室中去了。

第二天，霍玉衍倒是没在御书房看见江随舟，守在御书房里的是靖王身边的那个狗腿子太监。

霍玉衍进了御书房，尚未说话，便见那个太监谄媚地笑着迎了上来，笑道：“太子殿下，您在找我们王爷啊？”还真是会给自己脸上贴金。

霍玉衍的神色都冷淡了几分，冷冷地看了他一眼。

但这个太监最不会看人眼色了，霍玉衍神色不快，他半点没看出来似的，笑着解释道："我们王爷今儿个身子不爽，就不来了，专程派奴才来跟太子殿下打个招呼。"

霍玉衍冷声道："我知道了，你回去吧。"

那太监"欸"了一声，退了下去。

霍玉衍转头看了一眼他的背影，面上露出了两分狐疑。不过随后，他的疑惑便有了答案。

待到那个太监退下，霍玉衍在龙椅上坐定时，才发现龙案上的书札少了不少。他大致翻阅了一番，竟然发现他这些时日处理的各个官员调任的卷宗，全都不见了。果然是事出反常必有妖。

"我昨日有些没处理完的书札，你去问问，怎么不在这里了？"霍玉衍皱起了眉，吩咐身边的小太监道。

那个小太监应了一声，连忙赶去问了。

没一会儿，那个小太监一路跑回来，匆匆道："太子殿下，外头的人说，是霍将军今日来了趟御书房，打听了您最近是不是忙得厉害。听说这些卷宗都是您处理好的，便一股脑儿地带走了，说替您分发出去。"

那些卷宗，确实已经整理好了，但霍玉衍做事向来谨慎，即便已经完成了的事情，也是要再三检查确认的。但是，霍无咎此举，似乎真的是在帮他，只是反而弄巧成拙了。

这下，霍玉衍反倒不能说什么了，只得咬了咬牙，忍气吞声地低声道："知道了。回头派人，替我去谢谢无咎。"

那个小太监应了声。

见霍玉衍的脸色难看，坐在御案前却无事可做，那个小太监连忙凑上前去，低声道："不过，听说今天娄家小姐没去军中呢。"

霍玉衍停顿了一下，抬头问道："那她去了哪里？"

小太监说道："听说娄小姐平日里爱在临安城转着玩儿。总归今日无事，太子殿下累了这些时日，不如放松放松。您这初来乍到的，不如让娄小姐这个行家领您四处转转？"

霍玉衍停顿了一下，继而露出了一个微笑。

"怎么好叨扰人家。"霍玉衍轻声道。

"算不得叨扰！娄小姐爱热闹，想必也喜欢与人同游呢！殿下若是愿意，不如奴才着人去打听打听？”

霍玉衍沉思片刻，“嗯”了一声：“也好。只是要谨慎些，莫要唐突，搅扰了娄小姐，反而不好。”

小太监笑得暧昧，连声应是。

娄婉君确实是个闲不住的。主要还是前几日，她在迎接霍玉衍的宴会上认识了好几个新朋友。那几个新朋友都是霍无咎麾下的将领，之前没有接触的机会，如今一块儿喝了一顿酒，便也算相识了。

这几个人私下里都是爱玩的，即便刚南下不久，也将临安城的各个好去处摸遍了。听他们说西市有一家高粱酒酿得一绝，那香味隔着半里地都能闻见，喝到嘴里，更是又烈又香。硬是将娄婉君说馋了。

正好这几日，因为城中贵人多，霍无咎又总到军营里去转，因此这几个将领都严守岗位，不敢乱转。反倒是娄婉君自由，便被那几个将领撺掇着，溜到城中来买酒了。

娄婉君倒是极喜欢这差事，二话不说便应了下来。不过，西市很大，那几个将领人生地不熟，给的位置也并不精确。娄婉君却不嫌麻烦，在西市溜达着，便循着味儿去找那家店铺。

结果，店铺还没找着，她便被一阵摔砸的响动吸引了目光。

在她不远处，站着几个书生模样的人，却是围着一个什么，连摔带砸的。随着他们将什么东西砸在地上，便有哗啦啦散落的声音。从人群中滚出来一个什么东西，娄婉君定睛一看，是一支笔。

“让我瞧瞧，咱们临安才子聂凉聂大公子，写出来的都是什么玩意儿？”其中一个人扬着声调，在人群中说道。

接着，他阴阳怪气地读起了手里的东西：“吾妻桂娥，我不在的这段时间，家中可还好吗？家里的稻子到了该收的时候，我在城中做工，回不去，还得你和咱娘将那……”

便听见人群中有个清冽的声音打断了他。

“杜兄，这是旁人的私人信件，还是不公开的好。”那人说道。

“什么私人信件，不都是你写的吗？”那人尖声道，“知道聂公子你穷酸得厉害，要出来摆摊给这群目不识丁的穷老百姓写信赚钱，也不必自轻自贱，写这些狗屁不通的东西吧？”

“信是写给他妻子看的，不是写给杜兄你来品鉴的。”那个清冽的声音又响了起来，“还请你将这信还给在下。”

“还给你？有本事你来抢啊！聂淙，你敢在这儿动我一指头，那你就成了闹市行凶，看你来年，还有没有去参加会试的资格？”

娄婉君越听眉头皱得越紧。这是个什么人啊？公然在闹市砸人家写信的摊子，还反咬一口？娄婉君打小就见不得这样的事，袖子一捋，便要拨开人群冲进去。

就在这时，旁边有个老妇人拉住了她。

“姑娘别去！”那个老妇人是个卖鞋垫的，一双手上尽是粗糙的茧子。

娄婉君回过头去，便见那个老妇人匆匆劝道：“那位杜公子，是个大官家的少爷，在这里闹了好几次的事啦，没人敢管。”

娄婉君皱了皱眉：“那他为什么闹事？”

老妇人压低了声音：“写信的那位公子，家境贫寒，却在乡试上拔了头筹。这位杜公子跟他是同年，就心生妒忌了。”

娄婉君冷笑一声：“什么大官，我倒要去会会。”凭他是什么大官的儿子，就算他是霍无咎的儿子，她也照揍不误。

那个老妇人连忙拉她：“姑娘！这可是要掉脑袋的！”

娄婉君拍了拍她的手，轻声道：“别怕，我比他厉害。”说着，她转过身去，袖子一捋，便拨开了人群。

那位杜公子带着几个小跟班，这会儿正撒着泼。只见那个写信的摊子被砸得乱七八糟的，那位杜公子手里拿着信，还一个劲地往写信的那个年轻男子面前凑。

而那个年轻男子，青松似的站在原地，一双手紧紧攥在身边，细白的手背上青筋微起。

“你动手，来，只管朝着少爷这儿招呼！”那杜公子还在叫嚣。

娄婉君大步上前，一把提溜起了他的后脖领子。

“好嘞，全听您的。”娄婉君咬牙切齿的，朝着他刚才往前凑的那张脸，便是重重的一拳头。

顿时，人仰马翻，惊起了周遭的一片惊呼。

娄婉君却顾不上这些。这个杜公子不过是个只会吟诗作画的弱鸡，在她面前比军营里的沙袋还不如。她单手提着，只朝着他的脸上招呼，轻而易举地便将那个杜公子揍得鼻青脸肿。接着，她一抬手，一把将那公子掼到了墙角里。周遭围观的人群甚至响起了轻微的叫好声。

“什么人，敢在这里放肆！”旁边的一个小喽啰连忙大声道。

下一刻，娄婉君便提住了他的领子。

“我正想问你们呢。”娄婉君勾着一边嘴角，露出一个咬牙切齿的笑容来，“让我听听，你们的亲爹是多不得了的大官，敢让你们在闹市作乱？”

那被揍得鼻青脸肿的杜公子这会儿总算睁开了眼睛，大声道：“哪儿来的臭娘儿们！当真是不要命了！”

听见“臭娘儿们”几个字，娄婉君抽了一声冷气，挽起袖子便又要冲上前再揍他一顿。

却在这时，一个人抬手拦住了她。粗布的衣袍，针脚也粗糙，但穿在那人身上有一种说不出的干净挺拔。拦在娄婉君面前的那只手还挺白，勾得她抬起头去，看向了那只手的主人。

好俊的一个年轻公子！

娄婉君目光停顿了一下，不由得多看了两眼。清隽干净，长得也高，眉眼疏朗又带点儿冷淡，身上带着股淡淡的墨香味儿。似乎就是刚才他们口中的那个名叫聂淙的公子。

“姑娘不必。”聂淙开口了，果真，声音清冽，就是他，“此人不好沾惹，在下自己应付就是。姑娘还是先行离开吧。”

娄婉君看了看他，又看了看自己。果然，她穿的衣裳干净利落的，看上去朴素得很，根本不像个有权有势的人。她素来也没有显摆的习惯，加上总是骑马习武的，这样的衣衫穿起来舒服。不过这会儿，娄婉君却生出了强烈的表现欲。这种在街头受欺负还不卑不亢、在这样危急的时刻还担心连累她的公子，谁会不想保护呢？

娄婉君抬手按在了那个公子的胳膊上，冲他笑了笑，道：“不用担心。”

说着，她大步上前，众目睽睽之下，走到了杜公子面前，朝着他身上便狠踹了几脚。接着，她将他提溜起来，单手便摸干净了他身上的银子，一抬手，便丢给了聂淙。

“赔你的书信摊。”娄婉君回头对聂淙道，“拿好了。”

接着，她转过身去，朗声对那杜公子说：“现在，告诉我你爹是谁吧，让我开开眼。”

那个杜公子的嘴角都被揍肿了，这会儿说话都有些模糊不清，却还是大声道：“家父乃工部侍郎杜仁，怎么，你以为是你一个走江湖的混混惹得起的吗？”

娄婉君哈哈一笑：“说来惭愧，我还真惹得起。打个赌，信不信？今儿个，你爹和你都没好果子吃。”说着，她将杜公子往地上一丢，站起身来。

“口出狂言！”杜公子还在嘴硬。

“还有更狂的呢。”娄婉君俯视了他一眼，又转过身去，目光扫过他的那几个跟班。

“你们几个，记清楚了。谁再敢在这里闹事，那么下次来揍你们的，就是娄钺。再有下次，那来揍你们的，就是霍无咎了。”面前这位姑娘是谁，周围的人不知道，但是娄钺娄大将军是谁、霍无咎又是谁，那便没人不知了。周遭发出一阵惊呼，连带着那几个跟班，也被吓软了腿脚。

就在这时，一辆马车驶过，匆匆停在了旁边。

“婉君妹妹？”车上那人打起了帘子，面上露出了恰到好处的惊讶的表情。

娄婉君转过头去，有些疑惑地眨了眨眼。霍玉衍？怎么他会出现在这里？一时间，娄婉君不知道该叫他霍大哥还是叫他太子殿下了，有些尴尬地站在原地。

而车上的霍玉衍，目光却不着痕迹地扫过了在场的众人。几个挨揍的年轻公子自不必看，旁边围观的老百姓，也没什么看头。值得注意的，是娄婉君此时意气风发、打抱不平的模样，以及站在那被砸坏的摊子旁的、那个衣着破旧的年轻人。个头高，身形挺拔，长相……也极其出挑。霍玉衍的神色暗了暗。

霍玉衍的目光在那个年轻男子身上停了停，便若无其事地挪开了。他看向娄婉君，神色温和，笑容浅淡：“前头那是个什么人，值得妹妹发这样大的脾气？”说着，他掀起了车帘，作势便要下车。坐在外头的太监连忙站起了身，一阵忙乱，便替他放下了脚凳，扶着他下了马车。

娄婉君只得放下手里那个小喽啰，迎上前去。

“也没什么。”娄婉君笑了笑，随口说道，“就是正好从这儿路过，看到有几个官家弟子仗势欺人，我就过来管了管闲事。”

霍玉衍闻言，侧过头看向她，神色里竟带了两分宠溺，抬手抚了抚娄婉君的头发：“妹妹向来是这般疾恶如仇。”他的语气中满是无可奈何的笑意，听上去颇有点暧昧。旁人也都没注意到，霍玉衍说出这话时，眼神竟飘了飘，有意无意地看了一眼那个站得笔直的年轻男子。便见那个男子目不斜视，站得端正笔直。

霍玉衍在心里冷笑了一声。这种装模作样的人，他可见多了。

而娄婉君丝毫没注意到他的眼神，正因为他那句口气不太对劲的话，有点不太舒服地挠了挠耳朵。霍玉衍说话怎么越来越腻歪了呢？娄婉君心想。

这么想着，娄婉君也不想再在这闹市跟霍玉衍干站着了。她抬头看向霍玉衍，转移话题道：“还没问，太……霍大哥你，怎么到这儿来了？”

霍玉衍轻笑道：“也没什么，就是想着自从来到临安，还没怎么出来转转。今日恰巧无事，就出来走走了。”

娄婉君笑了几声，道：“那真巧啊。”

说着，她推了推霍玉衍，道：“这边没什么事了，霍大哥还是接着去转吧。”

说着，娄婉君转头看向那端正站着的书生。她既然救人，不如便帮到底了。刚才听那个姓杜的小子说这位公子家境贫寒，又要科考，不如接济他一番，也省得他日后再受羞辱。

可是，不等她斟酌着将话说出口，她身后的霍玉衍便不悦地皱起了眉头，看向了聂淙。怎么，她急着赶自己走，却要留下跟这穷酸的小白脸说话。

霍玉衍立刻出声笑道：“妹妹若是无事，不如与我同游？”

娄婉君听到这话，立刻便进退两难了。

要跟霍玉衍同游，她自然是不想的。霍玉衍虽说长得确实好看，但磨磨蹭蹭的，总能给人磨蹭起一身鸡皮疙瘩来，让娄婉君觉得还不如去找个酸儒下棋吟诗来得痛快。但是……总不能跟他说，自己要去买酒吧？也不知怎么，她总觉得，只要自己这话说出口，那霍玉衍一定会提议陪她一起找，那买酒这种高兴的事，就也成了折磨。

娄婉君断不愿做。这么想着，她有些可惜地又看了那书生一眼。算了，即便要做好事，也等下次再来接着做吧，如今她身陷火坑，已是自顾不暇了。

娄婉君转过头来，朝着霍玉衍尴尬地笑了笑：“不巧。我是刚才从军中偷偷溜出来的，这会儿到了时辰，我爹眼看着就要查岗了，我得快些溜回去，别让他察觉。”

霍玉衍的神色暗了暗，正要说话，便见娄婉君急匆匆地冲他挥了挥手，道：“我走啦！”说着，便拨开人群大步往外走。

刚走两步，娄婉君又停下来，转过了身。

“你以后还在这儿摆摊吗？”娄婉君看向了聂淙。

聂淙停顿了一下，道：“是。”

娄婉君灿烂地一笑。

“那就好！”娄婉君说道。

说完，娄婉君朝着霍玉衍挥了挥手，径直走了。

霍玉衍看着她的背影，目光有些晦暗。他这般人精似的，怎么会看不出端倪？刚才娄婉君见义勇为的那副悠闲模样，还有反复去瞧那书生的样子，可分毫不见她着急。唯独自己邀她同游时，她才忽然间有了急事。个中原因，他怎么会看不出来？

前几日的娄婉君，还不是这样的。出现这样的变化，自然也是因为旁人的出现。

而这个旁人，自是她连走都惦记着的那个了。

霍玉衍的目光停顿了一下，带了两分意味不明的笑，眼神飘去，淡淡地看了那个书生一眼。

天蒙蒙亮时，霍无咎匆匆出了门，将御书房的折子一股脑儿打包带走了。他将折子带走后，快马加鞭出了城，回到军营之中，按着江随舟的册子，一本一本校对了起来。

这些任命的文书，都是霍玉衍在江随舟的监视下起草好了的，只需签字落印，便可生效了。如今江随舟去不了御书房，断不能留这些东西在霍玉衍的手里，不然很容易便会生出事端。

霍无咎挨个核对好了以后，便大笔一挥，签了自己的名字，又落了自己的大印。反正，任命这些官员的权力，那是昭元帝圣旨上给他的。如今霍玉衍在这里，虽说他听从霍玉衍的命令是本分，但在这样的事上做主，也并不算僭越。待到将这些折子处理好，天已经要大亮了。

霍无咎便在这时踹开了娄钺的营帐门，将这些折子一股脑儿全塞给了娄钺：“拿去，到他们下榻的驿馆，一个一个安排好了。只说是我的旨意，如果有什么不懂的，自己去问齐旻。”

娄钺这会儿睡得正迷糊，抬眼便看见了一堆折子和眼底带着乌青的霍无咎。

娄钺狐疑地翻开最上头的一本，便见上头竟是官员任命的文书，上头盖着的大印，赫然是霍无咎的。

娄钺傻眼了。

“这……”这么大的事，竟办得这般草率？

便听霍无咎说道：“要快，越快越好，明白吗？”

娄钺懂了，这不是草率，而是十万火急。

“是！”娄钺连忙应道。

这样，待到文书下发到官员手里，那这事就算再无转圜了。霍无咎交给娄钺，便放下了心，转身便走了。

日头高悬，万里无云，是临安城少有的好天气。过了正午，正是一日里最热的时辰。蝉噪声连片地响，连带着凉快些的树荫下，都因为蝉鸣的聒噪而显出几分炎热。

临安城西市旁边的一处民宅小巷里，隐约传出了摔打的声音。小巷里一处简陋的民宅门户大敞，摔砸声就是从那里头传出来的。没一会儿，便有人拿破旧的被单裹着些乱七八糟的东西，将那些物件囫囵扔到了门外的土路上。顿时，被单散开，里头是些简陋的物什。其中有两个旧陶罐，立刻摔碎在地上，碎片散落开来。

紧接着，便有两个人被粗鲁地推了出来。前头的那个身量高挑挺拔，身着粗糙的旧布衫，打眼看去，竟就是今日在西市被砸了摊子的书生，名叫聂淙的那个。他的身形很快便稳住，接着一把扶住了后头那个险些摔倒在地的老妪。

聂淙回过头去，便见方才在他家中又打又砸的那七八个地痞，跟着为首的那个走了出来。

“各位官爷，小人不知犯了什么罪过，还请各位官爷原谅……”那老妪两眼浑浊，目光空洞，只顾着朝发出声响的方向鞠躬行礼。

为首的那个地痞啐了一声：“什么官爷？老太太，你家里头的这小白脸儿，招惹的可不只是官爷。”说着，他走上前去，抬手便搡了聂淙一把。

聂淙后退了一步，便见旁边那盲眼的老妪摸索着要上前来扶他。直到此时，方才一言不发的聂淙才低声开口道：“我无事，祖母。”

便听得为首的那地痞又发话了：“小子，记住了。西市那个破摊子，你肯定是别想再去了。你这儿的这个房子，也不许再住。上头那位爷已经发话了，再让咱们在临安看见你，小子，你跟这老太太的两条贱命，就别想要了。”

那老妪闻言便急了，连忙上前，匆匆道：“官爷，这里是小人世代所居的祖产，这……”

那地痞却不理她，反而走上前去，冷笑着打量了聂淙一眼：“小子，不是什么姑娘都是你勾搭得起的。”

那人阴阳怪气地一笑，抬了抬手，带着那群混混，浩浩荡荡地走了。

第十五章　尘埃

而谁也没注意，在不远处的屋脊上，有风刮过一般的细微响动。那是挟制着娄婉君的霍无咎发出的声响。

霍无咎一手反剪着娄婉君的双手，一手紧捂着她的嘴，一直到冷眼看着那几个地痞消失在了视野之外，才一把松开了她。

"你拽着我干什么？"娄婉君反手过来就要打霍无咎。霍无咎懒洋洋地抬了几下手，便将她的招式全都挡了回去。

"这么喜欢打草惊蛇？"霍无咎问道。

"惊什么蛇？"娄婉君急怒交加。

"想没想过，为什么周围没有暗卫，底下的那几个，又都是街头的混混？"霍无咎问道。

娄婉君脱口而出："还能因为什么？姓杜的那个小子没把我的话听在耳朵里，还得再多吃点亏才能长记性呢！"

霍无咎神色冷淡，他这会儿更是没什么耐心。

"那他们刚才为什么说他勾引小姑娘？"霍无咎冷脸问道。

娄婉君浑然未觉："还能因为什么？还不就是……"话说出口，她才后知后觉地觉察到了不对。她有些震惊地看向霍无咎。

"太子殿下？"娄婉君诧异地问道，"当时在场的，除了那小子，也就是太子殿下了……太子殿下干不出来这样的事吧？"

"他敢找这些地痞来收拾这小白脸，不就是仗着这个？"霍无咎淡淡地瞥了她一眼，“要不是这个混混嘴快，谁会相信这些人是他找来的？”

娄婉君闻言，有点疑惑地挠了挠头：“不会吧……太子殿下对我怎么会有那种想法？”她神色尴尬，有点不信。

霍无咎皱起了眉头。大下午的，日头毒辣，晒得他烦躁。眼下，还要给娄婉君这个榆木脑袋解释霍玉衍对她有非分之想这件事。烦心事都凑到一块儿去了。

“我听说霍玉衍摸过你的头发？”霍无咎打断娄婉君的思索，冷着脸道。

“对啊。”娄婉君应声。

“那如果我摸你的头发呢？”霍无咎不动声色。

娄婉君面露嫌弃，险些跳起来：“你恶不恶心啊？”

霍无咎淡淡地看着她。

娄婉君片刻之后回过神儿来，抽了一声气：“还真是啊……”

“所以，你多看了那个小白脸两眼，霍玉衍就动手要把他赶走了。”霍无咎淡淡地道，“如果不是我城中的内应察觉，让魏楷来说了一声，恐怕这个人就要消失得无声无息了。”

听到“小白脸”三个字，娄婉君恍然回过神来。

“这事放放，你先等我。娄婉君说。

“干什么？”霍无咎不解地皱眉。

就见娄婉君几个纵跃，从那三层高的楼阁上，轻松跃进了巷子里。

聂淙听见响动抬起眼，看见的就是这样的一个人。那个姑娘应当是在哪里站久了，晒得脸色都有些白了，连带着鬓边的发丝，也被汗水沾湿，贴在了脸颊上。

聂淙这会儿正俯身收拾着地上为数不多的行李，他盲眼的祖母已经被他扶着坐到一旁了。聂淙刚抬头，便见娄婉君大步上前来，要帮他捡地上的物什。

聂淙立刻伸手拦住了她。

“姑娘不必。”聂淙的声音平稳，特别清冽好听。

娄婉君抬起头来，满脸歉意地道：“对不起……我不知道会给你带来这么大的麻烦。”

接着，不等聂淙开口，娄婉君便接着匆匆地道：“不过你放心！我绝不会让他得逞，更不会让你们流离失所的。”

这么个直白飒爽的姑娘，脸上向来藏不住心思。聂淙看去，便见她眉毛都沉了下去，满脸的歉意像是不知道往哪里搁，一双手也局促地握在了一起。让她那一双诚恳的眼睛盯着，聂淙竟莫名感到有些无奈。

聂淙想告诉她，其实并没有什么。他自小家道中落，家中的长辈又拼命供着他读书，世人的冷眼和欺凌，他见得多了，逐渐也不放在心上了。他知道世间贵人之多，将他们踩在脚下，比踏死一只蝼蚁还容易，世道如此，他只管做好自己的事，从没有什么怨恨的。也更不会将今日之事，归咎在一个路见不平的小女子身上。

聂淙听着她这话，淡淡地笑了笑，说道："姑娘不必介怀。"

就在这时，旁边传来了那老妪的声音："淙儿，这位姑娘是谁呀？"老妪双手扶在她坐的木凳子上，有些局促，声音也有点发抖。

聂淙一抬眼，便见娄婉君已经大步上前去了。当真是个雷厉风行的女子，一举一动，都是带着风的。聂淙的眼神在她身上微不可察地停了停。

"嬷嬷，你别怕，那几个不过是仗势欺人的小喽啰，跟你们俩没什么关系。"娄婉君在那老妪面前蹲了下来，声音软软地说道，"嬷嬷不要听那帮无赖胡说！"

聂淙不动声色，眼神却又在她身上落了一下。不过是个普通的姑娘，没什么特别的，但这会儿在这简陋的深巷中，却像个撞进来的小太阳。

"您别怕，我一定补偿你们，立刻在城里给你们二人找个住处，定然不会让他们找到的！"他听见娄婉君接着说道。

聂淙闻言一愣，继而几乎是脱口而出："不必了，姑娘。"他从不觉得遭人欺凌是什么丢人的事，但是听见对方要接济他，却让他一时间感到有些局促。他本来就不愿站在那样的位置上，向人伸出手。如今面前是这位姑娘，他这种不愿便似乎更深了几分。

娄婉君只当他不想接受自己的好意，转过头去看向他，匆匆道："这怎么能行？这事本来就是因我而起的。"

聂淙轻声道："本来不怪姑娘。今日姑娘仗义，教那人赔给在下的银钱已经超过在下那个书信摊的价值了。姑娘不必自责，也不必由你来赔偿。我家在城外乡下还有处老宅，断不会露宿街头的。"

"可是……"娄婉君正要说话，却听见了不远处传来了霍无咎的声音。

"别可是了。"霍无咎说，"你派人安全将人家送出城去，比什么都强。"

娄婉君看去，便见霍无咎抱着胳膊，靠在巷子中的墙壁上。

霍无咎看了看聂淙，目光又在他们二人之间流转了一圈，接着意味不明地看着娄婉君笑道："人家有胳膊有腿的，要你的银子干什么？"

娄婉君咬牙切齿："你站着说话不腰疼！"

娄婉君本来就看霍无咎不顺眼，正欲再骂，却感觉到一只枯槁如老树的手，温柔地落在了她的手背上。她抬头看去，却见是那老妪，一双眼睛虽然空洞地看着眼前的某处，却低下头来，对着她道："谢谢姑娘了。不过，淙儿性子倔，从不要白来的银子，谁也劝不住。我们城外是有屋子的，姑娘不用担心。"

娄婉君张了张嘴，又看了一眼聂淙。

便见聂淙冲她淡淡地一笑，点了点头，像安抚似的。

"那……那好吧。"娄婉君再说不出别的话来，只好这般妥协道。

霍无咎回来的时候，神情看起来倒是多了几分愉快。

江随舟不由得好奇道："方才是出了什么事？"

霍无咎往他身边一坐，将刚才发生的事，连带着早上的事情，一五一十地给江随舟讲了。听了这些，江随舟都有点目瞪口呆了。

"霍玉衍竟做到了这般地步？"江随舟问道。

霍无咎冷笑了一声，语气中满是讥讽："可不是吗？他想利用娄婉君，可是使出了浑身解数的，结果娄婉君压根儿没看出来，你说他着不着急？"

江随舟皱眉道："那也不能这般欺凌百姓吧？"

"他管他什么百姓呢。"霍无咎嗤笑了一声，"他只顾着怕有人捷足先登，让娄钺手里的三十万兵马落入他人之手。"

这倒是一种登峰造极的小人之心度君子之腹了。

江随舟一时也觉得好笑了。

"那然后呢？"江随舟问道。

霍无咎往后一靠："然后娄婉君就非要亲自把他们送出去呗？怎么可能，她多显眼，出城的路上要是再让人看见，叫霍玉衍知道了，那两个人的命还能不能要了？"

江随舟闻言点头："是这样的。"

"我就把她给拦住了，找了我手底下几个探子，暗中把他们安全送出去了。"霍无咎道。

江随舟也是松了口气："那就好。"

"不过，还挺好玩儿的。"霍无咎话锋一转，凑到江随舟的身边，道，"娄婉君那犟驴，我说话都没用，倒是那个小白脸劝了两句，就给她的毛儿捋顺了，让她做什么就做什么。那小白脸也是，我老觉得他那眼睛不老实，看上去斯斯文文的，老往娄婉君那边瞥。”

这事倒是有趣，但更有趣的，反而是霍无咎这会儿这眉飞色舞的模样。江随舟笑了起来。

“今天也算是带着娄婉君看了一出好戏，也让她看清楚了霍玉衍是个什么人。”霍无咎分毫没看出江随舟在笑他，同江随舟笑了一会儿，便接着道，“我想着顺水推舟，倒是可以让娄婉君帮个忙，摆霍玉衍一道。”

江随舟问道：“你打算怎么做？”

霍无咎闻言，脸上却露出了几分神神秘秘的神色，扬唇一笑。

“你只管等着看好戏吧。”霍无咎说。

这日之后，霍玉衍的运气变好了不少。他手下的人做事干净，那个穷书生被他们派人赶走之后，便再没了踪影。他派人去查，便得知那个书生果真灰溜溜地跑了，躲到了乡下那个漏雨漏风的破宅子里。而娄婉君往西市去了两次，没找着人，便也作罢了。

反倒让霍玉衍赶了巧。他手下的人时刻盯着娄婉君的动向，叫霍玉衍设计偶遇了几次。

渐渐地，娄婉君便不再提那书生，反倒整日满眼里都是他，还主动领着他游临安了。

霍玉衍将这一切的变化都看在了眼里。他知道娄婉君的脾气，也自认为将她这个喜好拿捏得清楚。果真，她容易上钩得很，如今不必他相邀，娄婉君便会主动来寻他了。

这个时候，就需要他来做些推拉的功夫。他便保持着那副温暾和缓的态度，不推拒，却也不主动，温和，又若即若离，就好像真的把娄婉君当成妹妹，绝没有半点旁的心思一般。

娄婉君便渐渐地开始急了。她脸上藏不住事，渐渐地，焦躁急切的心情溢于言表。

霍玉衍看在眼里，只不动声色。

一直到了这一日。娄婉君兴冲冲地告诉他，西湖的荷花开了，想带他一同去看。

霍玉衍却道有些琐事要忙，一直推了两日，才迟迟应了娄婉君的邀请。

娄婉君在西湖上租下了只画舫，与霍玉衍一起在窗边坐了下来。

二人交谈了一会儿，娄婉君一直醉翁之意不在酒，说话也有些心不在焉的。没一会儿，霍玉衍身边的小太监出去倒茶，娄婉君吞吞吐吐了一会儿，终于开了口。

“我记得……你如今也有二十七了吧？”娄婉君问道。

霍玉衍心下微动，面上半点不显，温和地笑道：“是有了。这时间当真是白驹过隙，想来我认识婉君妹妹的时候，也不过十来岁。”

娄婉君将两只手握在一起，局促地捏了捏。

“那你父皇，也没有催你娶妻？”娄婉君问道。

霍玉衍闻言，温和地笑了几声。

娄婉君立刻急了：“你笑什么啊！”

霍玉衍正了正神色，恰到好处地开玩笑道：“妹妹这般问，可是已经有了心上人了？”

娄婉君红了脸，像是被踩到了痛脚一样。

“我只不过是问问罢了！”娄婉君急道。

霍玉衍见她这副模样，便又笑了。

“自然是催了的。”霍玉衍笑容温和地道，“不过，我一直不大愿意，父皇便也没什么办法。”

“为什么呢？”娄婉君脱口而出。

霍玉衍抬眼看向娄婉君，眼神有些深。沉默了片刻，直到娄婉君有点局促地低下头去。

“一则，我这身体，娶了谁家姑娘，都是拖累。”霍玉衍说，“二则，我喜欢的姑娘，也不是邺城中那些大门不出、二门不迈的大家闺秀。”

娄婉君立刻抬眼看向霍玉衍，眼神闪了闪，像是有了光。

“怎么？”霍玉衍故作不解。

娄婉君沉默了片刻，有些艰难地问道：“那……你喜欢什么样的啊？”

霍玉衍看向窗外，目光悠远，像是有些向往：“我喜欢那种自由热烈的女子。”

他轻声开口，单这语气，听上去都极为深情：“那样的女子，素来正义又恣意。许是我从小循规蹈矩惯了，看到这样的姑娘，总归是向往的。”

说完，他看向娄婉君，无奈地笑了笑：“不过……我身为太子，这么想，总归是奢望的。我肩上担着社稷，非但我自己不能放肆，我的婚姻大事，自然也不能门不当户不对了。”

“可是我……”娄婉君脱口而出。

她的声音戛然而止，霍玉衍的声音也骤然停下了。二人四目相对，一时间，谁也没有说话。

就在娄婉君面露羞恼的时候，霍玉衍淡淡地笑了。

“婉君妹妹，”霍玉衍说，“你有没有感觉，我方才说的那般女子，与你很像？”

娄婉君张了张嘴，没有发出声音。

便见霍玉衍无奈地一笑：“但是我也知道，娄叔叔是南景的人，如今忠于霍无咎，断不会再为我所用了。我不想让娄叔叔为难，所以你我二人，还是做兄妹更适宜些。”

说着，他抬起头，认真地看向娄婉君：“这些时日，我也在犹豫，但前两天，也算下定了决心。婉君妹妹，我的心意，你只需知道就好，即便是做兄长，我也能护你一世无虞的。”

霍玉衍看见娄婉君的眼眶红了。片刻之后，娄婉君哽咽了一声，道：“但是，你怎么没问问我的想法呢？”

霍玉衍一时没有说话。

便听娄婉君接着道：“你本就是名正言顺的太子，我父亲既然已经归顺北梁，没有说不听你的号令、反倒去追随霍无咎的道理。这三十万人马虽不算多，但也能做你的后盾。而我虽然是一介女流，这样的事，我还是说得上话的。”说话之间，船已经渐渐靠岸了。

娄婉君突然站起身，目光灼灼，看着霍玉衍。

“霍哥哥，你等我。”娄婉君说。说完，她转过身去，在船还没靠岸的时候，便大步走了过去，一步跨到了湖岸上，以一副下定决心、视死如归的气势，大步走远了。

霍玉衍坐在原处，片刻，露出了个淡淡的笑容。他端起茶杯，慢悠悠地喝了一口。鱼上钩了，成了。

而另一头，拐了个弯，走出霍玉衍视线的娄婉君，却站定了脚步，面露嫌弃，搓了搓自己的胳膊。既是要缓解刚才为了掉眼泪而掐出的疼痛，也要搓掉那一胳膊的鸡皮疙瘩。

都怪霍无咎。娄婉君心道。给她安排了一个这么费劲的差事，他霍无咎倒是坐收渔翁之利了，反让她跟霍玉衍对着演戏，酸得牙根都倒尽了。

而这些时日，霍玉衍的动向和情况，霍无咎都了如指掌。

可不就是了如指掌吗？娄婉君的性子直，并不太应付得来霍玉衍，更别提同他面对面地对垒了。每次她见霍玉衍之前，都是霍无咎得了消息，再提前同她说好，如何应对霍玉衍。

霍无咎之熟练，对霍玉衍之了解，让江随舟都感到有些瞠目结舌。

一直到了这日，娄婉君刚离开西湖，霍无咎手下的人便将娄婉君和霍玉衍的消息带回来了。拿着这般满意的结果，江随舟不由得重新审视了霍无咎一遍。

江随舟的这个眼神看得霍无咎有点不自在。

“什么表情。”霍无咎不满地道。

江随舟叹了口气：“我只是在想，没让你在后宅斗法，简直是屈才了。”

霍无咎的眼神变得不善了起来。

“说什么？”霍无咎的语气中带上了威胁。

江随舟连忙改口道：“就是说你有谋划，会算计。”

“这有什么难的。”霍无咎嗤笑了一声，将江随舟手里那封密信抽走了，“他以为就他长了脑子？只不过是仗着旁人懒得同他计较罢了。”

霍无咎这副模样，简直像将尾巴都扬到了天上去。江随舟看得直笑。

霍无咎由着他笑了一会儿，直到把霍无咎笑得有些恼了，江随舟才连忙收住了笑意。

“不过，娄姑娘那边计划完成得差不多了，咱们是不是就可以有所动作了？”江随舟道。

霍无咎道：“再等两天。”

果然，几天之后，临安城里便不太平了。这不太平竟然是由娄钺而起。自从归顺了霍无咎，娄钺向来唯霍无咎之命是从，但这些日子，却奇怪得很。娄钺开始不听霍无咎的指挥，甚至开始和他唱反调了。

起先，只是霍无咎安排娄钺去镇守某处守备薄弱的郡县，但娄钺嫌那儿偏僻难行，又嫌弃霍无咎拨给的粮饷不够多，故而当着霍无咎的面便撂了脸色，直言自己不去。二人因此在军中大吵了一架。

霍无咎大怒，斥责娄钺不听军令，娄钺却反驳道：“军令？我只知道听皇上的命令。那地方那么偏，你怎么不让旁人守去？再说了，皇上发话了吗？太子殿下发话了吗？只要太子殿下一句话，我这就领兵去守！”

霍无咎摔门而出。这之后，自然是霍玉衍两方安抚，才平息了他们二人之间的矛盾。而这反常之事，渐渐也传出了原因来。

听说娄钺对霍无咎不忠，是因为他女儿娄婉君的关系。听说娄婉君似乎盯上了太子妃的位置，回去便同她父亲大吵大闹的，似乎想拿那原属于南景的三十万大军做嫁妆。这嫁妆，自然是不能让霍无咎随意调遣的。

一时间，流言甚嚣尘上。霍玉衍那边八风不动，像是根本没听见似的，但娄婉君，却结结实实地因为这个在军中大发了几次脾气。也算是将这事坐实了。

霍玉衍倒是乐见其成。毕竟在这个传闻之中，他一直都是被动的，一切都是娄婉君和娄钺做的。而这个传闻，自然也颇有扰乱军心的作用，更是让军中诸将重新审视他和霍无咎的身份。此后，谁才是正统，究竟该听谁的话，自然是更加昭然若揭了。

霍玉衍坐享其成，只等着找到合适的时机，顺便给娄婉君一些甜头，让她去逼迫娄钺，让娄钺主动向他父皇提出要把女儿嫁给他。

娄婉君这个身份，怎么都算是南景的叛臣之女，他父皇想必不会允许她嫁给自己做太子妃。恰好，他也不想轻易地拿太子妃的位置来作交换，届时摆出几分身不由己的无奈，娄婉君也就愿意给他做妾了。

大事将成，霍玉衍也舒心了不少。恰逢快到“十五”，他便假惺惺地邀请霍无咎，“十五”之夜一同在宫中小聚。毕竟大事办成之前，还是要好好安抚一下霍无咎的。

霍无咎倒是欣然答应了。

故而“十五”这日，天色还没擦黑，宫中设宴的宫殿便热闹了起来。宫人来来往往，殿中灯火通明，精美的瓜果和菜品流水一般送了进去。

霍玉衍仍旧是卡着开宴的时间，才姗姗来迟的。他来时，殿上已经坐了人。因为是家宴，故而整个大殿总共也没几个人，除了霍无咎，也只有他的几个宠臣了。但是……

霍玉衍的目光扫过殿内，却发现，那不速之客又来了。

阴魂不散的靖王，正坐在霍无咎的身边。

二人目光一撞，便听那靖王开口了。

“太子殿下来得好晚。”江随舟说道。

“有些琐事，绊住了腿脚。”霍玉衍淡淡地看了江随舟一眼，转开目光，轻笑着应道。

却见靖王没骨头似的，朝着后头的椅子上一靠，慵懒地笑起来，嘴上却不依不饶：“是让娄家姑娘绊住了腿脚吧？”

他笑着问道：“只是不知，今儿个家宴，怎么不见娄家那位准太子妃呀？”

这话一出，整个大殿中瞬间沉默下来了。

周遭几个大臣，个个眼观鼻，鼻观心，努力地摆出一副没听见这话的模样。但霍玉衍向来机警、敏感，即便如此，也敏锐地察觉到了来自各方探询的视线。他咬了咬牙关。

人要在朝堂上立足，学会委婉地说话是最基本的素养。但是显然，靖王这人根本就不具备这样的素质。也不知那个极讨厌他的废物先帝江舜恒，为什么这么多年都没纠正他的这个毛病。

霍玉衍咬牙，努力挤出了一副平和的笑容来：“靖王说笑了。”霍玉衍淡淡地开口，将江随舟这话轻飘飘地揭了过去。

接着，他收回视线，头也不回地走到了最上首，在席前坐了下来：“今日乃是‘十五’月圆之夜，虽非八月，却也值得团聚。今日这宴会，不过是家宴而已，家宴上，便不必再谈朝堂之事了。”

霍玉衍轻笑着扫视了一番席间众人，举起酒杯，接着道：“诸位莫要拘礼，只管自便就好。”说着，他率先饮下了杯中的酒。这便是绕开了江随舟的刁难，宣布开宴了。

霍玉衍面上的笑容维持得很好，放下酒杯，便拿起了筷子。

却在这时，霍玉衍又听见了江随舟的声音：“娄家姑娘的事，难道还不是太子殿下的家事啊？”

霍玉衍看向江随舟，眉心皱了皱。

“靖王，”霍玉衍的声音冷了几分，带上了些许不悦，“不过传闻而已，姑娘家的清誉，还是不要随意玷污的好。”

江随舟听到这话，却是浑不在意地笑了两声。顿时，殿中的气氛多了几分火药味，在席间蔓延开来。那些拿起了筷子的大臣，也纷纷不由自主地停下了手中的动作。

“靖王，你这是什么意思？”这下，霍玉衍脸上的笑容都绷不住了。

却见江随舟一抬眼，神色慵懒，满脸讥诮嘲讽：“人家娄姑娘将嫁妆都准备好了呢，何来传言一说？太子殿下若是真不想毁人家姑娘清誉，就该早些把她娶回家呀。”说到这里，他笑了两声，收回目光，端起了桌上的酒杯。

“就是不知道，三十万大军，给殿下做护卫队吗？未免阵仗太大了些。”这下，谁都能听明白他话里的意思了。

尤其是霍玉衍。他知道，靖王如今飞扬跋扈，不过就是仗着背后站着霍无咎。霍无咎是江随舟的靠山，那归顺了霍无咎的三十万大军，自然也是江随舟的靠山了。江随舟仰仗着这些，才有了如今的日子，那三十万大军要落入旁人之手，江随舟恐怕便比谁都要着急了。

霍玉衍心下觉得可笑，面上却露出了几分为难。他看向霍无咎。

便见霍无咎坐在那儿，这会儿脸色已经有些不好看了。他双手撑在膝头，皱眉盯着桌上的碗盏，片刻之后，却又像警告一般，侧目看了旁边的靖王一眼。

但这会儿，靖王似乎没注意到这些。他光顾着满眼挑衅地看着霍玉衍，似乎吃准了霍玉衍今晚会被自己下了颜面、哑口无言一般。

这倒是让霍玉衍心里起了些试探的心思。他停顿了一下，似乎是因为自身的教养和宽厚的胸怀而略微缓了缓脸色，声音也放缓了些，像是在试图跟江随舟讲道理。

“靖王，普天之下莫非王土，率土之滨莫非王臣。一来，这兵马一事，自不能算作嫁妆；二来，普天之下的兵马都不是谁自己的，而是大梁的。”霍玉衍说。

说着，霍玉衍看向江随舟，温和地笑了笑。

却听江随舟毫不领情地冷笑了两声：“这话倒是没听过。我只听说过，以色事他人，能得几时好？太子殿下，您说是也不是？”

霍玉衍的脸色瞬间冷了下去。他竟敢讽刺自己以色事人？这种话，放在他一个堂堂太子身上，简直是滑天下之大稽。但是，这话却又结结实实地踩上了他的痛脚。

“你……”霍玉衍脸色都白了。

却在这时，霍无咎打断了霍玉衍：“说完了吗？”那声音冰冷、低沉，带着浓重的不悦和山雨欲来风满楼的怒意。

霍无咎说这话的时候，两眼是看着靖王的。霍玉衍紧接着便看见，靖王愣了一下，接着看向了霍无咎。四目相对之时，靖王脸上得意的神色瞬间便僵住了，眼神中也露出了几分惧怕。

“将军……”靖王的语气瞬间弱了下去。

“我问你说完了没有？”霍无咎的神色却半点不见缓和，语气中的冷戾反而更加重了几分。便见靖王缩了缩脖子，双手也交握着放在了膝上，怯生生地看着霍无咎，不敢说话了。

大殿四下里也是一片安静。

便听见霍无咎又开口了：“看好。座上那人，既是大梁太子，也是我兄长。记住了吗？”

靖王停顿了一下，不甘心却又畏惧地点了点头。

“那该怎么做？”霍无咎皱眉，似乎有些不耐烦了。

便见靖王看了他片刻，接着抬起头，心不甘情不愿地开了口。

“太子殿下，”江随舟的声音都弱了下去，“是我失言了。”

虽说本意是团圆家宴，但匆匆了事，谁都没尽兴。整个宴会，也草草结束了。而宴后，霍玉衍第一时间将霍无咎叫到了大殿后的内间里，说是有话要同他讲。

霍无咎由人领进来时，脸色都还有些不好看。霍玉衍将这些都看在眼里，心下有了计较，面上却不动声色。

“怎么还这般不高兴？”霍玉衍原本坐在榻上喝茶，见着霍无咎进来，便放下茶杯站起了身，迎上前去。

霍无咎摆了摆手让霍玉衍坐回去，走上前一提衣摆，便在霍玉衍的对面坐了下来。

“也是太没规矩。”霍无咎皱着眉头，看起来有些烦躁，“实在是放肆。”

霍玉衍闻言，觉得如果自己没猜错的话，霍无咎的好脾气看着已经到头了。

霍玉衍心下明镜儿似的。他笑了笑，好言好语地劝说道：“可不就是你惯的？不过也没什么，他除了说话放肆点，也没什么更大的错处了。”

霍无咎皱起了眉头。

“烦得很。”霍无咎低声道。

霍玉衍又笑着劝：“那当时，还不是你自己要留下他的？”

“那时候是有恩于我，现在却变味儿了。”霍无咎皱着眉头，“但过了这么长时间，他怎么也该学得听话些了吧？怎么说，他也是南景的人，一开始心气高点儿，也就算了。要总这么放肆，反而全是麻烦。”

说着，霍无咎拿起桌上的茶水一饮而尽，看向霍玉衍时，神色有些疑惑：“他怎么每次见你，都要找麻烦？”

霍玉衍听到这话，哪里有不煽风点火的道理。他垂下眼，有些自嘲地笑了笑。

“这有什么的。”霍玉衍说，“这还只是在你眼前。背着你的时候，你又怎么知道他是怎样的一副模样呢？”

说到这儿，霍玉衍似乎想到了什么，有些担忧地皱了皱眉头：“这么说来，他这人倒是有城府得很。你想想，他单是在你面前，就有好几副的模样，谁知道他心底里，究竟是怎么想的呢？”说着，他看向霍无咎，眼神里满是关切。

“不是为兄要干涉你的私事。”霍玉衍说，“但是，这人不是个善茬，以后定然会将你身后闹得鸡犬不宁。”

这话霍玉衍是早就想说的，如今说出口，信手拈来得很。毕竟他清楚，这些话，若是在对方信任那人时说出来，不过就是一股过耳的风；但如果是在他们二人之间的关系有裂痕时，便是添在火焰上的热油了。

果真，霍无咎的眉头皱得更深了：“还真是件麻烦事。那依大哥看，这该怎么办？”

霍玉衍沉默了片刻，低声道：“虽然话不该这么说，但是，这样的人，还是早些摆脱了好。”

霍无咎沉吟了一会儿：“算了。毕竟是有恩于我的人，也不好真教他自生自灭去。”

霍玉衍没有说话。他向来睚眦必报，他的本意，自然是要置靖王于死地的。但是他的目的还是没有达到。不过……来日方长吧。

霍玉衍正想着，却听霍无咎又开口了：“不过，我如今年岁也大了，后宅也不能真没个人。这些时日，大哥就帮我物色着吧？临安这边适龄的闺秀，帮我挑个差不多的。”

“这自然不是什么难事。”霍玉衍笑道，“不过，你可要改改性子。别闺秀刚找来，就让你给吓唬跑了。”

霍无咎皱眉道：“回头我让人去给他置个宅子，把他也打发了，派几个人盯着，以后让他住在那里吧。清静。”

霍玉衍的心思动了。他看着霍无咎，片刻，笑了起来。何必置办宅子呢？他可以帮霍无咎处理掉靖王，省下一笔买宅子的钱。

这么想着，霍玉衍轻声开了口：“若是这般，自然是最好了。”

霍无咎这天一直到很晚才回来。

江随舟知道霍无咎是被霍玉衍留下了，便也不着急。霍无咎回来时，他已经倚靠在床头上昏昏欲睡了。

霍无咎进了门，见着他在打瞌睡，便抬手挥退了房中伺候的下人们，自己轻手轻脚地走到床边，在床沿上坐了下来。

江随舟睡眠轻，在霍无咎坐下来时，就恍然转醒了。

“妥了？”他轻声问道。

霍无咎轻轻地“嗯”了一声：“过两天，我就要按跟霍玉衍说的，把你送出城了。娄钺那边已经打点好了，出城门时，娄钺就会让人调换了你，这之后，你就先留在娄钺的营里。”

江随舟“嗯”了一声，接着又有些担忧地道：“此番设下的陷阱虽已布置妥当，但你自己也要当心。”

“我没事。”霍无咎说，“就是这一回，恐怕好几天见不到你。”

江随舟低低地应了一声。

便见霍无咎坐在床边上，双眼深深地盯了他一会儿：“所以，这几天，你一日三餐都不许落，李长宁给你配的药，也顿顿都得吃。这回你身边一个照顾的人都没有，有什么缺的只管向娄钺去要，要是几日之后我回来，见你瘦了，我就去收拾娄钺。”

霍无咎说话的语气认真，让江随舟“扑哧”一声笑了出来。

“我只在娄钺的营里待着，能有什么事？”说着，江随舟坐起来了些，笑道，“再说了，霍将军今天做戏可要做全套的，万不可再在此多留。”

霍无咎听到这话，有点不高兴地“啧”了一声。这倒的确是他和江随舟商量好了的。那天他让娄婉君眼看着霍玉衍私下欺凌那个穷书生，就想到了这个办法。

江随舟一直想让霍玉衍闹出大动静，露出马脚来，从娄婉君这儿入手就是个不错的法子。霍玉衍想要利用她，手段并不光彩，自然也就心虚。若是闹出些动静来，让人当众戳破了，那他便自然是要记仇的。

霍玉衍记下的仇，也从来没有不报的道理。但是他向来谨慎，如果这个仇家背景强大、难以轻易撼动，那么他就不敢轻举妄动，只敢在私底下动手脚。而若对方没有倚仗，也没有强大的背景，那么霍玉衍便会快刀斩乱麻，不会让自己夜长梦多。私下的手脚向来谨慎，难以抓住把柄，但若是快刀斩乱麻的突袭，就有不少漏洞可击破了。也正因如此，这一回的矛头，是朝着江随舟去的。

江随舟飞扬跋扈的形象已经在霍玉衍面前立了起来，这会儿抽掉他身后的“靠山”，那么便势必会给霍玉衍有机可乘的错觉。

毕竟有霍无咎庇护的江随舟，霍玉衍不敢擅动，但若是被霍无咎厌弃的江随舟，便不可同日而语了。而只要霍玉衍动手，那么就可以轻而易举地让他留下马脚，从而坐实罪名。

至于霍玉衍坐实的是什么样的罪名，又将以什么模样出现在天下人的传言里，便是由江随舟与霍无咎说了算的。而霍无咎此番的打算，就是在南下的途中，将自己和江随舟相调换，让霍玉衍本想暗杀江随舟的计划，变成暗杀他霍无咎。到了那时，天下人便都知道，霍玉衍是个过河拆桥、兔死狗烹之辈了。

霍无咎这番计划也算是周全，不过他算来算去，也没算到自己临走前的这两日该怎么过。做戏做全套，他自然不能再赖在江随舟这里了。霍无咎不说话了。

江随舟看他这副不合作的模样，不由得露出了几分笑，接着轻声道：“我可不是在开玩笑。如今正是霍玉衍上钩的关键时候，可不能再让他起疑心了。”

霍无咎听到这话，却抬眼打量了江随舟一番。

“怎么回事？”霍无咎打量完之后，看向江随舟满是笑的眼睛，“我看你还挺开心？”

江随舟眨了眨眼，立刻住了口。

孟潜山候在门口，听着里头发出了几声装模作样的摔砸东西的声音，接着便见霍无咎推门，大步走了出来。他脸上挂着几分明显是装出来的怒意：“叫你家主子好好想想，真当自己还是个王爷了。”

霍无咎在孟潜山面前停下，说这话时，斜眼看了他一眼。孟潜山收到了他的示意，连忙点头哈腰地应声。便见霍无咎大步走了，那足下都带风。

孟潜山收回目光，不由得叹了口气。

果然，没两天，风声便传到了霍玉衍的耳朵里。听说那日他和霍无咎私下交谈之后，霍无咎回了一趟靖王的宫里。但是没多久便不欢而散，听说霍无咎出来的时候，还摔上了大殿的门。

这之后，霍无咎便干脆不回宫中了，整日就在军营里待着。没两天，宫中那位靖王殿下便由手下的人护送着，乘着马车，听说是到苏州散心去了。跟在身边的不过是些江随舟用惯了的太监，因为霍无咎懒得管，就连随行的侍卫都没几个。

霍玉衍拿着手里的线报，淡淡地笑了笑。

“去拨些人，手脚干净一些。”霍玉衍吩咐身边的太监道。

“是。”那个太监躬身，笑得意味深长，“太子殿下放心。这江南初初平定，不安分的人多着呢。从宫里出去的马车，多少双眼睛盯着？不必谁专门动手，这人也不一定活得了呢。”

霍玉衍淡淡地看了他一眼，轻飘飘地笑了笑，未置一词。

临安仍然太平。

霍玉衍倒也没忘记那天霍无咎嘱托他办的事。即便霍无咎烦了，若是没个人立刻顶替上，也难保霍无咎事后回过味儿来，又对一个死人心生不舍。故而这几天，霍玉衍手下的太监也在四处打听、物色，专挑些家境不是最高，但相貌极好的闺秀。

几日下来，倒是收拢了不少临安城里闺秀的画卷。听说霍无咎一直待在军中，霍玉衍便遣人将那几幅画卷送到了军营里。

那个送东西的太监去了很久才回来复命。

“霍无咎怎么说？”见送东西的太监回来，霍玉衍问道。

那个太监却道：“回殿下，奴才没见着霍将军。”

霍玉衍闻言皱了皱眉，神色也冷了下去：“怎么回事？他去哪里了？”

那太监回道：“奴才问了，军中的人却也没说去哪儿，只说霍将军忙着。”

霍玉衍放下了手里的卷宗，神色一时间有些凝重。他沉吟片刻，忽然问道：“他这几天都没出军营？”

太监摇头：“说是没有。”

霍玉衍的眉头越拧越紧。不太对劲。原本军中现在就没有多少事务，按说不会忙到这种程度。前几日他只当是因为霍无咎想躲着靖王，但是这几天，靖王已经走了，霍无咎怎么还待在军营之中不出来？除非……是在唱一出空城计。

“来人。”霍玉衍沉声道，“速到军营中去，带我口谕，让霍无咎立刻进宫，我有要事要寻他。”

立刻有侍卫上前领了命，匆匆出宫去了。

时间一点一滴地过去，那个领命去召霍无咎的侍卫却迟迟没有回来。霍玉衍越等越着急，一直到小半个时辰之后，他终于坐不住了。霍无咎不告而别，悄无声息地离开临安，能是去做什么的？

霍玉衍站起身来，在宫中来回踱步，将前些日发生的事从头到尾想了一遍，忽然，他像是回忆起了什么一般。立刻，原本应该是顺理成章的事情，忽然露出了一些端倪。

霍玉衍心头一惊。

“速去传令。”霍玉衍连忙转过身，吩咐贴身的太监道，“让派去苏州的那些人马立刻停手，回临安听令。”

那个太监不知道自家主子这是唱的哪一出，但见霍玉衍着急，连忙应下声来，匆匆出去了。却在他刚踏出大殿正门的时候，忽然有个侍卫匆匆跑进来，将他径直挡了回去。那个侍卫也顾不上他，匆匆绕过他，便跑到了霍玉衍的面前，扑通一声跪了下来。

“太子殿下，不好了，太子殿下！”那个侍卫声音都在打战。

“怎么？”霍玉衍皱眉低头看向他。

却见那个侍卫头上的汗都顾不得擦，急道：“临安城大乱！”

“为何？”霍玉衍两步上前。

“是……是苏州传来的消息！说是霍将军去苏州替您办事，但在去苏州的路上，霍将军坐的马车却遭了袭击！刺杀之人有数十人之多，霍将军虽勉强逃生，却也受了伤！”

“霍无咎？”霍玉衍的脑中空白一片，只觉得自己恍似在梦里。

“是……而且……从那些杀手身上，竟然搜出了信物，是太子殿下您的护卫！那些个死在刺杀中的刺客，也已经派人去核对了身份相貌……确实是您的随从没错了！如今这个消息传得全江南都知道，满朝文武和天下的百姓，如今都说您是过河拆桥，要置霍将军于死地呢！”

霍玉衍瞪圆了眼，紧紧地盯着跪在地上、几乎是蜷缩在地的那个侍卫。根本不可能……去江南的，明明是江随舟，而他派去的杀手，总共也不过十个，既没有这么大的声势，也根本不是冲着霍无咎去的。

霍玉衍愣怔了片刻，恍然抬起头。窗外一片晴朗的天空，他却像是看见了一张巨网，缓缓地收紧了。这一切，分明就是霍无咎的算计！

霍无咎回来得也很快。从苏州赶回临安，本来就要不了几日的脚程，加上霍无咎快马加鞭，两天后的清晨，便匆匆赶了回来。分明就是回来兴师问罪的。这样快的速度，根本不像真受了多重的伤。

而霍无咎也的确没有受多重的伤。霍玉衍派去的杀手本来就只有十个，其余的，全都是霍无咎用来虚张声势的手下。他的伤受得极其敷衍，与其说是受伤，不如说根本就是在配合着演戏。

而再见到霍玉衍时，霍无咎受伤的手臂包扎得还极其显眼。他的左臂上缠着雪白的绷带，右臂吊在了胸前，一副伤得很严重的样子。但他朝着霍玉衍走去时，却是健步如飞，分明是受了伤的，却像个趾高气扬的胜利者一般。他如今，也的确是个胜利者。

霍玉衍南下，为了掩人耳目，本来就没有带多少亲信，如今驻守在皇城里的，全是霍无咎手下的兵马。他逃不出去，也无处可躲，这两日，便这般面如死灰地等在皇城里。

这日，宫门关闭，二人四目相对时，倒是头一次不约而同地都露出了不加掩饰的、最真切的表情。

霍无咎勾起一边嘴角，挑衅地笑着，对上了霍玉衍恨得发抖的目光。

“你早就计划好了。”霍玉衍咬牙道。

霍无咎闻言，勾起了一边嘴角，站在那儿，垂眼看着霍玉衍。

“什么叫早就计划好了？”霍无咎反问道，“大哥，我只是早就知道你和庞绍来往，害我残废的事，想给你一个悔过的机会罢了。”

霍玉衍的瞳孔骤然缩紧。

“你……你说什么？”霍玉衍停顿了一下，继而诧异地盯着霍无咎。

“别装。”霍无咎抬手揉了揉额角，“你送来的信，庞绍保存得很好，也恰巧落在了我的手里。你的笔迹我还是认得出来的，比你现在的表情要真实一些。”

霍玉衍看着霍无咎，良久，渐渐恢复了全无表情的模样。

“是又如何？”霍玉衍沉默片刻，再开口时，声音已经有些哑了。

便见霍无咎走上前来，在霍玉衍斜前方的椅子上径直坐了下去，一抬手，便将碍事地吊在他身前的绷带拽开了。

“所以，你费这么大劲儿，怎么不早跟庞绍凑一起？”霍无咎往座椅的靠背上一倚，侧过头去，问道，“改朝换代了又跟旧朝纠缠不清，霍玉衍，你难道是舍不得他？”

霍玉衍死死地盯着霍无咎。

霍无咎的语气那么随意，就好像他这些年的筹划都是一个笑话一般。但他这般处心积虑、不得安寝，所有的缘由，都是霍无咎而已。

众望所归的是他，名正言顺的是他，就连朝堂坊间议论起来，打下这江山的还是他。众人只知道他有多战功赫赫，却没看见他背后的尸骨累累，甚至他霍家的至亲，也不是阵亡就是重伤，到头来，也只剩他霍无咎一个人毫发无损。

霍玉衍死死地盯了霍无咎半晌，片刻之后，笑了起来："霍无咎，那你就该问问，你父亲为什么要在死了以后，把皇位留给我父亲。或者你还该问问，为什么你没有死在浔阳的那场仗里。"

霍无咎听到霍玉衍这话，不由得皱起了眉头。

"你在说什么？"霍无咎冷声问道。

便见霍玉衍惨白着脸，冲着霍无咎冷笑："良将本就应该为国而死，而不是在功成之后妄想着坐受高官厚禄。你这般狂妄，不就是觉得自己战功赫赫吗？我和我父皇的位置，不都是你拱手施舍的吗？霍无咎，你这样的人活着，能让谁心安？我所做的，也不过是为了大梁的百年社稷罢了。"

霍无咎的神色越来越冷。他从小就不大喜欢霍玉衍说话说一半藏一半的习惯，但是现在看来，霍玉衍的这些真心话，还是全都藏回去的好。

"你有病吧？"霍无咎问道。

不等霍玉衍答话，霍无咎便接着问道："按你这么说，我得主动把自己杀了，才能换你的安心是吗？"

说着话，他把自己都逗笑了："施舍？我是有多大方，把皇位施舍出去？本来就不是我想要的东西，送给你，你还怕我抢回来？"

霍无咎来之前，本来也是抱着好好儿地问问霍玉衍的想法的。但是现在，霍玉衍刚说了几句话，他就觉得厌倦烦躁。没这个必要了，鸡同鸭讲，对牛弹琴，人话总该对着人说才是。

这么想着，霍无咎站起身来，随手掸了掸衣袍，将那只裹着纱布的手臂，重新塞回了吊在脖子上的绷带里。

"随便你怎么想、怎么做，反正，你这皇位，是让你自己作没的。"霍无咎转身之前，最后看了霍玉衍一眼，"只有自己心里脏，才会把别人想得一样脏。"

江随舟早就听说霍无咎回来了。在霍无咎回宫之后，他便匆匆告别了娄钺，离开了军营，往皇宫里去。刚回到自己所住的宫苑，便在门口迎面撞上了风尘仆仆的霍无咎。

霍无咎远远便看见了江随舟行色匆匆的模样，而江随舟也远远就看见了霍无咎受了伤的手臂。

那手臂包扎的样子，看起来伤得不轻。江随舟的脚步又快了些，匆匆跑上前去，便开口问道："怎么，手臂受了伤？娄将军竟根本没有告诉我……"说着，他便匆匆地要去检查霍无咎的伤处。

霍无咎一边拉着他进了殿内，一边说道："没什么事，进去说。"

一进去，霍无咎便一把拆掉了吊在胸前的绷带。

"急什么？又不是见不到了。"霍无咎说，"没什么事，一点小伤，专门包扎成这样，吓唬人用的。"

听霍无咎这样说，江随舟才松了口气。

"总算是办成了。"江随舟说道。

外头的天色已渐渐黑下来了。

"我刚才回来的时候，去见了霍玉衍一面。"霍无咎低声道。

江随舟听见这话，轻轻地"嗯"了一声，示意霍无咎接着往下说。

霍无咎停顿了一下，"啧"了一声："倒也没什么可说的。他这人有病，不光是身体上有病，脑子也有。"

听到这话，江随舟抬头看向他："他说什么了？"

霍无咎皱了皱眉，像是不愿意说。

江随舟停顿了一下，继而笑道："你不说，我多少也能猜出来些。他定然是怪你功高震主，又埋怨他自己的满身伤病吧？"

霍无咎问道："你怎么知道？"

江随舟笑了笑："还能有什么原因？"

霍无咎听江随舟这么问，一时也有些感到哑口无言。片刻之后，霍无咎长出了一口气，道："都不知道他是怎么想的。就为了这些，也值得他想方设法地要弄死我？"

霍无咎停顿了一下，又有些不满地补充道："在他眼里，我就这么容易弄死？"

江随舟不由得笑了起来："怎么，他下了这么多步棋，就是为了对付你，这还不够看得起你啊？"

听到江随舟这么说，霍无咎也让江随舟逗得笑了起来，片刻后笑着"啧"了一声："还真是，那我得谢谢他了？"

江随舟笑道："这般大恩，必得重谢。"

二人玩笑了片刻，江随舟不由得又问道："那接下来呢，你打算怎么办？"

霍无咎想了想："如今临安已经安排妥当了，不管是各地的官员，还是镇守江南的军队，都是我手下的人。所以，过几日，我打算回邺城。"

说着，霍无咎低下头去，认真地看向江随舟："我要带你一起回去。"

江随舟抬头看向霍无咎。

便见霍无咎目光灼灼地看着他："霍玉衍当不了这个皇帝，我叔父之后，皇位也不能后继无人。虽然按说，名正言顺的就是我，但我还是想问你，想不想做这个皇帝？"

说着，霍无咎凑近了江随舟，认真又笃定，嘴角却牵起了一抹笑："如果坐上了皇位，要兔死狗烹、过河拆桥的是你，那我也认了。你放心，到时候你要是怕我功高震主，那要杀要剐，都随便你。"

第十六章　落定

没几天，霍无咎和江随舟便踏上了北上的路。

如今江南江北也算一统，这一路便走得颇为顺畅。待到了邺城时，已经到了七月，邺城靠北，比临安凉爽得多，倒是教他二人正好躲过了酷暑。

邺城与临安相比，便显得厚重多了。打从前朝开始，邺城便是国都，一直到如今，已经有三四百年了。

进城时，透过马车扬起的锦帘，江随舟抬眼便看见了深色的城墙，静静地在碧蓝的天幕下铺展开来。邺城不比临安绿柳成荫，城外种的都是耐旱的柏树，枝叶颜色也要深些，掩映在城墙之外。

马车辚辚地进了城，入目便是高大的房屋楼阁和宽敞笔直的道路。邺城当年修建时，便比着阴阳八卦的形状，修建得宽阔方正，道路也平直。与这儿相比，临安便显得娟秀多了。道路两侧是来往的百姓，穿的衣袍都与临安不大相同。

见江随舟一直盯着外头，旁边的霍无咎也凑上前来。

"在看什么？"霍无咎问道。

江随舟看着窗外。

"很久没有回来过了。"江随舟说。

霍无咎顺着江随舟的目光往外看去。他在邺城也没住几年，却看不出什么新鲜。他跟着看了两眼，便收回目光，问道："喜欢这里？"

江随舟点了点头，又摇了摇头："也不是因着喜欢邺城的风物。就是感慨，南北东西不同，风景便也不一样，当真是很有意思。"

霍无咎的目光从窗外移到了江随舟的脸上。他记得江随舟很喜欢看游记，也不知写书的那些闲人有什么意思。不过如今看来，恐怕江随舟喜欢的不是那些写书的文人，而是那些文人笔下的湖海山川。这么想着，他忽然抬起手来，一把扯下了马车的帘幕。

“怎么？”江随舟转过头来，正要问。

“以后可看的多着呢。”霍无咎说，“你要是喜欢到处欢转，咱们就不要这个皇位了，我带着你出去玩儿去。”他说话的语气认真，表情也不似开玩笑，一看便知是认真的话。

江随舟“扑哧”一声笑了出来：“别胡闹。若没你在这里撑着，朝廷早晚是要乱套的。”

霍无咎皱了皱眉。他虽然不会说这乱不乱套与他无关，但是想到要为了这些外物耽误江随舟的喜好，他便有些不大乐意了。

江随舟看出了霍无咎的心思。“我是喜欢看这些风物。”他温和地道，“但我喜欢看的，是它们太平安定的样子。”

霍无咎看向江随舟。便见江随舟笑着倾身过来，开口问道：“若真有那么一日，不知道霍将军愿不愿意同我一起，四下出巡，看看咱们的太平盛世呢？”

霍无咎低声答道：“乐意至极。”

他们回到邺城时，便得了消息，说是昭元帝这段时间的身体越发不好了。

霍无咎将江随舟安顿在了自己邺城的府邸里，便匆匆地进了宫。

昭元帝的身体情况的确不大乐观。他的身体本就抱恙，前些日子，霍玉衍刺杀霍无咎的事情又传到了他的耳朵里。他就是打那时候开始一病不起的。

霍无咎进宫时，昭元帝刚吃完药。出来的太医对着守在门前的霍姝直摇头，说陛下今日的药只进了一半，便什么都吃不下去了。

见着霍无咎来，霍姝抬头看向他，冲着他微微点了点头。

霍姝只比霍玉衍小两岁，与霍无咎差不多大。她从小便是安静的性子，这会儿看向霍无咎，眼眶却是有些红。

霍无咎也知道是因为什么。

他走上前，在霍姝面前站定，朝她行了个礼，道：“二姐。”

霍姝点了点头，应了一声，接着侧了侧身，道：“你进去看看吧，这几日，父皇一直在盼着你。”

霍无咎点头，便抬脚往昭元帝的寝宫走去。

刚走了一步出去，却听霍姝又叫住了他。

“无咎。”霍姝唤道。

霍无咎回过头去，便见霍姝看着他，犹豫了片刻，才问道：“大哥他……如今在哪里？”

霍无咎答道：“一起回来了，我没要他的命。”

霍姝抽了抽鼻子，轻声道：“谢谢你。”

霍无咎点了点头。

正要转身，又听霍姝说道：“这件事……是大哥对不起你。”

霍无咎没有说话，抬腿进了昭元帝的寝殿。

一进寝殿，霍无咎便闻到了一股浓郁的药味。这药味又浓又沉，有种将人压得喘不上气的劲儿，隐有一股沉沉的死气，在这药味中弥散开来。

霍无咎的眉头皱得死紧，脚步也加快了些。刚走到床边，他便听到了几声沙哑的咳嗽，有气无力的。他走的时候，昭元帝还没有病得这么厉害。

霍无咎匆匆上前，刚停在龙床边上，便听得床上那人声音沙哑地边咳边问道：“是无咎来了？”

霍无咎停顿了一下，片刻之后，才沉沉地应了一声：“叔父。”便听得床上响起了簌簌的声响。

霍无咎连忙上前，便见床榻上的昭元帝瘦骨嶙峋，几乎脱了相，正挣扎着要坐起来。两侧的宫女、太监们忙上前扶他，忙乱了一阵，才扶着昭元帝勉强在床榻上坐稳了。

“无咎。”昭元帝颤巍巍地抬头，看向霍无咎。

霍无咎没有说话。便见昭元帝抬了抬手，将满殿的太监、宫女都挥退了。片刻之后，房门合上，整个寝殿中，只剩下了霍无咎和昭元帝两人。

“玉衍这孩子……是朕没有教好他。”昭元帝话一出口，已经有些哽咽了。

霍无咎却静静地在他床前跪了下来。

“是侄儿不孝。”霍无咎沉声道，“闹出了这样的事情，让叔父担心了。”

昭元帝却摆了摆手：“哪里是怪你。”

霍无咎没有说话。

沉默了片刻，昭元帝又问道：“那你身陷南景，也是因为玉衍吗？”

霍无咎抬头看向昭元帝，停顿了一下，仍然没有出声。

昭元帝叹了口气：“你不必内疚，也不用怕气到朕。朕这身子骨，朕自己心里清楚。即便不闹出这许多事端来，也撑不了多久的。”

霍无咎抿紧了嘴唇。

昭元帝看着他：“朕只是想弄清缘由罢了。”

霍无咎沉默片刻，从怀中拿出了几封带着血的书信，放到了昭元帝的床头。昭元帝伸出瘦骨嶙峋的手，颤巍巍地将那信拿了起来。一时间，整个寝殿里，只剩下了翻动信纸的沙沙声。

许久之后，便听得“吧嗒”一声。霍无咎抬眼，便看见，是拿着信的昭元帝，已经老泪纵横了。

“叔父。”霍无咎皱眉站起身，上前去将那几封信抽走了。

“这是我和大哥之间的事。”霍无咎皱眉道，“叔父只管养病就行。”

昭元帝闻言抬起了头。

“是我没有教好玉衍。”昭元帝颤抖着、哽咽着，说出口的话有些破碎，连皇帝的自称都忘记了，“我只道他安静，心思深沉些，却没想到他会自己钻进牛角尖里去。我也知道他孝顺，打从我受了重伤，他便一直心疼，却没想到他会埋怨到大哥和你的身上。他……这让我死后，有什么颜面去见大哥呢？”说到这儿，昭元帝哽咽着说不出话来了。

霍无咎站在那儿，单手握着信，低头看着昭元帝，沉默了许久，手中的信都攥皱了。接着，他沉默着蹲下身去，抬手有些笨拙地擦掉了昭元帝脸上的泪水。

“不怪您。”霍无咎轻声道。

就在他要收回手去的时候，昭元帝忽然伸出了手，一把握住了霍无咎的手。那只手，已经不剩什么力气了。霍无咎却抽不动，僵持了片刻，还是任由昭元帝握着了。

“叔父如今，不该这么说的。”昭元帝颤抖着吐出了一口气，语气中竟带了几分恳求，“无咎，朕不会再让玉衍承袭大统了。他身体本就不好，心思又重，他坐皇位，朕既不放心他，也不放心你。”说着，昭元帝握了握霍无咎的手。

“朕知道你不稀罕这个皇位，但是，朕不得不把它交给你。叔父对你放心，也想借此给你赔不是。叔父没多少活头了，朕死之后，这天下，就全都是你的了。”

霍无咎沉默了片刻都没有说话。

“这些，原本也该是你的。”昭元帝道。

霍无咎却忽然说道：“原本也不该的。”

昭元帝看向霍无咎。病中的双眼，总是浑浊些，这会儿笼上了一层水雾，看上去显得有些可怜。

“此一战，不为天下，不为功名，只为我霍家军的弟兄，能有一席之地，能享太平安乐。”霍无咎缓缓地说道，“这是当年，父亲揭竿起义的时候说的。”

昭元帝的眼泪又掉了下来：“大哥他……”

“父亲的愿望，如今也算实现了。”霍无咎道，“叔父，我懂您的意思。您不放心的事，我会替您做，但这些东西，原本也不是我想拿的。”

昭元帝含泪点了点头：“那，你只当接受了叔父的补偿，好吗？那么……叔父便还有个不情之请了。”

霍无咎知道他想说的是什么。

果然，昭元帝接着说道：“叔父只想自己死后，你能留玉衍一条命。他此后余生，即便被废为庶人软禁在宫里，也是好的。你只当给他个机会，也给他个惩罚，让他好好反省反省，好吗？”

霍无咎闭口不言，片刻之后，他缓缓地开了口：“那，作为交换，我也想向叔父提个要求。”

“你说。”昭元帝道。

“这皇位，既然是叔父赔给我的礼物，那我想将它当作礼物，转赠给另外一个人，行吗？”

昭元帝愣了片刻，才意识到霍无咎说的什么。

“送人？”昭元帝重复道。

霍无咎点了点头，那副理所当然的模样，看起来特别理直气壮。

“对啊。”霍无咎应声道。

“你……”昭元帝急得就要起身，几乎呛得咳嗽起来。但霍无咎手脚很快，不等他咳出声，便已经上前，抬手替他顺气。

“你可不能胡闹！”待气息顺了，昭元帝着急地说道。

“没胡闹。”霍无咎回道。

昭元帝怀疑地打量着他。

便见霍无咎停了手，说道：“既然送，肯定送得名正言顺。接受的这个人，肯定也当得起这大任。”

“是谁？”昭元帝追问道。

霍无咎没出声。

昭元帝更急了：“你至少告诉朕，那个人是谁吧？”

霍无咎静静地看着昭元帝。

昭元帝盯了他半天，忽然想起什么，连忙坐起身来：“跟你一起回来的，南景的江……江……”

“江随舟。”霍无咎点头承认。

“你……”昭元帝一时气结，说不出话来。他气得瞪眼，霍无咎站在那儿倒是闲适，一副早做好了决定、任由对方处置的模样。

昭元帝最了解霍无咎的倔，他做了决定的事，谁都改变不了。他气得张口结舌，半天之后才勉强开口道：“你该知道他的身份！”

“我知道。”霍无咎一本正经地点了点头。

“那你如何对天下人交代呢？”昭元帝捶着床沿急道。

沉默片刻，霍无咎开口了：“我只会打仗，叔父知道。”

昭元帝喘着粗气没有说话。

“我不耐烦对付文官，更不懂什么匡国济时，叔父也知道。”霍无咎接着说道。

“可是……”

霍无咎说：“成功易，守功难。我知道这个道理，也明白，如今我满身的盛名，一着不慎，就会全部烟消云散，只剩下骂名。”

昭元帝想要反驳他，却也知道他说得有理。他张了张嘴，许久之后，才沉沉地叹了一口气。

“是随舟想要替我接下这个担子的。”霍无咎接着说道，“他聪明，也有谋划，比我更想看到天下太平。他本来没想要这个名头，只说只要我想做，他就会帮我。”

昭元帝听到这话，抬眼看向霍无咎。

“但是，我想把这名给他。”霍无咎说，“受万人敬仰的应该是他，为后世称颂的，也该是他。”

“那你呢？”昭元帝问道。

“我？”霍无咎停顿了一下，朝着昭元帝勾唇一笑。

“我辅佐他，我替他守天下。”霍无咎说。

昭元帝看着霍无咎。他是看着霍无咎长大的，却从没见过霍无咎这副模样。他却也清楚，霍无咎能说出这样的话来，是为什么。

昭元帝深深地看着他，许久之后，又道："你该知道，天底下，最不牢靠的便是'情义'二字了。"

霍无咎没有说话。

"皇位这东西，给出去，便再拿不回来了，但情义可以随时都收回来。你现在拿皇位换他的情义，又怎知他予你的情义，能一辈子都在你这里呢？"

霍无咎垂了垂眼："我保证不了。"

"所以……"

"但是，我能保证，我能辅佐他一辈子。"霍无咎说。

昭元帝诧异地看着霍无咎。

便见霍无咎抬眼看向昭元帝，目光坚定，语气淡然："我不是拿皇位换什么。皇位对我而言，不过是个附赠的玩意儿罢了。这皇位，本来就无关紧要，反正是我的，就送给他了。"

昭元帝痛心疾首："你就不怕有一天后悔吗？"

霍无咎听到这话，眼一垂，面上已经浮起了笑容："对他，不会。"

昭元帝还是想要见江随舟一面。霍无咎拖拖拉拉地不想答应，但昭元帝反复要求，连带着霍姝都来说情，霍无咎便也没什么办法，只得跟江随舟说了。

江随舟闻言，心下也有些忐忑。但他也知道，自己既然跟着霍无咎一起回了邺城，那便躲不开这件事。他答应下来，很快，宫里便安排好了日子。

江随舟忐忑地进宫赴宴，却没想到，这次会面竟然出奇地顺利。

昭元帝并没难为他，反倒拖着病体，和颜悦色地招待了他。宴上，昭元帝一直同他聊些日常的闲话，直到酒过三巡，才正式开了口。

"无咎的打算，朕已经知道了。"昭元帝放下酒杯，看向江随舟。

江随舟正襟危坐，抬头同他对视。

"所以现在，朕想问问你的打算。"昭元帝说。

江随舟认真地点了点头："陛下请问。"

打从和江随舟照面，昭元帝便一直在不动声色地观察着江随舟的一言一行。和从小放肆惯了的霍无咎不一样，江随舟的身上倒是透着一种从小到大养成的、根深蒂固的教养。倒不像是作伪。

昭元帝看着江随舟，缓缓地问道：“若以后坐皇位的是无咎，朕自然不担心，但若是你，我倒是有个问题想考考你。待你坐上皇位，打算如何平衡前朝与后宫呢？”

江随舟闻言，淡淡地笑了笑：“古往今来，哪个帝王不需用后宫制衡前朝？”

“但若真用后宫作为利益捆绑的话，那培养出来的也不过是外戚罢了。”江随舟温和地道，“将女子拴在后宫里，拿与帝王的感情深浅作羁绊，那才是真的不牢靠。更何况，在下也想尝试一番，将女子的舞台，从后宫宅院中挪出来。”

昭元帝静静地看着江随舟，示意江随舟接着说：“正如娄将军一般。他虽无子，女儿却在军中大展身手，效命于朝廷。娄姑娘本就是难得的将才，又为朝廷之臣，娄将军心下有记挂，自然更加忠心地效命。这样的羁绊，想必比生硬牵扯的姻亲，来得更牢靠些。”

昭元帝沉吟半晌，道：“惊世骇俗，你倒是敢想。”

“不过是尝试和空想罢了。”江随舟道。

“那百年之后，江山后继，你又如何打算呢？”昭元帝问道。

江随舟接着道：“霍氏宗族，定然会有优秀的后生，不必我与霍将军操心。”

昭元帝看了江随舟片刻，江随舟也毫不显露怯意，坦然地与他对视。

片刻之后，昭元帝笑了起来：“这些话，朕倒是第一次听。你们先帝，倒是将你教得离经叛道。”

江随舟垂眼，权作承认了。昭元帝看了看江随舟，又看了看皱眉欲言又止的霍无咎，笑了几声，拿起了桌上的酒杯。

“朕也不过是问问。”昭元帝说，“反正，朕没多久的活头，以后怎么折腾，不还是看你们的打算吗？”

宴席散去时，已经是二更了。

宫中宵禁严格，这会儿已经落了锁。昭元帝给他二人安排了住处，霍无咎便屏退了其他的宫人，独自和江随舟溜达着往回走。

“你叔父这么说，究竟是什么意思？”江随舟不由得问道。

霍无咎道：“他的意思，就是对你满意得很。”

“是吗？”江随舟不太相信。

“自然了，我骗你干什么？”霍无咎侧目，看了江随舟一眼，“你没发现，我叔父问的那些话，都是有原因的？”

江随舟一愣：“什么原因？”

霍无咎停下脚步，转过头来，笑着凑近了江随舟。

“怕你鸟尽弓藏呗。”霍无咎笑着说道，“那些话，都是在替我稳固地位呢。”

江随舟“扑哧”一声笑了出来：“你别瞎说。”

霍无咎“啧”了一声：“谁瞎说了？反而是你，回答得倒是认真。”

“当然要认真说了。”江随舟说。

“我倒是没看出来，你对朝廷上的事，还有那么多的想法呢？”霍无咎与江随舟一边慢悠悠地走，一边问道。

江随舟闻言，笑道：“挺离经叛道的吧？”

霍无咎点了点头，却又摇了摇头：“什么离经叛道。到那时候，你说什么，什么就是对的；不听你的，才是离经叛道。”

江随舟笑着说：“哪里就那么容易了？”

霍无咎却“啧”了一声：“怎么不容易？”

霍无咎说：“有我呢。”

江随舟抬眼看向霍无咎。

便见霍无咎道：“我替你守着天下，谁敢反对作乱，我就把谁收拾了。你要做什么，只管做，不管做什么，我都替你守好太平。”霍无咎的话说得笃定，江随舟想笑，可对上霍无咎的眼睛时，眼眶却有些烫了。

江随舟静静地看着霍无咎。

从前，他对这片国土，因为心存热爱，所以想要探寻它、保护它。后来，有了霍无咎，他就想让霍无咎能平安顺遂。这些话，他从没告诉过霍无咎。霍无咎却从没有对他的决定有一丝一毫的怀疑。

“我也会保护好你的。”江随舟说。

番外一 劝谏

昭元帝崩逝于两年之后。

朝臣们心里都清楚昭元帝会立谁为帝。原本陛下就只有太子殿下一个儿子，太子殿下做了错事，被皇上废黜，那唯一剩下的，便只有霍将军了。霍将军功勋卓著、战功赫赫，又是先帝兄长的嫡子，由他做皇帝，最是名正言顺。但是，遗诏公之于众的那日，谁也没想到会是这样的结果。

昭元帝写了一封罪己诏，深悔自己当年身为景朝武将，却被迫造反起义。先皇有负霍家将士，但作为将领，他即便死去也不该因此而谋夺皇位。这几年，他身负沉疴，子嗣凋零，继承人又做出了谋害手足的事，反思来反思去，都觉得是上天对他的惩罚。因此，他死后，要将江山归还给旧景的江氏。

而放眼天下，如今的江氏，只剩下被“押送”回邺城的江随舟一人了。

一时间，被软禁在定北侯府里的、旧朝的靖王江随舟，摇身一变，竟然成了名正言顺的新帝。

朝野哗然，满朝文武蠢蠢欲动，大有推翻江氏、拥立霍无咎为帝的意思。

这个时候，霍无咎站了出来。他手握重兵，站出来却不为登基为帝，而是为了拥兵捍卫先皇遗嘱，拱卫江氏新帝。

名正言顺的强权之下，即便满朝文武心中有再大的不服，在霍无咎面前，也无法再表露分毫了。靖王就是在这样的情况下，坐上了伫立在邺城皇都里的龙椅。

当年的靖王、如今的新帝，因感念昭元帝忠心，并没有修改梁的国号。如今的大梁，官员结构本就很复杂。除了梁朝原本的朝臣，还有一些南景留下的旧臣。于是，江随舟登基之后，朝中的各方势力，倒是形成了一种颇为微妙的平衡。

一时间，谁也不敢轻举妄动，些许时日下来，这新朝竟然被治理得井井有条，甚至比病中的昭元帝在世时，还要太平富庶。这不仅归功于江随舟的勤谨，也因为霍无咎的镇压。故而，一段时间下来，那些即便心里蠢蠢欲动的朝臣，也渐渐歇了心思。

毕竟有江随舟坐镇，如今的朝堂，确实称得上万象一新、风清气正。官员们虽然心有不甘，却也乐见这番盛景。于是，谋逆造反的心思歇了，他们旁的心思，便渐渐地起了。

皇上的后宫还空着呢。

渐渐地，待到朝局平定、四海安稳时，劝皇上广开后宫的折子，便一封一封地递了上来。江随舟看着头疼不已，只得挨个回复，说自己没有半点充盈后宫的心思。

但这群朝臣锲而不舍，即便皇上拒绝，也堵不住他们规劝的嘴。

没几天，大朝会上，那群朝臣竟然得寸进尺了。议事完毕，他们竟然将请求江随舟充盈后宫的事，写成了折子，当面呈奏给了江随舟。

“皇上，您如今虽为鼎盛之年，但不可不为后嗣考虑啊！”跪下说话的，是大梁原本的一个文官，昭元帝在时，便是掌管朝中礼仪之事的。

江随舟坐在龙椅上，低头看向他，便见那个朝臣叩头请求道：“子嗣不丰，国本不立，陛下，为后世千秋万代考虑，还请陛下在宫中册封几位娘娘吧！”

江随舟目光停顿了一下，扫过满殿沉默着的朝臣，看向了站在武将第一列的霍无咎。嗞……霍无咎那副表情，已经难看到了极点，侧目瞥向地上那朝臣时，眼光已经分外不善了。

江随舟连忙收回了目光：“张爱卿，朝会之上，还是以朝中大事为重。朕的这些家事，便不必你来操心了。”江随舟提醒那大臣道。

“陛下，后宫之事虽然是您的家事，但子嗣之事，却是国之根本啊！”那个大臣想必是因为跪伏在地上，看不到霍无咎的表情，才敢这般大胆，又反驳了江随舟。

旁边，在江随舟登基之后，从临安赶来邺城的齐旻，不动声色地看了他一眼，并没有搭腔。

江随舟有些头疼地按了按额角。他正要说话，却在这时，又有几个官员陆续跟着跪了下去。

“皇上，张大人所言不错，还请皇上三思啊！”一时间，满朝文武竟稀稀拉拉地跪下了七八个，大有一副要长跪不起地要挟江随舟的架势。

江随舟倒是知道他们的想法。这些大臣在这种事上，总有些大家长的想法，即便直截了当地拒绝，他们也会锲而不舍地催促。不管用什么方法，只要找到他一丝一毫的松懈，他们都会咬住不放，以求突破。江随舟知道，正因为他这些时日，回应这些大臣的态度太耐心了些，给了他们有隙可乘的错觉，以为求一求、逼一逼，这事就能成了。

江随舟皱了皱眉，知道再保持温和的态度是不行了。

他飞快地斟酌了一番，正要开口，却听到安静的大殿中，响起了另外一个人的声音。

“张大人挺着急的啊。”是霍无咎发话了。

一时间，大殿中安静得落针可闻，连那个朝臣都抬起头来，有些讶异地看向了忽然开始多管闲事的霍将军。便见霍将军面色晦暗，缓步走到了他的面前。

“让皇上娶妻，也行。”霍无咎旁若无人地停在了他的面前，低下头去，说道，“张大人，你家千金也到了要出嫁的年龄吧？不如你带个头，先将她送进宫来伺候皇上？”朝中谁不知道，这位张大人就一个女儿，眼珠子似的疼着啊？

张大人闻言，额头上已经要滚下汗珠子来了，连忙匆匆拒绝道：“小女年纪尚轻，又不懂规矩，还是不便送进宫来，给皇上添麻烦……”

“你不愿意？”霍无咎打断他。

张大人不敢说话了。

“劝皇上的时候挺来劲，怎么让你送自家闺女进宫，你就不乐意了？”霍无咎的声音阴冷，半点不给他留面子。

霍无咎抬起头来，目光扫过殿中跪着的几个大臣：“逼他娶妃的时候挺来劲，怎么让你们送女儿去伺候，你们就不肯了呢？”

一时间朝堂上一片沉默，片刻之后，才有个大臣颤巍巍地应声道：“可是，皇嗣的事，臣等不得不考虑。”

江随舟见状，连忙开口，和颜悦色地轻声道：“也不必非要如此，朝中亲贵，有子孙者数不胜数，这些事，留待朕年岁大了再考虑也不迟。”这下，那几个大臣也说不出反驳的话了。毕竟，他们要是这时候再反对，那就是对先帝不敬。他们即便再有心思，也不能在这件事上硬碰。

江随舟淡淡地笑了笑。

反倒是霍无咎得理不饶人，不依不饶地冷笑道：“你们一个两个的，谁生得出孩子来？自己没这个本事，还成天惦记着这档子事。”说着，他将手一负，转身便要回到自己的位置上去。

却在这时，又有个朝臣说话了：“可是，陛下也不能总这般孤身一人，该有人伺候陪伴才是。”

江随舟知道，按惯例，这些官家女子总该送些进宫的。一则侍奉皇上、绵延子嗣，二则也是给家族添个靠山。谁都不相信皇上会一辈子不选妃。

皇上原本脾气好，他们当大臣的逼得紧些，至少皇上不会跟他们生气。但霍将军不一样，谁敢在他面前忤逆皇上，那就都是找死。

文臣们虽说骨头硬，但也没有找死的心思。这事便只好拖着。拖久了，家中有适龄女子的大臣们便有些着急了。总有些官宦留着自家的姑娘想往宫里送。但是时日久了，眼看着再拖就要成老姑娘了。

终于有朝臣开口，主动提出要将自家的女儿送进宫来，侍奉皇上。

江随舟见状，状似无奈地笑了笑：“多谢爱卿替朕思虑，不过好意领了，您家的千金，还是不必送进宫来了。”

说到这儿，不等那官员再开口，江随舟环视了一圈大殿，说道：“说到这里，朕倒是有一件要紧事。”

朝臣们纷纷抬起了头。

“天下一统，按律该论功行赏。助朕统一天下的各位将军和大人，如今已经封赏得差不多了，不过还有些没照顾到的地方。”

说着，江随舟看向娄钺：“平定江南，立下汗马功劳的除了娄将军，还有娄将军的爱女娄婉君。当日若非娄姑娘领兵守城，救朕于危困，恐怕朕早不能坐在这儿，再面对各位爱卿了。”

听到这话，朝中大臣们的表情都怪异了起来。怎么，忽然提到娄婉君，莫不是因为皇上看上了娄钺的女儿，要纳她为妃？一时间，朝臣们的目光都落在了娄钺和霍无咎的身上。便见霍无咎神色淡然，半点不见刚才那副凶悍模样。

就在这时，他们听见江随舟接着说道：“娄姑娘虽然身为女子，但领兵打仗，战功赫赫，不输男子。自古便有木兰替父从军，想来女子也并非不能为朝廷建功立业。”

说到这儿，他看向娄钺："娄将军领旨吧。朕着意册封娄婉君为正三品骁骑参领，掌皇城守卫一事。"

顿时，朝堂上议论纷纷。官员们都傻了眼，不少官员连忙下跪，请江随舟收回旨意。

"皇上三思啊！"有官员痛心疾首地道，"娄氏女有功，赏赐金银诰命都不为过，但是，怎可让女子入朝为官？岂不是牝鸡司晨，乱了祖宗章法啊！"

江随舟看向他，问道："那大人，论武功谋略，可比得上娄婉君？"

那大臣憋红了脸："各有所长罢了。"

江随舟笑眯眯地问道："大人也知各有所长。既如此，大人长于治政，朕便给了你官位。娄婉君长于领兵，朕为什么不能让她去做将领呢？"

"可是……"

江随舟却没给他说下去的机会。

"霍将军，你可有异议？"江随舟问道。

"臣谨遵圣旨。"霍无咎淡淡地看了那个官员一眼，站得挺拔。

江随舟闻言点了点头："这就好。统领三军的就是霍将军。既然霍将军没有意见，那么各位大人若有什么意见，只管向霍将军提。"

果然，议论纷纷的朝臣都看向了霍无咎，一时间，竟然一个出声的都没了。

江随舟轻笑着收回了目光。霍将军当真有用得很，不仅能止战乱纷争，还能将满朝文武都吓得鸦雀无声呢。

番外二 赐婚

这事得从江随舟登基的两年之后讲起。

新朝廷才建立没多久，朝中各处总有缺人的地方。乡试、会试层层筛查过后，终于将进入殿选的名单送到了江随舟的案头。

江随舟浏览了一番，惊讶地发现了一个名字，立刻将名单塞给了霍无咎。

“你看看，谁在上头？”江随舟问道。

霍无咎的目光上下扫了一圈，也没看出什么不同来。

“谁啊？”霍无咎疑惑地看了江随舟一眼。

“这里。”江随舟指了指一个名字。

“聂淙。”霍无咎念道，“聂淙是谁啊？”

江随舟倒是知道，霍无咎对这些从来都不上心。

“之前娄姑娘救下来的那个书生，记得吗？”江随舟说道，“在临安的那个，被霍玉衍逼走了的那个。”

“哦，他啊？”霍无咎这才来了点兴趣。

“却没想到，他竟然有这样的本事。”江随舟拿着那个名册说道，“几个批卷的命官都圈了他的卷面，说他造诣颇高，是个可用之才。”

“那挺好。”霍无咎歪坐在一旁，说道，“回头给他点了进士，再给他赐个婚呗。”

江随舟不解：“赐婚？赐什么婚？”

“娄钺催了我好几次了。”霍无咎说，“他还怨我，说他女儿一当了官，更收不住心了，让我帮她瞧一门婚事去。”

“你不要瞎闹。”江随舟不赞同地道，“断不能这般乱点鸳鸯谱的。”

“没乱点。”霍无咎说，“他俩肯定有事。”

江随舟看了霍无咎一眼：“你是怕娄钺接着念叨你吧？”

霍无咎立刻就不愿意了。

“谁说的？”霍无咎坐了起来，不依不饶地凑上前去，“我怕他？我怕他干什么，他自个儿都忘了之前让他女儿当官的时候，他自己多乐意呢！”

江随舟不由得笑起来：“那你急什么？”

“我没急！”霍无咎咬牙切齿地说。

赐婚这事就这么搁置了下来，但是聂淙还是被江随舟点成了状元。

江随舟倒没有刻意偏心，实是他看过聂淙的文章，确实鹤立鸡群，金殿之上也是对答如流，是个难得的人才。

聂淙这个状元郎实至名归，走马过长街时，又是一番风头无两。江随舟在宫中便听说了，姑娘们的手帕和水果，掷了状元郎满怀。

当天下午，娄钺便匆匆进了宫。

“拿私事打扰皇上，实在是不应该。”娄钺说，“但是，还请陛下垂怜，婉君的岁数实在大了。”

“也不过二十出头罢了。”江随舟不解道。

“别人家的姑娘，哪儿有这么大岁数还不嫁人的？”娄钺说。

江随舟倒不觉得有什么。娄婉君如今在朝中风头正盛，甚至有些大臣也跃跃欲试，将自家精通文墨的女儿送来做女官。甚至因为这个，还偶有大臣上书，建议可放开科举的条例，使得女子也可科举入仕。

不过，不等江随舟反驳，就见娄钺跪了下来。

“也不用麻烦皇上什么，末将自己已经看好了。”娄钺嘿嘿一笑，说道，“臣觉得皇上钦点的状元郎就不错。”

娄钺软磨硬泡，江随舟实在没有办法，将娄婉君叫进了宫里，把这事告诉了她。

“我爹又来催您了？”娄婉君丝毫不意外，抬了抬眼，兴致缺缺地道，“不瞒您说，我耳朵都被磨出茧子来了。”

江随舟叹了口气：“你父亲虽说着急，但这种事，也不能不问你的意愿。这些时日殿试放了榜，你父亲就瞧上了……”

“随便谁吧，都行。”娄婉君说道。

“什么？”江随舟一愣。

就见娄婉君站起了身：“我也让他催烦了，我没什么挑的，就按他的意思，随便嫁一个吧。您帮我把把关，别找那种硬要女人在家里相夫教子的老学究，其他都行，您再帮我挑个长得不错的。”说完，她拱了拱手，转头走了。

江随舟一时不知道怎么办了。这……要说要求，聂淙倒也都符合，但赐婚这事，总归不能这么草率，不然成了一对怨偶，到头来反倒是他的不是。

江随舟思来想去，只得又将聂淙召进了宫。聂淙跟两年前比，倒是没什么变化，唯独气质沉稳了几分，是岁月磨炼出来的。

江随舟眼看着他在自己面前行了大礼，抬手让他平了身。

“今日朕找你，是为了些私事。”江随舟说，“不知你如今可有娶妻？”

聂淙停顿了一下，行礼道：“回陛下，微臣尚无家室。”

“那朕若想赐你个婚事，你可情愿？”江随舟问道。

便见聂淙想也没想，轻声道：“回陛下，臣无不敬之心，但怕是要拂了陛下美意。臣私以为，婚姻之事，需两情相悦。臣心下已经存了一位姑娘，不想再耽误旁人。”

听到这话，江随舟也没办法再勉强了。他叹了口气，说道：“那便算了吧，朕就如实回复娄将军，替他女儿再寻旁人吧。”

却见聂淙一愣，接着抬起了头来，看向江随舟。这般直视龙颜，可是大不敬的罪过。江随舟却没放在心上，只问道：“怎么了？”

“娄将军？”聂淙重复道，“敢问陛下，可是那位娄钺将军？”

“正是。”江随舟说，“朕听说过，你与娄家姑娘也有几面之缘？”

江随舟不过是随口寒暄两句，却见聂淙沉默着不说话了。片刻之后，他眼看着聂淙跪了下去。

“请皇上恕臣不敬，臣想重新回答皇上刚才的那个问题。”聂淙说。

“什么？”江随舟问道。

“皇上有意赐婚，臣不敢不从，谨遵圣命。”聂淙说。

江随舟同意了赐婚，娄钺高兴得连连谢恩，连忙同状元郎家商议，要择个成亲的良辰吉日。状元郎家人丁凋零，只剩下一个眼盲的老祖母。老祖母脾气好得很，无论娄钺说什么她都是“好好好”的，议亲的流程顺利得很，娄钺高兴得直给娄婉君添了好些嫁妆。

黄道吉日，将军府吹吹打打的，将娄婉君嫁进了御赐的状元府。

娄婉君一路上都波澜不惊的。她对这些没兴趣，甚至连状元郎的尊姓大名都没打听。管他是谁呢，不过是一个她拿来应付她父亲、躲清静的读书人。她嫁过去之后，该做什么就做什么，他要想传宗接代，就随便去纳妾，反正别管她就行。

迎亲的路上热热闹闹的，娄婉君盖着盖头，也看不清什么。似乎是那位状元郎文武双全，将娘家出的难题一一破解了，射轿门的时候也又稳又准，周遭的宾客皆是赞不绝口。

娄婉君却不怎么关心，被一路送进了婚房中后，便一把扯掉了盖头，兀自坐在桌边，拿点心去填她饿了一整天的肚子。成亲这事，还真是天下第一难办的苦差事。

状元郎一直到夜半三更时才迟迟而归，刚踏进屋子，娄婉君就闻到了一股夹杂着翠竹气息的清冽酒香。想必没少被人灌酒。

她单手拿起盖头，囫囵盖了回去，便往床榻上一坐，百无聊赖地等着对方掀盖头。是一杆纤长雕花的金秤杆，将她的盖头挑了起来。

红烛摇曳中，娄婉君一抬眼，看到的便是身着红色婚服的那人。挺拔，干净，五官生得极好，尤其那双眼睛，清透又深邃。这不就是那日在临安，被霍玉衍赶出城去的那个穷书生吗？

“你……是你……”娄婉君愣道。

却见那人的目光停了停，继而展颜，露出了个浅淡的笑容来。

“是我回来晚了，着实抱歉。”说着，他抬起手来，轻缓地拿下了娄婉君嘴角沾着的糕点残渣。

“居然是你！”娄婉君还没回过神来。

聂淙的笑容里染上了两分无奈，轻声道：“是我。事先未和姑娘讲明，是在下的不是。”

娄婉君愣愣地看着他。便见聂淙转过身去，从桌上拿起了那两杯合卺酒，走到了娄婉君的面前。

“若姑娘不情愿，在下断不会有强迫的意思。”聂淙缓缓地道。

“我……”娄婉君看向他。她也没不情愿，就是有点震惊，到这会儿都回不过神来。但是，她似乎没什么不满意的地方。江随舟办事，向来最妥帖，这人性子好，品行端正……长得还尤其好看。她有什么不情愿的啊！

娄婉君回过神来，连忙否认道：“没有，我没有！”

说着，像是为了证明什么一般，她一把拿过了其中一杯合卺酒，仰头喝下。放下酒杯时，她明显看到聂淙有点诧异。

“我……”娄婉君一时间有些不好意思。

却见聂淙展颜，淡淡地笑了笑，也端起酒杯，仰头喝尽了杯中的酒。

此后，娄婉君只觉得生活颇为顺意。再没她父亲在耳边唠叨，更没有公婆要她伺候照顾，唯独一位老祖母，还是和善的，平时对她好得不得了。她这夫君也省心得很，爱干净，又不喜人伺候，什么都能自己做好不说，每日娄婉君回府，都会有人在桌边静静地等着她吃晚饭。

她才刚嫁进来没多久，口味就像被摸得清清楚楚了似的，每天在桌前等着她的菜色，都称心如意得很。而她这位夫君，也挑不出一点毛病来。好看，尤其地好看，对比那出众的皮相，清朗安静的气质更吸引人。有时候娄婉君回府，光是看他在窗边坐着静静地看书，都能让她连呼吸都不太会了。渐渐地，娄婉君倒是觉得，成个亲也不错。

她父亲对这个女婿也满意得很。他家女婿中了状元之后，立刻就进了翰林院，没多久，便又被平调到六部转了一圈，一看便是极得皇上器重的。聂淙也争气，经他手办的事，样样都办得极其漂亮。

娄钺只觉在满朝文武面前都扬眉吐气了。只是有一点，他女儿成了亲，还是日日在外头野着。当将领的不同旁的，每日四处奔波不算，还成日舞刀弄枪。从前他女儿孑然一身也就罢了，现在成了家，总不能不要孩子吧？但是这话，他说一次他女儿急一次，没有办法，娄钺只得去找他的女婿谈。

“婉君如今，也需要你多劝劝她。”娄钺说道。

“不知岳父所说的，是要劝什么？”聂淙问道。

“你还放任她成日里在军队里野着？”娄钺见聂淙不明白，急了，“就算她不想回家，至少调到兵部去吧？”

聂淙听到这话，笑了笑：“岳父不必担心这个。兵部日日那么多文书，婉君也不适合在那里待。”

“可是她都嫁人了啊！”娄钺道。

便见聂淙垂下眼，轻笑道：“嫁人了，也不妨碍她喜欢做什么。我不介意，岳父只管放心就是。”

娄钺却还总担心有事。果然，不到半年，就真出了他最不愿看见的事情。

西北突厥犯境，京中需有将领领兵前去，娄婉君主动请缨，请求领兵北上。娄钺与娄婉君大吵了一架，不欢而散。

娄婉君独自回府时，天色已经暗了下去。她心情也有些不好。她在邺城待了两三年，日日太平无事，她是真觉得没什么意思。她从小在前线长大，如今没有事做，便让她总觉得缺些什么似的。今日请缨，也是她极其想去。但是……

她似乎确实已经有了一个家了。她跟她父亲，随便吵架也就罢了，但是面对聂淙，她总觉得有些说不出口。这种说不出口，她也不清楚有几成的原因是对即将两地分离的愧疚，或者有几成的原因……是她自己也有点舍不得。她溜溜达达的，一直拖到天全黑了，才终于回了府。

便有丫鬟来报，说聂淙今日在府中宴客，来的是几个同榜的友人，此时正在前厅里。

娄婉君应了一声，转头便往前厅走去。前厅关着门，但隔着门扉，她还是听见了里头说话的声音。

“聂老弟，不是为兄说你……你家里这位娘子，实在该好好管管了。”

旁边立刻便有人附和起来。

“是啊！你说都嫁给你做夫人了，还跑到那边关打什么仗？终归是个女儿家。”

“她若真走，谁能知道会去多久？若是三年五载的，可如何是好啊？”

便有人说道：“倒也无妨，聂兄纳几房妾室，也不是什么问题。”

娄婉君停在了门前，静静地听着他们说话。背后说的话，总归不大好听，却也是真的在理。她低了低头，转过身去，打算自己回屋去收拾行装。对啊，聂淙自己有手有脚的，想要孩子，随便他纳妾就好。这事成亲之前她就想清楚了，这会儿也不必旁人再来提醒。只是心下，多少会有些不舒服罢了。

娄婉君强压下心头的不满，抬脚就要走。却在这时，隔着门扉，她听见了一个清冽的声音。

“聂某家事，不必各位操心。”那声音里带着淡淡的笑意，平和又坦然，“保家卫国，自是做将领的天职，聂某岂能把她锁在后宅里，弃边关万民于不顾？”

这天晚上，聂淙回到房中，便见娄婉君坐在桌前，一言不发。她从来藏不住心事，看她这神色，聂淙就知道她是听到了什么。

聂淙走上前去，在娄婉君身边坐了下来。

“在想什么？”聂淙问道。

“我今天请了旨，要去打仗了。”娄婉君说。

“这我知道。”聂淙点了点头。

娄婉君抬眼看向聂淙。

“边关夷狄侵扰，最是难缠，至少两三年，我都会留在那里。”娄婉君说。

聂淙又点了点头：“我也知道。”

娄婉君的声音莫名有些哽咽了：“我不拦着你纳妾，我回不来，也不会轻易亏待了你。”

娄婉君这话分明该说得理直气壮，但这会儿，却莫名像是在乱发脾气似的。她听见聂淙低低地笑了一声。下一刻，聂淙站起身，将娄婉君缓缓地揽进了怀里。

“我纳什么妾？”聂淙道。

“你……”

“我有一件事，也没有跟你说。”聂淙说。

娄婉君抬起头来。灯火融融的微光，给聂淙身上镀了一层柔软的光芒。

“今日朝后，我也去向皇上请了一道旨。”聂淙说。

娄婉君有些发愣：“凡京官，没有不去郡县历练的。我请皇上提前准许我调任，恰好西北边境的玉门关缺一位郡守。”

娄婉君一惊：“你这是做什么！那儿向来是流放官员的地方，你这样的人，即便历练，也该去富庶安定的州郡啊！”

说着话，娄婉君开始挣扎起来，要把聂淙推开。聂淙却抱得更紧了。

“没什么区别。”聂淙轻声说道，“都是大梁的国土和人民。”

“可你为什么……”娄婉君问不出后头的话了。

便见聂淙低头看着她，目光清澈，却极为坚定。

“因为娶你之前，我就知道，我关不住你。”聂淙说，“我也从没想关住你，也不觉得有必要关住你。你应该是自由的，我不关着你，却能陪你一起。”

徐渡是跟着聂淙同榜考中的进士。

江随舟事成之后，便放了徐渡与顾长筠自由。放他们走时，江随舟也问了他们想要什么。徐渡自然是想入朝为官的，江随舟便替他改了户籍。顾长筠没什么旁的想要，便干脆领了大笔的银子，自去潇洒了。

徐渡考进京的那年，顾长筠的酒楼已经开得很大了。

郧城少有这般正宗的临安菜，尤其是这家酒楼还总往皇城里送大师傅去给皇上做菜。两三年时间，酒楼开得风生水起的，在郧城最繁华的街道上，盖了整整三层楼。

徐渡就是在这儿住着的。

顾长筠如今娶了妻，家中的妻子长得极漂亮，一口巴蜀口音，最是利索泼辣。如今酒楼的生意，不少都是他夫人打理的。

徐渡中了进士，名次不错，顾长筠专门替他摆了一桌酒。

徐渡倒是觉得顾长筠变了不少。从前一块儿共事久了，顾长筠又是那般唯恐天下不乱的性子，便总显得这人没个正经的模样。如今却改正了不少，至少说话能有些把门儿了。

——全是他夫人管出来的。

一顿庆贺宴热热闹闹的，酒足饭饱，顾长筠的夫人笑着夸徐渡年轻有为："不像我们家长筠，到头来，也不过是做生意的材料。你这么年轻，可就要当大官啦！"

旁边，顾长筠歪坐在椅子上，手里把玩着酒杯："什么有为，还不是跟陛下相熟？"

他夫人闻言，转过头来，惊讶地看着他："竟然和陛下有交情！是如何相熟的？"

顾长筠笑着看向徐渡，笑容里颇有深意："你问他呀！"

在座的除了他们几人，还有几个徐渡的同榜。徐渡淡淡地看了顾长筠一眼，便见顾长筠笑得嘚瑟，一看就是拱火的老毛病又犯了。

徐渡淡淡地收回了目光，礼貌地笑着，看向了顾夫人："顾夫人竟然不知道？不过，也算不得什么交情，只是从前皇上还是靖王时，为皇上做了一阵子的幕僚罢了。"

"原来这般厉害！"顾夫人惊叹道。

就见徐渡意味不明地看了顾长筠一眼，笑容矜持又温和。

"是啊，当时，我与长筠还是共事的呢。"徐渡说。

"竟然这样！长筠竟然一次都没跟我说过！"顾夫人惊讶道。

便见歪坐在椅子上的顾长筠浑身一激灵，立刻坐直了些，警告的目光投向了徐渡。

徐渡却轻笑着，像没看见似的。以前徐渡就知道顾长筠这毛病改不掉，更没人管得了他。但是今时不同往日，从前没人管得了，却不代表如今还没人能管。

徐渡看向顾夫人，笑道：“是啊。长筠性子好，也得皇上信任，当时，还有不少有趣的事呢，顾夫人可想听？”

“自然是……”

可不等顾夫人说完，顾长筠已经坐得笔直，打断了他：“有什么可讲的？喝多了吧？”

徐渡轻笑着看向顾夫人。便见顾夫人脸色微变，转过头去便要拧顾长筠的耳朵。

“为啥不能讲？是有啥见不得人的事吗？”她问道。

“没有没有，能有什么的！”她还没使劲儿，顾长筠便“哎哟”了起来。

“那咋个不能讲了？”

“机密，那都是机密！替皇上做事，一定要替皇上守好口风哪！背后议论这些，可是要砍头的！”

席上一时间笑闹成了一团，徐渡坐在旁边轻笑着，百无聊赖地看戏还不够，又给自己倒了杯酒。

窗外，一轮明月恰好悬在那里。

天下太平，海晏河清。

番外三 盛世

江随舟再到临安，已是三年后了。

这些年来，他在朝中推行的各项制度都初见成效，邺城之中也有了不小的变化。三年来，梁朝在他的管理下吏治清明，既能选贤任能，又国泰民安，再加上连年风调雨顺，国库也愈发充盈。邺城因此八街九陌，一片繁华。

但江随舟比谁都清楚，这也得益于在天子脚下，又有霍无咎铁腕在侧，而若要“评判”当朝，则需要走远些。

于是，江随舟筹划许久，任命一众监国的官员，确保朝政无恙之后，于这年七月，隐匿踪迹，仅携带些许随从，便轻装简行，一路南下。

霍无咎强行要求入列。

“邺城之中还有很多事，监国的官员们也都希望你能留下来。”出城的路上，江随舟劝霍无咎道。

而武将出身，却一定要挤进马车中的霍无咎却满不在乎。

“他们不敢闹事，起不了什么大风浪。”他说。“倒是你，出行只带这么点人，我不放心。”

江随舟争不过他，即便他知道，这位大将军只在他身侧做个护卫，是怎样屈才。

他们一路向南，走走停停，每到一处都悄无声息地考察一番当地的民生风气。

即便江随舟已然对自己这些年苦心制定的官员监察考核制度很有信心，也比不上此刻亲眼看一看这般气象一新、繁荣安稳的景象。

这天，二人行在闹市上时，霍无咎凑近了江随舟，小声对他说道：“他们能这样安稳，全是因为你。”

“这怎能是我一人之功。”江随舟说道。

江随舟此言不假。单看着坊市热闹之中井井有条的模样，以及来往百姓的穿着神态，便可知当地的官吏是怎样认真地执行朝中政策的。而这一批官员，许多都是三年前他亲自任命的，可见他当时识人不错，这些人几年下来也个个恪尽职守。

但霍无咎却说：“是你。”

江随舟转过头去看霍无咎，就见人潮之中，霍无咎眉眼低垂，认真地看着他，仿若周遭来来往往的身影，都不存在一般。

“当年，我就是带兵这样打到南边来的。”霍无咎说。“当时和现在，绝不一样。而唯一的变化，就是坐在那个位置上的人是你。”

江随舟闻言，笑了。霍无咎这话便是有点痴，毕竟时移世易，莫说坐在衙门中的官员不一样了，多年前与现在，就连行在街巷上的人也都不同了。

但是，他反驳的话却在霍无咎的目光下说不出口了。许久，他垂下眼笑道：“只当你是在夸我。”

若说不高兴，那是假的。这几年，江随舟既知道朝中吏治积弊，又知道想要更改也不能将脚步迈得太大；既要合乎年景，又要革除弊端。他夙兴夜寐了这几年，如今得见成效，实在是再欣慰不过的事。

路过徽州那日，他还与老上司季攸一起喝了杯茶。

自从当年被庞绍贬黜到徽州之后，季攸便一直在此做徽州州牧。江随舟登基之后，原本还想将季攸调到礼部来，但季攸却给他写了一篇表文，说自己愿意继续在徽州任职，不愿动迁。

江随舟也知道他从来就是这样闲云野鹤的性子，朝中你来我往的人情和心眼不是区区一州可比的，再加上调走季攸的话一时间无旁人可以顶上，便就随他了。

离去之时，季攸还送给了江随舟一罐自己珍藏的徽州好茶。

“这茶是臣特意为陛下备的谢礼。”季攸说。“自陛下登基以来，惠泽四海，徽州百姓也无不称颂陛下的仁政。这茶与绿梅乃徽州双绝，如今不是绿梅盛开的季节，臣便借此茶替徽州百姓向陛下致谢。”

江随舟珍而重之地收下了那茶。

他们在徽州便改了水路，在船上，孟潜山见江随舟新得了好茶，本想替他煮了来，却被江随舟拦下了。

“去煮别的茶。”他说。

待孟潜山出去，霍无咎笑着问他："不就是一点茶叶？茶叶不就是用来喝的？"

江随舟肃然道："这是谢礼。"

"季攸跟别人有什么不同？别人送的礼物也不见你这么珍视。"霍无咎说。

"这并非季大人送的。"江随舟的目光落在那茶上。

过了片刻，霍无咎也明白了他的意思。

是，季攸才说过，是替徽州百姓送的。

这非但是他们对江随舟的谢意，更是他们年年安居乐业、岁岁五谷丰登的祈愿。霍无咎知道，这才是江随舟最想要的。

"那是得裱起来。"霍无咎话锋一转，严肃地说道。

他们的船行到临安停下时，已然入了八月。临安府知府正是才从边关调任回来的聂淙，临安城守城将军则是前几月得胜归来的娄婉君。他二人前些日才上了表，说是将聂淙的祖母也从邺城接回了临安尽孝，江随舟也是知道这件事的。

这临安府便没什么可微服私查的了。他们刚到临安府一日，聂淙便巨细无遗地将临安府的各项收支及朝政落实的状况送到了江随舟的案头，江随舟也一一看过了。

临安府既是江南重镇，又是当日南景的都城，在南方举足轻重，江随舟也不敢掉以轻心。于是数日来，他都在与聂淙商议临安诸事，使得霍无咎有些微词了。

但便是有微词，他也不敢说，陪着江随舟在临安城住了些许时日，一直到了这一天。

这天，聂淙走得早，却在江随舟案头又留下了几本文书。江随舟刚看了一半，霍无咎便推门而入，将他从桌案上拉了起来。

"去吃了饭再看。"霍无咎说。

江随舟拗不过他，只得随他一道出了府，却不料一到街市上，便见人来人往，热闹非凡。

"这是……"

"你忙得日子都忘了？"霍无咎问他。

江随舟这才想起来，今日是十五，正是"中秋"。

霍无咎领着他一路穿过街巷，径直地走到了太湖边。

太湖边已然熙熙攘攘，灯火辉煌，已有不少聚在湖边看灯与龙舟的百姓了。叫卖孔明灯的商贩来来往往，而在另一侧，鸣凤楼矗立在湖畔，辉煌的灯火直映照到了湖中。

三年前的中秋，他也是在这儿，和霍无咎一起过的。

江随舟许久说不出话，片刻才抬起头，看向霍无咎。

就见霍无咎也在看着他笑。

“今年鸣凤楼里，已经没有权倾朝野的权贵了。”霍无咎说。“还想到那楼顶上去看看吗？”

江随舟点了点头。

霍无咎微微地扬起嘴唇。

下一刻，江随舟的耳畔疾风骤起，周遭的几人发出细微的惊呼声，也很快被热闹的人声吞没了。

他们踏着屋檐，渐渐地，满湖灯火都踏在了他们足下。

江随舟抬起头来，便见灯火掩映处，圆月皎皎，悬垂天幕。